奢华与堕落

—— 论《金瓶梅》的艺术

付善明 著

文化藝術出版社
Culture and Art Publishing House

图书在版编目（CIP）数据

奢华与堕落：论《金瓶梅》的艺术/付善明著. —北京：
文化艺术出版社，2015.11
ISBN 978-7-5039-6068-0

Ⅰ.①奢… Ⅱ.①付… Ⅲ ①《金瓶梅》—小说研究
Ⅳ.①I207.419

中国版本图书馆CIP数据核字（2015）第266211号

奢华与堕落
——论《金瓶梅》的艺术

著　　者	付善明
责任编辑	蔡宛若
装帧设计	姚雪媛
出版发行	文化艺术出版社
地　　址	北京市东城区东四八条52号　100700
网　　址	www.whyscbs.com
电子邮箱	whysbooks@263.net
电　　话	（010）84057666（总编室）84057667（办公室）
	（010）84057691—84057699（发行部）
传　　真	（010）84057660（总编室）84057670（办公室）
	（010）84057690（发行部）
经　　销	新华书店
印　　刷	国英印务有限公司
版　　次	2015年12月第1版
	2015年12月第1次印刷
开　　本	700毫米×1000毫米　1/16
印　　张	19.75
字　　数	300千字
书　　号	ISBN 978-7-5039-6068-0
定　　价	38.00元

版权所有，侵权必究。印装错误，随时调换。

目 录

堕落时代的写真（代序） ················ 孟昭连 1
引　言 ······································· 1

第一章　创作运思：运筹之妙 ················ 1
　　第一节　创作心态探析 ····················· 1
　　第二节　典型的力量：以帮闲为例 ········· 13
　　第三节　匠心独运的情节 ·················· 29

第二章　《金瓶梅》的叙事艺术 ············· 42
　　第一节　《金瓶梅》的拟话本叙事 ·········· 43
　　第二节　曲表心声：《金瓶梅》的词曲叙事 ·· 55
　　第三节　"看官听说"与人物评论
　　　　　　——《金瓶梅》的叙事干预 ········ 72

第三章　美与丑：审美革新 ··················· 87
　　第一节　美："泥塘里的光彩" ··············· 87
　　第二节　丑：蔚为大国的黑色 ·············· 98
　　第三节　多元化：美学范畴的拓展 ········ 112

第四章　雅俗："文心"与"里耳" ·········· 125
　　第一节　小道与正统：说部的雅与俗 ····· 126
　　第二节　通俗美：《金瓶梅》的文本审视 ··· 139
　　第三节　俚俗美：《金瓶梅》的语言魅力 ··· 153

第五章　世情悲喜：歌哭的世界 …………………………… 170
　　第一节　喜剧性："笑"的智慧 ……………………………… 171
　　第二节　悲剧性：人性的考量 ……………………………… 186
　　第三节　病与梦：解脱的迷惘 ……………………………… 203
第六章　《金瓶梅》的审美接受 …………………………………… 223
　　第一节　《金瓶梅》：仁智互见 ……………………………… 224
　　第二节　审美接受与《金瓶梅》三家评 …………………… 238
　　第三节　纷呈众彩的《金瓶梅》文本接受 ………………… 255
结　语 …………………………………………………………………… 268
参考文献 ………………………………………………………………… 271
后　记 …………………………………………………………………… 289

堕落时代的写真
（代序）

孟昭连

小说史的发展不断证明，只有那些创造了不朽艺术典型的作品，才能保持长久不衰的生命力，与世长存。李贽论《三国》，谓三国"智足相衡，力足相抗，一时英雄云兴，豪杰林集，皆足当一面，敌万夫，机权往来，变化若神，真宇内一大棋局"；金圣叹论此书，则谓"演三国者，又古今为小说之一大奇手"。一个看到了三国是个英雄辈出的时代，一个赞扬作者真实再现出这一"棋局"和云兴林集的英雄豪杰。后人将《三国》、《水浒》合刻为《英雄谱》，同样也是看到两部杰作的艺术成就，正表现在塑造了光彩夺目的英雄豪杰典型。人们热爱这些艺术形象，在于他们身上凝结着中国传统的道德观念，他们是传统美德的化身，代表着智慧、勇敢、正义，代表着光明和理想。一个个放射着传统道德光辉的形象，映照千古。传统道德不仅融化在每一个人物形象上，而且贯穿于全书的大部分情节中。所以有人说，《三国》、《水浒》是艺术的、形象的道德教科书，它们对中国传统道德的高扬和对民族道德面貌的影响，超过了封建时代任何一部圣贤之书。

但第一奇书《金瓶梅》横空出世，将古今读者的审美习惯冲击得七零八落。人们在这里再也看不到《三国》、《水浒》中叱咤风云的英雄豪杰、帝王将相，看不到马革裹尸、忠勇报国或者路见不平拔刀相助的高尚品德和非凡行为，充斥着这个世界的是对传统道德的背叛，展示着人类灵魂的肮脏和丑恶。几百年来，人们感到《金瓶梅》缺少光明、充塞黑暗，书中几乎没有一个符合传统道德的"好人"。清人文龙曾对笑笑生的这种写法颇感困惑："作者甚有憾于世事乎？何书中无一中上人物也。"确实，用传统的审美观念审视《金瓶梅》人物，不免令人感到沮丧、窒息，它缺少《三国》、《水浒》人物特有的艺术感染力，那种催人奋起、叫人热血沸腾、力量倍增的激情。笑笑生用赤裸裸的笔撕去一切虚伪的遮羞布，毫不留情地展示出人类性格的另一个真实。《金瓶梅》的世界是一个道德沦丧的世界。这里没有一个忠臣孝子、义士节妇，更没有一个清官能吏、才子佳人，书中充塞着世纪末病态社会的一大批畸形儿：奸夫淫妇、贪官污吏、市侩奸商、流氓篾片、婢仆娼妓。即使像传统小说中科举求名、文采风流的儒雅士人，在《金瓶梅》中也变成了秀才温葵轩那样的"早把道学送还了孔夫子"，吃里扒外、文行卑下的无耻文痞。在作者的视野中，没有光明，没有希望，整个社会就是一个群魔乱舞的鬼蜮世界，黑暗丑恶就是生活的一切。事实上，这也正是《金瓶梅》的价值所在，是它成为千古"第一奇书"的根本原因。

兰陵笑笑生何以能写出与《三国》、《水浒》完全不同甚至相反的人物呢？首先在于现实生活为他提供了客观基础。作为一种调整人与人、人与社会关系的行为规范，道德随着历史的发展而变化，任何永恒的、终极的道德规范都是不存在的。在中国漫长的奴隶社会、封建社会，以农业为主的自然经济，培育出与之相适应的道德原则，培养了人们的强烈的封建道德观念。在生活中，人们以道德的善与恶、正义与非正义、公正与偏私、诚实与虚伪来衡量一个人的好坏；反映在文学作品中，同样只能以道德作为人物塑造的标尺。罗贯中、施耐庵的小说形象观正是在此基础上形成的。但笑笑生所处的时代已经发生了某种质的变化，资本主义萌芽出现并因此而引起了人文主义思潮的兴起，金钱在生活中的作用剧烈膨胀，猛烈冲击了在封建生产关系土壤里生长出来的传统社会意识，包括人们作为行为准则的传统道德。仁、智、礼、义、忠、孝等几乎都经受不住金钱的冲击，传统道德观念实际上出现了一场危机。史载："至正德嘉靖间而古风渐渺，而犹存什一于千百焉。……由嘉靖中叶以至于今，流风愈趋愈下，惯刃骄奢，互尚荒佚，以欢宴放饮为豁达，以珍味艳色为盛礼。"[1] "里中无老少，辄习浮薄，见敦厚俭朴者窘且笑

---

[1] 《博平县志》卷四。

之。逐末营利，填衢溢巷，货杂水陆，淫巧恣异……"① "逐末营利"的商业经济的发展不仅冲击了自给自足的小农自然经济，也破坏了敦厚俭朴的民风，"迩来竞奢靡，齐民而士人之服，士人而在大夫之官，饮食器用及婚丧游宴，尽改旧意"②。所谓"尽改旧意"说明当时社会风气变化之剧，传统的道德再也不是束缚人们行为的规范。《金瓶梅》所反映的恰恰是这个处于剧变中的社会，作者所面对的正是"惯刃骄奢，互尚荒佚"的人们。他几乎用不着专门寻找社会的阴暗角落，只要以一个现实主义作家严肃而写实的态度对待生活，他的笔下自然会出现"一群狠毒人物，一片奸险心肠，一个淫乱人家"③。

《金瓶梅》人物的非道德化倾向也是作者对传统道德和小说典型观念进行反思的结果。小说艺术形象的塑造应该遵循怎样的原则？只有人物性格中的道德因素才能产生美感吗？面对"礼崩乐坏"的社会现实，一切真正的艺术家都必须对传统小说观念中的诸因素重新进行思考。兰陵笑笑生选择了一条和罗贯中、施耐庵完全不同的路径，他不愿把自己的读者引向一个虚幻的道德理想世界，向那些虚构出来的完美道德形象顶礼膜拜，在敬慕和赞美中陶醉。他以一个真正艺术家的勇气和良知抛弃了幻想，勇敢地面对现实，面对现实中的一切丑类，用锋利的笔摹画出他们的丑态和阴暗的心灵。"谁要是抱着摧毁罪恶的目的……那么，他就必须把罪恶的一切丑态在光天化日之下暴露出来，并且把罪恶的巨大形象展示在人类的眼前。"④ 西门庆、潘金莲、应伯爵等正是《金瓶梅》作者为我们展示的"罪恶的巨大形象"，他们身上凝聚着这个病态社会的"一切丑态"，笑笑生要达到的也正是"摧毁罪恶的目的"。封建社会正在像一具僵尸迅速发臭、腐烂，"古风渐渺"，"流风愈下"，道德的破坏和沦丧已成为无法改变的趋势，这一残酷的社会现实使兰陵笑笑生失去了用道德形象感化读者的信心和勇气。既然生活中再也没有那种令人感动的道德完人，也不再有为作家提供这些道德完人所必需的生活环境，小

---

① 《恽城县志》卷七。
② 《恽城县志》卷七。
③ 赵文龙：《金瓶梅评》第二十七回。
④ 席勒：《强盗》第一版序言，人民文学出版社1962年版。

说家何必向壁虚构，用并不存在的道德形象欺骗读者？其实，文学典型的真正意义难道仅仅在于以正面的道德形象为读者树立楷模吗？不也可以用反面的非道德形象为人们树起一面镜子，照出自我心灵的美和丑、善和恶吗？这一点，几乎没有一个前代的小说家意识到，只有兰陵笑笑生以前所未有的识力和才力认识到了，且进行了成功的实践。

《金瓶梅》的出现使古代小说艺术形象的塑造实现了一次本质飞跃。从创作方法和审美风格上来说，《三国演义》可以说是古典主义的，而《水浒》则是比较接近现实主义的，那么《金瓶梅》就是完全现实主义的。这种区分除了表现在题材与时代上（《三国》最远，《水浒》稍近，而《金瓶梅》则是作者生活的时代），也表现在人物的塑造方面。20世纪末，曾有人说古代小说的人物可分为三种类型，也是三个阶段：以《三国》为代表的类型化人物；以《水浒》为代表的性格化人物；以《红楼梦》为代表的典型化人物。如果我们打个比方的话，《三国》中的人物就像动画片，《水浒》中的人物就像木偶片，《金瓶梅》中的人物则是一出活的话剧。或者套用西方叙事理论，可以说《三国》人物是"扁形"的，《水浒》人物是"椭圆形"的，只有《金瓶梅》的人物才算是"圆形"的。小说人物性格因素的多寡与是否发展，固然是人物圆扁的主要区分标准，但更主要的是其现实主义高度以及与生活的吻合程度。《金瓶梅》是第一部真正可以称得上写实主义的小说作品，它记录下了生活中的一切，美的与丑的、善的与恶的。书中的描写有时会让人觉得作者是在复制生活，像是一部毫无加工整理的录像片，事无巨细地记录下明代的市井生活。这就如张竹坡所云："似有一人亲为执笔，在清河县内，西门家里，大大小小，前前后后，碟儿碗儿，一一记之，似真有其事，不敢谓为操笔伸纸做出来的。"[①] 书中的人物是那样鲜活，他们的一言一行，一颦一笑，一举手一投足，都是那样传神，那样生动，就像跨越了四百年的时间距离，一下子站到了我们面前一样。应伯爵的吹牛，潘金莲的骂声，宋惠莲的哭闹，西门庆自我感觉良好的心态，都让我们感到那么亲切，根本就感觉不到中间有几百年的时空间隔。其实，这也正是《金瓶

---

① 《读法》第63回。

梅》艺术魅力之所在，是它作为"千古第一奇书"而无愧的地方。

善明随我读博三年，博览群籍，对《金瓶梅》尤感兴趣，后来就将毕业论文圈定在这部书上，并以优秀的成绩毕业。本书就是在善明的博士论文基础上写成的。希望本书能为读者带来的不仅是艺术上的审美与欣赏，同时带给大家以思想的启迪和对人生的思考。

2015 年 9 月 25 日晨于天津寓所

引 言

一

学术界在《金瓶梅》的文献学、文学史、美学等研究层面已经取得了较高的成就。文献学层面的研究成果较为卓著。特别是关于作者的研究，已有七十多种说法，其中论证较为严密、影响也较大者有"四说"，分别为王世贞说、屠隆说、李开先说、徐渭说。关于抄本、词话本、绣像本、第一奇书本的版本问题，也是"金学"文献学研究的重点。此外，有关于成书年代、成书方式、评点研究和作品中故事、诗词曲赋的源流研究等。文学史层面的研究，在1949年以后，特别是"文革"时期，曾经一度受到歪曲，对于《金瓶梅》反映的思想内容和艺术成就，以及《金瓶梅》在文学史上的地位，都未能作出科学的评价；随着学术界的思想解放，"百家争鸣、百花齐放"方针的贯彻执行，20世纪80年代后所编写的文学史对《金瓶梅》的地位逐渐予以肯定，对其所达到的艺术成就也都给予了科学定位。美学层面和哲学层面的研究，在80年代之前较为沉寂，"苦孝说"、"冷热金针"等或有一定的道理，但难免有穿凿附会之嫌。《金瓶梅》美学层面研究的蔚兴是在20世纪80年代之后。

传统的观点认为《金瓶梅》是一部暴露型的小说，其中充满着假恶丑的东西，描写了人的丑恶、腐朽和堕落。这自然不乏真知灼见。中国古代小说和戏曲相似，情节上存在众多的冲突，难以只举美或丑之一端，多是用假恶丑作为真善美的对比和烘托，有时也是美丑并举、善恶杂陈的。前辈美学家宗白华先生说："美学就是一种欣赏。美学一方面讲创造，一方面讲欣赏。创造和欣赏是相通的。创造是为了给别人欣赏，起码是为了自己欣赏。欣赏也是一种创造，没有创造，就无法欣赏。"① 宗先生的话对我们有很大的启发，美学就是一种欣赏，而且欣赏也是一种创造。我们在面对《金瓶梅》这一世情奇书时，以欣赏的眼光来看，会看到丑，而且触目皆是；但我们也会看到美，在自然美、人工美之外，也会看到零星的人物及心灵之美。当然，通过故事中的丑，我们也可以看到笑笑生所塑造的人物形象之美。正如宗白华先生所说："我们要持纯粹的唯美主义，在一起恶臭的现象中看出他的美来，在一切无秩序的现象中看出他的秩序来。"② 我们以纯粹的唯美主义，也能够在丑之列肆的《金瓶梅》中发现它的美和秩序。

正如王朝闻先生所说："直接描绘丑的讽刺画是艺术对美的间接的肯定，直接歌颂美的风景画是艺术对丑的间接否定；可以说这是否定中的肯定，肯定中的否定。"③ 笑笑生所创作的《金瓶梅》即是"直接描绘丑的讽刺画"，是对美的间接的肯定。但是，即使如此，笑笑生却改变了读者的审美习惯，让读者在阅读和欣赏过程中遇到重重障碍，不是直接体验到赏心悦目的美，而是让他们通过丑来认识美，认识到由丑化成的美。这就给广大读者以沉重的压抑感和窒息感，让读者在阅读过程中感觉到肮脏、沉重和莫可名状的失落。欣赏《金瓶梅》之美的，说其"云霞满纸，胜于枚生《七发》多矣"[2]；清代著名批评家文龙的话则反映了众多读者的另一种声音："作者真有憾于世事乎？何书中无一中上人物也。"④ 可见对《金瓶梅》所感到的困惑和迷茫。

二

美、丑是美学理论中的一对基本范畴概念，也是人们在用美学、小说美学的视角来审视一部文学作品时难以避开的问题。一部古典小说，是赞颂美，歌颂光明和希望的；还是暴露丑，揭露黑暗和腐朽的，是研究者们对文本进行美学审视时首先应该面对的问题。雅与俗，也是我们

---

① 江蓉编：《艺术欣赏指要》，文化艺术出版社1986年版，第1页。
② 宗白华：《美学与意境》，人民出版社1987年版，第23页。
③ 王朝闻：《审美谈》，人民出版社1984年版，笫81页。
④ 朱一玄编：《金瓶梅资料汇编》，南开大学出版社2002年版，第603页。

较为常用的一对概念。我们在评价作品和其中的人物形象时，往往对其是雅的还是俗的作一判断；这有时较易，有时则比较困难。悲剧性和喜剧性是我们在进行文本分析时所运用的另一对范畴，一部小说是悲剧性的，是喜剧性的，还是悲喜剧，抑或是正剧？都需要我们就文本本身，结合当时的社会环境等进行具体分析。本文在撰写过程中，由于精力所限，仅从美与丑、雅与俗、悲剧性与喜剧性等几对范畴，对《金瓶梅》的文本加以分析。下面是对研究现状所作的综述。

(一) 美、丑，小说美学

对《金瓶梅》进行美学层面的专题研究，最早是在20世纪80年代以后，之前虽有独具慧眼之士的评论，但多为只言片语。叶朗在1982年北京大学出版社出版的《中国小说美学》第五章，对张竹坡的小说美学进行了分析，从小说家对人生的深入、小说的美学风貌、人物个性化的内涵、小说中化隐为显的一种手法、小道具在小说中的两种作用和审美描写与非审美描写的区分、小说中的时间等几个方面加以研究。叶先生的研究，是针对张竹坡评点中体现的小说美学，并未直接对《金瓶梅》文本做系统的小说美学的分析。

从小说美学和美学角度对《金瓶梅》做出系统研究并取得卓著成果者，是宁宗一先生，他先后有专著《说不尽的金瓶梅》、《宁宗一小说戏剧研究自选集》、《倾听民间心灵回声》、《宁宗一讲金瓶梅》、《金瓶梅可以这样读》等，主编有《〈金瓶梅〉对小说美学的贡献》和《中国小说学通论》。对于众说纷纭的《金瓶梅》作者，宁先生把"兰陵笑笑生"这个明显的作者化名认作是一个永远的天才的象征，是一个文化符号；通过顺向和逆向的考察，认为《金瓶梅》是继《三国》、《水浒》之后的第二次小说观念的更新，第三次是《儒林外史》和《红楼梦》；《金瓶梅》是不同于思想家的小说《儒林外史》和诗人的小说《红楼梦》，而是和《三国》、《水浒》等相同，与宋元说话四家中"小说家"的创作精神一脉相通的；对于《金瓶梅》的艺术世界，宁先生认为它是堕落时代的一面镜子，是反映当时市民社会的风俗画，提出了作者"化丑为美"的笔法和创作了"杂色的人"的艺术形象，认为小说中的性描写是美好和邪恶的双刃剑，对于小说的白描手法和现实主义笔法也都有较为详尽的分析。

宁先生解读笑笑生的心路历程和西门庆、潘金莲、李瓶儿、庞春梅等人物心灵的钥匙是"以心会心、将心比心",在分析过程中见解独到,新见迭出。在《〈金瓶梅〉对小说美学的贡献》一书中,宁先生之外,其他撰稿人也对《金瓶梅的》美学意蕴、情感意象与作者心态、小说的艺术世界和美丑情欲等方面做了深入的探讨,其中有对作者的分析、所反映的当时社会的分析、人物形象如西门庆和潘金莲的美学分析,以及情欲和人物行为的哲学启示的分析,等等。《中国小说学通论》一书中的第三编《小说美学》部分是罗德荣先生所撰,对张竹坡的人情小说表现日常生活题材的审美特征进行了总结,如"细如牛毛"的写实特征、以小见大的写实手法、艺术真实反映生活真实的关系等,另外分析了《金瓶梅》将现实的丑引进小说世界、化丑为美从而对小说美学观念的变革,以及张竹坡"趁窝和泥"的情节结构理论等。其他几编如《小说观念学》、《小说类型学》、《小说技法学》等也有部分涉及《金瓶梅》美学之处。

邓星雨在《论〈金瓶梅〉作者的美学追求——〈金瓶梅〉艺术论之一》(节录)中对《金瓶梅》追求"自然"的美学风貌、将丑作为审美对象、作者审美理想浸透在作品、所引诗词曲子和对自然环境、社会环境的描写等几个方面分析了作者的审美追求。[①] 李时人先生在《中国古代小说的美学风貌——谈〈金瓶梅〉的艺术创造》一文中认为,《金瓶梅》使中国古代长篇小说的创作产生了由历史到现实、由超人到常人的改变,这不仅是题材内容的改变、审美领域的拓展,也是中国古代长篇小说美学观念的革命。并对《金瓶梅》的艺术结构、人物形象、语言叙述等方面进行了分析。[②] 王坤在《古典美学的拓展与突破——〈金瓶梅〉美学风貌论要》一文中通过《金瓶梅》将日常市民生活纳入审美视野,将生活丑、人性恶作为审美对象,舍文言而用白话,既宜文心更适里耳四个方面分析了其美学风貌。[③] 谢刚在《美丑尽在情与欲之间——〈金瓶梅〉的

[①] 邓星雨:《论〈金瓶梅〉作者的美学追求——〈金瓶梅〉艺术论之一》(节录),《徐州师范学院学报》(哲学社会科学版)1987年第3期。
[②] 李时人:《中国古代小说的美学风貌——谈〈金瓶梅〉的艺术创造》,《河北师范大学学报》1992年第3期。
[③] 王坤:《古典美学的拓展与突破——〈金瓶梅〉美学风貌论要》,《学术研究》2000年第5期。

文学地位与美学价值》一文中通过对潘金莲、李瓶儿、庞春梅三个主要人物形象的分析与透视,认为《金瓶梅》中的众女性超越了传统道德的局限,重新发现了"人"自己,使得道德和自然各自扬弃自身,使中国文学走向新的美学境界。① 姚鲜梅在《〈金瓶梅〉对小说美学的新贡献》一文中认为"犯笔"、"灰线式三X体"和"对子人物"是《金瓶梅》对中国古代小说的独特贡献。② 笔者认为在金圣叹对《水浒传》评点中已有提出"正犯法"、"略犯法",毛氏父子在评《三国演义》时也有"《三国》一书,有同树异枝、同枝异叶、同叶异花、同花异果之妙"之语,都是指的"犯笔","三X体"和"对子人物"在《水浒传》和《西游记》中亦多次出现,并非《金瓶梅》的独特贡献。

关于《金瓶梅》中的丑,除以上专著外,也有多人做过专题论文研究。贺信民在《恶之奇花 丑之硕果——也谈〈金瓶梅〉的价值》一文中认为《金瓶梅》是明代社会的一面多棱透视镜,对中国古典小说模式有多方面的突破,既标志着中国小说新时代的到来,也标志着小说美学新观念的觉醒并预告了近代小说的诞生。③ 潘承玉在《梅香缕缕出金瓶——〈金瓶梅〉审丑—审美特色管窥》一文中认为,兰陵笑笑生在《金瓶梅》中以审丑—审美的创造方式,将晚明社会的全部污秽和恶臭加以暴露,借以引发人们对丑的极度憎恶和唾弃,唤起人们对美的向往与追求;文章分别从"逆向反观:以美衬丑"、"正向点化:以丑喻丑"、"整体拓展:众丑兑媸"、"内观拓深:丑中喻美"等层面对《金瓶梅》的审丑—审美特色的微观特征进行了较为深入的探讨。④ 罗家坤在《〈金瓶梅〉审"丑"谈》一文中认为在揭示丑的本质方面,《金瓶梅》有着明显的失误:缺乏积极的审美理想;缺乏对美的充分肯定和强烈追求;不加选择的肆意写

---

① 谢刚:《美丑尽在情与欲之间——〈金瓶梅〉的文学地位与美学价值》,《学术论坛》2002年第6期。
② 姚鲜梅:《〈金瓶梅〉对小说美学的新贡献》,《雁北师范学院学报》2007年第3期。
③ 贺信民:《恶之奇花 丑之硕果——也谈〈金瓶梅〉的价值》,《新疆石油学院学报》1988年第2期。
④ 潘承玉:《梅香缕缕出金瓶——〈金瓶梅〉审丑—审美特色管窥》,《徐州师范学院学报》(哲学社会科学版)1996年第3期。

丑，造成丑的泛滥。① 王振彦在《"丑之花"废墟上的几星亮色——〈金瓶梅〉中的正面描写和正面人物》一文中认为《金瓶梅》虽然描写了一个黑暗龌龊的丑恶社会，但它还能在描写黑暗的同时给作品保持几星亮色：作者一是通过自己的直接插话；二是通过安排命运对邪恶人物的惩罚；三是通过具体的言行树立正面人物形象等手法来传达自己的思想和观念。②

统观以上研究专著和论文，宁宗一先生对于《金瓶梅》的美学研究可谓是集大成者，罗德荣、邓星雨、贺信民、潘承玉等先生也都不乏真知灼见。加之在《金瓶梅》的接受美学方面也有专文问世，《金瓶梅》在美学和小说美学方面的研究已经取得了较为卓著的成就。

（二）雅与俗

对于《金瓶梅》的雅俗问题，有众多学者进行了探讨。傅憎享先生在《〈金瓶梅〉用字流俗：是俚人耳录而非文人创作》一文中通过《金瓶梅》作者不求字正、只求腔圆，直录乡音、乡音无改，不依本字、不唯书典，同言异字、流俗率易等方面，认为足能看出《金瓶梅》不是从容地写作，而是仓促地耳录；不是推敲选炼而是信手拈字，而且用字品次偏低。急不择字表明：是俚人耳录，而非文人创作。③ 傅先生在《论〈金瓶梅〉的骂语与骂俗》一文中研究了《金瓶梅》中骂语的类略和体式，认为骂语和骂俗是《金瓶梅》作为明代社会的风俗画的有机的、不可或缺的笔墨。④ 在《词话本·崇祯本两个版本两种文化：〈金瓶梅〉词语俗与文的异向分化》一文中，傅憎享先生通过将词话本原文与崇祯本的删节文间的比较，认为词话本是说话人述录的，是向说听的话本归化，呈俗文化形态；而子本崇祯本是经过文人加工，向阅看的读本异化，呈文人化形态。并认为从美学上考察，《词话》中的俗语是美的既存，亦即美

---

① 罗家坤：《〈金瓶梅〉审"丑"谈》，《信阳师范学院学报》（哲学社会科学版）1997年第2期。
② 王振彦："丑之花"废墟上的几星亮色——〈金瓶梅〉中的正面描写和正面人物》，《河南师范大学学报》（哲学社会科学版）2005年第6期。
③ 傅憎享：《〈金瓶梅〉用字流俗：是俚人耳录而非文人创作》，《学习与探索》1988年第6期。
④ 傅憎享：《论〈金瓶梅〉的骂语与骂俗》，《学术交流》1990年第2期。

的遗存；人们应该小心护持，使《词话》本的美的现存，成为美的长存。①傅先生与杨爱群合写的《〈金瓶梅〉俗谚求因》一文中认为《金瓶梅词话》所采用的俗谚，突出特征在于谚语的"俗"字，呈俗文化形态；他探讨了《金瓶梅》俗谚的成因，认为元杂剧与《词话》中的俗谚有多方面的亲缘关系，是它最先的源头。②刘洪强在《试议〈金瓶梅〉中的以俗为美》中认为《金瓶梅》写的将近二十个笑话，不但有利于人物形象塑造，而且使小说雅俗共赏；作者自称兰陵笑笑生，其名字与笑话应不无关系。③许建平在《文坛模拟风气与〈金瓶梅〉撰写方法考察》一文中认为《金瓶梅》作者将当时文坛盛行的模拟法运用到小说创作中来，以记忆化用和口述笔录等撰写方法，模拟厌雅亲俗，从而形成了中国小说史上特有的《金瓶梅》文本现象。④按傅憎享先生的几篇文章分析《金瓶梅》用字流俗、骂语与骂俗、俗谚以及词话本与崇祯本的俗与文的异化，认为词话本呈俗文化形态，其所用俗语是美的既存等自然至当，但认为《金瓶梅》是俚人耳录，则有待商榷。许建平先生认为《金瓶梅》作者采用记忆化用、厌雅亲俗或为得当，但将作者坐实为王世贞，则在尚无确凿证据前，有待进一步研究。

关于《金瓶梅》的雅俗问题，卜键在《绛树两歌——中国小说文体与文学精神》一书的绪言《在哪里竖起雅与俗的篱笆》一文中提出了较为科学的观点，认为雅与俗似乎是有着文体之分的，但是雅与俗较多存在于作者的写作旨趣，存在于作品的文学精神，而较少以文体划分。雅和俗应主要是一种文学精神的区别。⑤

（三）悲剧性、喜剧性

关于《金瓶梅》中悲剧性和喜剧性的问题，多数研究者则是从小说

---

① 傅憎享：《词话本·崇祯本两个版本两种文化：〈金瓶梅〉词语俗与文的异向分化》，《社会科学辑刊》1992年第3期。
② 傅憎享、杨爱群：《〈金瓶梅〉俗谚求因》，《社会科学辑刊》1993年第4期。
③ 刘洪强：《试议〈金瓶梅〉中的以俗为美》，《毕节师范高等专科学校学报》2005年第1期。
④ 许建平：《文坛模拟风气与〈金瓶梅〉撰写方法考察》，《河北师范大学学报》（哲学社会科学版）2000年第2期。
⑤ 卜键：《绛树两歌——中国小说文体与文学精神》，中国广播电视出版社2000年版，第2—3页。

中的人物入手。论述西门庆的，如卢兴基先生《论〈金瓶梅〉——16世纪一个新兴商人的悲剧》；对潘金莲的悲剧性，论述者较多，如张晨辉的《〈金瓶梅〉中一个多面体的文学形象——潘金莲悲剧命运成因探析》、陈家桢的《潘金莲悲剧成因新论》、严赛梅的《论〈金瓶梅〉中潘金莲的悲剧精神》、王修华的《畸婚畸变心恶家恶化人——〈金瓶梅〉潘金莲悲剧的社会根源》、朱向军的《论千古悲剧人物潘金莲》等；有探讨吴月娘悲剧意蕴的，如孙丕文的《殉道与背忤的撞击——试论吴月娘形象的悲剧性》、陈家桢的《论吴月娘异化人生的悲剧意蕴》；论述李瓶儿之死所反映《金瓶梅》悲剧意识的，有杨敏的《从李瓶儿之死看〈金瓶梅〉的悲剧意识》；论述宋惠莲的，有唐小华的《惠莲悲剧成因试析——兼论〈金瓶梅〉中惠莲悲剧的社会文化意义》；有纵论几个人物或一群人物形象悲剧性的，有皮元珍的《论金·瓶·梅形象内涵及其悲剧意蕴》，东北师范大学刘丽英的硕士论文《〈金瓶梅〉女性群像描写特点及其悲剧意义》，王志武先生在专著《金瓶梅人物悲剧论》中则从性自由角度对《金瓶梅》中的人物悲剧作了分析。

也有论者对《金瓶梅》全书作了分析，如朱俊亭的《论〈金瓶梅〉悲剧的社会意义》，认为其意义在于通过西门庆这样一个商人暴发户的兴衰史，反映出小说本身产生的那个时代所蕴含的深刻的社会内在矛盾，《金瓶梅》的悲剧是时代的悲剧。① 程小青的《悲喜交融的〈金瓶梅〉》则认为《金》具有悲喜交融的美学风格。② 张锦池的《究竟是人间喜剧，还是时代悲剧——〈红楼梦〉与〈金瓶梅〉审美观念的比较研究》则认为《红》与《金》在审美观念上一为时代悲剧，一为人间喜剧。③

笔者同意《金瓶梅》中有着悲喜交融的意蕴，但众多悲剧性、喜剧性故事的总和，昭示出《金瓶梅》仍是一部人生正剧。因为其中没有伟大人物或正面人物作为小说的主角，不能引起读者强烈的感情。

综上，学界对《金瓶梅》的美学和小说美学、雅俗和悲剧性、喜剧

---

① 朱俊亭：《论〈金瓶梅〉悲剧的社会意义》，《文史哲》1992年第2期。
② 程小青：《悲喜交融的〈金瓶梅〉》，《龙岩师专学报》2004年第5期。
③ 张锦池：《究竟是人间喜剧，还是时代悲剧——〈红楼梦〉与〈金瓶梅〉审美观念的比较研究》，《求是学刊》1998年第5期。

性等问题都有所研究,但对《金瓶梅》全书从美学和小说美学角度进行系统、深入地研究,尚有必要。本书即拟从以上几方面对《金瓶梅》作一较为全面和系统的巡视。

三

小说美学方面的著作,由西方译介过来的,有万·梅特尔·阿米斯的《小说美学》和利昂·塞米利安的《现代小说美学》;中国国内有叶朗的《中国小说美学》,吴功正的《小说美学》,陆志平、吴功正合著的《小说美学》和韩进廉的《中国小说美学史》。阿米斯和塞米利安的书分别创作于20世纪30年代和五六十年代。在国内,叶朗的《中国小说美学》问世最早,出版于1982年;吴功正的《小说美学》出版于1985年;陆志平和吴功正合著的《小说美学》出版于1991年;韩进廉的《中国小说美学史》距今最近,为2004年出版。针对一部古典小说的小说美学专著,有宁宗一、罗德荣主编的《〈金瓶梅〉对小说美学的贡献》和何永康的《红楼美学》等。

阿米斯没有为小说美学下一个明确的定义,他是"从美学、哲学和心理学的角度,甚至是从西方小说史的角度对小说这种艺术形式进行论述的。作者对小说与其他艺术形式的联系与区别、对小说本身的审美问题,诸如:古典主义、浪漫主义、现实主义、现代主义、个性以及个性的形成、阅读小说的意义和方法、小说对个性的影响、个性与社会现实的关系以及价值与困境的关系进行了细腻的论述"[①]。塞米利安是从小说作者的"技巧、对语言的驾驭及对诗学的理解"[②] 对小说美学进行分析的,他通过对小说描写中的场景、概述,小说创作所采用的人称,故事情节,小说中的人物,意识流与内心独白,小说的文体风格等几个方面进行了阐述。叶朗认为:

---

① [美]万·梅特尔·阿米斯著,傅志强译:《小说美学》,北京燕山出版社1987年版,第2页。
② [美]利昂·塞米利安著,宋协立译:《现代小说美学》,陕西人民出版社1987年版,第1页。

小说美学，就是对小说这门艺术作哲学的、心理学的、社会学的研究，就是从哲学的、心理学的、社会学的角度，研究小说艺术的本质，研究小说艺术和其他艺术的共同点和不同点，分析小说的创作和欣赏中的各种因素、各种矛盾，然后找出其中规律性的东西来。①

由其论述可知，叶朗的定义与阿米斯对于小说美学的理解具有相通之处。叶先生的理解，自然不乏真知灼见，但是在具体论述过程中，却只是针对小说评点展开，而没有具体分析小说文本和其中的场景、故事情节、人物等。吴功正在《小说美学》一书中认为"形象是作为情感的对象存在，这是艺术品和非艺术品的根本区别，也是小说的美学本质所在"②，"小说美学的特殊本质是，主体对生活的认识在审美中进行"③。吴功正从小说美学的本质、小说家审美感受的心理形式、小说美学的基本特征、小说美学的基本形态、中国古典小说美学理论等五章内容，对中国小说美学作了详细论述。正如其在该书《后记》中所说："我在本书中所从事的实践是总结小说的审美经验，揭示小说的审美规律，发现小说的审美素质，勾画出中国小说美学的大体轮廓，建立起中国小说美学的基本雏型。"④ 可以说，吴功正成功做到了这一点，他是沿承塞米利安小说美学的路子并有所发展。韩进廉对于小说美学概念的认识有些混乱，一方面说"中国小说美学的形式，除了评点，当推序和跋"⑤；一方面同意上文所引叶朗关于小说美学的评论，认为"小说美学在接受文艺美学所揭示的'美的规律'支配的同时，也以自身的方式揭示和丰富着文艺美学的品格和内涵"⑥。并论曰："中国小说美学是中国的小说美学家对中国小说的艺术成就、审美经验的分析和概括在形而上的学理层面上的积

---

① 叶朗：《中国小说美学》，北京大学出版社1982年版，第2页。
② 吴功正：《小说美学》，江苏人民出版社1985年版，第3页。
③ 吴功正：《小说美学》，江苏人民出版社1985年版，第7页。
④ 吴功正：《小说美学》，江苏人民出版社1985年版，第638页。
⑤ 韩进廉：《中国小说美学史》，河北大学出版社2004年版，第1页。
⑥ 韩进廉：《中国小说美学史》，河北大学出版社2004年版，第2页。

淀。"① 将中国的小说美学仍归宗于古代小说的评点和评点派,其论述则是以中国学人对"小说是什么"的回答为纲。

  美学研究,可以从哲学领域进入,也可以从艺术研究领域进入,笔者属于后者。艺术是人们审美感受的集中体现,美学是关于艺术的哲学,应该以艺术作为其主要的研究对象。小说美学,与散文美学、诗歌美学、戏剧美学、音乐美学、绘画美学、舞蹈美学、园林美学、建筑美学等相类,都属于美学的一个分支。小说美学是以小说的艺术为研究对象的学科,是以美学视角来审视小说的研究领域。小说美学是以作家的创作构思、创作技巧、叙事艺术、叙述角度、故事情节、人物形象、文体风格等为研究对象的一门科学。在中国古代,有众多通俗文学爱好者对古典小说做了评论或评点,从而为我们留下宝贵的小说美学资料。孙逊、孙菊园即以之为题材编选了《中国古典小说美学资料汇粹》,叶朗和韩进廉也以之为研究对象,撰写了小说美学方面的专著。而古人的小说评点和序跋,是以他们的眼光对古代小说进行的美学审视,这些资料对我们进行小说美学研究来说,仍是间接的。我们在对古代小说进行美学研究时,既需要继承、借鉴前人的研究成果,更需要用我们自己的眼光直接针对古代小说进行审视。这方面,宁宗一、吴功正等先生为我们做出了很好的榜样。

  对于时彦已经研究较多的《金瓶梅》诸家评点,本书不再投入过多精力论述。关于《金瓶梅》的故事情节、人物形象分析等,多融入到美与丑、雅与俗、悲剧性与喜剧性等专题中,不作为独立的章节进行论述。在论及具体问题时,本书引用崇祯本评点者、张竹坡和文龙的评语皆分别标明其出处。第一章第一节从作者创作运思的角度进行论述,通过分析小说文本,对作者的创作心态进行分析;第二节对帮闲人物加以分析,从而论述作者在塑造人物性格时的成功之处;最后对小说作者匠心独运的情节进行分析,同时也指出作者创作时的缺陷。第二章从叙事学角度分析,主要论述了《金瓶梅》拟话本叙事、词曲叙事和叙事干预等方面的特点。第三章论述《金瓶梅》中的美丑问题,首先对前贤和时彦论述

---

① 韩进廉:《中国小说美学史》,河北大学出版社2004年版,第13页。

较少的《金瓶梅》中的美加以分析,其次论述小说中的丑,最后对小说在美学范畴拓展方面的贡献加以分析。第四章论述《金瓶梅》中的雅俗问题:雅俗问题,之前的研究文章多从小说语言角度进行分析,本章从说部的雅俗、《金瓶梅》文本所呈现出来的通俗美、《金瓶梅》语言所呈现出的俚俗美等方面进行分析。第五章论述《金瓶梅》中的悲剧性和喜剧性,并分析其中病意象和梦意象所呈现出来的悲喜剧特点。第六章是从接受美学角度对《金瓶梅》的接受史加以简要分析,以鲁迅《中国小说史略》的出版为界,将之前吉光片羽式的评论和三家评语分别作为一节,将之后的读者接受作为一节。

综上,本书将以美学和小说美学的视角为切入点,对《金瓶梅》的文本进行分析。整篇文章结合小说美学、文体学等,通过文本细读,对所提出的问题做一较为详细的论述。以此写作对自己起到鞭策和提高作用。当然,因水平所限,挂一漏万和力不从心之处,真诚希望诸位先生批评斧正!

第一章 创作运思：运筹之妙

兰陵笑笑生之于《金瓶梅》，用心堪称良苦，运思精妙，有其独到之处。例如笑笑生的独特发现，他对于世事万象的描写，以及他在文中如哲人般的思考；笑笑生创作的众多人物典型，帮闲中如应伯爵、温必古等，主要人物如西门庆、金、瓶、梅等；以及作者笑笑生所构思的合传与独传相结合的故事情节，等等，都取得了巨大的成就。虽然有其瑕疵之处，但是瑕不掩瑜，《金瓶梅》作为第一部长篇世情小说，无论其描写的主题、人物和情节安排，都给读者以面目一新的感觉。

第一节 创作心态探析

> 观察的广博，生活经验的丰富，时常可以用一种能克服艺术家对于事物的个人态度及主观主义的力量把他武装起来……有很多例子表明，一个艺术家往往是自己的阶级和时代的客观的历史家。[1]
>
> ——高尔基《谈谈我怎样学习写作》

清代著名批评家彭城张竹坡在《批评第一奇书〈金瓶梅〉读法》中说："作小说者，概不留名，以其各有寓意，或暗指某人而作。夫作者既用隐恶扬善之笔，不存其人之姓名，并不露自己之姓名，乃后人必欲为之寻端竟委，说出名姓何哉？"[2] 虽然《金瓶梅》是否有张竹坡所说的

---

[1] ［苏］高尔基著，孟昌、曹葆华、戈宝权译：《论文学》，人民文学出版社1978年版，第160页。

[2] （明）兰陵笑笑生著，（清）张道深评，王汝梅、李昭恂、于凤树校点：《张竹坡批评第一奇书〈金瓶梅〉》，齐鲁书社1991年版，第37页。

"寓意"或"暗指某人而作"尚有待商榷，但他指出其作者不愿显露自己之姓名却是事实。笔者在书中也不愿以自己的微薄之力在《金瓶梅》作者考证诸说中竞一日之短长，而是从小说创作思想和文本内容等方面来对作者兰陵笑笑生的文化素养、创作运思等方面加以分析。

《金瓶梅》作者兰陵笑笑生作为第一位以家庭、家族为题材的长篇世情小说作者，必定具有超常的才识和洞察世情的敏锐视力，其才情，其学识，其行文运笔，其铸鼎象物，即使不为明代小说家之冠，亦可以与罗贯中、施耐庵、吴承恩并驾而驱。"小说不是作家的忏悔，而是对于陷入尘世陷阱的人生的探索。"[①] 兰陵笑笑生对于自己所生活的时代也陷入了深深的人生思考，从这一层面上来说，作为小说作者的笑笑生也是一位伟大的思想者。

一、笑笑生的"发现"

从小说文体类型来看，笑笑生所著的《金瓶梅》是一部长篇章回小说。"小说往往在规模宏大的基础上才能产生最好的效果"，"长度有助于美"。[②] 长篇小说的经典之作是小说大师为世人留下来的精神遗产，所以鲁迅先生称长篇小说为"时代精神所居的大宫阙"[③]。只有在长篇小说中才能进行宏大叙事，如《三国志演义》、《水浒传》、《西游记》、《金瓶梅》、《红楼梦》等，或在时间、空间上具有较大的跨度，叙述重大的历史故事、民间传说、神魔故事，或涵盖社会上三教九流的人物，蕴含丰富的社会内容。凡此之类，皆非之前的志怪志人、唐传奇、宋元话本等短篇小说所能包容。

---

① ［捷克］米兰·昆德拉著，许均译：《不能承受的生命之轻》，上海译文出版社2003年版，第263页。
② ［美］利昂·塞米利安著，宋协立译：《现代小说美学》，陕西人民出版社1987年版，第92—93页。
③ 《鲁迅全集》（第四卷），人民文学出版社2005年版，第134页。

— 第一章　创作运思：运筹之妙 —

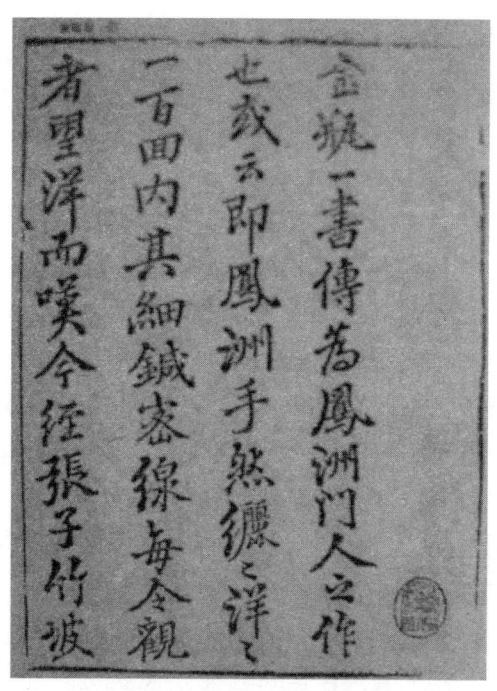

图 1.1　谢颐《第一奇书序》①

"每一部伟大的小说都是一部新的小说"②。罗贯中所著《三国志演义》"新"在首次确立了长篇章回小说这一文体类型，发现了东汉末至西晋初"事状既无楚汉之简，又无春秋列国之繁"③ 这一较为易于演说的战争题材，描写了三国时期的诸多英雄。施耐庵有感于宋江等人啸聚梁山泊的故事，在宋江三十六人故事的基础上，在《水浒传》中描写了可歌可泣的民众抗暴斗争，异于《三国志演义》的演义体而创作了英雄传奇体小说。《西游记》作者吴承恩是发现了以玄奘西游为依托的神魔斗争故事这一全新题材。在兰陵笑笑生创作《金瓶梅》之前，历史演义题材、英雄传奇题材和神魔题材都已有鸿篇巨制的佳作出现，如果再重复以上三书的老路，笑笑生至多是为说部增添一部效颦之作。"小说家必须表现

---

① 本书插图均选自魏子云主编：《金瓶梅资料汇编》，台北天一出版社 1987 年版，以下插图不再加注。
② ［美］利昂·塞米利安著，宋协立译：《现代小说美学》，陕西人民出版社 1987 年版，第 208 页。
③ 鲁迅：《中国小说史略》，人民文学出版社 1973 年版，第 106 页。

出个人的独特品格和他观察客观世界的独特方式"①，兰陵笑笑生"外师造化，中得心源"，通过自己独具只眼的第二视力发现了尚属空白的家庭、家族这一全新的小说题材，并以自己卓著的小说艺术技巧和敏锐的洞察力创作了世情奇书《金瓶梅词话》，达到了明代说部小说艺术的顶峰。

笑笑生发现了小说的智慧。米兰·昆德拉认为，小说的智慧如奥地利小说家赫尔曼·布洛赫所说要"发现惟有小说才能发现的东西"，"一部小说，若不发现一点在它当时还未知的存在，那它就是一部不道德的小说"②。小说的智慧在于常变常新，在于不断突破传统小说描写的窠臼。发现传统小说家尚未发现而为兰陵笑笑生独特观察到的客观存在，这是笑笑生的历史使命所在。专写家族、家庭，即是笑笑生最大的发现和突破。传统长篇小说中关于家庭生活的描写，《三国志演义》中有吕伯奢一家欲款待曹操、陈宫二人的行为，《水浒传》中也有"咄咄如画"的"李小二夫妻两人情事"③等描写，但前者主要是叙述魏、蜀、吴三国波澜壮阔、风起云涌的战争故事，是描写当时诸多英雄"武勇智术，瑰伟动人"④的长篇战争史诗，后者是叙述在"宋室不竞，冠履倒施"⑤的黑暗现实下，一帮"大贤"、"大力"者奋起抗暴的一曲战歌，描写家庭生活在这两部小说中只是一种点缀。至笑笑生所作《金瓶梅》，则境界全新，他发现了一个家族、一个家庭，写了一个最基层的社会组织、一个社会的细胞。通过西门庆家庭这一最小的社会细胞，笑笑生描写了世态万象、世俗风情和世道人心。《金瓶梅》的故事取材于《水浒传》，而且是取材于《水浒传》中最具张力的西门庆与潘金莲私通的故事情节。《水浒传》出，则潘金莲和西门庆的故事传于众口；《金瓶梅》出，则将这一故事敷衍而为百回大书，虽然贯穿于故事中不断有《水浒传》其他故事情节的出现，但无不是为西门庆与其诸妻妾的故事着色，如梁中书的故事、何

---

① ［美］利昂·塞米利安著，宋协立译：《现代小说美学》，陕西人民出版社1987年版，第210页。
② ［捷克］米兰·昆德拉著，董强译：《小说的艺术》，上海译文出版社2004年版，第6—7页。
③ 陈曦钟、侯忠义、鲁玉川辑校：《水浒传会评本》，人民文学出版社1981年版，第218页。
④ 鲁迅：《中国小说史略》，人民文学出版社1973年版，第106页。
⑤ 陈曦钟、侯忠义、鲁玉川辑校：《水浒传会评本》，人民文学出版社1981年版，第28页。

九的故事、殷天锡的故事、宋江的故事等，都是为西门家族的故事添砖加瓦、傅粉施色。《金瓶梅》中西门庆、潘金莲的故事最终虽仍归于《水浒传》中武松杀潘金莲、王婆的情节，但是彼时西门庆已纵欲身亡，武松也只好借银施计，与《水浒传》中的情节同而不同。笑笑生对于《水浒传》中的情节是"存乎一心"的妙用，是信手拈来，正如他化用其他文言短篇小说、话本、戏曲等一样。《金瓶梅》对《水浒传》是特犯而不犯，虽千变万化、左冲右突，而不离西门一家之事。

笑笑生通过这一题材，描写了一部西门庆的家族史，从破落户西门庆作为一个生药铺老板，到开缎子铺、生药铺、绸绢铺、绒线铺四五处铺面，又在江湖走标船，扬州兴贩盐引，东平府上纳香蜡，拥有一妻五妾数十个主管伙计，直至最终身丧家落，一蹶不振。这种家族史的描写，非历史小说、神魔题材等所能传述。"同时说部，无以上之"是鲁迅先生对《金瓶梅》的高度评价。在《三国志演义》问世后，出现了"其浩瀚几与正史分签并架"①的效颦之作，如《新列国志》、《残唐五代史演传》等；《水浒传》之后，有《杨家府演义》、《隋史遗文》、《于少保萃忠全传》等模拟之作；《封神演义》、《三宝太监西洋记》等神魔小说也在《西游记》这一神魔小说的扛鼎之作问世后大量出现；笑笑生著《金瓶梅》问世后出现了众多误入歧途的情色小说，如《浪史》、《痴婆子传》、《肉蒲团》等，以及明末盛行的《玉娇梨》、《平山冷燕》、《好逑传》等诸多的才子佳人小说。以上诸类题材的小说，或为对其开山之作的仿作，或为沿其开山之作的某种倾向并在其轨道上继续发展。这种公式化、模式化作品的蜂拥而出，由于本身并非"新的小说"，遂不能与《三国》、《水浒》、《西游》已达到的成就同日而语，与此中翘楚的《金瓶梅》相比，更是等而下之。从纵的方向来看，清代家庭小说如《醒世姻缘传》、《歧路灯》等，前者描写两世姻缘，后者则着重于对世家子弟的教育问题，也都未能超越《金瓶梅》的艺术水平。这要一直等到吴敬梓、曹雪芹出，才会有新的突破。

---

① （明）冯梦龙：《冯梦龙全集新列国志》，上海古籍出版社1993年影印本，第2页。

二、刻画世情百态

笑笑生发现了家族、家庭这一题材,并将其发扬光大,开创了世情小说一派,他改变了"但知耳目之外牛鬼蛇神之为奇,而不知耳目之内日用起居,其为谲诡幻怪非可以常理推测者"①的小说创作心态和审美心态。

笑笑生通过一粒沙中看世界,通过一滴水中看人生,通过对西门庆一个家庭的描写来反映世道人心。《三国演义》、《水浒传》中也描写了世道人心,但它们描写的是智谋权术、运筹帷幄和英勇之士的斗智斗勇;《金瓶梅》则描写家庭,通过写家庭从而写活动于其中的具体的人,作者笑笑生才得以艺术地把握小说中人物的心灵、心态,展示他们心灵的丑恶和堕落。《金瓶梅》作者笑笑生一心为市井细民立传,似在"清河县前,西门家里",将世俗之家的"大大小小,前前后后,碟儿碗儿"②和满篇"老婆舌头"一一记之,因述平中之奇,遂为不朽,色欲之类,反在其次。笑笑生"因西门庆一分人家,写好几分人家。如武大一家,花子虚一家,乔大户一家,陈洪一家,吴大舅一家,张大户一家,王召宣一家,应伯爵一家,周守备一家,何千户一家,夏提刑一家……大约清河县官员大户,屈指已遍"③,乃至于"不惟交通权贵,即士类亦与周旋"④。通过西门庆这一社会毒瘤式的家庭,笑笑生塑造了众多的人物形象,除书名所示金莲、瓶儿、春梅三人和西门庆以及其另外一妻三妾外,笑笑生还塑造了皇帝、太师、太监、尼僧、道士、帮闲、妓女、仆妇、架儿、乞儿等形象。笑笑生对金、瓶、梅和西门庆诸主角的形象塑造自然给读者以鲜活的印象,然"狮子搏象用全力,搏兔亦用全力"⑤,对于小说中二三流人物如蔡状元、薛嫂儿等的描写,有时不过淡淡几笔渲染,

---

① (明)凌濛初著,陈迩冬、郭隽杰校注:《拍案惊奇》,人民文学出版社1991年版,第1页。
② (明)兰陵笑笑生著,(清)张道深评,王汝梅、李昭恂、于凤树校点:《张竹坡批评第一奇书〈金瓶梅〉》,齐鲁书社1991年版,第43页。
③ (明)兰陵笑笑生著,王汝梅、李昭恂、于凤树校点,《张竹坡批评第一奇书〈金瓶梅〉》,齐鲁书社1991年版,第47页。
④ 鲁迅:《中国小说史略》,人民文学出版社1973年版,第152页。
⑤ 陈曦钟、侯忠义、鲁玉川辑校:《水浒传会评本》,人民文学出版社1981年版,第486页。

也给人以呼之欲出的感觉。笑笑生写出了清河、临清市井生活和元宵节、端午节等民风民俗，写出了当时封建家庭中的妻妾争宠、母以子贵和暴发户家庭的治家无方，写出了社会上妓女的迎奸卖笑、目送心期和"云空未必空"①的僧道女尼，写出了官场的官官相护、贪污腐败和草菅民命，写出了雍容华贵的太师府和封建统治最上层的皇帝的昏庸无道、好色贪杯，等等，以至《金瓶梅》被称作晚明社会百科全书式的作品。这种百科全书式的作品，前有《金瓶梅》，后有《红楼梦》，皆是以家庭、家族为题材的世情小说，历史小说和神魔题材的小说由于受自身题材的限制，则难以涵括如此巨大的容量。

笑笑生的一大贡献是他独出心裁、空无依傍，按照生活的原生态进行长篇白话小说的创作。《金瓶梅》关注当时的社会生活，描写家庭的日常琐事，是小说史上的一次飞跃，这次飞跃为作者的创作提供了自由驰骋的无限空间。《三国志通俗演义》因其在三国史实基础上创作而成，是"以文运事"，虽如罗贯中高才，也不得不受到历史事实和相关史料的影响、束缚，在叙述上只好采用线性方式。

图1.2　为护短金莲泼醋

"因文生事"的《水浒传》，其在结构的独创性和人物、故事的增饰上都较《三国》为多，也更为灵活，从而由《三国》中的一对一的对话发展

---

① （清）曹雪芹、高鹗著，中国艺术研究院红楼梦研究所校注：《红楼梦》，人民文学出版社1996年版，第77页。

到有些微的多声部的倾向，这在小说技巧上可谓是一大进步，是施耐庵的一大创新，也正因其所受局限较少，才有更大的发挥余地。至《西游记》，则又回到《三国志演义》的老路，而且叙述的单纯化、情节的模式化倾向更为严重，致使八十一难中有诸多雷同之处。至笑笑生出，其创作则犹如驰骋于康庄大道，突破了《三国志演义》、《水浒传》和《西游记》的叙述方式，在《金瓶梅》中运用了众声喧哗的多声部。其代表情节为"为护短金莲泼醋"一回金莲与吴月娘的吵架，其中有潘金莲、吴月娘争吵的声音，有吴大妗子劝架的声音，有孟玉楼为自己辩白同时劝说双方的声音。这一场面就不再是一对一的对话，而是立体化多声部的对话，是众人的七嘴八舌。其他如"西门庆挟恨责平安"、"为失金西门庆骂金莲"、"西门庆大哭李瓶儿"等情节也可见《金瓶梅》中"大珠小珠落玉盘"式的多声部的现象。《金瓶梅》之后，继有众多的效颦之作，将已经达到相当水平的小说艺术再次拉下来，直到清代曹雪芹所著《红楼梦》的问世，才将小说艺术又推进到一个新的高峰，从而证实了古代小说波浪式前进和螺旋式上升的发展态势。

　　笑笑生所作《金瓶梅》因为发现了家庭，从而发现了世俗社会和人间的七情六欲。以《三国志演义》和《水浒传》为代表的古典小说，是侧重于以事写人，通过小说中一件件惊心动魄的大事来描写历史中的英雄和非同寻常的好汉，正因以事写人，就难免将人物塑造成类型化的形象。《金瓶梅》是以人写事，笑笑生通过生活中活生生的人物来再现他们在生活中的事件，所以他手下的人物都是复杂的，五光十色的，他们各自的故事是光怪陆离的。在《金瓶梅》中的清河县城，有住在紫石街的武大郎，有住在臭水巷的孟玉楼，有住在牛皮巷的韩道国，有住在狮子街的李瓶儿；有应伯爵随口即出的笑话，有潘金莲脱口而出的骂声，有李桂姐、吴银儿等妓女的谈笑声，有平安、画童等人的哭声；有妻妾的玩牌下棋，有众帮闲在丽春院的帮嫖贴食，有蔡状元、安进士的打秋风，有市井细民家庭的柴米油盐。通过这些丰富多彩的人，作者描写了各式平常而又不平常的事。一桩桩，一幕幕，《金瓶梅》展现给读者的是一个活生生的世界，一个个栩栩如生的人物，在相隔近四百年后的今天，读来仍是活灵活现、呼之欲出。这看似平凡无奇的市井生活，看似简简单单的日常琐事，经笑笑生的如椽巨笔一加描写，遂使我们如置身明朝末年的市井社会，如入山阴道中，应接不暇。

三、思考者笑笑生

米兰·昆德拉认为："小说家有三种基本可能性：讲述一个故事（菲尔丁），描写一个故事（福楼拜），思考一个故事（穆齐尔）。"[①] 其实现实中的小说创作并无如此明显的界限，小说家在讲述或描写一个故事的过程中，也渗入了对人生、对社会和对历史的沉思。"思考是他作品的重要特色"的吴敬梓，宁宗一先生称其《儒林外史》为"思想家的小说"[②]，书中寄寓了对人生况味的思索和对形形色色的知识分子的心灵剖析。即使如讲述故事的《三国演义》、《水浒传》和《西游记》等历史、神魔题材的小说，其中也无不体现了作者对历史轮替、统治者的腐败黑暗、人身自由和人生目标的实现等方面的思考。

由于明初政府自上而下的对程朱理学的推崇，遂使其在明朝特别是太祖、成祖年间大盛。程朱理学经由北宋周敦颐发端，二程（程颢、程颐）创立，至南宋朱熹而集大成。南宋后期开始，程朱理学为统治者所推崇和接受，中经元朝至明清而成为国家的统治思想。明太祖朱元璋、明成祖朱棣对集程朱理学之大成的朱子学情有独钟，把朱熹撰《四书集注》定为科举考试的命题依据，又将《四书大全》、《性理大全》颁布天下，理学思想对社会的影响即趋于深远。程朱理学宣扬"存天理、灭人欲"，要人们遵从"三纲五常"的伦理道德，并有"饿死事小、失节事大"的言论。由于统治者的推崇和提倡，作为亚文化领域的小说、戏曲等通俗文艺的作者也响应主流文化的号召，在作品中宣扬程朱理学的观念，以辅助统治者对民众进行思想"教化"。于是有"不关风化体，纵好也徒然"的高则诚《琵琶记》之作，有《荆钗记》、《刘知远白兔记》、《拜月亭》、《杀狗记》四大南戏之作，有邱濬的《五伦全备记》、邵灿的《五伦香囊记》之作；小说领域，则有宋元话本、拟话本中大量篇幅的说

---

① ［捷克］米兰·昆德拉著，董强译：《小说的艺术》，上海译文出版社 2004 年版，第 155 页。
② 宁宗一：《金瓶梅可以这样读》，中国文史出版社 2010 年版，第 27 页。

话人劝诫语言充斥其中,以致受宋元话本影响的明清长篇章回小说中也少有作品能幸免于此。

物极必反。随着商品经济的发展和市民势力的壮大,工商业者和广大市民开始追求物质和精神层面的享受和自由,对于程朱理学和封建礼教对人体的束缚表示不满。应运而生的,是王阳明"心学",以及由其派生的对晚明社会影响较大的王学左派。王学左派的创始人王艮说:"圣人之道,无异于百姓日用。""百姓日用条理处,即是圣人条理处。"① 从而对百姓的物质生活需求方面做出了肯定。何心隐提出"性而味,性而色,性而声,性而安佚"② 的观点,认为人们对于饮食、色欲、音声、安逸等物质和精神层面的追求合乎人的天性。被正统派称作"异端之尤"的著名思想家李贽提出"穿衣吃饭,即是人伦物理;除却穿衣吃饭,无伦物矣"③。他肯定人的私有欲望,认为"夫私者人之心也,人必有私而后其心乃见,若无私则无心矣"④。又说:"夫圣人亦人耳,既不能高飞远举,弃人间世,则自不能不衣不食,绝粒衣草而自逃荒野也,故虽圣人不能无势利之心。"⑤ 从而将圣人与平民百姓放到同一层面,肯定人们的私心、私欲。

笑笑生所作的《金瓶梅》是一部描写人欲的小说。李宝龙指出:"小说中所体现出来的理欲观念完全打破了自宋代以来一直占思想统治地位的程朱理学的传统。"⑥ 刘孝严的《社会、家庭和人生的全景观照——也谈〈金瓶梅〉的思想意义》和钟锡南的《晚明社会文学思潮转型与〈金瓶梅〉对传统题材的突破》也都指出了《金瓶梅》对程朱理学天理、人欲观念的突破。由于晚明商品经济繁荣和社会政治窳败的畸形结合,同时又有晚明进步思潮王学左派等思想的影响,好货好色、追求享乐成为一种社会风气。上层统治者追求声色犬马的享乐,大臣佞幸献房中术、

---

① (明)王艮:《心斋约言》,(清)曹溶辑,陶樾增订:《学海类编》第三十册,上海涵芬楼据道光十一年安晁氏木活字排印本影印1920年本。
② 容肇祖整理:《何心隐集》,中华书局1960年版,第40页。
③ (明)李贽:《焚书续焚书》,中华书局1975年版,第4页。
④ (明)李贽著,张建业主编:《李贽文集》,社会科学文献出版社2000年版,第626页。
⑤ (明)李贽:《李温陵集》,明刻本。
⑥ 李宝龙:《〈金瓶梅〉中的理欲观》,《辽东学院学报》(社会科学版)2009年第1期。

秋石方以媚上,"于是颓风渐及士流"① 和普通市井百姓。《金瓶梅》作者兰陵笑笑生用艺术的笔法忠实地再现了晚明社会的一个家庭、一个家族,从而辐射出整个生活腐化堕落、发展畸形变态的社会。西门庆有一妻五妾,另有外室、娈童,又私丫环、仆妇;书中张大户、张二官如此,招宣府的王三官如此,蔡状元、安进士这些"国家栋梁"也是如此。潘金莲、李瓶儿、庞春梅等妇人,为了色欲,或对丈夫恶言相攻,毒死、气死自己的丈夫,或私婿、私仆,伦理全无。在"财"方面,《金瓶梅》人物世界中的女性,有些仅为一匹蓝缎子、几件衣服、几两碎银子就可以出卖一次自己的身体,而西门庆用财物这一公关法宝竟可无往而不胜。王婆、薛嫂儿、文嫂儿说媒卖丫头做牵头是为财,应伯爵为人求情、替人求职、妓院帮嫖是为财,韩道国、汤来保、孟锐千里经商是为财,苗青害主是为财,开封府尹杨时、蔡状元、御史宋盘为官为宦是为财,蔡太师生辰特意召见西门庆也是为财,"财"之一字,在《金瓶梅》中实可通神。笑笑生将晚明社会加以如实描写,遂使《金瓶梅》充斥着酒色财气的世界得以显现,使那一充满邪恶充满欲望的世界展现出来。由《金瓶梅》所折射的社会现实来看,程朱理学在晚明社会中实已名存实亡,已无生存的土壤。

  兰陵笑笑生在描写《金瓶梅》时,对当时的人生、社会做了细致而深入的思考。《金瓶梅》以其故事本身对程朱理学的陈腐观点提出了挑战和批判,但是,对于王学左派的观点呢?在晚明进步思潮和时代风气的影响下,人性的觉醒、人类欲望的伸张,是否就应该顺其自然不加节制呢?作者笑笑生不是一位哲学家,也不是一位理论家,就现在我们看到的他的作品《金瓶梅》来说,他是一位优秀的古代长篇白话小说作家。但他对于人类的欲望、对人性,都以自己小说家的锐利眼光做出了回答。"独罪财色"② 的《金瓶梅》,描写了为财色之欲所焚烧、所毁灭的罪恶的人生历程。王婆为财定挨光计、做牵头,最终尸横武松复仇的利刃之下;潘姥姥为财将潘金莲先卖招宣府、再卖张大户,末了女儿恶言恶行相加,

---

① 鲁迅:《中国小说史略》,人民文学出版社1973年版,第155页。
② (明)兰陵笑笑生著,(清)张道深评,王汝梅、李昭恂、于凤树校点:《张竹坡批评第一奇书〈金瓶梅〉》,齐鲁书社1991年版,第9页。

自己身死而亲女不在；应伯爵为财帮嫖贴食、做中人打背工，身死后小女出嫁却乏资陪送。西门庆爱色、好色、嗜色如命，见到一个可意女娘即不择手段引其上钩，终于美人腹上脱阳而死；潘金莲好男色，不论其为丈夫之弟、浪子、家仆、女婿，皆加以勾引，最终身首异处，为色失命；李瓶儿为追求"医奴的药一般"的色欲，从梁中书家逃出后，先嫁花子虚，再嫁蒋竹山，三嫁西门庆，而因与潘金莲争宠，子先夭折，身体又在金莲和西门庆精神、肉体双重折磨下如残花般迅疾败落；庞春梅在嫁周守备生子金哥后，先与陈经济、继与家仆周义纵欲，终因骨蒸痨症死于情夫身上。作为人之大欲的"饮食男女"，作为人类本性的"食色"，放纵的结果，在《金瓶梅》中是我们看到的诸多不得善终的死亡。人生事实的本身，胜于哲学家、伦理学家的长篇大论，笑笑生通过自己忠实于晚明现实的描写，使我们看到了王学左派所宣扬的"百姓日用"、"穿衣吃饭"的人类欲望被无节制地放纵的结果和恶果。

笑笑生在对酒色财气进行批判的同时，也提出了自己的愿望和理想。因酒惹祸，饮酒伤身，酒能使人疏慢亲戚友人、忘恩负义，故客来无酒时不妨清话，"细烹茶，热烘盏，浅浇汤"；"休爱绿鬓美朱颜，少贪红粉翠花钿"①，这些殒身害命、伤己伤人之色，不能贪恋，而应寡欲，人生须罢却风月闲愁，"纸帐梅花独自眠"；"终朝只恨聚无多"② 的金银珠宝，亲朋为之而诉上公堂，丈夫妻妾蓄之不择手段，最终"世上钱财倘来物"，得之易，失之易，何如"退闲一步"，"且优游，且随分，且开怀"；"挥拳捋袖弄精神"是因气，"怒发无明穴"、"忧煎祸及身"也是因气，所以笑笑生劝诫世人"莫太过……凡事放宽情"，让读者诸君"合撒手时须撒手，得饶人处且饶人"。笑笑生的理想，是居短短横墙、矮矮疏窗的清幽茅舍，赏小小池塘、磷磷石阶、惜耳苍苔、绣地野花、数株松梅。《金瓶梅》卷首《阆苑瀛洲》、《短短横墙》、《水竹之居》、《净扫尘埃》四首词以及酒色财气《四贪词》所批判的贪欲和所表达的对理想生活的憧

---

① （明）兰陵笑笑生：《金瓶梅词话》，香港太平书局1982年影印本，本文所引的《金瓶梅》原文如无特殊标注，皆出自此书。以下出自此书的引文，不再加注。
② （清）曹雪芹、高鹗著，中国艺术研究院红楼梦研究所校注：《红楼梦》，人民文学出版社1990年版，第17页。

憬，令人淡泊、清净，突出表现了作为思考者的笑笑生，在充斥着酒色财气的污浊世风之下对人生哲理的思考和对宁静以致远的生活的肯定。

笑笑生沿承宋代说话四家中"小说家"一脉，采取了迥异于《三国演义》、《水浒传》、《西游记》等小说的创作思路，从社会中最小的一个单元——家庭出发，描写西门庆家庭中的吃喝拉撒、妻妾争锋，描写西门庆从一破落户通过不择手段的敛财而成为暴发户，再通过以财物交通官吏而成为统治者的一员，最终纵欲亡身的腐败史、罪恶史。通过西门庆一家，而及帮闲妓女、三姑六婆、僧人道士、地方官吏、朝廷大员，使得社会之黑暗、腐败、堕落通过西门庆一家得以典型再现。在描写过程中，笑笑生不是为叙述而叙述，而是通过行文中的遣字用词、插入自己的评论、作品中人物的评论等对人对事加以褒贬，从而蕴蓄了作为思考者的笑笑生的寄寓，这在小说卷首的四首词以及紧随其后的四贪词中有着集中的体现。通过谙熟于晚明市井生活的笑笑生的如实描写，我们看到了晚明社会阶级的和时代的真实的历史，从中我们看到了作者对人生的感悟、沉思和对恶腐的社会的深切痛恨和批判。

第二节　典型的力量：以帮闲为例

闲人本食客人。孟尝君门下，有三千人，皆客矣。姑以今时府第宅舍言之，食客者：有训导童蒙子弟者，谓之"馆客"。又有讲古论今、吟诗和曲、围棋抚琴、投壶打马、撇竹写兰，名曰"食客"，此之谓闲人也。更有一等不着业艺，食于人家者，此是无成子弟，能文、知书、写字、善音乐，今则百艺不通，专精陪侍涉富豪子弟郎君，游宴执役，甘为下流，及相伴外方官员财主，到都营干。又有猥下之徒，与妓馆家书写柬帖取送之类。更专以参随服役资生，旧有百艺皆通者，如纽元子，学象生叫声，教虫蚁，动音乐，杂手艺，唱词白话，打令商谜，弄水使拳，及善能取覆供过，传言送语。又有专为棚头，斗黄头，养百虫蚁、促织儿。又谓之"闲汉"，凡擎鹰、架鹞、调鹁鸽、斗鹌鹑、斗鸡、赌扑落生之类。又有一等手作人，专攻刀镊，出入宅院，趋奉郎君子弟，专为干当杂事，插花挂

— 奢华与堕落 —

画，说合交易，帮涉妄作，谓之"涉儿"，盖取过水之意。更有一等不本色业艺，专为探听妓家宾客，赶趁唱喏，买物供过，及游湖酒楼饮宴所在，以献香送欢为由，乞觅赡家财，谓之"厮波"。大抵此辈，若顾之则贪婪不已，不顾之则强颜取奉，必满其意而后已。但看赏花宴饮君子，出著发放何如耳。①

——吴自牧《梦粱录》卷十九《闲人》

正如战国时期有行走于各国间的纵横家，战国四公子有食客数千，历朝历代有陪皇帝消愁解闷的帮闲臣子，"明末清初的时候，一份人家必有帮闲的东西存在的"②。深谙晚明中下层社会生活的兰陵笑笑生，在挥动如椽巨笔，通过描写西门庆这一个家庭来折射晚明朽烂的社会现实的过程中，塑造了一批跳脱欲出的帮闲形象。这些形象一经塑造，即以独立的姿态活跃于《金瓶梅》的人物世界中。他们中的有些人物，如应伯爵、

图1.3 应伯爵追欢喜庆

温必古，已经超越了时代，已经不再是单纯的性格显现，而是典型，是作者真实再现的"典型环境中的典型人物"③。苏联著名作家高尔基说：

---

① （宋）吴自牧：《梦粱录》，浙江人民出版社1980年版，第182—183页。
② 《鲁迅全集》第七卷，人民文学出版社2005年版，第404页。
③ ［德］恩格斯：《恩格斯致玛·哈克奈斯》，《马克思恩格斯选集》第四卷，人民出版社1972年版，第462页。

"假如一个作家能从二十个到五十个，以至从几百个小店铺老板、官吏、工人中每个人的身上，把他们最有代表性的阶级特点、习惯、嗜好、姿势、信仰和谈吐等等抽取出来，再把他们综合在一个小店铺老板、官吏、工人的身上，那么这个作家就能用这样的手法创造出'典型'来——而这才是艺术。"[1]亦即鲁迅先生所说的"杂取种种人，合成一个"的人物塑造方法。兰陵笑笑生正是以自己耳闻目睹的众多的帮闲、圆社、架儿、馆客等人物身上，抽取其谈吐、嗜好、行为等，综合至一人或几人身上，使之成为典型，从而创造了伟大的艺术作品的《金瓶梅》。

笑笑生在《金瓶梅》中描写的人物形象，帮闲有应伯爵、谢希大、祝日念、孙天化、常时节、吴典恩、云离手、白来创等，圆社有白秃子、小张闲、罗回子，架儿有于春、段绵纱、青聂铖，馆客有水秀才、倪桂岩、温必古，其他如山东夜叉李贵之属也在帮闲之列。他们中有先为帮闲后有实职者，如吴典恩、云离手；有先为圆社后做帮闲者，如小张闲等，故帮闲是一不稳定的职业，无职无财者即可充任，有职或有财后也可退出，而且在不同的帮闲身份间可以转换。但是其中堪称作典型人物的，据笔者看只有应伯爵和温必古；次者如谢希大、常时节等虽在书中出现频率颇高，但给人的感觉是形象苍白乏力；至于再次者如小张闲、白来创等，人物形象极为苍白，书中关于他们的故事甚或只是他们名字的诠释。故本节在论述过程中以应伯爵、温必古为例，兼及其他帮闲人物。

一、帮闲的性格逻辑

著名美学家蔡仪先生认为"美即典型"。如果小说中的人物形象达到了"典型"的高度，就是美的。虽然不同小说中的不同典型人物或为正面形象，或为负面形象，但是他们作为美的典型对于中国古代小说人物画廊的贡献是相同的。所以《三国演义》中诸葛亮、赵云作为人物典型和曹操这一负面形象的价值，《金瓶梅》中应伯爵、温必古作为人物典型

---

[1] ［苏］高尔基著，孟昌、曹葆华、戈宝权译：《论文学》，人民文学出版社1978年版，第160页。

和《红楼梦》中的贾宝玉、林黛玉这一对正面人物形象的价值，都是不存在高下之分的，都是美的。兰陵笑笑生在塑造《金瓶梅》中的人物形象时，将每一个典型人物赋予其独特的人物性格，并使每个性格显示出独特的强有力的逻辑力量。

黑格尔说："每个人都是一个整体，本身就是一个世界，每个人都是一个完满的有生气的人，而不是某种孤立的性格特征的寓言式的抽象品。"① 又说："具体活动状态中的情致就是人物性格。"② 性格是"具备各种属性的整体"③。作为典型人物，其性格特征需要具备多层次、多面性，才能成为完满的有生气的人物，才能成为福斯特所说的"圆形"的人物。这多层面的性格同时需要集中于典型人物本身，而不能有所游离或与其性格逻辑相违背，这样才会成为具备诸种性格的典型人物整体。

笔者以为，笑笑生所创造的帮闲形象，其远祖概为战国时期的纵横家。《金瓶梅》中的应伯爵、谢希大等帮闲的代表人物，与纵横家的代表苏秦即有相类之处。苏秦从鬼谷子学成后，出游数年而一事无成，回家后"妻不下纴，嫂不为炊，父母不与言"④，非常狼狈。应伯爵是开绸绢铺的应员外的次子，一份家财都嫖没了，跌落了下来；谢希大是清河卫千户官儿应袭子孙，因自幼没有父母，游手好闲，加之好赌博，遂把前程丢了。苏秦痛感"妻不以我为夫，嫂不以我为叔，父母不以我为子，是皆秦之罪也"⑤！遂夜翻书数十箱，得太公《阴符》而攻之，困则锥刺己股，揣摩成功后遂游说六国，最盛时佩六国相印进军秦国。应伯爵、谢希大在家道没落、前程无望后，总结自身经验、揣摩豪家子弟心理，遂成为西门庆等人的座上之客，凭其生花妙舌骗取吃穿用度银两。常时节、白来创等既乏帮闲经验又乏如簧巧舌者，则只能拾人牙慧，有时甚或无以果腹。

（一）"如今时年尚个奉承"

与苏秦在游说齐宣王时奉承其国都临淄之途"连衽成帷，举袂成幕，

---

① ［德］黑格尔著，朱光潜译：《美学》第一卷，商务印书馆1979年版，第303页。
② ［德］黑格尔著，朱光潜译：《美学》第一卷，商务印书馆1979年版，第300页。
③ ［德］黑格尔著，朱光潜译：《美学》第一卷，商务印书馆1979年版，第301页。
④ （汉）刘向著，缪文远、罗永莲、缪伟译注：《战国策》，中华书局2006年版，第28页。
⑤ （汉）刘向著，缪文远、罗永莲、缪伟译注：《战国策》，中华书局2006年版，第28页。

挥汗成雨"相类,奉承是帮闲的杀伤利器。在一般帮闲人物如谢希大、常时节等手中,奉承自是不可或缺的谄媚工具,但只有到了应伯爵手里,"奉承"这一兵器才运用到炉火纯青的程度,并成为具有较高技术含量的学问。应伯爵能得西门庆欣赏,并在很多时候言听计从,奉承在其中起着重要作用。应伯爵对西门庆的奉承可谓是无时无地不在进行,有时是直接吹捧对方,有时是通过贬低自己或他人以抬高对方,有时是通过称赞对方所拥有的人、财、物等来达到阿谀奉承对方的目的。

在西门庆娶李瓶儿新婚燕尔、色利双收之际,应伯爵等人极度夸奖瓶儿:"寰中少有,盖世无双。休说德性温良,举止沉重,自这一表人物,普天之下也寻不出来。那里有哥这样大福!俺们今日得见嫂子一面,明日死也得好处。"西门庆生子官哥后,应、谢二人慌忙走来贺喜,并在看到官哥后赞其"相貌端正,天生的就是个戴纱帽胚胞儿"。第五十八回西门庆生日时请齐香儿、董娇儿、洪四儿、郑爱月儿四个妓女,应伯爵称赞西门庆好眼力:"哥今日拣的这四个粉头,都是出类拔萃的尖儿,再无有出他之上的了。"《金瓶梅》中会拣酥油泡螺的,前有李瓶儿,后有妓女郑爱月儿,在后者送给西门庆酥油泡螺等物时,伯爵用开玩笑似的口吻说:"我头里不说的,我愁甚么?死了一个女儿会拣泡螺儿孝顺我,如今又钻出个女儿会拣了。偏你也会寻,寻的都是妙人儿。"对于生者奉承容易,对于死者却较难,应伯爵同样能施展其心思来做到这一点。在听说李瓶儿病重后,伯爵立即和谢希大去问安,并主动答应去请潘道士:"天可怜见,嫂子好了,我就头着地也走。"在"黄真人炼度荐亡"后,应伯爵对西门庆说:"方才化财,见嫂子头戴凤冠,身穿素衣,手执纨扇,骑着白鹤,望空腾云而去。此赖真人追荐之力,哥的虔心,嫂子的造化,连我好不快活!"这与《红楼梦》中小丫头说死去的晴雯做了芙蓉花神同样荒诞不羁,但是这对听者也是一个很大的安慰,所以无论是西门庆还是贾宝玉,都十分乐于听到这种话语。

生子加官后的西门庆,更喜有人奉承自己的官、财、精神和时运等,而应伯爵也是长袖善舞,通过各种不同方式拍马溜须,投其所好。在帮助吴典恩借银前,称赞西门庆寻的几条带:"都是一条赛一条的好带……自这条犀角带并鹤顶红,就是满京城拿着银子也寻不出来。"并说犀角带

"甚是阔绰。就是你同僚间见了也爱"。称赞其生意必获高利,这对作为商人的西门庆是极为顺耳之言。在得知西门庆打发来保等往扬州支盐时,伯爵道:"哥,恭喜。此去回来,必有大利息。"韩道国货船到时,伯爵又赞:"哥,恭喜!今日华诞的日子货船到,决增十倍之利,喜上加喜!"有时通过贬低他人来奉承西门庆。如西门庆在评论刘太监兄弟刘百户案,夏提刑即使受贿还要参本省院时,应伯爵说:"哥,你是希罕这个钱的?夏大人他出身行伍,起根立地上没有,他不挝些儿,拿甚过日?"不数言即将夏提刑的贪和西门庆的"清"形成了对比,初为副提刑的西门庆听了自为得意。恭维在职官员升职,应是屡试不爽的为对方所喜爱的奉承话。西门庆在行酒令掷到遇红一句果然掷出个四来之时,应伯爵及时恭维:"哥,今年上冬,管情高转加官,主有庆事。"在得知西门庆飞鱼蟒衣的来历后,伯爵极口夸道:"这衣服少说也值几个钱儿。此是哥的先兆,到明日高转,做到都督上,愁玉带蟒衣,何况飞鱼?"称赞西门庆的精力过人,是伯爵奉承的又一层面。在"贵客高楼醉赏灯"后次日,西门庆一早去衙门拜牌理公事后在家忙碌,应伯爵赞曰:"还是亏哥好神思,你的大福。不是面奖,若是第二个也成不的。"黄真人炼度后次日,伯爵再次称赞西门庆精力过人:"哥,你好汉,还起的早。若着我,成不的。"

应伯爵奉承西门庆娶妾,奉承他生子,奉承他得财,奉承他的衣服饰物,奉承他的神思,甚至在其小妾生病直至死亡时他都通过不同方式来奉承。应伯爵实将自己所说的"如今时年尚个奉承"一语作为他的人生信条,并将其运用到极致。

(二)打诨趋时

奉承他人,有时需要广博的识见,这部分从开绸绢铺的应员外处得以传承,部分是应伯爵几十年在嫖界耳闻目睹来的见闻,加之其聪明的头脑,遂形成了他作为帮闲的重要资本。所以他知道鲥鱼在江南一年只过一遭,知道苏州的邓浆砖、邓浆盆,知道好的寿材出有镇远、杨宣榆和桃花洞,且知桃花洞在湖广武陵川秦代毛女避兵处。在西门庆吃喝嫖赌时打诨取乐,以投其所好,则需要敏捷而幽默的口才,识趣见机的眼力,厚颜无耻的面皮,以及有时难免的吮痈舐痔的龌龊行为。这些"才识"和行为，有些在谢希大、常时节或不具备，或不肯为，对于应伯爵来说则是轻车熟路。

从回目来看，就有"狎客帮嫖丽春院"、"应伯爵庆喜追欢"、"应伯爵替花勾使"、"应伯爵打诨趋时"、"应伯爵山洞戏春娇"等。西门庆饮酒取乐时陪饮陪聊，去丽春院嫖妓时帮嫖贴食，铺子开张乏人使用时举荐伙计，瓶儿葬礼时陪侍往来吊客，西门庆实在是难以离开应伯爵。在西门庆要梳笼李桂姐时，有应伯爵、谢希大在跟前一力撺掇；在已梳笼桂姐后，伯爵、希大又约了孙寡嘴、祝日念等出份子作贺；在李桂姐看到潘金莲写给西门庆的情书假怒后，有伯爵等人凑趣将其窝盘住，并说笑话、念【朝天子】词。在得知西门庆要娶李瓶儿、害怕花大捣鬼时，伯爵埋怨如此好事怎么一直瞒着兄弟们，如果花大想捣乱，"俺每就与他结一个大胳膊……比来相交朋友做什么……兄弟情愿火里火去，水里水去"。

与《红楼梦》中"时宝钗"的随分从时相似，应伯爵等帮闲的"打诨趋时"本身即有相机而作、随时而动的含义在内。张竹坡在第四十五回的回前评语中曰：

> 一部内凡数书伯爵关目，如替花饮酒等情，帮嫖追欢等事，皆是以色动人。后文"山洞"、"隔花"、"月儿"处等戏，又是因其喜怒而吮舔之。如此回劝当铜锣，方是特书以财而趋奉之也。究之其凡趋奉处皆以财，而此则以他人之财以趋奉之，以足李智、黄四之意。盖前此西门未提刑，可以嫖，则惟以嫖诱之；此后西门虽有时嫖，然实不敢嫖，故以戏悦之。此回乃西门官兴正新，财念方浓之时，故即以财势鼓惑之，写趋附小人，真写尽了也。①

在西门庆未做提刑官时，伯爵等人即撺掇他去丽春院嫖妓，插科打诨、胁肩谄笑，与妓女打情骂俏，以活跃气氛，讨好西门。在西门庆做

---

① （明）兰陵笑笑生著，（清）张道深评，王汝梅、李昭恂、于凤树校点：《张竹坡批评第一奇书〈金瓶梅〉》，齐鲁书社1991年版，第656—657页。

了提刑后，因涉及官员考查，遂不能常去妓院，伯爵辈即在西门庆家酒席上与供唱的妓女们犯嘴斗舌，妓女说他是"应花子"、"怪花子"、"奴才"等，他说妓女们"淫妇"、"零布"、"丽春院小娘儿们"。没有妓女时，他可以和谢希大等人互相开玩笑；只有他和西门庆两人时，他们也会相互斗嘴，用语多猥及对方房帏。按温秀才之语是"语不亵不笑"。有应伯爵在的场合，气氛就异常活跃，主客间谈话也较为轻松，故西门庆几乎离不开伯爵。由于他开口即出的笑话，能应时应景，有时会轻轻触痛对方的神经，所以无论是丽春院的老鸨，还是刘、薛二内相都知道他是"快取笑"的应先儿。新任副提刑何千户在邀请西门庆赴宴时竟然也有"大乡望应老先生大人"的请帖，可见西门庆对他的提携之功，而称一趋炎附势的帮闲为"大乡望"，也更是可笑之事。

见机而作的一大表现，是为西门庆创造机会。这在谢希大也有时为之，毕竟希大在书中是仅次于伯爵的第二大帮闲。伯爵生日那天，西门庆要早去狮子街会李瓶儿，伯爵要拦门不放，希大道："应二哥，你放哥去罢，休要误了他的事，教嫂子见怪。"这些逢到酒宴就如定油儿一般不吃到顶颡、吃不下去不止的帮闲，要在一桌珍馐美味面前适时离开实在有点困难，但是伯爵毕竟是其中的佼佼者。狮子街赏灯一节，应伯爵看见西门庆有酒了，且王六儿在那里，遂拉着谢希大、祝日念走了，告诉玳安："俊孩子，我头里说的那本帐，我若不起身，别人也只顾坐着，显得就不趣了。等你爹问你，只说俺每多跑了。"听篱察壁，打探隐私，在帮闲中伯爵可谓第一。正因伯爵了解西门庆，了解他的隐私，所以能为他创造机会，博其所乐。所以在"郑月儿卖俏"一节，郑爱月儿要在应伯爵跪着且打两个嘴巴的条件下才喝酒，伯爵为显示自己是趣人讨西门庆高兴，遂接受了月儿的苛刻条件，并能在事后自我取笑。这即使在胁肩谄笑的帮闲们来说，也较难得，不过伯爵不是一般的帮闲，而是曾经"戏春娇"、"戏金钏"的无耻之徒。

（三）谋生之道

描写架儿行藏的【朝天子】词有"在虎口里求津唾"之语，用来形容帮闲的谋生之道可谓极为典型。常言靠山吃山、靠水吃水，趋奉豪家子弟的帮闲们，自然是以他们为生。作为成功的帮闲，必须具有帮嫖贴食的全套本领。除以上所论及的奉承和打诨趋时外，了解主子的性情、心态，为其消愁解闷，是为必须。能达到这些要求的，有应伯爵、谢希大；真正无能者如白来创，也只好拉开一副厚脸皮白白闯入他人之家讨残羹冷炙了。应伯爵讨好西门庆的如花妙舌，已多次言及，其对西门曲尽其心处在书中也多有体现，如李瓶儿病死后劝西门庆进饮食一段，听"洛阳花，梁园月"曲道出西门想念瓶儿一段，西门病后劝其请医看视一段等。正因应伯爵对西门庆的曲意逢迎，且能得其欢心，所以他是最能从西门处谋财者。总体说来，其谋财手段有打背工、赚取中人钱、为人说事的谢礼、举荐伙计的谢礼、借财借物等。

  打背工亦作"打背躬"，源于古代戏曲中的"背云"、"旁云"，本意指剧中人以袖或手中所持之物遮面对台下观众所做的各种表示。在现实生活中是指做瞒人的事、私下扣钱。《金瓶梅》第三十三回应伯爵拿着西门庆的四百五十两银子去与湖州客商何官人交易时，即打了三十两银子的背工，这是私下扣的西门庆的钱。至于和来保均分的九两银子，则是中人钱。应伯爵做中人赚取钱财，是他谋财的重要途径。李智、黄四东平府走香蜡向西门庆借钱，一直是应伯爵做中人，第一次借银一千五百两，定有对他的酬谢之物。在还银一千两利息一百五十两时，黄四又暗中封下十两银子谢他，并答应再借出五百两时，再给他五两中人钱。李三、黄四每次借银或还银后，伯爵都在西门庆家坐不住，即为要赶到李、黄家讨中人钱。荐人、说事收取谢仪，是应伯爵收受财物的又一重要途径。应伯爵举荐给西门庆的伙计和家人，有贲地传、韩道国、甘出身、来爵儿等，文中大都没有描述在被举荐前后当事人送礼之事，但这自然不会少，而且在小有收入之后还会再度答谢伯爵。第三十五回应伯爵在酒席上拿言语错了一错贲四后，次日贲四乖乖地封了三两银子到伯爵家磕头赔礼；作为被举荐人，贲四在西门庆家管工，在庄子上赚钱，又要拿着银子去买向皇亲房子，伯爵认为他应感谢自己的举荐之恩。由此一例，可见其他。王六儿、韩二捣鬼事发后，应伯爵替韩道国向西门庆说情，后又收了车淡、管事宽等四家所凑的打点银两，可谓是吃完原告吃被告。伯爵仗己之才能而双方通吃，最后通过书童转求得宠的李瓶儿而将事情办妥。其他还有在受了丽春院李桂姐家烧鹅瓶酒而"替花勾使"，吃了常时节瓶酒鱼肉而代向西门庆求周济，受了李铭烧鸭老酒后替其释冤等。吴典恩在央应伯爵向西门庆借银子使用时，伯爵说："常言俗语说得好：借米下得锅，讨米下不得锅。哄了一日是两晌。"在向西门庆摇唇鼓舌后，吴典恩借到了预定的百两白银，伯爵也自然得到了十两保头钱。"借米下得锅，讨米下不得锅"这一俗语，也是应伯爵的生财之道。所以伯爵生子后，是向西门庆借银五十两，并要写帖子；在云离手夫人邀请吴月娘和伯爵夫人赴宴时，有伯爵至西门家借衣服头面之事。其实借贷双方都明白，这是有借无还之事。

在西门庆纵欲身亡后，应伯爵约了谢希大等朋友去上祭时所说的"你我相交一场，当时也曾吃过他的，也曾用过他的，也曾使过他的，也曾借过他的，也曾嚼过他的"，可谓是得惠于西门庆的一个总结。至于施恩图报，且所施小恩也念念不忘，自是小人之常事。

文龙在《金瓶梅》第八十回回评中曰：

> 独怪应伯爵，本为酒食而胁肩，原因财物而谄笑，此小人之常也。如果所求不遂，所愿未偿，反而噬脐，转为翻脸，此尤小人之常也，均不足为怪。若西门庆之待应伯爵，糊其口，果其腹，饱暖其身，安顿其家，亦可谓至矣尽矣。不知感恩，亦何至负义；不知报德，亦何至成仇。今观送上李娇儿，又谋及潘金莲，直若与西门庆义不同生，仇结隔世者，此非小人之常，实小人之变矣。世上焉有此等人乎？[①]

其实正如文龙所言，应伯爵并非真正的小人，而是朝秦暮楚、反复无常、无信义可言之人。他的人生信条，正如丘吉尔所言："没有永恒的朋友，也没有永恒的敌人，只有永恒的利益。"

兰陵笑笑生作为明代小说巨匠，他塑造的许多人物形象已经脱略了"扁平化"的痕迹。笑笑生在描写如此八面玲珑的应伯爵等人的同时，也描写了他们所受的惊险，他们内心的恐惧和辛酸。有因花子虚家财事子

[①] 朱一玄编：《金瓶梅资料汇编》，南开大学出版社2002年版，第643页。

虚被抓，而西门庆、应伯爵"众人唬的吃了一惊"；因王三官嫖娼不归家，而被朱太尉批行东平府将孙寡嘴、祝日念、小张闲等拿到东京一案；有因西门庆和王三官争风吃醋，而将小张闲、聂钺儿等五人拿到提刑府夹打一案。应伯爵在孙寡嘴等被抓去东京后所说的话，可谓道出了其中辛酸："从李桂儿家拿出来，在县里监了一夜，第二日，三个一条铁索，都解上东京去了。到那里，没有个清洁来家的。你只说成日图饮酒快肉，前架虫，好容易吃的果子儿！似这等苦儿也是他受。路上这等大热天，着铁索扛着，又没盘缠，有甚么要紧！"兔死狐悲、物伤其类，应伯爵此语道出了帮闲所受的切肤之痛。在替李铭释冤时，伯爵所说的"他有钱的性儿，随他说几句罢了。常言嗔拳不打笑面。如今时年尚个奉承……你若撑硬船儿，谁理你？休说你们，随机应变，全要四水儿活，才能转出钱来"数语，可谓伯爵等帮闲的处世经典格言。正因笑笑生在描写了应伯爵等陪奉取笑的同时，也描写了他们难以言说的苦衷，才使得人物形象得以丰满，成为黑格尔所说的"这一个"，从而成为不朽的典型。

二、帮闲的性格容量

小说中的人物随着时间、环境、地位等的变化，其性格会有所发展，性格化的人物形象，其性格会渐趋积聚、丰富和完善。在类型化人物形象向性格化人物形象过渡的《水浒传》中，有些人物的性格已经呈现出了不断展现、不断丰满的过程，如林冲即是在高俅父子的日趋陷害下将自己隐忍不发的个性在"风雪山神庙"、"火烧草料场"、"水寨大并火"等情节中逐渐展现出来的，宋江的性格也是有一个逐渐展现的过程。虽然人物性格可以不断发展和完善，但是每个典型人物，其性格都有一定的容量，并非能随意增加和盲目改变的。《水浒传》中李逵的性格加之于林冲身上不可，加之于武松身上也不可，加之于鲁智深身上也不可。"师弟四人，各一性情，各一动止"[①] 的《西游记》，各自的性格也清晰可见，不可混淆。按照人物的性格逻辑，在性格容量范围内的汇积和丰富，就

[①] 睡乡居士：《二刻拍案惊奇序》，（明）凌濛初著，陈迩冬、郭隽杰校注：《二刻拍案惊奇》，人民文学出版社1996年版，第1页。

是合理的、有据可循的,否则就与人物性格的发展规律不相符合,就容易给人一种不实之感。

笑笑生所塑造的帮闲人物,特别是应伯爵,首先是一个实实在在的人,他虽高于生活,但更是源于生活。在应伯爵的性格中,虽然充满着复杂性和多面性,但是这些性格层面都和谐地汇集于这一人物整体,都没有超出他的性格容量。笑笑生所塑造的应伯爵形象,是一个集帮闲之大成的人物,其言谈举止都是其性格的反映和心灵的折射。

沈德符在《万历野获编》卷二十五"金瓶梅"条指出:"然原本实少五十三回至五十七回,遍觅不得,有陋儒补以入刻,无论肤浅鄙俚,时作吴语,即前后血脉亦绝不贯串,一见知其赝作矣。"① 陋儒补入的这五回,其情节与前后文的故事情节多有不合,人物性格也有些前后不一,超出了人物的性格容量。但也有部分情节是符合人物的性格特征的,"隔花戏金钏"即是这五回中较为典型的与应伯爵性格相符的一段情节。应伯

图 1.4　狎客帮嫖丽春院

爵是将一份家财都嫖没了的破落户,专一在丽春院帮嫖贴食。自从傍上西门庆这位豪客后,胁肩谄笑、打诨趋奉,帮嫖、陪饮、陪欢,为奉承他而不择手段。西门庆在藏春坞雪洞内"戏"李桂姐时,应伯爵即进洞内鬼混,"按着桂姐,亲讫一嘴,才走出来",其行不可谓不龌龊。在郑

---

① (明)沈德符:《万历野获编》,中华书局1959年版,第652页。

爱月儿向西门庆"卖俏透密意"时，应伯爵忽然走入，咬了月儿"赛鹅脂雪白的手腕儿"一口才走。这两次戏桂姐、戏郑月儿都是为了讨好西门庆，也同时反映了伯爵思想的无耻下流。所以在"郊园会诸友"时应伯爵戏辱正在"抛却万颗明珠"的韩金钏，且告诉众人，从而取笑，实为其在彼时彼地必为之事。

"养儿不要屙金溺银，只要见景生情"一语，在《金瓶梅》中凡两见，一为应伯爵对韩玉钏语，一为玳安对平安语，这也是解读这两个人物的关键词。应伯爵作为帮闲，大部分吃穿用度皆直接或间接来自西门庆，所以他竭尽全力地讨好他、奉承他。并不敢得罪西门家得宠的丫环小厮，观其赞春梅、迎春、玉箫、兰香"谁似哥好有福，出落的恁四个好姐姐，水葱儿的一般，一个赛一个"之语，和第四十六回说书童儿"我那俊侄子，常言道：方以类聚，物以群分。你不知，他这行人故虽是当院出身，小优儿比乐工不同，一概看待也罢了，显的说你我不帮衬了"数语，正如张竹坡所评："总之，一人不敢伤。一语少直，必用许多挽回。小人世情如画。"[①] 第五十二回内应伯爵和西门庆已谈妥的李三、黄四借银事，第五十三回西门庆反悔已属不正常，应伯爵直斥西门"人而无信，不知其可"、不"慷慨"，实非伯爵所为，也非其性格所能容许。在李、黄二人向西门庆借银成功，应伯爵拿到中人钱后，玳安、琴童要向伯爵讨些使用买果子吃，伯爵骂道："没有没有。这是我认得的，不带得来送你这些狗弟子的孩儿。"姑且不论玳安等是否知道应伯爵能否拿到中人钱，"一人不敢伤"的伯爵竟然骂西门庆的心腹小厮玳安"狗弟子孩儿"，实在非其应说的语言，也正是这五回为"赝作"的证明。崇祯本《金瓶梅》第五十四回有应伯爵讲的"江心贼"和"有钱的牛"两个嘲笑西门庆"赋便赋，有些贼形"的笑话，对于作为全书第一大帮闲且"见景生情"的应伯爵来说是不正常的，对于曾在酒席上拿言语错贲四所讲的"缺着行房"的笑话的应伯爵更是不正常的，这并非笑笑生的本意。

典型人物的性格的丰富和完善需要作者的综合，从众多帮闲身上提

---

① （明）兰陵笑笑生著，（清）张道深评，王汝梅、李昭恂、于凤树校点：《张竹坡批评第一奇书〈金瓶梅〉》，齐鲁书社1991年版，第669页。

取种种合理的因素合成一个，从而形成这一世情奇书中绝无仅有的帮闲形象——应伯爵。笑笑生塑造了"语言便捷，小有才情，明暗奉承，深得意旨"的"篾片中能干者"① 的应伯爵形象，又塑造了谢希大形象，但其"妙在善于用犯笔而不犯也……毕竟伯爵是伯爵，希大是希大，各人的身份，各人的谈吐，一丝不紊"②，能做到特犯不犯，关键是赋予了每个人物以典型的性格特征。

三、馆客温必古

随着西门庆的平地青云、由一介乡民升为提刑官，结交的中上层官吏日趋增多，往来信札也趋于频繁，在经济实力和政治实力的双重刺激下，西门庆感到有提升自己府上文化层次的必要。女婿陈经济读的书彼时已显得非常有限，李县令所送的小厮书童儿又在男宠之列，客人来时也不能陪侍，在看到同僚夏提刑家有西宾倪桂岩秀才时，西门庆也有了寻找一位馆客处理往来书束的想法。应伯爵举荐的水秀才，由于伯爵介绍时的取笑口吻，和水秀才的行止不端，而被西门庆否定。第五十八回倪桂岩所举荐的"年纪不上四旬，生的明眸皓齿，三牙须，丰姿洒落，举止飘逸"的温必古遂登上了西门之堂。

西宾温秀才的工作，是专修书束，回答往来士夫，每月三两银子，四时八节都有礼物相送，又让画童为他服侍。温秀才的到来，给西门府上增添了书卷气和迂腐气，同时为其家增添了一位陪侍往来客人的文人雅士。馆客也是帮闲之一，奉承同为其必然工作。温秀才称西门庆"东君老先生"，自称"学生"。在李瓶儿丧礼上与应伯爵、吴大舅等同作为陪客，并在西门庆僭越礼节处及时指出："恭人系命妇有爵，室人乃室内之人，只是个浑然通常之称。"平时峨冠博带的穿戴、"之乎者也"的语言，也是西门家一大风景。但是温必古有两件事做得不好，一是好男风，把画童当作娈童；一是将蔡太师管家翟谦给西门庆的书信私下拿给夏提刑看，而此信却关乎西门庆和夏提刑的前途，实属绝密。

---

① 朱一玄编：《金瓶梅资料汇编》，南开大学出版社2002年版，第622页。
② （明）兰陵笑笑生著，（清）张道深评，王汝梅、李昭恂、于凤树校点：《张竹坡批评第一奇书〈金瓶梅〉》，齐鲁书社1991年版，第30页。

笑笑生在进行人物描写时，往往采用伏线法和反复烘染法，这在温必古的身上较为明显。在孟玉楼兄弟孟锐来拜见时，西门庆请应伯爵和温秀才陪坐饮酒，来安说："温师父不在，望倪师父去了。"李智、黄四请西门庆和应伯爵去郑爱月儿家饮酒时，西门欲邀温秀才一起，王经说："温师父不在家，望朋友去了。画童儿请去了。"这时应伯爵说："秀才家，赤道有要没紧望朋友，多咱来？"第七

图 1.5　应伯爵戏衔玉臂

十六回西门庆想请温秀才陪乔大户时，来安儿道："温师父不在家，从早辰望朋友去了。"三番四次不在家，夫会朋友，而所会的朋友即为替他举荐工作的倪桂岩，他又到底何为呢？这又要从温秀才好男风说起。好男风一事，作者笑笑生也是多次渲染。前有蔡状元、安进士在西门家打秋风时安进士的喜尚南风，后有西门庆所言蔡状元等"南人的营生，好的是南风"，并有西门庆庸附风雅的喜好男风，秀才中有作者通过应伯爵之口所叙的水秀才的好男风，最终才有秀才温葵轩私狎画童之事的发生。而正是通过服侍温葵轩的画童之口，道出了温秀才在望朋友倪桂岩时拿西门庆的书稿儿给倪看，倪秀才又给夏提刑看之事。于是乎，两案并发，"惟其利欲是前……不以廉耻为重"的温必古卷铺盖走人，即势在必行。

同性恋在明清形成了一种社会风气，《金瓶梅》作为伟大的现实主义作品也真实地反映了这一点。温必古尚男风，与安忱、蔡状元、西门庆的尚"南风"也无本质的区别。但是温必古地位没有安、蔡高，权势没

有西门重,作为一介腐儒馆居于他人之家而私狎东家的小厮,这即为他所犯的最大的错误,遂成为"惯游非礼之地……把文章道学,一并送还了孔夫子"的斯文扫地之人。

四、"文心"拥抱典型

兰陵笑笑生之所以能创造出如应伯爵、温必古这种帮闲人物典型,正因为他用自己的"文心"来爱护、拥抱这些人物。高尔基在《我怎样写作》中说:"一个大师不仅应该熟悉他的材料,而且还应该热爱自己的材料,更正确的说,还应该欣赏他的材料。"①笑笑生也正如陀思妥耶夫斯基、高尔基等著名外国作家一样,虽然他笔下的应伯爵、谢希大、温必古以及其他许多人物都是令人憎恨的、讨厌的,但笑笑生依然是充满了最大的爱来创造这些人物的,虽然我们看到他对他们的行为感到鄙视、唾弃和深恶痛绝。

俄国著名作家契诃夫在写给阿·谢·苏沃陵的信中说:"要知道,为了在七百行文字里描写偷马贼,我得随时按他们的方式说话和思索,按他们的心理来感觉。"②高尔基对于这一点也深有感触,他说:"科学工作者在研究公羊时,用不着想象自己也是一头公羊,但文学家则不然,他虽慷慨,却必须想象自己是个吝啬鬼,他虽毫无私心,却必须觉得自己是个贪婪的守财奴,他虽意志薄弱,但却必须令人信服地描写出一个意志坚强的人。"③古今中外作家的创作手法,实具有一定的相通性。清初金圣叹在《水浒传》第五十五回的回前评语中即曰:"今观其写淫妇居然淫妇,写偷儿居然偷儿……惟耐庵于三寸之笔,一幅之纸之间,实亲动心而为淫妇,亲动心而为偷儿。"④笑笑生"必用十二分笔,描其生动,

---

① [苏]高尔基著,孟昌、曹葆华、戈宝权译:《论文学》,人民文学出版社 1978 年版,第 264 页。
② 汝龙译:《契诃夫论文学》,人民文学出版社 1958 年版,第 186 页。
③ [苏]高尔基著,孟昌、曹葆华、戈宝权译:《论文学》,人民文学出版社 1978 年版,第 317 页。
④ 陈曦钟、侯忠义、鲁玉川辑校:《水浒传会评本》,北京大学出版社 1981 年版,第 1018 页。

处处皆然"① 的应伯爵形象，以及馆客温必古的鲜活形象，正是因其在创作运思时把自己想象为应伯爵、温秀才等。所以我们看到的这两个人物典型，和书中其他典型人物一样，都是既可恨又可爱，既可笑又可怜，既出人意外又在人意中。如现实生活中的人物一样，他们在《金瓶梅》中活跃着自己的身形，在《金》书为广大读者所知后，遂活跃于古典小说的人物画廊，活跃在人们心中，这皆出于作者的文心之妙。

第三节 匠心独运的情节

> 《金瓶梅》是一部《史记》。然而《史记》有独传，有合传，却是分开做的。《金瓶梅》却是一百回共成一传，而千百人总合一传，内却又断断续续，各人自有一传，固知作《金瓶》者必能作《史记》也。何则？既已为其难，又何难为其易。②
> ——张竹坡《批评第一奇书〈金瓶梅〉读法》

作为第一部长篇世情小说的作者，兰陵笑笑生对于自己所掌握的既丰富而又纷纭复杂的材料，需要整理、分析、归纳、综合，从而使自己小说的情节避免混乱，体现人物性格的发展轨迹。这就要求作者对于故事情节的安排要有统有分、统分结合，情节的进程散而不乱，服从于、服务于《金瓶梅》的主题和其人物形象的塑造。下文即择其要者对《金瓶梅》的情节安排加以分析。

一、统与分：挑战混乱

中国古代长篇小说中，故事开始和进展过程中，往往有总括性的故事情节来统摄全书，或通过诗词曲子等来昭示主要人物的命运。这早在元刊全相平话五种之一的《全相平话三国志》中已有司马仲相断狱事，

---

① （明）兰陵笑笑生著，（清）张道深评，王汝梅、李昭恂、于凤树校点：《张竹坡批评第一奇书〈金瓶梅〉》，齐鲁书社1991年版，第1099页。
② （明）兰陵笑笑生著，（清）张道深评，王汝梅、李昭恂、于凤树校点：《张竹坡批评第一奇书〈金瓶梅〉》，齐鲁书社1991年版，第35页。

将全书情节做一总括。《三国志通俗演义》中,在徐庶向刘备荐诸葛亮后,有司马徽来访时所说的"汝既去便罢,又惹他出来呕血也"①之语,在隆中对策时诸葛亮有天下三分之论。《水浒传》中,这种总括性和预示性的故事情节得到了更大的发展,其第一回有"洪太尉误走妖魔"的情节,并有龙虎山上清宫住持真人转述的祖老天师洞玄真人之言:"此殿内镇锁着三十六员天罡星,七十二座地煞星,共是一百单八个魔君在里面……若还放他出世,必恼下方生灵。"②全书的梁山泊英雄好汉在此一现。在鲁智深自五台山去东京大相国寺前,智真长老有四句偈言送他:"遇林而起,遇山而富,遇水而兴,遇江而止。"③第九十回宋江向智真长老问及众弟兄前程时,智真长老写下四句偈语:"当风雁影翻,东阙不团圆。只眼功劳足,双林福寿全。"同时送四句偈语给鲁智深:"逢夏而擒,遇腊而执。听潮而圆,见信而寂。"④智真长老的偈语,对于鲁智深故事情节乃至于宋江等人的未来都做了预示,这些相关的情节对于整个《水浒》故事起着推动作用。《西游记》第八回有观音奉如来之旨到长安寻取经人,让其历尽艰辛求取真经之事。

继罗贯中、施耐庵、吴承恩等小说家之后的兰陵笑笑生,在进行《金瓶梅》的创作时除了对于前代小说家创作技巧的继承、借鉴之外,更依靠自己天才的创造力和创新能力进行小说创作,是其取得高度成就的重要因素。《金瓶梅》中对于全文的总括性描写更为纯熟,预示后文故事发展的情节描写也较以前诸书为多。《金瓶梅》一书以项籍、刘季与虞姬、戚夫人的故事作为入话,引出因一虎中美女所引发的一个风情故事,是为全书之始。以笔者愚见,全书有三处总结性文字,以预示诸人结局。一为第二十一回孟玉楼生日时各人所行的酒令,将各个主要人物的将来之事无意中说出,此情节正因其用语隐讳,故不为人所注意。如金莲所说"鲍老儿,临老入花丛,坏了三纲五常,问他个非奸做贼拿"之言,和李瓶儿所说"端正好,搭梯望月,等到春分昼夜停,那时节隔墙儿险

---

① (明) 罗贯中:《三国志通俗演义》,上海古籍出版社 1980 年版,第 358 页。
② (明) 施耐庵、罗贯中:《水浒传》,人民文学出版社 1990 年版,第 9 页。
③ (明) 施耐庵、罗贯中:《水浒传》,人民文学出版社 1990 年版,第 40 页。
④ (明) 施耐庵、罗贯中:《水浒传》,人民文学出版社 1990 年版,第 675 页。

化做望夫山"之言，正如张竹坡所评，"金莲已伏敬济"、"瓶儿已伏死"①。二为"吴神仙贵贱相人"，此是全书之大枢机，主要人物的结果在此均为之一示。张竹坡说"盖作者恐后文顺手写去，或致错乱，故一一定其规模，下文皆照此结果此数人也"②，诚为知者言。如相潘金莲"光斜视以多淫……必主刑夫……终须寿夭"之言，相李瓶儿"眼光如醉，主桑中之约……必产贵儿……必受夫之宠爱……山根青黑，三九前

图1.6　吴神仙冰鉴定终身

后定见哭声；法令细纏，鸡犬之年焉可过"之语，对于其人及其结果皆直言不讳。故所谓吴神仙冰鉴，实为作者借其口将诸人结果说出，实无如此灵验且说话毫无避忌之神仙。三为"妻妾笑卜龟儿卦"，是又一承上启下之大关键。此次卜龟儿婆子对李瓶儿的卜辞是"为人心地有仁义，金银财帛不计较……只是吃了比肩不合的亏，凡事恩将仇报……你尽好匹红罗，只可惜尺头短了些，气恼上要忍耐些，就是子上也难为"；潘金莲则在自己口中说出"随他明日街死街埋，路死路埋，倒在阳沟里就是棺材"之语，遂一语成谶。第一百回"普静师荐拔群冤"为全书之大收

---

① （明）兰陵笑笑生著，（清）张道深评，王汝梅、李昭恂、于凤树校点：《张竹坡批评第一奇书〈金瓶梅〉》，齐鲁书社1991年版，第335页，"陈经济"在崇祯本和第一奇书本中作"陈敬济"。

② （明）兰陵笑笑生著，（清）张道深评，王汝梅、李昭恂、于凤树校点：《张竹坡批评第一奇书〈金瓶梅〉》，齐鲁书社1991年版，第432页。

— 奢华与堕落 —

煞，自被金莲用砒霜毒死的武大郎至因纵欲得骨蒸痨而死的庞春梅，皆交代其来龙去脉。

"文家贵乎能变，庶不板重"①。笑笑生在创作过程中也在不断追求变化、变异，从而使自己的文字不落窠臼。三次总括预示性文字一通过酒令来写，一通过相面来写，一通过卜龟儿来写。每次描写又有不同，孟玉楼生日行酒令，是在西门庆和其六妻妾之间；"冰鉴"一回，除西门庆和其妻妾外，又有西门大姐和庞春梅；"卜龟儿"一回，只有吴月娘、孟玉楼、李瓶儿三人，金莲结果是自己说出。即使在一次看相中，也是各人有所不同，正如张竹坡在第二十九回的回前评语中所说：

> 看他写众妇人出来看相，各各不同。月娘上来，众妾同观看。李娇儿自己过来。月娘叫孟三姐："你也相相。"神仙即接着相。至于金莲，不肯出来，必用再三推之方出。瓶儿是西门令其相。雪娥、大姐是月娘令其相。夫大姐本非局中正经角色，因不便令敬济混入，则用大姐。盖大姐相，而敬济之结果已过半矣，故此处不相陈敬济。②

相陈经济，在第九十六回叶道口中说出。盖冰鉴一回将众人一写，卜龟一回又一写，众人结局已全示于前。故此回叶头陀相其"少年色嫩不坚牢"、"主多成多败。钱财使尽又还来，总然你久后营得家计，犹如烈日照冰霜"，并相其后来有三妻之命，三十岁上有些不足等。作者借叶道之口将敬济之结果一现，全书主要人物至此可谓有始有终。

作为"千百人总合一传，内却又断断续续，各人自有一传"的《金瓶梅》，在写作过程中让各主要人物的传记有分有合即十分重要。它不同于按鉴创作的演义小说，也不同于具有一定目标的英雄传奇和神魔小说，如没有统摄全文的故事情节，整部小说可能会显得散乱。至清代《红楼

---

① （清）蒲松龄著，张友鹤辑校：《聊斋志异会校会注会评本》卷十一《晚霞》冯镇峦评语，上海古籍出版社1986年版，第1479页。
② （明）兰陵笑笑生著，（清）张道深评，于汝梅、李昭恂、丁凤桐校点：《张竹坡批评第一奇书〈金瓶梅〉》，齐鲁书社1991年版，第432页。

梦》作者曹雪芹，这一传统得到了更好地继承和发展，并将其运用到炉火纯青的地步。第一回女娲炼石补天的神话，茫茫大士、渺渺真人与石头的对话，石头与空空道人的对白及后者抄录石上故事，成为笼罩全篇的超叙述层次。第五回"游幻境指迷十二钗　饮仙醪曲演红楼梦"，通过贾宝玉在太虚幻境中所阅的金陵十二钗册子和《红楼梦》十二支曲子，遂将全书主要人物一总，十二钗之结局在此为之一现。其后，通过人物的语言如金钏"金簪子掉在井里头，有你的只是有你的"①、人物所作的诗词、所行的酒令等，不断昭示人物的命运和结局，给读者留下悬念和探索人物命运的浓厚兴趣。

二、博收并取，为其所用

早在 1940 年，冯沅君于《金瓶梅词话中的文学史料》一文中即指出《金瓶梅词话》中旁见他书或作者可考的曲子七十六条，多出于《雍熙乐府》和《词林摘艳》②。美国学者韩南 1963 年发表的《〈金瓶梅〉探源》一文，从长篇小说《水浒传》、白话短篇小说、文言色情短篇小说《如意君传》、宋史、戏曲、清曲、说唱文学七个方面研究《金瓶梅》中相关故事或文字的来源③。朱一玄先生在 1985 年出版的《金瓶梅资料汇编》中也指出了《金瓶梅》有取材于《志诚张主管》、《水浒传》等小说的本事。主张《金瓶梅词话》为世代累积型的集体创作小说的徐朔方先生，在《杭州大学学报》1980 年第 1 期上发表的文章《金瓶梅的写定者是李开先》中，对于《金瓶梅》和《刎颈鸳鸯会》、《志诚张主管》之间在文字方面和故事情节方面的类似性也做了详细论述。④ 凡此，皆可见兰陵笑笑生对于正史和民间通俗文学作品的借鉴。有人因之认为《金瓶梅》是世代累积或隐性累积型作品，拙文《〈金瓶梅〉与"隐性累积"——兼论其讲唱性》⑤已做了较为有力地反驳，在此不赘。

---

① （清）曹雪芹、高鹗著，中国艺术研究院红楼梦研究所校注：《红楼梦》，人民文学出版社 1996 年版，第 412 页。
② 冯沅君：《古剧说汇》，作家出版社 1956 年版，第 198—203 页。
③ ［美］韩南著，王秋桂等译：《韩南中国小说论集》，北京大学出版社 2008 年版，第 223—264 页。
④ 徐朔方：《金瓶梅的写定者是李开先》，《杭州大学学报》1980 年第 1 期。
⑤ 付善明：《〈金瓶梅〉与"隐性累积"——兼论其讲唱性》，《东方论坛》2009 年第 6 期。

— 奢华与堕落 —

宋元时期因为有共同的工作场所"瓦肆",和编写话本、戏曲、曲艺的组织——书会,从而使得小说和戏曲艺人在创作和演出时可以相互交流、相互借鉴,并对其他通俗文学作品耳熟能详。明清时期的说书艺人继承了宋元说话人的优良传统,"幼习太平广记,长攻历代史书","讲论处不(通'滞')搭、不絮烦,敷演处有规模、有收拾。冷淡处提掇得有家数,热闹处敷演得越长久"①。从《金瓶梅》主要描写的明代中下层社会的日常琐事,作者对于民间通俗文艺的熟悉程度,以及在描写太师府、朝廷时的"隔",在作者自己拟作的诗词多不合古代诗歌创作规范等方面来看,作者兰陵笑笑生应不是"嘉靖间大名士",而是郁郁不得志的下层文人或民间艺人。他所创作的《金瓶梅》虽然并非如有些论者所云是讲唱性的作品,但他是宋元说话人说话伎艺很好的继承者和借鉴者,其作品《金瓶梅》是承袭了宋元说话"四家"中小说家一脉的。

笑笑生在《金瓶梅》中对于《水浒传》、《小夫人金钱赠年少》、《戒指儿记》、《新桥市韩五卖春情》、《港口渔翁》等话本、拟话本、公案小说故事情节的旁征博引,并非拘囿于原有故事情节的机械引用,而是信手拈来,为我所用。《水浒传》中广为人知的武松打虎故事、西门庆与潘金莲的故事、武松杀金莲的故事,在笑笑生引入《金瓶梅》一书时无不做了改造。《金瓶梅》中的武松杀虎故事较之《水浒》做了较大程度的简化,武大郎也新添了前妻所生的小女迎儿,何九也并未如《水浒》中所言为武松提供证据,而是在武松归来前即已躲掉;西门庆在狮子楼酒店未被前来为兄复仇的武松所杀,而是在三十三岁时因纵欲脱阳而死。此外又将《水浒》中杀梁中书全家的杜迁、宋万,改为《金瓶梅》中的李逵;将宋江在清风山义释的刘知寨夫人,改为西门庆的正妻吴月娘;将在沧州为非作歹的高廉妻舅殷天锡,改为在泰山与道士石伯才狼狈为奸、引诱奸骗四方烧香妇女的淫棍。《戒指儿记》的故事情节,是西门庆在第三十四回和五十一回与李瓶儿、吴月娘聊天时说出。《小夫人金钱赠年少》中小夫人的出身,为笑笑生借用至潘金莲的出身描写上;小夫人勾挑主管张胜一事,被笑笑生描写为已做周守备之妻的庞春梅对李安动情

---

① (宋)罗烨:《醉翁谈录》,古典文学出版社1957年版,第3—5页。

的故事情节。《新桥市韩五卖春情》则被笑笑生改头换面，用于描写陈经济在临清酒楼与韩爱姐、韩道国等见面的情景。

笑笑生对于《水浒传》等相关小说中故事情节的引用，都是使其服务于《金瓶梅》的主要故事情节和人物性格。正如撮盐入水，而使人不知何者为盐，何者为水。对于广大读者来说，他们一般不会从潘金莲、庞春梅等人身上看出蒋淑珍的影子来；更不会念念不忘于《水浒传》中武松、李逵等人的事迹，而谓《金瓶梅》中的相关描写为非。《金瓶梅》与《水浒传》、《戒指儿记》等小说相比，在当时是一部全新的小说，其中的故事描写、人物出身、性格描写等，无论其源自何书、出自何人，都已成为《金瓶梅》中水乳交融的一部分，如千百条小河小溪融入滚滚滔滔的大江大河，从而成为江河中一分子而奔涌向共同的目的地。

三、文心灼灼，触手成趣

中国古代长篇小说的作者，在小说创作过程中都尽可能发挥自己丰富的观察力、想象力和创造力，为读者增加小说的故事性、生动性和趣味性。如讲史小说的《新编五代史平话》和"七实三虚"的《三国演义》等，其具体创作过程也是如鲁迅所说"大抵史上大事，既无发挥，一涉细故，便多增饰"[①]。而其中最为吸引读者之处，如《新编五代史平话》中关于黄巢、刘知远、郭威、石敬瑭等人的故事，《三国演义》中温酒斩华雄、三顾茅庐、孔明借箭、诸葛祭风等故事情节，也都是作者最为灵活地运用其创作思维的时刻。《水浒传》是"因文生事"，"只是顺着笔性去，削高补低都由我"[②]，作者所受拘束较小，具有更大的创作空间，故"把一百八个人性格都写出来"[③]。神魔小说巅峰之作《西游记》的作者吴承恩，构思"变化施为，皆极奇姿"[④]，创作出"神魔皆有人情，精魅亦通世故"[⑤]的长篇佳构。

---

① 鲁迅：《中国小说史略》，人民文学出版社1973年版，第91页。
② 陈曦钟、侯忠义、鲁玉川辑校：《水浒传会评本》，北京大学出版社1981年版，第16页。
③ 陈曦钟、侯忠义、鲁玉川辑校：《水浒传会评本》，北京大学出版社1981年版，第17页。
④ 鲁迅：《中国小说史略》，人民文学出版社1973年版，第137页。
⑤ 鲁迅：《中国小说史略》，人民文学出版社1973年版，第139页。

— 奢华与堕落 —

　　至兰陵笑笑生，则以前并无长篇世情小说的样范以供参考，没有《三国志平话》、《大宋宣和遗事》、《西游记平话》等已经大体成型的故事文本作为创作蓝本，也没有小说评点家和评论家为其剖析名作、指点迷津，他只有以自己的天才的想象力和如花的妙笔，去创作一部迥异于历史小说和神魔小说的世情小说。笑笑生以《水浒传》中广为人知的潘金莲和西门庆的故事为蓝本，将故事发生的地点由阳谷县城改至清河县城，将在《水浒传》中犹如昙花一现即死于武松拳脚之下的破落户财主西门庆，改为并未因其而死，而是三十三岁死于酒色过度。在《水浒传》顺便提及的陪衬性人物如妓女李娇娇，在《金瓶梅》中被西门庆娶回家中做了第二房小妾；《水浒传》中王婆提及的西门庆外宅张惜惜，笑笑生则依然承袭施耐庵之笔墨，借西门庆之口一语放去。在"薛嫂儿说娶孟玉楼"、"西门庆计娶潘金莲"、收用前头陈氏娘子陪床孙雪娥之后，又与李瓶儿偷情，气死花子虚，终娶之入门做第六房小妾，遂达到一妻五妾的庞大规模。与《水浒传》中在阳谷县里管些公事、说事过钱的刁徒泼皮并因奸被杀的西门庆相比，《金瓶梅》作者笑笑生赋予其主人公西门庆的品格可谓良多，他不仅嗜色如命，而且酒色财气诸毒俱沾；结交十兄弟，与应伯爵、谢希大众帮闲在妓院呷酒狎妓；与县令、守备、提刑等官吏有来往，又通过亲家陈洪的关系结交上当朝太尉杨戬和太师蔡京；在娶孟玉楼、娶李瓶儿、收留陈经济夫妇后，发了几场横财，从而把自己的生意触角从生药铺延伸到绒线铺、绸缎铺、解当铺，并放官吏债支援李智、黄四在东平府走香蜡，往苏杭湖州一带走标船，通过御史蔡蕴经营获利甚丰的食盐生意。经过笑笑生触手成春的改动，一个典型人物、一个可以支撑起百回大书的集恶霸、官僚、富商于一体的西门庆形象站立起来，而且无处不见他的身影；即使是在纵欲亡身之后的二十回书里，我们仍然可以看到许多西门庆的影子。凡此诸般情节，皆是从《水浒传》第二十三至二十七回数段情节衍生出来，并在广阔的社会背景和丰富的人物内蕴下铺衍开去，笑笑生的慧心灵性从中可见其大略。

　　笑笑生对《水浒传》中的"大人物"如西门庆、潘金莲做了改动，对于"小人物"仵作何九也做了改动。在《水浒传》中保留西门庆所送十两银子和武大郎两块骨殖作为证件，虽世故却不乏正直的仵作何九叔，在笑笑生笔下已成为惧怕西门庆这个刁徒、收受其银两葫芦提尨验武大尸首的为虎作伥者。在武松从东京回到清河欲为哥哥武大申冤,想找何九做证人时,何九却在他回来三天之前已经躲开。对于彼时尚未做提刑的西门庆,因其把持官府、发迹有钱,作为势利之徒的何九就已感觉其利用价值要较都头武松为大。在十两银子的收买之下,作为仵作的何九即出卖了自己的灵魂,而将武大的人命案视若草芥之事,这是兰陵笑笑生抓住了当时小市民的卑污人性而加以描写的结果。后文尚有一处情节可证明此点:作者笑笑生为何九增加了一位兄弟何十,在何十因做贼被抓入提刑院时,何九央及王婆通过潘金莲的关系向西门庆说情,西门庆遂拿弘化寺一名和尚顶缺,开发出何十,葫芦判案。更可见世道炎凉的是,在与西门庆偷情时王婆被潘金莲称作"干娘",而在替何九求情时只被其称作"老王"。可以见出当时已是一个势利的社会、黑暗的社会、正义之士无以立足的社会。

不仅在对《水浒传》故事情节的改编方面可见《金瓶梅》作者文心之妙,即使在笑笑生自己创作的故事情节方面也能见出其灼灼文心。在《金瓶梅》中,笑笑生塑造了一大批帮闲形象,应伯爵、谢希大、吴典恩、祝日念、孙天化、常时节、云离手等,以及众架儿、圆社。其中特别是应伯爵的形象塑造,更堪称典型。应伯爵介绍给西门庆的绒线铺伙计名韩道国(谐音"韩捣鬼"),字希尧("一摇"),其兄弟则名韩二捣鬼,最终西门庆的货银一千两被韩道国夫妇捣鬼骗至东京蔡太师管家翟谦府中。韩道国妻子王六儿和其弟韩二捣鬼素有奸情,因王六儿之恶而被几人捉奸,捉奸之人则为笑笑生命名为车淡("扯淡")、管世宽("管事宽")、游守("游手")、郝贤("好闲"),遂生发出"韩道国纵妇争锋"一段妙文。而此段情节中又有陶扒灰论"到官,叔嫂通奸,两个都是绞罪"的评论,以及认得他的旁观者反问其"若是公公养媳妇,却论什么罪"一节看似闲文的妙论。韩二捣鬼、王六儿通奸案,西门庆却徇私舞弊枉判车淡等四人每人二十夹棍,而置叔嫂二人于不顾,直至车淡等四家父老凑银辗转走当时甚得西门庆宠爱的李瓶儿的后门才将事情了结。作者对此段情节的思考,盖为陶扒灰与路人对话后其所引的"各人自扫门前,雪莫管他家瓦上霜"格言,希望人们不要游手好闲,不要无事自找麻烦去扯淡、管无关自己之事。这当然显示了作者思想保守、希望明哲保身的一面。其他如宋惠莲之父因卖棺材而被命名为宋仁("送人"),极具反讽意味的是西门庆在惠莲死后却勾结官府将宋仁性命送掉。《红楼梦》作者曹雪芹为其书中秦钟("情种")、秦业("情孽"),以及贾府门客詹光("沾光")、单聘仁("善骗人")、吴新登("无星戥")、戴良("大量")等人物的命名,发扬了笑笑生以谐音命名的小说创作技巧,在阅读时往往给读者以会心的微笑。笑笑生因"王婆子卖了磨——没的推了"一句歇后语,则在第八十六回生发出王婆因儿子王潮儿拐银发迹不再卖茶,而是"买了两个驴儿,安了盘磨,一张罗柜,开起磨坊来"一段情节,更是可见笑笑生之文采斐然。兰陵笑笑生之文心,诚可谓盘曲百折,随手成春。

四、瑕瑜互见:整齐中的混乱

陈经济在西门大姐自缢身死,又被吴月娘告一状后,妓女冯金宝又归妓院,经济刚刚逃出一条性命。经济在试图找杨大郎问其半船货的下落,而被杨二疯讹诈不敢出门后,作者笑笑生的一段描写诚为冷到极点:

> 不消几时,(陈经济)把大房卖了,找了七十两银子典了一所小房,在僻巷内居住。落后,两个丫头,卖了一个重喜儿,只留着元宵儿和他同铺歇卧。又过了不上半月,把小房倒腾了,却去赁房居住。陈安也走了,家中没营运,只是单身独自。家伙桌椅都变卖了,只落得一贫如洗。未几,房钱不给,钻入冷铺内存身。

才高八斗的兰陵笑笑生,在描写集官僚、恶霸、富商于一体的西门庆家庭时,就其一饮一啄,无不能生发出锦绣般妙文。如在描写西门庆和应伯爵等吃粥、吃面、喝奶酪时,虽不脱其暴发户气象,却都能铺衍出令读者击节称快的妙文。在西门庆死后的二十回中,笑笑生写其衰败,写其冷,同样可以见出其春秋笔力。

正如玉之有瑕有瑜,却瑕不掩瑜,瑕瑜互见,笑笑生在创作中也有情节方面的瑕疵。扩而言之,中国古代长篇白话小说的作者在创作时,没有瑕疵的作品也几乎不可见。罗贯中所著《三国演义》即有"欲显刘备之长厚而似伪,状诸葛之多智而近妖"① 之处;《西游记》作者吴承恩在唐僧师徒西天取经途中八十一难的描写,也有简单化和重复的倾向;清代名著《儒林外史》和《红楼梦》,在情节推进过程中也有或此或彼的不足之处。在《金瓶梅》中,我们可以看到作者笑笑生在营运其百回大书时所难以避免的疏忽之处,"陈经济被陷严州府"和春梅守备府卖雪娥两段情节可为例证。陈经济在严州府被陷入狱一段情节,清著名批评家文龙曾提出疑惑,认为即使陈经济作为一愚夫,也不至于愚蠢至此,"穷极无赖之人,或作此非非之想,然亦不敢冒冒然,径做此举。况此刻敬济,千金在手,又有冯金宝,正在新鲜之时,在家即起此念,到严州任意行之,全无悔悟。窃恐无此情理,不过为杨大郎拐逃地步耳"②。为描写陈经济家庭的迅速衰落,而经营出"被陷严州府"一段情节,为描写此一段情节,而置现实的情理于不顾,让陈经济拿着一根在花园中偶尔捡到的簪子而入此险境,于常情常理,皆为不大可能之事。第九十四回作者兰陵笑笑生欲使庞春梅、陈经济凑在一处,因孙雪娥在守备府,春梅不敢收留时为道士因嫖娼被抓到守备府受责罚的陈经济;故安排春梅以鸡尖汤为借口,一而再、再而三地向孙雪娥寻衅,终让媒婆薛嫂儿将雪娥卖为娼妓。其中坐地虎刘二仅因向郑金宝(原名冯金宝)要房钱而不得,遂将陈经济和郑金宝拳打脚踢,既已打了,实无再将二人送入守备府惩罚的必要,因守备府并非其姐夫张胖所能做主。而庞春梅作为已经扶正的周守备夫人,欲撵出或卖掉孙雪娥也着实没有寻死觅活、丑态百出的必要。"被陷严州府"一段情节中孟玉楼迥异于在西门庆家时的表现,和庞春梅在守备府因欲撵出雪娥而显出的矫揉造作的丑态,当然也可被解释为在《金瓶梅》的人物世界中,即使如被张竹坡称为"乖人"的孟玉楼和气象迥然不同于西门庆家诸丫鬟的庞春梅,也实在不配被称为好人,而是有着她们的丑恶面目。但是这两段情节中情节与情节之间过渡得生硬、拙劣,也依然显得颇为明显。

若曰此两处情节只是过渡生硬、描写不合情理,而且尚属于较为隐

---

① 鲁迅:《中国小说史略》,人民文学出版社1973年版,第107页。
② 朱一玄编:《金瓶梅资料汇编》,南开大学出版社2002年版,第650页。

蔽的缺陷的话，则第四十八回扬州苗员外的安童至巡按御史曾孝序处告状，曾御史批文下发后，府尹胡师文委阳谷县县丞狄斯彬查访一事，其情节纰漏即更为明显。明文下来，狄县丞沿河查访苗天秀尸首下落，在清河县城西河边慈惠寺附近掘出一尸，于是将寺中众僧人夹打并收入狱中，并上报曾御史。曾孝序疑其有冤。又过将近两月，正遇安童告状，通过认视正是被苗青、陈三、翁八所谋害之苗员外。基本情节进展可如下所示：安童告状—曾御史批文—胡府尹委阳谷县丞狄斯彬查访—狄斯彬于清河县慈惠寺附近掘出尸体—拘囚慈惠寺众僧—回复曾御史—曾御史遇安童告状—安童认其正为苗员外之尸。因安童告状曾御史方批文查访，而查到尸体并上报后，却在将近两月的时间恰巧遇到安童告状，从而认出尸体。矛盾出现了，如果是先查访到尸体然后遇到安童告状，则告状一事似在后，曾御史即没有必要批文令府县查访；如安童先告状，曾御史批文查访后，阳谷县丞狄斯彬查到尸体，则"将近两月"方遇到安童告状一事则实不可解。这一系列故事情节，其舛误处昭然若揭。

《金瓶梅》一书中有两个较为重要的人物，其在书中未发一言，一为西门官哥，一为西门孝哥。作者兰陵笑笑生在描写他们幼儿阶段的情状，如叙官哥拉奶屎后"磕伏在李瓶儿怀里睡着"一节，在乔大户家做客官哥和乔长姐"两个你打我下儿，我打你下儿玩耍"一节，第八十九回叙孝哥与春梅唱喏一节，第九十六回月娘让孝哥给春梅磕头孝哥却依然唱喏一节等，都毕肖幼童声口。若曰多病多灾的官哥儿刚一周岁零两个月即夭折，尚无语言能力，其在书中一语不发在情理之中；则西门孝哥在书中却是长到十五岁才被普静禅师度去，而未在书中出一语，即使在第一百回月娘问他"如今你跟了师父出家"之语时，孝哥也未答一言，实在有些不可思议。这只能理解为作者兰陵笑笑生对于幼儿阶段的孩童举动可以描写得形象毕肖，而对咿呀学语阶段的儿童描写却属于其盲点，缺少此方面的观察和能力。正因对官哥和孝哥描写的缺乏，二者在书中也诚所谓在恍兮惚兮之间。对于幼儿描写能够惟妙惟肖、对于学语阶段的儿童描写较少，或为作家避难之法，这在古代长篇白话小说中并不少见。罗贯中在《三国演义》"赵子龙单骑救主"一节中有描写阿斗在子龙怀中啼哭、后正睡着未醒一段，而未写其孩提时代的表现即可为证。在清代伟大的现实主义小说《红楼梦》中，曹雪芹描写贾巧姐的情节也可以看出：书中给读者的印象是巧姐一直是个孩子，前八十回中未作一语，即有"长不大的贾巧姐"之谓。由此看来，罗贯中、笑笑生和曹雪芹等古代小说作者在人物描写方面实在是有所能为而有所不能为之处。

  张竹坡在《批评第一奇书〈金瓶梅〉读法》中有多处论及《金瓶梅》的情节安排之妙，如文字穿插之妙、大间架处、入笋处、加一倍法等，文龙在其回末评语中也有多处论及《金瓶梅》故事情节的成败得失。现代学术著作如《小说学通论》中也有对于《金瓶梅》情节方面的相关分析，其中对"趁窝和泥"法的分析较为详尽。本节文字避其重复，以笔者自己之所见将作者兰陵笑笑生独具匠心的情节安排加以剖析，其中虽有论及笑笑生创作纰漏处，但是瑕不掩瑜，丝毫不影响其作品之伟大。正如脂砚斋所言"真正美人方有一陋处"[①]，真正名著也正因其有瑕疵才更显其为真正的名著。《金瓶梅》作者对故事情节统与分的安排，对于其他通俗文学作品中故事情节的吸收借鉴方面，以及他随手成春的情节设置等方面，均可见其文心之妙。《金瓶梅》的情节安排，影响了其后两个世纪中的世情小说的构思和创作。

[①] （清）曹雪芹：《脂砚斋重评石头记》，上海古籍出版社影印1981年版，第418页。

—奢华与堕落—

第二章 《金瓶梅》的叙事艺术

中国古代小说的创作，多荟萃了民间的智慧和创作者的聪明才智，对于同时和前代的同类作品，以及其他体裁的作品如诗歌、散文、戏剧等，也有广泛的吸收和借鉴。即使是由文人独创的作品，也不例外。如六朝时期的志怪，既有吸取民间"街谈巷语"的方面，又有作者借鉴史传作品进行记事的方面，同时凝聚了作者的智慧和心血，《搜神记》作者干宝即有"鬼之董狐"之誉。其后唐传奇既有记述凄婉欲绝的"小小情事"之作，又有搜奇猎异借鉴六朝小说之作，同时体现了唐传奇作者

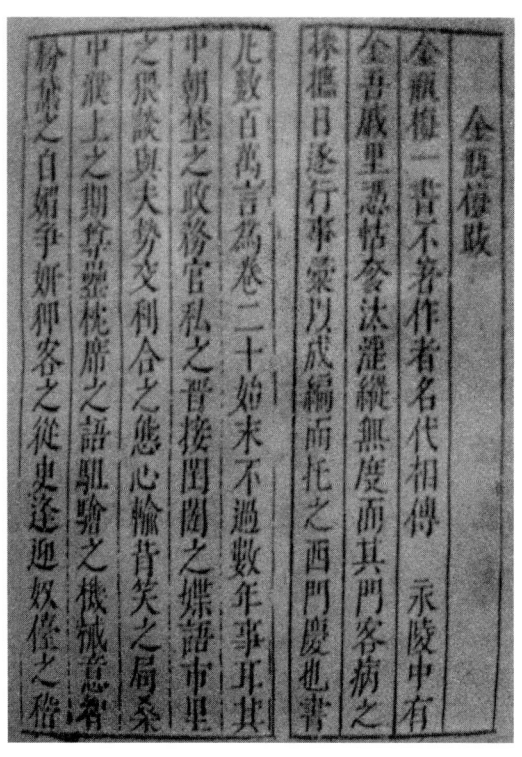

图 2.1 谢肇淛《金瓶梅跋》

"史才、诗笔、议论"多方面的才华。宋元话本对于民间传闻的吸收，对于前代文学作品的改编，对于诗词的广泛借鉴，更是众所周知之事。至元末明初问世的《三国演义》和《水浒传》，以及明中叶出现的《西游记》等长篇章回小说，都是长期在民间流传创作，最终经某位或某几位

作者写定。写定者对于史书的利用，对于诗歌的广泛引用或创作，对于前代作品和民间故事的整理加工，对于宋元说话的继承和创新，无不显示了其难以企及的天才般的慧心灵性。和前三部长篇小说并称为明代小说"四大奇书"的《金瓶梅》，是第一部由文人独立创作的长篇世情小说。它虽为文人独创，但同样体现了对宋元话本和民间流传的故事等的借鉴和创新。

宋元话本说一听型的审美艺术形式，其由入话、正话、回末诗组成的结构形式，其作者在书中站出来代发议论的方式，其韵散结合的行文方式，对于世代累积型的长篇章回小说《三国演义》、《水浒传》、《西游记》影响甚深，对于文人独创作品《金瓶梅》以及后来受其影响产生的众多世情小说也有深刻的影响。其叙事方式对明清两代白话小说创作的影响，更是随处显见。作为第一部文人独创型长篇小说《金瓶梅》的作者兰陵笑笑生对于宋元话本内核的合理继承更是得其三昧，故有学者认为该书为讲唱性作品。《金瓶梅》与宋元话本和传统长篇小说的相异之处是书中采用了大量的诗词曲子来抒发书中人物的情感。此外，《金瓶梅》作者在叙事过程中进行的指示性或评论性干预也较前代和同时的小说为复杂。本章从拟话本叙事对于《金瓶梅》的影响，《金瓶梅》中词曲发皇故事人物的心曲，以及作者自身介入干预几方面进行相关的分析。

第一节 《金瓶梅》的拟话本叙事

话本是说话艺人的底本。由于初时说话艺人依靠口耳相传，说话在最初并没有纸质的文本，在流传过程中有众多宝贵的话本故事因而亡逸。书会才人和下等文人加入话本的创作群体，并出现了书会和雄辩社等说书团体和行会组织，使得说话技艺在表演和创作之间相得益彰，从而使得许多话本故事得以以文本形式流传。随着众多独具慧眼的文人学士对民间文学作品的重视，对话本等通俗文学作品的搜集、整理和加工工作得以展开，在此过程中，这些文人们也仿照既有的宋元话本进行创作，从而成为具有话本之特征但仅供案头阅读的拟话本作品。话本是可供在书场说唱的艺术作品，拟话本虽具有话本的许多特征和痕迹，但仅是供阅读的案头作品，正如明代晚期出现的许多"案头剧"。文人参与拟话本的创作，对话本的化俗为雅起到了重要作用，但在某种程度上也增加了众多不宜讲述的色情细节的描写。

问世较早的《三国演义》和《水浒传》因为是世代累积型作品，从宋元话本中吸取了很多的素材和养分，如在宋朝瓦肆中即已兴盛的"说三分"故事和《醉翁谈录》中所记载的青面兽、武行者等话本名目，以及《大宋宣和遗事》中记载的与水浒三十六人相关的故事等。所以它们受话本影响较深。与《金瓶梅》同时而略早的《西游记》，其受说话艺术的影响也很明显。作为第一部文人独创型的长篇小说，《金瓶梅》还体现了许多过渡性，其模拟话本创作的迹象较为明显，它的结构形式采用说话人叙事及生活流的叙事方式，叙述者对叙述权力的自限等都深得话本之神髓，并有所超越。

一、形神兼备——《金瓶梅》对宋元话本的继承

王国维所说"一代有一代之文学"①，是指楚骚、汉赋、六朝骈文、唐诗、宋词、元曲各领风骚于一代，后世难以企及。于说部，我们也可以说"一代有一代之小说"，六朝之志人志怪，唐之传奇，宋元之话本，明清之章回小说，皆为一时之盛。宋元说话，据罗烨的《醉翁谈录》、孟元老的《东京梦华录》、周密的《武林旧事》等书的的相关记载，可见其门类之细和昌盛程度之高。周钧韬先生有《〈金瓶梅〉：我国第一部拟话本长篇小说》一文，从《金瓶梅》移植、借抄话本、戏曲的种种情况，得出《金瓶梅》的成书与《水浒传》有质的区别、是文人独创型作品的结论。② 本节内容拟从《金瓶梅》结构形式和说话人叙事等方面加以论述其拟话本特性。

说话艺术在宋元时期的兴起和兴盛，推动了话本这一小说类型的完备和成熟。话本有一套较为完备的体制，它由题目、篇首、入话、头回、正话、结尾组成。③《金瓶梅》作者对于话本体制的借鉴，较《三国志演

---

① 王国维：《宋元戏曲史》，上海古籍出版社 2008 年版，第 1 页。
② 周钧韬：《〈金瓶梅〉：我国第一部拟话本长篇小说》，《社会科学辑刊》1991 年第 6 期。
③ 胡士莹：《话本小说概论》，中华书局 1980 年版，第 134 页。

义》、《西游记》更甚，而有类于《水浒传》。缘《三国志演义》每回并无回前诗和入话，《西游记》有的回目也并无回前诗。如把《金瓶梅》看做一部长篇拟话本小说，则卷首的《阆苑瀛洲》等四首词、四贪词和第一回的《丈夫只手把吴钩》词，是为篇首；紧随其后的"此一只词儿，单说着'情'、'色'二字，乃一体一用……"一段文字为入话，引起全篇；后有西楚霸王项羽和虞姬、汉王刘邦和戚氏的故事为头回，并引出正文"一个虎中美女，后引出一个风情故事来"，展开全书故事。在第一百回结尾有回末诗"闲阅遗书思惘然，谁知天道有循环。西门豪横难存嗣，经济颠狂定被歼。楼月善良终有寿，瓶梅淫佚早归泉。可怪金莲遭恶报，遗臭千年作话传"，总括全书。书中每一回皆有篇首诗词和结尾诗[①]，有第一回、第三十五回、第四十六回、第四十七回、第五十六回、第七十五回、第七十九回、第八十回共计八回有入话。故可以把《金瓶梅》每一回看做一篇拟话本，而整部书又由每回连缀而成为一部长篇拟话本巨著。《水浒传》第一回"洪太尉误走妖魔"和《红楼梦》第一回茫茫大士、渺渺真人与石头对话的故事，都具有话本头回的性质，但这两个故事和小说正文具有更为直接的关联性，不似《金瓶梅》头回故事更具有宋元话本的神韵。

  宋元说话艺人在勾栏、瓦肆等说书场上，有一套成熟的与听众交流的语言，这套说话人用语在话本过录过程中大部分得以保留。在文人参与拟话本的创作之时，虽然已经不再是写作用来在书场上说唱的作品，而是用来阅读的案头之作；但是拟话本作者是模拟说话人书场说话进行创作，在心目中一直保留着重要的听众群体。《金瓶梅》作者兰陵笑笑生，就是拟话本作者中的典型代表，他在叙述故事时不停地用"话说"、"且说"、"却说"、"话休絮烦"、"话休饶舌"、"有话即长，无话即短"、"不说……单表……"等说书人的套语。徐朔方先生认为《金瓶梅》每一回前都有韵文唱词，大部分回目以韵文作结束，小说正文若干处保留着当时词话说唱者的语气，书中大量出现的以曲代言现象，小说几乎没有

[①] 第五十五回、五十六回无结尾诗，但五十三至五十七回据明沈德符《万历野获编》所云是"陋儒补以入刻"，并非《金瓶梅词话》原刻内容。

一回不插入几首诗、词或散曲,有不少地方同宋元小说、戏曲雷同,书中对勾栏用语、歇后语、谚语的熟练运用,等等,都可以证明其为讲唱性作品。[①] 梅节先生也有类似的观点。其实《金瓶梅》作为网状结构的世情小说,因为头绪琐细、事情繁多,不适于讲唱;露骨的性交场面描写不适合说书人在公众场合对着老幼妇孺来讲;源自"小说家"的影响,以及人物命名的寓意等方面,也说明《金瓶梅》不是书场上的说唱作品,而是为文人创作的案头阅读性的作品。详细论述见拙作《〈金瓶梅〉与"隐性累积"——兼论其讲唱性》一文。徐朔方先生所举的几点"证据",依笔者来看正是《金瓶梅》作为长篇拟话本小说的特征。观"三言二拍"中众多明人拟话本之作,其说书人套语的运用、其诗词曲子的引用、其谚语、歇后语等的熟练运用,都与宋元话本无二,但它们都不是作为话本在书场上讲说的,至于《金海陵纵欲亡身》等作品作为非讲唱性文学,自不待言。

《金瓶梅》从形式到内容,对宋元说话艺术和宋元话本的体制都有良好的继承和借鉴,书中似有一说书人活跃其间,对听众讲述着西门庆家庭内外的事,引导听众去哭、去笑,时而使人震惊,时而使人毛骨悚然,引导听众去做人生的回味和哲理的思考。笑笑生作为作者,在书中即化身为说话人,亦即叙述者,他以模拟话本的形式,讲述了一个迥然不同于传统历史演义、英雄传奇和神魔故事的世情小说,他所说的故事是读者身边常见的人、常听的事,但同样引起读者的喜怒哀乐,从而获得了巨大的胜利。笑笑生的胜利是模拟话本创作长篇世情小说的胜利,使世情小说在此后数百年间由附庸而蔚为大国,并达到古代白话小说的巅峰。后世的世情小说,无论其为描写家庭的小说,描写男女恋情的才子佳人小说,描写儒林的小说,描写官场的小说,描写嫖界的小说,等等,都无不从笑笑生的创作智慧中或直接或间接地汲取或多或少的养分。笑笑生和他创作的《金瓶梅》,嘉惠后世,可谓多矣。

二、生活流叙事——独特的笑笑生方式

明代的四大奇书,各有其独特的发现,从而成为说部各门类中的开

[①] 徐朔方.《金瓶梅的写定者是李开先》,《杭州大学学报》1980年第1期。

山作品，而这些作品又由于其作者天才的整理和创造能力而使得后世小说难以企及。《三国志演义》对战争的发现，对风起云涌的三国时期的政治、经济、外交形势等方面的讲述，是后世历史演义小说的成功典范。《三国志演义》的叙事是采取一事未完一事又起的方式，给读者以不断的视觉冲击，有时在两件密切相关的事件之中夹杂着其他事件的叙述。如三顾茅庐之后，是隆中对策、博望坡诸葛初用兵、火烧新野等事；三气周瑜之间，穿插着赵子龙计取桂阳、刘皇叔江东续佳偶等事，所谓"笙箫夹鼓，琴瑟间钟之妙"①；另有毛宗岗氏总结出来的"横云断岭，横桥锁溪"②等诸多其在叙事方面所达到的成就，在此不赘述。《水浒传》采用百川汇海式的结构方式和景观化的叙事，一个人物紧接着一个人物，一个故事紧接着一个故事，从而形成一道道水浒故事的人物景观。其中有史进的故事、鲁智深的故事、林冲的故事、武松的故事、李逵的故事，等等，最终汇集到水泊梁山，开始了轰轰烈烈的民众抗暴斗争；每一个人物故事的内部，又有各自的系列故事，如武松的故事中有景阳冈打虎、斗杀西门庆、醉打蒋门神、大闹飞云浦、夜走蜈蚣岭等。《西游记》采用串珠式叙事，在前八回交代了猴王经过后，即转入取经过程的叙述，一座山，一个洞，一条河，一座道观，一座寺庙……此难刚过，彼难又来，妖怪间又间或有错综复杂的关系，形成一道道奇异诡谲的神魔世界的景观。

纵观以上三部奇书，皆是以雄豪奇异取胜，给读者以力的感召、奇的召唤和豪侠勇猛的冲击。《金瓶梅》作者兰陵笑笑生没有走以上三部奇书的老路，没有踏上前人的足迹而落入窠臼。《金瓶梅》所展现的小说智慧，不是诸国纷争，不是路见不平拔刀相助的英雄豪杰，更不是降妖除魔终成正果的斗战胜佛，它发现了西门庆这一家庭、家族，发现了生活，从而发现了绚烂多姿、五光十色如生活一般的人物和事迹。《金瓶梅》叙事最为突出之处在于按照现实生活的真实进行讲述，从西门庆一个家庭，东拉西扯、左牵右挂，将当时的整个清河社会摄于笔下；还不止于此，

---

① 朱一玄、刘毓忱编：《三国演义资料汇编》，南开大学出版社2003年版，第263页。
② 朱一玄、刘毓忱编：《三国演义资料汇编》，南开大学出版社2003年版，第262页。

"缘西门庆故称世家,为搢绅,不惟交通权贵,即士类亦与周旋"①,上至皇帝、太师蔡京、提督杨戬,下至草里蛇鲁华、过街鼠张胜,师尼僧道、三姑六婆,笑笑生的笔触涉及当时社会的方方面面。故《金瓶梅》有"晚明社会百科全书"之称。

　　经典之作是当时社会的缩影。正如明中叶社会在吴承恩《西游记》中得以曲折地映射相似,借宋之名写明之实的《金瓶梅》同样再现了整个晚明社会。笑笑生以善于描写生活的生花妙笔,将社会上发生的大事通过叙述西门庆一个家庭之事叙说出来。当时社会卖官鬻狱、贿赂公行,通过垫发武松充军,"来旺儿递解徐州",为王四峰、花子虚说情,西门庆行贿蔡太师升官等写出来;当朝吏治腐败、政治形势紧张,通过府道官吏、太监等人在西门庆宅府酒席上以闲话形式说出;社会上女性自我意识增强,通过王婆、孟玉楼、李瓶儿等所说的"初嫁由亲、再嫁由身"等话叙出;封建家庭内部矛盾、妻妾纷争,通过潘金莲与孙雪娥、李娇儿、李瓶儿之间,宋惠莲与惠祥、画童等人之间的家庭琐事叙出;嫖界子弟争锋,通过"西门庆大闹丽春院"、西门庆与王三官吃醋、"郑月儿卖俏透密意"等情节叙出……作者兰陵笑笑生选择西门庆这一个家庭、家族作为主要描写对象,有以下几个方面的原因:一是西门庆和潘金莲的故事已通过《水浒传》一书播于民心,传于众口,以之作为蓝本可以更快地达成读者的认同,同时给读者另一种完全不同的冲击力;二是西门庆家庭有足够的张力,可以涉及社会的方方面面,这是作为大户的乔通家庭、张大户家庭等所不具备的;三是西门庆之恶足以使得笑笑生完成这部百回大书,虽然周守备、夏提刑等也有交通官吏的诸多恶迹,张小二官儿、陈经济等也有嬉游北里、买妻置妾等行为,但他们都没有西门庆那样十恶不赦,那样酒色财气诸毒集于一身。西门庆父母双亡、兄弟俱无,故可以依着自己的性子任意胡为;他小有家财,又发了几场横财,遂有资本结交杨提督、蔡太师;通过结交蔡太师而得官,通过拜认做蔡太师的干子而官路亨通,从而结交蔡状元、安进士,交通府道官吏,在清河县官官相护,一手遮天。正因为有这么多有利条件,这么多可以

---

① 鲁迅.《中国小说史略》,人民文学出版社1973年版,第152页。

大书特书之处，笑笑生才将一个在《水浒传》中如流星般短命的西门庆，铺演成一部震惊宇内的绝世奇书；将《金瓶梅》的人物世界，叙述成可圈可点、可诅咒、可痛恨，同时又让人心生怜悯和惋惜的沉重的现实主义巨著。

现实生活之中，较少有伟大、崇高和不可企及的事情发生，更多的是平凡、平淡和平庸；但正是在这平平淡淡之中，诸多事件在地下萌发、涌动、运行，一俟时机成熟，即生根、发芽、茁壮成长。笑笑生的高明之处，在于通过娓娓道来的生活流的叙述过程中，善于平地起波，将生活中的偶然事件和突发事件精彩地叙出。于是，我们看到，不但在西门庆和其一妻五妾过生日饮酒等重要日子有锦绣之文被叙述出来，而且一次妻妾间的斗嘴、一次小厮和仆妇间的小隙、一天中午的浇花、一日小妾们闲来无事凑在一起做鞋，以至于几分轿子钱、几钱份子钱、一对小脚、一只绣花鞋，等等，都可以成为作者施展笔墨大力描写的对象。起初或者是为了一件小事，接着引出别的人、别的事，紧接着风波大起，声色俱厉、雷厉风行，然后是风雨大作，雨过天晴。生活是丰富多彩的，《金瓶梅》的世界也是丰富多彩的。我们在读《金瓶梅》时，虽然时间过去四百多年，但由于作者高超的叙事艺术，使得我们感觉到其中人物的行为、声口，栩栩欲活。如第三十九回，先是潘金莲请了李瓶儿一起做鞋，再是潘金莲又去请孟玉楼来到共同做鞋，三人相互赏鉴对方的作品后又喝茶聊天，聊天过程中孟玉楼说出因小铁棍儿被打而一丈青海骂淫妇、王八等事，潘金莲因被骂而色变，而找西门庆让其撵逐来昭一家，最终因吴月娘的劝解，来昭一家搬到狮子街去看房子。其他如西门庆浇瑞香花，潘金莲、李瓶儿去找他，而生发出"李瓶儿私语翡翠轩　潘金莲醉闹葡萄架"一段驳驳杂杂备受争议的文字。"妻妾笑卜龟儿卦"、"乞腊肉磨镜叟诉冤"、"春梅毁骂申二姐"等众多章节，无不是在平平淡淡的生活描写中生发出来的锦绣文字。

笑笑生在叙事过程中善于采用白描手法，善于叙述积怨成恨、千头万绪的复杂文字。春梅受孙雪娥的气，大概始于雪娥在厨房里灶上拿刀背打她；真正结仇，则为归潘金莲房里后，在厨房被孙雪娥讥笑她"想汉子"。清文龙谓"使春梅而为玉楼之婢，可以为自好之士；使春梅而为瓶儿之婢，可以为御侮之臣；今已同金莲一体同心，是亦一金莲而已"①，诚为知者言。有春梅为金莲之婢，与其沆瀣一气、狼狈为奸，共同"捎一帮儿"把拦汉子，才会因春梅与雪娥之怨，而导致金莲"与雪娥结仇"；才会有后来金莲因私仆被孙雪娥、李娇儿告发而受辱，才会有在西门庆死后"雪娥官卖守备府"，以及因春梅之怒而将雪娥卖入酒家店为娼，最终张胜守备府被打杀、雪娥酒家店因惧自缢身死。其他如潘金莲与李娇儿结仇、甘来兴与来旺儿结仇，无不在书中明确点出。有文章因桂姐所说"你看孟家的和潘家的两家一似狐狸"之语，从书中找出只言片语而将孟玉楼定性为"玉面狐狸"②；有文章认为月娘至对门看乔家房子失足小产一事，是玉楼蓄意为之。③ 蓄意致月娘小产，按孟玉楼之禀性或不至此。这都与作者采用白描的叙事手法相悖，因为作者笑笑生本意并未让读者去猜谜，去曲意罗织书中人物的罪名。套用何其芳《论〈红楼梦〉》中的评价薛宝钗的话，笑笑生如果要把孟玉楼"写成个女曹操，为什么不明写她的奸险，却让我们来猜谜呢？"《金瓶梅》第七十五回吴月娘因潘金莲把拦汉子、未经其同意即向西门庆要皮袄、纵容春梅骂申二姐等事，和潘金莲妻妾间争吵一段，是作者叙述得绘声绘色、众声喧哗的精彩文字。自春梅的毁骂、孟玉楼的含酸、月娘的威信受到动摇、玉箫的恿言，使得矛盾逐渐升级，"履霜坚冰至"，终至金莲泼醋而达顶峰。之后，又有余波不断，有"玉楼解愠吴月娘"、劝说潘金莲时的长袖善舞，有西门庆在金莲房中的事后调和。

笑笑生开创的生活流叙事方式，在其开创的世情小说一派中得到了良好的继承和广泛的应用。清代著名人情小说《红楼梦》即将这一叙事方式运用得炉火纯青，其中叙贾府众人祝贺生日之事，贾宝玉、林黛玉之情事，以及大观园诸女儿之事，多是采用如原生态的生活流叙事；从中又不断有偶发事件和积小浪成大波澜如"不肖种种大承笞挞"等事。后世家庭题材的小说如《歧路灯》、《醒世姻缘传》，狭邪小说《花月痕》、《青楼梦》、《海上花》等，以及多种题材交错之作如《儿女英雄传》、《野

---

① 朱一玄编：《金瓶梅资料汇编》，南开大学出版社2002年版，第644页。
② 王广新：《论玉面狐狸孟玉楼的形象》，《西安教育学院学报》2000年第2期。
③ 黄吉昌：《孟玉楼论》，《昭通师范高等专科学校学报》2007年第2期。

叟曝言》等，无不受此种叙事方式的影响。

三、全知与自限——叙述者对说话艺术的灵活运用

宋元说话人在说话时一般采用第三人称全知式叙事方式，叙述者如同全知全能的上帝一样，可以随意介入叙事来交代故事中人物的内心；在人物新出场时，也立即通过补叙的方式交代人物的籍贯、出身等细节。但有时为达到某种悬念，说话人在叙述过程中有意进行权力的自限，将全知视角转为受到某种程度限制的限知视角，或者在一段时间内转为小说中的人物视角，从而对故事底本中的全部信息有所筛选、处理和加工，这样就使得小说悬念丛生、扑朔迷离，给读者以不断的期待受挫，最终又在顷刻间点破，使得听众有恍然大悟之感。《清平山堂话本》话本卷一《简帖和尚》①，即为典型的叙述者权力自限。在简帖僧出现时只通过茶坊王二的视角交代其"浓眉毛，大眼睛，蹶鼻子，略绰口……"，叙述者明明知道他的身份，但是并不叙出；以后在行文中简帖僧也一直被称为"官人"，最终皇甫娘子与皇甫殿直在大相国寺烧香相见后哭诉，简帖僧才交代事情经过。《警世通言》第十四卷《一窟鬼癞道人除怪》②的叙述人同样自限权力，将一干鬼怪直至吴秀才和

图2.2　薛媒婆说娶孟三儿

---

① 在《古今小说》中，此篇标题作《简帖僧巧骗皇甫妻》。
② 在《京本通俗小说》一书中，此篇名《西山一窟鬼》。

王七三官人半夜躲在山神庙后才由他们的视角一一叙出，并在篇末由癞道人交代其始末。《水浒传》中李小二"只见一个人闪将进来，酒店里坐下。随后又一个人来"，从叙事视角来看，是由全知视角转为李小二的视角，叙述者同时进行了权力自限，直到李小二告诉林冲此事后，才由林冲口中说出陆虞侯身份。

《金瓶梅》作者采用拟话本方式进行创作，整部小说也同宋元说话一样，采用第三人称全知式叙事。现从书中第七回摘出一段为例：

> 话说西门庆家中，卖翠花儿的薛嫂儿，提着花箱儿，一地里寻西门庆不着。因见西门庆使的小厮玳安儿，问："大官人在哪里？"玳安道："俺爹在铺子里和傅二叔算账。"原来西门庆家开生药铺，主管姓傅名铭，字自新，排行第二，因此呼他做傅二叔。

叙述者采用全知全能的方式，介绍着西门庆家发生的事情，薛嫂儿如何寻找西门庆，如何遇见小厮玳安问他，玳安如何回答，并通过补叙方式交代傅二叔职业、姓字和排行。整部书大部分情节都是通过这种零度聚焦的方式进行叙述。但在部分时刻，叙述者隐退，将视角转移到故事中人物身上，一如《水浒传》中通过店家李小二眼中看陆谦和富安。第二回"西门庆帘下遇金莲"西门庆和潘金莲的长相都是从对方的视角叙出，潘金莲的视角通过"把眼看那人"和"风风流流从帘子下丢与奴个眼色儿"二语显出，西门庆视角从"却不想"和"但见他"二语见出。"西门庆计娶潘金莲"后的第二日，潘金莲来后边吴月娘房里拜见并递见面鞋脚一段，视角转换较为典型。原文如下：

> 月娘在上仔细定睛观看，这妇人年纪不上二十五六，生的这样标致，但见：
>
> 眉似初春柳叶，常含着雨恨云愁；脸如三月桃花，暗带着风情月意。纤腰袅娜，拘束的燕懒莺慵；檀口轻盈，勾引得蜂狂蝶乱。玉貌妖娆花解语，芳容窈窕玉生香。
>
> 吴月娘从头看到脚，风流往下跑；从脚看到头，风流往上流。

论风流,如水晶盘内走明珠;语态度,似红杏枝头笼晓日。看了一回,口中不言,心内暗道:"小厮们家来,只说武大怎样一个老婆,不曾看见;今日见了果然生的标致,怪不的俺那强人爱他。"金莲先与月娘磕了头,递了鞋脚。月娘受了他四礼……这妇人坐在旁边,不转睛把眼儿只看吴月娘:约三九年纪——因是八月十五日生的,故小字叫做月娘——生的面若银盆,眼如杏子,举止温柔,持重寡言。第二个李娇儿,奶院中唱的,生的肌肤丰肥,身体沉重,人前多咳嗽,上床懒迫陪;虽数名妓者之称,而风月多不及金莲也。第三个就是新娶的孟玉楼,约三十年纪,生的貌若梨花,腰如杨柳;长挑身材,瓜子脸儿,稀稀多几点微麻,自是天然俏丽。惟裙下双弯,与金莲无大小之分。第四个孙雪娥,乃房里出身,五短身材,轻盈体态;能造五鲜汤水,善舞翠盘之妙。这妇人一抹儿都看到在心里。

月娘观看后"但见"引起的一段韵语直到"月娘暗道"一段话,都是吴月娘的视角,但"眉似初春柳叶……脸如三月桃花"、"水晶盘内走明珠……红杏枝头笼晓日"等韵语显然非月娘所能道出,而是叙述者的语言。接下自"金莲先与月娘磕了头"至"不转睛把眼儿只看吴月娘"一段话,是叙述者视角;另外凡是交代吴月娘、潘金莲如何如何,皆是全知视角叙事。随着潘金莲对吴月娘等人的审视,遂转入金莲视角,但其中仍有全知叙述者的视角在内,如对月娘名字的补叙,评李娇儿"风月多不及金莲"二语,述孟玉楼"微裙下双弯,与金莲无大小之分"之语,以及说孙雪娥"乃房里出身……能造五鲜汤水,善舞翠盘之妙"等语,皆是从全知全能叙述者视角叙事。最后一句话为叙述者叙事。

在上面引用的这段话中,叙事视角从叙述者视角转为人物视角,又再转为叙述者视角,而且在人物视角叙事过程中,也有叙述者的插叙和评论。可见,在晚明笑笑生的时代,小说的艺术尚未发展到有意关注人物视角的层面,作者在模拟说话人叙述故事过程中,仍然自觉不自觉地要跳出来对人对事加以评论。《金瓶梅》一书中偷窥、窃听情节较多出现,仅回目就有"烧夫灵和尚听淫声"、"迎春女窥隙偷光"、"金莲窃听藏春坞"、"琴童潜听燕莺声"等。《金瓶梅》中的情节属于旁观式第三人称叙事的有"金莲窃听藏春坞"、胡秀窃窥西门庆与王六儿行房、张胜窃听陈经济与春梅的性事等,是严格以窃窥或窃听者的视觉、听觉加以记录,属于严格的限制视角。如前者在描写潘金莲窃听时,"良久,只见里面灯烛尚明,老婆笑声说西门庆……又道……西门庆道……老婆道……","只见"是潘金莲视觉,"老婆道"、"西门庆道"是潘金莲听觉。但其他几次窃窥或窃听皆不能遵守严格的旁观式第三人称叙事,如"烧夫灵和尚听淫声"一回,窃听的僧人"只听夫人口里喘声呼叫西门庆"、"西门庆道"云云,其实僧人不知房内男子为西门庆,属于叙述人全知叙事的掺入。另潘金莲在潜听李瓶儿翡翠轩私语时,有李瓶儿说已怀临月孕"西门庆听言满心欢喜"之语,以及"于是乐极情浓,怡然感之"等言,皆非潘金莲的感觉,而是西门庆的心理或生理感觉,同属于全知叙事的范畴。此类情节,叙述者本意欲采用限制视角的地方,却掺入全知视角的叙事,也说明了此时的小说叙事有待进一步发展的事实。

叙述者权力自限,往往是产生曲折妙文的不可或缺的手段。文如看山不喜平,深得小说创作三昧的笑笑生对此也是驾轻就熟。小说第一回即设悬疑,说此书"乃虎中美女,后引出一个风情故事来",而且"惊动了东平府,大闹了清河县",从而吊足了读者的胃口。在行文过程中,叙述者也是采用全知叙事与限制叙事相结合的方式,正如冯镇峦评《连城》所说:"故文人之笔,无往不曲,直则少情,曲则有味。"[1] 如《金瓶梅》第二十二回,孟玉楼生日,叙述者谓"其中惹出一件事来"。紧接着叙述的,是来旺儿媳妇病逝,新娶已故厨役蒋聪之妇宋惠莲为妻,并被西门庆看在眼里意欲调戏。而在玉楼生日当天只叙西门庆对玉箫说惠莲穿红袄配紫裙子怪模怪样一事,并未言所"惹出"的一件事为何。之后才有"西门庆私淫来旺妇"、"金莲窃听藏春坞"等大段大段的精彩文字。"夏花儿偷金"一事,叙述者也是极尽曲折之能事。西门庆拿着金镯子进李瓶儿房,先有潘金莲叫之不停一段,继有云离守卖马一段;刚写道丢金,

---

[1] (清)蒲松龄著,张友鹤辑校:《聊斋志异会校会注会评本》,上海古籍出版社1986年版,第303页。

有"奶子问迎春,迎春问老冯",老冯急得哭一段;后有潘金莲与西门庆为失金事在月娘房中争吵一段,有吴月娘盘问李瓶儿一段,有众妻妾和李桂姐等逗官哥一段;直到次回玳安和琴童从马房采出夏花儿,西门庆令小厮搜身时,金镯子方现形,继而有打夏花儿一段。叙述者感觉就此收住比较突兀,接下来又有李桂姐在李娇儿房中对夏花儿训话和后来劝留夏花儿一段。相隔近二十回,吴月娘在李瓶儿临终前交代其房中事时,说"如今二娘房里丫头不老实做活,早晚要打发出去,叫秀春服侍他罢"。整个失金事,凤头猪肚豹尾,起得明快,结得响亮,另有余波绵延,叙述者可谓口吐莲花、余香不绝。

《金瓶梅》作者兰陵笑笑生采用拟话本方式进行长篇小说创作,既有继承,也有突破,后者体现在对生活流叙事的开拓和发展等方面。笑笑生对说话人的模拟,既具其形式,又得其神髓,以致许多学者认为《金瓶梅》是讲唱性作品。笑笑生开创的长篇章回小说中的生活流叙事,于平凡中见伟大,于"耳目之内,日用起居"中见雄奇,从而开创了长篇世情小说一派,并引起诸多读者的共鸣。总体说来,《金瓶梅》采用的是全知全能的第三人称叙事,其中有人物视角的成分在内,但叙述者尚未能做到完全的"跳角",而是在人物视角内插入叙述者叙事和议论,这也正是话本、拟话本说话人叙事艺术的延伸。也正是叙述者通过对叙述权力的自限,才引出众多的精彩情节。

第二节　曲表心声:《金瓶梅》的词曲叙事

李清照在其著名的《论词》一文中提出,词"乃知别是一家"[①],是较早注意到文体区别的著名文学家。小说相对于诗歌和散文来说,也别是一家,具有自己独特的特点。小说是一种较为晚熟的文体类型,如前文所引奥地利小说家赫尔曼·布洛赫的话,小说要"发现唯有小说才能发现的东西"。小说一问世,即显出与诗歌和散文截然不同的特征;虽然

---

① 郭绍虞主编、王文生副主编:《中国历代文论选》(一卷本),上海古籍出版社2001年版,第190页。

小说概念自先秦至宋代都不太明确，有与其他问题混淆在一起的现象，但人们对于诗歌、散文、小说和兴起于唐代成熟于宋元的戏剧之间的特点较为了然。

中国古代的小说，"实质上是一种'大小说'，或曰'泛小说'，它的表现手法和形式实际上是一种'综合艺术'"，"它与史传、诗词、说唱、戏曲等文学体裁的关系十分密切，甚至溶入了自己的肌体，变成不可分割的一部分"①。小说作为后起的文学体裁，具有较为宽广的涵容性，这在"始有意为小说"的唐人传奇中即有体现，唐传奇中大多篇章是韵散结合，在以散体单句叙事的中间，间有诗歌、骈文等韵语叙事，部分唐传奇如《莺莺传》中更有书信间杂其中。至宋代，说话大兴，宋元说话人"幼习太平广记，长攻历代史书"②，对于烟粉传奇、风月故事以及《东山笑林》和《绿窗新话》等通俗文艺作品浸润日久，且在瓦肆勾栏之间与戏曲等其他民间艺人非常熟稔，故在各自作品间相互借用现象极为明显，所以我们看到宋元话本中有诗、词、曲、骈文等韵语。作为长篇拟话本之作的明代长篇小说《金瓶梅》，其中有诗词曲等韵语，特别是有唱曲传情、以曲代言、以唱代哭等现象，就成为较易理解之事。本节内容即以《金瓶梅》中的词曲在表达人物心态时的叙事特征作为研究对象，就以曲代言等现象加以分析。

一、唱曲传情：内视角的展现

宋元说话艺术，由于其说—听型的审美关系，说话人不可能采用侵入故事中人物内心的方式进行大段大段的心理活动的叙述，而多是通过人物行动来表达其心理。在心理活动描写方面，《金瓶梅》相对于宋元话本和传统长篇章回小说都有很大的突破。《金瓶梅》中既有非常隐蔽的心理描写，又有继承传统小说以行动带动心理活动的描写，而更多的是故事人物以诗词曲的方式进行自我的情感倾诉。因《金瓶梅》是采取全知全能的叙事方式，叙述者有权力进入故事中人物的内心，并在一段时间

---

① 孟昭连：《论〈金瓶梅〉的"大小说"观念》，中国金瓶梅学会编：《金瓶梅研究》，江苏古籍出版社1993年版。
② （宋）罗烨：《醉翁谈录》，古典文学出版社1957年版，第2页。

内由叙述者视角转入到人物视角。《金瓶梅》中人物通过唱曲来表达自己的情意，即是人物视角的体现之一。

潘金莲是全书金、瓶、梅三位女性中戏份最多的人物，又因其自幼习学弹唱，"诸般曲儿倒都知道"，所以在叙事过程中，从潘金莲视角进行观察较为频繁，且常发生"跳角"现象，如"西门庆帘下遇金莲"一回叙西门庆长相时即是金莲视角，有"可意的人儿，风风流流从帘子下丢与奴个眼色儿"一语可证，因为叙述者自己不可能称"奴"；"西门庆计娶潘金莲"一回，潘金莲去月娘房中拜见大小，递见面鞋脚时，对吴月娘、李娇儿等人的审视，也是金莲的视角。潘金莲出场即伴随着不幸身世，自幼父亲身死，母亲度日不过，将其卖在王招宣府习学弹唱；王招宣死后，潘妈妈又将她转卖与张大户家学弹唱；在张大户家，被其收用，后因主家婆苦打，不能相容，大户将其送给赁其房屋居住的卖炊饼的武大郎为妻。武大郎虽与打虎英雄武松是同胞兄弟，但是长得人物猥琐，人称"三寸丁谷树皮"，引起金莲的极度不满，这时进入了金莲的内视角，即为其在无人处弹唱的【山坡羊】：

想当初，姻缘错配奴，把他当男儿汉看觑。不是奴自己夸奖，他乌鸦怎配鸾凰对。奴真金子埋在土里，他是块高号铜，怎与俺金色比。他本是块顽石，有甚福抱着我羊脂玉体，好似粪土上长出灵芝。奈何？随他怎样，到底奴心不美。听知，奴是块金砖，怎比泥土基。

所配非其人，美妇拙夫，引起金莲强烈的不满。金莲以鸾凰、真金、羊脂玉、灵芝自比，而仅视武大为乌鸦、高号铜、顽石、粪土。虽不乏自视甚高之嫌，但其内心的不满从她这曲唱词中清晰可见。

潘金莲与西门庆两人，真可谓是棋逢对手，将遇良才。在茶坊被戏、"背武大偷奸"、"药鸩武大郎"数段情节之后，金莲已自视为西门庆的小妾；在西门庆因娶孟玉楼、嫁西门大姐等事数日不至金莲处后，金莲即孤枕难寝，坐卧不安，打相思卦，唱情歌【山坡羊】："门儿私下，帘儿悄呀……你怎恋烟花，不来我家。奴眉儿淡淡教谁画？何处绿杨拴系马。

他,辜负咱;咱,念恋他。"如果说古代的思妇诗只是让我们看到了思妇诗意的一面,那么潘金莲就展示了思妇的全部,如何与情人相识、相通,如何相思,如何盼望,在金莲唱的曲子中都有细细的披露。得知西门庆新娶孟玉楼后,思念和嫉妒使得金莲的心绪难以平复,在央王婆去请西门庆之后,五曲【绵搭絮】淋漓尽致地倾诉了她对西门庆的思念、抱怨、诅咒和盼望。而金莲很快就等到了心上

图2.3 潘金莲雪夜弄琵琶

人西门庆的到来,并顺利嫁入西门家做了第五房小妾。未曾想,西门庆的花心程度远远超出潘金莲的估计,在相继娶了一妻五妾之后,又在丽春院包有李桂姐和郑爱月儿,另有外室、仆妇、娈童等数人。在李瓶儿生子后,西门庆更是"三千宠爱在一身",丢得潘金莲欲火焚身、嫉恨满怀,在"雪夜弄琵琶"一回进行了暴风骤雨般的倾泻,曲名【二犯江儿水】:

闷把围屏来靠,和衣强睡倒。听风声嘹亮,雪洒窗寮,任冰花片片飘。懒把宝灯挑,慵将香篆烧。挨过今宵,怕到明朝。细寻思,这烦恼何日是了?想起来,今夜里心儿内焦,误了我青春年少。你撇的人,有上稍来没下稍。

倦倚绣床慵懒睡,低垂锦帐绣衾空。
早知薄倖轻抛弃,辜负奴家一片心。
懊恨薄情轻弃,离愁闷自恼。论杀人好恕,情理难饶,负心的

天鉴表。心瘁痛难扫,愁怀闷自焦。让了甜桃,去寻酸枣。奴将你这定盘星儿错认了。想起来,心儿里焦,误了我青春年少。你撇的人,有上稍来没下稍。

为人莫作妇人身,百年苦乐由他人。

痴心老婆负心汉,悔莫当初错认真。

常记的当初相聚,痴心儿望到老。被云遮楚岫,水淹蓝桥,打拆开鸾凤交。心远路非遥,情疏鱼雁杳。地厚天高,梦断魂劳。俏冤家这其间心变了!想起来,心儿里焦,误了我青春年少。你撇的人,有上稍来没下稍。

羞对菱花拭粉妆,为郎憔悴减容光。

闭门不顾闲风月,任您梅花自主张。

修把菱花来照,娥眉懒去扫。暗消磨了精神,折损了丰标,瘦伶仃不甚好。香褪了海棠娇,衣惚了杨柳腰。闷闷无聊,攘攘劳劳,泪珠儿到今滴尽了。想起来心里乱焦,误了我青春年少。你撇的人,有上稍来没下稍。

西门庆在武大死后所说"我若负了心"便如何如何之言犹在耳,在娶孟玉楼后对金莲所说的誓言若在昨日,而今李瓶儿生了官哥,西门庆包占了王六儿,金莲整个的生活犹如冰窟,冷冷清清。金莲所唱的【二犯江儿水】四支曲子,和每支曲后的一首诗(最后一曲因西门庆和李瓶儿至,故其后无诗),如怨如慕,如泣如诉,其感人也深,其动人也切。如果说前面所唱的【山坡羊】表现其思妇的一面,【二犯江儿水】套曲则表现其怨妇的一面。叙述者贴着金莲的心律,表现其情感。陈望道曰:"用同一的语句,一再表现强烈的情思的,名叫反复辞。"[①] 金莲所唱四支曲子即用此种修辞手法,反复咏叹,而又层层递进,认为西门庆负心薄倖,撇的自己"有上稍来没下稍"。

李瓶儿是《金瓶梅》诸女性中的第二号人物,她也有着先嫁梁中书为妾,继为花子虚之妻,之后招赘蒋竹山,最后嫁西门庆为第六房小妾

---

① 陈望道:《修辞学发凡》,上海文艺出版社1962年版,第197页。

的曲折人生路程。李瓶儿在梁中书家为妾时因住在书房中,而没有被梁中书的妒妻打死埋在花园中;在做花子虚之妻时,又长期被花太监霸占,弄出血崩之病;之后欲嫁西门庆,却因杨提督之变而辗转将蒋竹山倒踏进门;最终嫁入西门庆家为妾,却又因西门暴怒而自缢求死、后又遭被笞之苦。李瓶儿的生子,是她在西门府的地位发生急剧变化的时刻,西门庆、吴月娘无不对其关爱有加,孙雪娥等妾辈也趋之若鹜。加上李瓶儿富有,平时多助人以财物,故家内上下多喜欢她。这却引起了潘金莲的不满,因为官哥的出生即客观上夺了金莲之宠,其他如李瓶儿之美貌、富有等倒在其次。所以金莲相继实施的怀嫉惊儿、与瓶儿斗气、训雪狮子猫害官哥等行动,终于使得刚刚一岁多点的孩童死于惊风,而李瓶儿也就伴随着自己爱子的死去而心灰意冷。哀莫大于心死,官哥死后的三曲【山坡羊】,如杜鹃啼血,声泪俱下:

> 叫一声,青天你,如何坑陷了人奴性命!叫一声我的娇儿呵,恨不的一声儿就要把你叫应。也是前缘前世那世里少欠下你冤家债不了,轮着我今生今世为你眼泪也抛流不尽。每日家吊胆提心,费杀了我心。我从来又不曾坑人陷人,苍天如何恁不睁眼!非是你无缘,必是我那些儿薄幸。撇的我四扑着地,树倒无阴来呵,竹篮打水落而无效。叫了一声:痛肠的娇生!奴情愿和你阴灵路上一处儿行。

> 进房来,四下静,由不的我悄叹。想娇儿,哭的我肝肠儿气断。想着生下你来我受尽了千辛万苦,说不的偎干就湿成日把你耽心儿来看。叫人气破了心肠,和我两个结冤。实承望你与我做主儿团圆久远。谁知道天无眼又把你残生丧了,撇的我前不着村后不着店,明知我不久也命丧在黄泉来呵,咱娘儿两个鬼门关上一处儿眠。叫了一声,我娇娇的心肝!皆因是前世里无缘,你今生寿短。

> 想娇儿,想的我,无颠无倒。盼娇儿,除非是梦儿中来到。白日里睹物伤情如刀剜了肺腑,到晚间睡醒来再不见你在我这怀儿中

抱,由不的我珍珠往下抛。你再不来在描金床儿上睡着玩耍,你再不来在我手掌儿上引笑。你再不来相靠着我胸膛儿来呵,生把这热突突心肝割上一刀。奴为你干生受枉费了徒劳。称愿了别人,撒的我无有个下稍。

司马迁在《史记·屈原贾生列传》中曰:"故劳苦倦极,未尝不呼天也;疾痛惨怛,未尝不呼父母也。"李瓶儿在此遭丧子剧痛,三支【山坡羊】,一句一滴泪,一声一滴血,将对官哥的挚爱,对其在世期间辛苦的痛楚回忆,对嫉妒者的怨恨,对官哥逝去的无限悲痛,都化作长歌,伴随着痛哭和热泪,如滔滔江水,倾泻而出。平日的隐忍,日常的软弱,以致之前对花子虚和蒋竹山的詈骂和愤怒,在此都不见了;我们看到的,是一个充满了爱子之心和娇儿逝去后怀有绝望之情的李瓶儿。正因为是从李瓶儿视角叙事,使得接受者看到了李瓶儿的爱心、抱怨、愤恨和绝望,这是人物内视角的优胜之处;如用叙述者叙事,则无论如何描写,终觉如隔靴搔痒,不能发挥得淋漓尽致。

张竹坡谓"玉皇庙、永福寺是一部大起结"①,可谓独具只眼。"清明节寡妇上新坟"一回,吴月娘、孟玉楼等与当时为周守备宠妾的庞春梅相遇,即在永福寺。清明佳节,吴月娘等一行七人为新死的西门庆上坟,一行上香,一行哭诉,这时叙事转入人物内视角。先是吴月娘一支哭【山坡羊】曲子,叙其"实指望同谐到老,谁知你半路将奴抛却……撒的俺子母孤孀,怎生遣过……",后带【步步娇】曲,表达她对西门庆的重重思念之情。孟玉楼彼时在西门家已无所牵挂,思及卜龟儿时自己卦帖上配着三个男人"头一个小帽商旅打扮,第二个穿红官人,第三个是秀才",就知道自己终将离开西门家而另有所归。这时她的哭【山坡羊】曲子,虽与月娘曲同为吊祭西门庆,实际上是自表情意,抒发内心的苦闷。她所唱"实承望和你白头厮守"云云,实为应景之作,自被薛嫂儿和西门庆误导嫁入西门宅,并不得宠以来,玉楼实际上一直隐忍不发,在西

---

① (明)兰陵笑笑生著,(清)张道深评,王汝梅、李昭恂、于凤树校点:《张竹坡批评第一奇书〈金瓶梅〉》,齐鲁书社1991年版,第715页。

门庆死后更是待价而沽;"大姐姐有儿童他房里还好,闪的奴树倒无阴,跟着谁过",是她心情的流露,欲守节而无可守,此时玉楼去志已决;紧接着所唱的"那是我叶落归根,收园结果",即是她对自己前程的考虑。在永福寺遇春梅后,玉楼在潘金莲坟前唱的哭【山坡羊】曲子,将两人往时情意、今之阴阳相隔哭诉出来,真情实意,却也是兔死狐悲,物伤其类。春梅和潘金莲之间的感情最为亲密,是金莲抬举她"缠的两只脚小小的",不令她上锅上灶,只让她铺床叠被、递茶递水,捡心爱的衣服给她;是金莲让西门庆收用了她,与她捎成一帮把拦汉子,她的话"说一句听十句,要一奉十";是金莲携带她一起偷女婿,使得经济"弄一得双"。春梅对潘金莲,除了感激之外,别无他言。在永福寺祭奠潘金莲时,春梅也有哭【山坡羊】曲子:

> 烧罢纸,把凤头鞋跌绽。叫了声娘,把我肝肠儿叫断。自因你逞风流,人多恼你,疾发你出去。被仇人才把你命儿坑陷。奴在深宅,怎得个自然。又无亲,谁把你挂牵?实指望和你同床儿共枕,怎知道你命短无常,死的好可怜!叫了声不睁眼的青天!常言道好物难全,红罗尺短。

春梅对金莲是真心实意的感激涕零,她从跟潘金莲的几年中,通过西门庆家的荣辱兴衰和李瓶儿、潘金莲的得宠失宠,悟出了"人生在世,且风流了一日是一日"的道理。春梅是与金莲走得最近的,也是在王婆卖金莲时主张周守备买金莲最得力的。但因时机错过,造化弄人,金莲终被武松杀死。金莲的一日无常,引起了春梅的深悲,发出了"怎知道你命短无常,死的好可怜"和"好物难全,红罗尺短"的伤心话语。

《金瓶梅》叙述者在借用主要人物视角展现他们心迹之时,对于一些书中小人物也表示了关注。妓女是唯利是图、反复无情、朝三暮四、脚踏数只船的,叙述者对此也有多次披露。但妓女也有感情,有苦衷,有辛酸苦辣。"玳安嬉游蝴蝶巷"一回,金儿和赛儿弹唱的【山坡羊】是为明证:

烟花寨，委实的难过。白不得清凉倒坐。逐日家迎宾待客，一家儿吃穿全靠着奴身一个。到晚来印子房钱逼的是我。老虔婆，他不管我死活。在门前站到那更深儿夜晚，到晚来有哪个问声我那饱饿？烟花寨再住上三年五载，奴活命的少来死命的多，不怕人眼泪如梭。有英树上开花，那是我收圆结果。

进房来，四下观看。我自见粉壁墙上排着那琵琶一面。我看琵琶上尘灰儿倒有，那一只袖子里掏出个汗巾儿来把尘灰摊散。抱在我怀中定了定子弦。弹了个孤恓调泪似涌泉。有我那冤家何等的欢喜，冤家去撇的我和琵琶一样。有他在同唱同弹里来喋，到如今只剩下我孤单，不由人雨泪儿伤残。物在存留，不知我人儿在那厢。

从金儿和赛儿的唱曲，我们能看到她们也是活生生的现实中的人，她们在私窠子里做皮肉生意，被虔婆勒掯，累死累活，却无人顾及她们的身体；即使偶尔有一个情人，情人对她们也是逐欢买笑，而未投入真情实意，很快就会离她们而去，留给她们的更多的仍是孤恓。这在第五十二回妓女李桂姐弹唱的【伊州三台令】套曲中再一次得到印证。

李开先《市井艳词序》谓："忧而词哀，乐而词亵，此今古同情也。正德初尚【山坡羊】，嘉靖初尚【锁南枝】，一则商调，一则越调。商，商也；越，悦也，时可考见矣。"[①] 作为晚明社会写实巨著的《金瓶梅》，对于当时"虽儿女子初学言者，亦知歌之"的【山坡羊】曲子，也多有表现。商调【山坡羊】表现的是悲凉、凄怆、哀怨情绪的曲子，潘金莲用它歌唱自己的所嫁非人，歌唱被西门庆的暂时忘却；李瓶儿用它表现对官哥夭折的悲痛欲绝，哀婉凄恻；吴月娘、孟玉楼、庞春梅在哭西门庆或潘金莲时，用它表现他们对逝去的人儿的思念和内心的悲伤；金儿、赛儿用其表现妓女生活的凄楚和无奈。潘金莲所唱的【绵搭絮】和【二犯江儿水】曲子，也都表现了自己思念和哀怨的痛苦。故事中人物正是借所唱曲子传情达意，表白自己的痛苦和哀思。

---

① （明）李开先著，路工辑校：《李开先集》，中华书局1959年版，第320页。

二、以曲代言：叙事视角的交替

唱曲以表达自己的郁闷、悲伤或者欢快之情，古今同之，至今也有许多人在表达情意时用唱流行歌曲的方式。唱曲传情、唱曲言情都较为易解。在人物对话时也以歌唱散曲的方式进行，却不为现代读者所理解，以致有些读者以为《金瓶梅》是说唱性作品。正如前引孟昭连先生的文章所言，中国古代小说是一种"泛小说"概念，小说作者对于小说的概念并不如现在这么严格，他们以小说极大的吸纳能力，将诗歌、散文、戏曲、书信等文体无不融入；再就是宋元说书艺人，包括明代的民间艺人和对于通俗作品异常熟悉的下层文人，他们将戏曲纳入小说、以曲代言，实际上对戏曲的借用是信手拈来。

以曲代言的第一种情形是故事中人物以一支或一套曲子向他人解释或回答他人的问话。小说第八回潘金莲久等西门庆不至，后见到其小厮玳安，知道西门新娶后落下泪来，玳安劝潘氏不必如此，金莲即唱【山坡羊】以表心迹，其中有"乔才心邪，不来一月。奴绣鸳衾旷了三十夜"之句，充满了孤旷、哀怨之情。最为典型的是陈经济在沦为乞丐后，因从梦中哭醒，众花子问起原因，而作的回答【粉蝶儿】套曲：

九腊深冬，雪漫天凉然冰冻。更摇天撼地狂风。冻得我体僵麻，心胆战，实难扎挣。挨不过肚中饥，又难禁身上冷。住着这半边天，端的是冷。挨不过凄凉要寻死路，百忙里舍不得颗命。

【耍孩儿一煞】不觉撞昏钟，昏钟人初定。是谁人叫我，原来是总甲张成。他那里急急呼，我这里连连应。趁今宵谁肯与我支更？也是我一时侥幸，他先递与我几个烧饼。

【二煞】多承总甲怜咱冷，教我敲梆守守更。由着他调用，但得这济心饥钱米。哪里管人贫下贱，一任教喝号提铃。

【三煞】坐一回手脚麻，立一回肚里疼。冷烧饼干咽无茶送。刚然未到三更后，下夜的兵牌叫点灯，歪踢弄。与了他四十文，方才得买一个姑容。

【四煞】到五更鸡鸣，大街上人渐行，众人各去都不等。只见病花子倘在墙根下,教我煨着他,不暂停。得他口暖气儿心才定。刚合眼一场幽梦,猛惊回哭到天明。

【五煞】花子说你哭怎的?我从头儿告诉始终:我家积祖根基儿重。说声卖松槁陈家谁不怕,名姓多居仕宦中。我祖耶耶曾把淮盐种,我父亲专结交势耀,生下我吃酒行凶。

【六煞】先亡了打我的爷,后亡了我父亲。我娘疼,专随纵。吃酒耍钱般般会,酒肆巢窝处处通。所事儿都相称。娶了亲就遭官事,丈人家躲重投轻。

【七煞】我也曾在西门庆家做女婿,调风月把丈母淫。钱场里信着人,钻狗洞。也曾黄金美玉当场赌,也曾驮米担柴往院里供。殴打妻儿病死了,死了时他家告状。使了许多钱,方得头轻。

【八煞】卖大房,买小房。赎小房,又倒腾。不思久远含余剩。饥寒苦恼妾成病,死在房檐不许停。所有都干净。嘴头馋不离酒肉,没搅计拆卖坟茔。

【九煞】掇不的轻,负不的重。做不的佣,务不得农。未曾干事儿先愁动。闲中无事思量嘴,睡起须教日头红。狗性子生铁般硬。恶尽了十亲九眷,冻饿死有那个怜悯!

【十煞】讨房钱不住催,他料我也住不成。砂锅破碗全无用。几推赶出门儿外,冻骨淋皮无处存,不免冷铺将身奔。但得个时通运转,我那期间忘不了恩人。

贫年困苦痛妻亡,身上无衣口绝粮。

马死奴逃房又卖,只身独自走他乡。

朝依肆店求遗馔,暮宿庄园倚败墙。

只有一条身后路,冷铺之中去打梆。

这一组套曲和一首七律由陈经济口中唱出,如戏曲中小生的唱曲,对自己的情况作了详细阐述。这一套从陈经济视角叙述的人物身世和处境,是典型的内视角,是由人物口中道出的次叙述层面,可以作为陈经济的一篇人物小传。前五支曲子叙述经济当时沦为乞丐、巡夜敲梆守更的凄凉状况,后五支曲子自叙家世和自己由盛而衰的生活历程:前辈们种淮盐、卖松槁、交接权贵的辉煌,到经济娶亲不久即因政治事变而受牵连住到丈人家;在丈人家与后丈母私淫,是经济最值得炫耀的资本,丈人家的富贵生活,也是他沦为乞丐后最美好的回忆;被撵出西门家后,因打妇熬妻而西门大姐自缢身亡,自己遭官司家产荡尽;后来下坡车儿般迅速败落,妾身死,已为丐,不能拈轻负重,最终被房东推出门外;于是就开始了前五支曲子叙述的凄惨生活。这在戏曲中为常体,在小说中却由于作者的借用而成为变体,但在小说文体观念未如今世之明晰的当时社会,大段的套曲也是笑笑生勇敢的尝试。

以曲代言的第二种情形,是两人之间的一问一答。《金瓶梅》第二十回,西门庆同应伯爵、谢希大、祝日念一行四人去丽春院李桂姐处,虔婆骗西门等人说桂姐出门去为她五姨妈做生日,并请西门庆等人饮酒行令;未曾想西门庆往后边更衣,发现桂姐正与一戴方巾的蛮子在后屋饮酒,遂大怒,至前边掀倒酒桌,打碎碟盏,并令四位小厮打碎粉头家门窗户壁。西门庆指着虔婆大骂,即为【满庭芳】曲子一支:

> 虔婆你不良,迎新送旧,靠色为娼。巧言辞将咱诳,说短论长。我在你家使够有黄金千两,怎禁卖狗悬羊?我骂你句真伎俩媚人狐党,衒一片假心肠。

虔婆亦答道:"官人听知:你若不来,我接下别的,一家儿指望他为活计。吃饭穿衣,全凭他供柴籴米。没来由暴叫如雷,你怪俺全无意。不思量自己,不是你凭媒娶的妻。"

崇祯本《金瓶梅》此回径标为"痴子弟争锋毁花院",彭城《张竹坡批评第一奇书本金瓶梅》第二十回目录"趋奉争风",都较词话本回目"西门庆大闹丽春院"更为明确地点明了问题的实质。西门庆骂虔婆不良,是迎新送旧、以色谋财的媚人虎党,将他诓骗,虽然在虔婆处使够了许多金银,虔婆却背着他让粉头另接客人。其实迎新送旧等事本为妓院常事,西门庆生气的只是他每月出包钱包着桂姐,而桂姐却另外接客。虔婆也用一支曲子回答,主要是表白她们妓院本来就指着嫖客供柴籴米,桂姐不是他三媒六证娶的妻子,当然约束不得她。时隔三百多年问世的,专门描写晚清上海妓女与嫖客关系的《海上花》第十回"还旧债清客钝机锋",洪善卿和阿珠就"倌人末勿是靠一个客人,客人也勿是靠一个倌人"各自发表了自己的看法,这次却因王莲生脚踏两只船,而以妓院一方占了上风,与《金瓶梅》中西门庆和虔婆的争吵如出一辙。《海上花》受《金瓶梅》的影响之深,由此可见一斑。

《金瓶梅》另一处以曲代言式的一问一答,是西门庆在临终前与吴月娘的对话。西门庆先指着潘金莲,让吴月娘原谅她以前做的事,月娘听后放声大哭。西门庆道:"你休哭,听我嘱咐你,有【驻马听】为证:贤妻休悲,我有衷情告你知:妻,你腹中是男是女,养下来看大成人,守我的家私。三贤九烈要贞心,一妻四妾携带着住。彼此光辉光辉,我死在九泉之下,口眼皆闭。"

月娘听了,亦回答道:"多谢儿夫,遗后良言教导奴。夫,我本女流之辈,四德三从,与你那样夫妻。平生作事不模糊,守贞肯把夫名污。生死同途同途,一鞍一马,不须分付。"

俗语说"人之将死其言也善",西门庆的一生,奸污他人妻小,协同王婆、潘金莲谋害武大郎,计娶潘金莲;与李瓶儿通奸,谋取财色,气死花子虚,而再娶李瓶儿,等等。在临终时念念不忘的,却是让诸妻妾三贞九烈,实在是具有很大的讽刺性。让吴月娘生下孩儿养大后守住家私,是其首要关注的事。未曾想遭遇韩道国、来保之变,以及李娇儿归丽春院,来旺儿盗取孙雪娥,孟玉楼再嫁李衙内,致使西门家业"野鸡毛儿零拎了"。作为信守封建道德的吴月娘,虽有协助西门庆搬取花子虚家财等事,但是也确如其所说"三从四德",一马一鞍守住贞节。不过吴月娘未做到"一妻四妾携带着住",一是由于外在因素不允许,如李娇儿闹着要走,孙雪娥暗地逃出,孟玉楼是三媒六证嫁给李衙内;一是主观因素,吴月娘不能容许养女婿的潘金莲继续留在家中,而是听取当时尚在西门府的孙雪娥的主意将其卖出。

以曲代言的一种变体,是采用叙述者视角叙述,而整段为一支曲子或一首长词。"雪娥唆打陈经济"一回吴月娘和陈经济的一番对白即采用此种形式。首先是叙述者交代:"起初时,月娘不触犯,庞儿变了。次则陈经济,耐抢白,脸面扬着。"接着是两个"月娘道"和一个"陈经济道"叙述了整个吵架的过程,月娘指出了陈经济的过错,陈经济在不断讨饶。全文在此不赘。

三、诗词书写心声:词曲体裁的书信叙事

小说中融入其他文学体裁的作品,这在唐传奇中即已做了成功的尝试。"盖此等文备众体,可以见史才、诗笔、议论"的唐传奇,作者往往将这些作品作为行卷和温卷之作。由于唐传奇作者多为求取功名的士子,他们具备如李剑国先生所说的"历史家、诗人、伦理家的气质和历史意识、伦理意识和诗意识"①。唐传奇的"诗笔",最常见的是融入故事人物或叙述者之口的诗歌,再就是唐传奇描写本身具有诗的意境。前文已提及,在元稹《莺莺传》一文中,除诗词外,又有崔莺莺所写的感人至深的书信一封,成为书信融入小说文体的成功尝试。至宋元话本,宋元说话人因对于通俗文学作品的熟悉,遂也如同唐传奇作者一样,将不同的文体融入小说之中,形成我们现在看来较为复杂的"泛小说"。《金瓶梅》作者继承宋元说话人的传统,在故事中穿插了众多诗词和散曲,同时又以情书的形式,穿插了很多以词曲体裁书写的书信。

从七岁上女学,也曾写过字仿,诗词歌赋唱本上字多认的,后又在王招宣府和张大户家习学过弹唱的潘金莲,是西门庆众妻妾中最为识字知曲的妇人。作为《金瓶梅》众女性中风流女性之首,潘金莲也如书中所说甚为通晓诸子百家、诗词歌赋、双陆象棋等,她是书中以词曲写情书的主要女性。潘金莲在书中的第一封情书,是久等西门庆不至后,托玳安捎给他的一首【寄生草】词:

> 将奴这知心话,付花笺寄与他。想当初结下青丝发,门儿倚遍帘儿下,受了些没打弄的耽惊怕。你今果是负了奴心,不来还我香罗帕。

贫苦的身世,被卖来卖去的曲折经历,先失身于张大户,后被赠送给自己憎嫌的武大郎的可叹婚姻,终于遇到两情相悦的爱人,但这个爱

---

① 李剑国主编:《唐宋传奇品读辞典》,新世界出版社2007年版,第4页。

人却是"坐家的女儿偷皮匠，逢着的就上"的西门庆。作为当时的女性，行动极为不自由，只能被动等着父母之命和媒妁之言的降临；虽然在晚明有王学左派思潮的涌起，有"初嫁由亲，再嫁由身"的人性观点，但是当时的女性大部分时间也只能待在家中，而难以与潜在的心仪的人儿接触。潘金莲虽然如王志武先生所说是追求性自由的人，但是久未找到归宿的她，也认为西门庆就是自己终身的依靠。所以听玳安说西门庆新娶之后，她才会泪如雨下，才会将知心话"付花笺"寄给西门庆而盼望他的早日到来。至金莲嫁入西门家后，西门庆又贪恋妓女李桂姐的姿色，在妓院一住约半月不回，"丢的家中这些妇人都闲静了"，而潘金莲更是欲火难忍，与孟玉楼带来的小厮琴童"两个朝朝暮暮，眉来眼去，都有意了"。这时金莲托玳安捎与西门庆的情书【落梅风】写道：

黄昏想，白日思，盼杀人多情不至。因他为他憔悴死，可怜也绣衾独自。灯将残，人睡也，空留得半窗明月。孤眠心硬浑似铁，这凄凉怎挨今夜。

其感情的纯洁程度，其"欲"高于情的程度，都是较为明显的。潘金莲的情感世界里，情总是为欲服务的。她对于武松和西门庆，对于琴童，以及后来对于陈经济和王潮儿，都是欲的成分更多，有些时候更是纯粹为欲而行动。情书【落梅风】发出之前与琴童的眉目传情，即是最大的明证。

"自幼乖滑伶俐，风流博浪牢成"的陈经济，也曾上过学堂，粗通文字，这在西门庆家写请柬、书信等过程中都有所展示。而叙述者叙其通诗词歌赋，盖为西门庆生前死后陈经济与潘金莲偷情做铺垫。潘金莲与陈经济自从西门庆死，在孝堂得手之后，"日逐白日偷寒，黄昏送暖……你有话传与我，我有话传与你"。潘金莲从窗眼投入陈经济房中的汗巾香袋儿，中有【寄生草】词一首：

将奴这银丝帕，并香囊寄与他。当中结下青丝发。松柏儿要你长牵挂，泪珠儿滴写相思话。夜深灯照的奴影儿孤，休负了夜深潜等荼蘼架。

这与第八回金莲寄与西门庆的情书同一词牌，而此次寄出的对象却为他们的女婿陈经济。欲火焚身、不顾上下尊卑的潘金莲，将前此尚属西门庆的花笺、青丝、相思，转瞬即投送给西门大姐之夫陈经济之怀。词依然是【寄生草】，人却已转为被称为"陈姐夫"的他。陈经济要赴"夜深荼蘼架"之约，未曾想遇见主家婆吴月娘，只好将湘妃竹白纱扇儿并其上题写的【水仙子】词暗递与金莲。此后或因金莲吃醋，经济写一首【寄生草】；或因相思，金莲传与经济一首【寄生草】；或借春梅之手，经济传一首【红绣鞋】；或借薛嫂儿之便，金莲再续佳音。二人情肠在西门庆死后得以大畅，从此角度来说，西门之死实为他们之大幸。原出于宫廷，由西门庆先和李瓶儿后与潘金莲演练的《春意二十四解》，也后继有人——由金莲和经济续其佳音矣。因为金莲平昔虐待丫鬟秋菊，遂有秋菊数次向吴月娘的告密之举，最终在孙雪娥主意下，撵经济、卖春梅、金莲，几个不顾伦常之辈一时风流云散。

在周守备府用事，倚靠春梅裙带关系和周秀的势力而在临清开大酒店的陈经济，一日遇到了沦为私窠子的韩爱姐全家，遂与爱姐新续情缘。《金瓶梅》的叙述者，对于韩爱姐善守晚节甚为赞许。爱姐和经济间的感情，虽不乏欲和世俗物质的成分，但是还是属于较为难得的男女情爱。爱姐数日不见经济到来，即托八老送礼物、柬帖与他，柬帖为情书一封：

贱妾韩爱姐敛衽拜，谨启情郎陈大官人台下：自别尊颜，思慕之心，未尝少怠，悬悬不忘于心。向蒙期约，妾倚门凝望，不见降临蓬荜。昨遣八老探问起居，不遇而回。听闻贵恙欠安，令妾空怀怅望，坐卧闷恹，不能顿生两翼，而傍君之足下也。君在家自有娇妻美爱，又岂肯动念于妾，犹吐去之果核也。兹具腥味茶盒数事，少申问安诚意，幸希笑纳。情照不宣。

外具锦绣鸳鸯香囊一个，青丝一缕，少表寸心。

下书"仲夏念日贱妾爱姐再拜。"

《金瓶梅》中有两个人在未做妾时即行妾礼，一为"送奸赴会"时的李瓶儿，去为潘金莲做寿时行如西门庆小妾之礼；另一个即为韩爱姐，终身未明确成为陈经济小妾，而必书"贱妾爱姐"，且后来自经济死后为其守节。此时的韩爱姐初遇与其年龄相仿的陈经济，而不愿再做皮肉生意，一心扑在经济身上，可谓少妓从良。书信全文，表达了爱姐对经济的思念、牵挂、关爱和忧虑。青丝和扣着"寄与情郎，随君膝下"的香囊，即以无声的语言表达了爱姐的心情。韩爱姐初长成人，即被父母和西门庆作为政治工具卖给蔡太师的管家翟谦为妾，以图生长；未曾想蔡太师仅为一座冰山，在太学国子生陈东的参劾下，与童太尉、李右相等六人被发烟瘴地面永远充军。韩爱姐不得已而沦入烟花，在遇到陈经济后才找到了并不可靠的情人。爱姐将她全部的爱情倾泻到陈经济身上。通过爱姐的内视角，我们看到了她那依然圣洁的心灵。而陈经济对韩爱姐，虽不乏情感，而付出的感情较对潘金莲为少，又有爱妻葛翠屏约束，更是不能畅怀。不及数日，经济即如书中所言，死的"相似那五代的李存孝，《汉书》中彭越"了。

　　《金瓶梅》在全知全能的第三人称叙事之外，以人物视角进行叙述的词曲叙事成为一道亮丽的风景线。这些诗词、散曲、套曲等，虽然多数见于《雍熙乐府》、《词林摘艳》、《群音类选》等书中，但在当时多为传于民间、歌于众口之曲。作者兰陵笑笑生或将其原文照搬，或稍作修改再移入书中，使之无不成为故事的有机部分。当然诸曲中有多数是妓女、盲歌女们为娱乐富家男妇而歌，但其中犹有众多表白人物心声的词曲，正是这些以曲言、以曲代哭、以词曲为传情之作，直接反映了故事中人物的心声。现在看来，《金瓶梅》的文体观念较为驳杂，掺有诗、词、曲、奏章等，但唐传奇尚有众多"诗笔"融合，小说文体观念正在确立阶段的长篇章回小说，笑笑生等作者更是做了最为大胆的尝试，从而展示给世人惊世骇俗的《金瓶梅》巨著。

　　以曲代言、以曲代哭等形式，不仅因为作者笑笑生熟悉民间曲调和诸种散曲、套曲等通俗文学作品，更是因为作者善于取材于生活、从生活中汲取养分进行文学创作。人们在非常气愤或极度悲痛的时刻，往往以哭唱的形式表达自己的感情，至今山东民间尚有边唱边哭和以唱词骂人等场景出现，即可为证。所以，西门庆和虔婆李三妈、西门庆和吴月娘之间的以唱代言，以及潘金莲、吴月娘等人的以唱代哭，在散曲盛行的晚明社会就较为易于解释。《金瓶梅》反映了那个时代的风俗，反映了当时社会小民的歌哭世界，反映了爱欲男女的心灵轨迹。《金瓶梅》在受宋元话本影响而不重心理描写的明代小说中，通过人物内视角进行的词曲叙事即至为可贵，成为卓立于明代长篇说部的独具特色之作。

第三节 "看官听说"与人物评论
——《金瓶梅》的叙事干预

前文已论及《金瓶梅》等中国古典小说是模拟书场叙事，在故事讲述过程中似有一位神气活现的说书人在活跃着。这位叙述者（即"说书人"）在模拟的书场中，为造成活跃的气氛，不断与假想的叙述接受者进行交流，从而达到叙述者与叙述接受者之间的水乳交融。在《金瓶梅》中，叙述者大量地进行叙事干预，实际上是代替隐指作者说明社会道德规范，隐指作者与叙述者基本一致。由于拟话本叙述者叙事的强烈主观性，叙述者在故事叙述过程中采用非常有力的控制叙述空间的方式，对叙事干预，叙述者多采用"话说"、"却说"、"且说"、"正是"、"看官听说"、"话休饶舌"、"话分两头，单表……"等引导词，描绘性语句多用"但见"、"有诗为证"等词引导。

《金瓶梅》中的叙事干预，其中以对叙事形式的指点干预为多。叙述者虽然对于所叙故事有全部的控制权，但由于受宋元说话的强烈影响，叙述者也在模拟说话形式，与叙述接受者进行直观的各式各样的交流。所以会有"话说"、"却说"、"话分两头"等众多的指点干预。指点干预之外，叙述者还在适当的时机现身故事当中，对人对事加以评论，是为叙述者的评价式评论。《金瓶梅》叙述者的评价式评论，有篇首、入话、就事论事的评论，后者多以"看官听说"一词引出，有时以"但凡"、"正是"等词引出。此外，《金瓶梅》较宋元话本、明代拟话本多迈出的一步是采用人名谐音和借书中人物之口进行评论。本节内容即对"看官听说" 词引起的叙事干预、人名谐音和借书中人物之口进行评价式评论等几方面加以分析。

一、"看官听说"

叙述者的评论干预,实际上是隐指作者通过叙述者之口对人对事表达的自己的价值观。评论干预有解释性评论、补充性评论、评论性干预等,解释性评论是通过利用当时的社会规范来对书中的离奇行为加以解释说明;补充性评论是提供背景知识或者提前说出将来要发生的事;评论性干预是叙述者对人、事的直接判断,通常用"正是"、"有诗为证"等词引出一段诗词,从而使得叙述者与这些评价语言保持了适当的距离。

据笔者统计,容与堂本《水浒传》中有十二处"看官听说"一词引起的评论干预,其中有解释性评论、补充性评论和评论性干预。比兰陵笑笑生稍晚的冯梦龙,其所编的《警世通言》与《醒世恒言》中各有一处用"看官听说"一词引起评论。《金瓶梅》是从《水浒传》一书的潘金莲与西门庆的故事派生出来,对于"看官听说"一词的运用,《金》书的叙述者也深得《水浒传》的神髓,且将其运用到纯熟的地步。《金瓶梅》中"看官听说"一词所引出的叙事干预涵括了以上所说的三种评论,但叙述者的评论要较为复杂,有时是两种或两种以上的评论干预交织在一起的。

(一)解释性评论

说书人在书场说唱时,对于故事中第一次出现的人物,或者听众不明白的词语、风俗等,多要加以解释,即为解释性评论。这种评论在《清平山堂话本》、"三言二拍"等话本和拟话本中,多是以"原来"一词引起;在《水浒传》中是以"原来"和"看官听说"等词参互使用,以前者为多,后者仅是偶一为之。如《水浒传》第二十一回"宋江怒杀阎婆惜"之前,叙述者评论曰:

> 看官听说,原来这色最是怕人。若是他有心恋你时,身上便有刀剑水火也拦他不住,他也不怕。若是他无心恋你时,你便身坐在金银堆里,他也不睬你。常言道:佳人有意村夫俏,红粉无心浪子村。

即是对当夜阎婆惜不理宋江所做出的解释,通过用并非高明的为当时社会大众所认同的常识来解释阎婆惜这一女色所做出的离奇行为,并引常言说明村夫俏、浪子村的关键是红粉佳人是有意还是无心。

《金瓶梅》中解释性评论的引起词有"原来"、"看官听说"、"看官听说,原来"等,其中前者为各话本、拟话本小说所共有,是说书人成熟的套语;后二者为对《水浒传》的继承和发展,将《水浒》中偶一用之的词语发展为叙述者的套语。在《水浒传》中计有十二处"看官听说",到《金瓶梅》中已接近四十处,《金》书已将"看官听说"一词发展为叙述者评论的标志性语言。其中有对《水浒传》原文的照搬,如《金瓶梅》第三回金莲为王婆缝送老的衣服时的评论"看官听说:但凡世上妇人,由你十八分精细,被小意儿过纵,十个九个着了道儿",即为对《水浒传》"王婆贪贿说风情"一回相同内容的过录;第五回解释"原来但凡世上妇人,哭有三样……"一段话,也是过录《水浒传》"淫妇药鸩武大郎"一回的相同内容。但《金瓶梅》叙述者对于"看官听说"这一引起词的运用,已经达到信手拈来的地步。叙述者对于自己认为需要向潜在的叙述接受者解释或评论的事物,从不惜笔墨,都会暂停故事进程,跳出来加以评论。

《金瓶梅》第十八回,孟玉楼在听说李瓶儿招赘蒋竹山并开药铺之事后,说孝服未满嫁人使不得,吴月娘道:"如今年程,论的什么使的使不的。汉子孝服未满,浪着嫁人的,才一个儿!淫妇成日和汉子酒里眠酒里卧底人,他原守的什么贞洁!"这时叙述者唯恐叙述接受者不理解,加以评论说:"看官听说,月娘这一句话,一棒打着两个人:孟玉楼与潘金莲都是再醮嫁人,孝服都不曾满。"其实观玉楼语言,实为未加思索说出此语,吴月娘是直性之人,遂递推而下,玉楼此辱实为自取。叙述者在此的解释性评论,仅为点破月娘的意思,并未见得有何高明之处。"琴童藏壶觑玉箫"一回,因庆官哥酒时,一把银执壶找不见,西门庆说不必嚷乱,慢慢找即可。这时金莲道:"若是吃一遭酒,不见了一把,不嚷乱,你家是王十万!头醋不酸到底儿薄。"对于最后一句话,当时的听众能理解它的本义,其引申义一般就不太理解,现在的读者甚或连其本义也有隔阂。这时叙述者解释说:"看官听说:金莲此话,讥讽李瓶儿首先生孩子,满月不见了壶,也是不吉利。"金莲心直口快,说话不假思索,其往往触怒西门庆、吴月娘者在此。金莲说此话后,西门庆的反应是"明听见,只不做声"。在知道是琴童藏壶时,金莲说琴童是李瓶儿家人,想必要瞒昧这壶,应该打着琴童问他壶的下落。西门庆听了此话,心中大怒,睁眼看着金莲骂她道:"看着你怎说起来,莫不李大姐他爱这把壶?既有了,丢开手就是了,只管甚么!"

(二)补充性评论

补充性评论,一是提供故事的背景知识;一是预先说出未来发生的事。后者也就是叙事学中所说的"预述"。提供背景知识的补充性评论,《水浒传》中在叙述武松和武大兄弟相遇时,叙述者加以解释:

> 看官听说:原来武大与武松是一母所生两个,武松身长八尺,一貌堂堂,浑身上下有千百斤气力,不恁地,如何打得那个猛虎?这武大郎身不满五尺,面目生得狰狞,头脑可笑,清河县人见他生得矮,起他一个浑名,叫做"三寸丁,谷树皮"。

通过"看官听说"一词,解释武松、武大的身世和身材长相等。其中有叙述者的评论,如说武松"不恁地,如何打得那个猛虎"一语,以及武大郎"面目生得狰狞,头脑可笑"二语,在描绘过程中掺杂了叙述者的主观感情。

《金瓶梅》中以"看官听说"一词引起的叙事干预,其中补充性评论占多数。首先来看提供背景知识的补充性评论。在"西门庆帘下遇金莲"一回,即以"看官听说"引起,交代西门庆的身世、来历等。在"妻妾宴赏芙蓉亭"一回,李瓶儿派小厮天福儿和小丫头绣春送花儿给吴月娘等众妻妾戴,月娘赏赐,打发小厮和丫鬟走后,向西门庆说在花太监去世送殡时,见过李瓶儿,并描述了她的身材、长相、年岁等。此时,有一段评论:

> 看官听说:原来花子虚浑家,娘家姓李,因正月十五日所生,

那日人家送了一对鱼瓶儿来，就小字唤做瓶姐。先与大名府梁中书家为妾……只因政和三年上元之夜，梁中书同夫人在翠云楼上，李逵杀了全家老小，梁中书与夫人各自逃生。这李氏带了一百颗西洋大珠，二两重一对鸦青宝石，与养娘妈妈走上东京投亲。那时花太监由御前殿直升广南镇守，因侄男花子虚没妻室，就使媒人说亲，娶为正室。太监在广南去，也带他到广南。住了半年有余，不幸花太监有病，告老在家。因是清河县人，在本县住了。

至此，金、瓶、梅三人全已出场，潘金莲是叙述者在描写武大时加以交代，春梅是在金莲嫁入西门府时加以交代。在武松充配、妻妾宴赏之际，李瓶儿消息动矣，而其来历、身世都不为叙述接受者所知。所以叙述者在此做补充性评论，交代李瓶儿生日、名字来历、人生历程，并兼叙梁中书家事，补叙花太监做广南镇守并告老还乡、为花子虚娶瓶儿为妻室等事。叙事至此，西门庆已娶李娇儿、孟玉楼、潘金莲在家，收孙雪娥为第四房小妾，且已觊觎隔壁花二娘之财色，整个《金瓶梅》人物世界已经如鲜花着锦、烈火烹油般地展开了。

预述是叙述者超越故事中人物意识，预先对未来要发生的事所做出的叙述。在《水浒传》、《金瓶梅》等中国古典白话小说中，大部分都是有回应的预述，即先提前点出将来发生的事，以后再做详细的叙述。《水浒传》中洪太尉放走妖魔后，有叙述者所说的"下文便有：三十六员天罡下临凡世，七十二座地煞降在人间。直使宛子城中藏虎豹，蓼儿洼内聚蛟龙"。其后由智真长老说出的鲁智深的谶语，也是较为明显的预述。《金瓶梅》中最为突出的预述，莫过于前文已述及的"吴神仙贵贱相人"和"妻妾笑卜龟儿卦"二回，但因将预述植入正文，即已经失去了对故事情节先声夺人的控制权。《金瓶梅》中"看官听说"一词引起的预述，共计有六处，为《金瓶梅》的故事世界增加了悬疑，又使得叙述接受者在阅读其后的故事中得到被印证的乐趣。

《金瓶梅》由于是拟话本叙事，所以叙述者在叙事过程中有众多程式化语言。在"潘金莲激打孙雪娥"时，叙述者评论曰："看官听说：不争今日打了孙雪娥，曾教潘金莲从前做过事，没兴一齐来。"此番交代，为后文李娇儿、孙雪娥向西门庆告密潘金莲私琴童事做张本，后文孙雪娥累次向吴月娘说金莲坏话，直至最终将金莲卖出，也是因此次结仇所致。在第八十七回周忠因买金莲事未果，告诉周守备且待两日再说时，叙述者以"看官听说"一词引起，评论曰："大段潘金莲生有地而死有处，不争被周忠说这两句话，有分交这妇人从前作过事，今朝没兴一齐来。"从而预述出潘金莲以后被武松所杀之事。更多的预述，则是具体告知叙述接受者未来所发生的事的大略。如吴典恩向西门庆借银，欢喜出门后，叙述者评论说：

  看官听说：后来西门庆死了，家中时败势衰，吴月娘守寡，把小玉配与玳安为妻。家中平安儿小厮，又偷盗出解当库头面，在南瓦子里宿娼。被吴驿丞拿住，痛刑拷打，教他指攀月娘与玳安有奸，要罗织月娘出官，恩将仇报。此系后事，表过不题。正是：不结子花休要种，无义之人不可交。

《金瓶梅》"平安偷盗假当物 薛嫂乔计说人情"整整一回内容，玳安与小玉如何偷情，月娘如何使小玉、玳安成婚，平安如何偷盗金头面、金钩子，吴典恩如何拷打、唆使玳安指攀月娘，薛嫂儿如何向庞春梅说情，周守备如何审理此案，都做了详细叙述，与此段评论相呼应。另一处预述，是李瓶儿临终前嘱咐月娘生孩子后好好看养，不要像她那样心粗吃人暗算了，叙述者在此评论说："看官听说：自这一句话，就感触月娘的心来。后次西门庆死了，金莲在家中住不牢者，就是想着李瓶儿临终这句话。正是：惟有感恩并积恨，千年万载不成尘。"后文叙月娘卖金莲，主要原因是金莲与陈经济的奸情事发，虽未交代此原因，李瓶儿所说的话月娘自不会忘记。在"西门庆迎请宋巡按"一回，蔡御史在西门庆家与董娇儿、韩金钏儿二妓携手，"不啻恍若刘阮之入天台"，一夜销魂后，西门庆再次向他提出盐引事请他青目，又让其就苗青事向宋巡按讲情。此时叙述者做了评论性预述："看官听说：后来宋御史往济南去，河道中又与蔡御史会在那舡上。公人扬州提了苗青来，蔡御史说道：'此系曾公手里案外的，你管他怎的？'遂放回去了。倒下详东平府，还只把两个舡家决不待时。安童便放了。"此处表过,后文即不再做交代,与前几例后文有照应者不同。

（三）评论性干预

评论性干预较前两种评论,更能见出叙述者的主观性。评论性其实是隐指作者对叙述者施加的一种压力,使得叙述者完全赞同他的价值观,这就使得整部书笼罩在隐指作者的价值观控制之下。在宋元话本和明清的长篇章回小说中,评论性干预较为普遍,只有在《儒林外史》、《老残游记》等部分小说中叙述者的观点才较为隐蔽。正是通过叙述者的评论性干预,我们得以间接了解作者的意图,作者通过隐指作者传达自己的意向,隐指作者再将其通过叙述者之口叙出。这或许会让众多读者认为叙述者评论过多,但这是受宋元话本这一说唱类文学题材的影响而产生的小说作品,说唱时的评论也自然在宋元话本影响范围之内。对叙述者在自己快乐时要笑,在自己痛苦时要骂,在自己愤愤不平时要痛加贬责,在自己畅快时要击节称赞。对叙述者最为理想的叙述接受者,就是能够和他引起共鸣的那一类"看官",能够与他形成互动,快乐着他的快乐,痛苦着他的痛苦。所以,我们在看古典白话小说时,是与叙述者在交流,聆听他们的心声,共享他们的嬉笑怒骂,巡视他们的心灵轨迹。

《金瓶梅》的叙述者就是这样一个人,他在对"三姑六婆"表示不满

图2.4 贿相府西门脱祸

时，即作出评论："但凡大小人家，师尼僧道，乳母牙婆，切记休招惹他，背地什么事不干出来。"对刘理星回背之事不以为然时，即斥其为自古有之的"巫蛊魇昧之事"。在因潘金莲枕边风导致西门庆和吴月娘反目时，叙述者说"自古谗言罔行，虽君臣父子、夫妇昆弟之间，犹不能免，况朋友乎"，并对金莲"衽席睥睨之间言"非常不满。其他如对家主私狎奴仆并家人之妇，对养汉的婆娘，对僧尼牙婆，对蛊惑其夫的妾妇，对世上的帮闲子弟，等等，叙述者都作出了自己的评价。而其中尤可见叙述者锋芒的，是对当时腐败政治的评论：

> 看官听说：那时徽宗天下失政，奸臣当道，谗佞盈朝。高、杨、童、蔡四个奸党，在朝中卖官鬻狱，贿赂公行，悬秤升官，指方补价。贪缘钻刺者，骤升美任；贤能廉直者，经岁不除。以致风俗颓败，赃官污吏遍满天下，役烦赋重，民穷盗起，天下骚然。不因奸佞居台辅，合是中原血染人。

此是叙述者在蔡太师因西门庆累次送礼而加其理刑副千户之官，并抬举吴典恩和来保做官后，所作的评论。联系评论中高、杨、童、蔡等人，叙述者的锋芒所向，当较为明显。《金瓶梅》中出现的官吏，上自蔡太师、童太尉、杨提督、御史宋乔年、状元蔡蕴、开封府尹杨时、东平府尹陈文昭、继任东平府尹胡师文，下至夏延龄、西门庆、清河县令李达天、清河驿丞吴典恩，我们看到自上而下的统治阶级都是黑暗腐朽的，其中不乏被叙述者称为"清廉"的官员，真正为民做主如御史曾孝序者，却被"窜于岭表"，家人被系狱。整个《金瓶梅》中的统治阶级，是窳败、朽烂的阶级；《金瓶梅》描写的世界，是行将就木的王朝的缩影。我们都知道《金瓶梅》是"借宋之名写明之实"的杰出现实主义作品，那么《金瓶梅》的叙述者所批判的对象为晚明腐朽的社会现实自可无疑。笑笑生所著的《金瓶梅》，是直面丑恶现实的一部书，是一部对现实充满了否定和批判的书，是阅历过众多的腐朽和黑暗而心存美好希望的作者寄托寓意的一部书。

二、回目中的叙事干预

宋元话本,最初可能是以人名、浑名、地名、物名等为题的简短题目,如《醉翁谈录·小说开辟》所列举的卓文君、花和尚、青面兽、八角井、河沙院等即是,同时《醉翁谈录》中也有四字以上的较长的回目,如张康题壁、王魁负心、西山聂隐娘、赵正激恼京师等。以意度之,宋元说话人是将话本中最为突出、最能说明故事特点的词语或短句作为标题,其中即含有作者的评论在内,如王魁的"负心"。《清平山堂话本》中的故事标题,均为四字以上,其中多数为客观陈述,如"柳耆卿诗酒玩江楼记"、"陈巡检梅岭失妻记"等;也有部分回目暗含作者褒贬,如"阴骘积善"、"霅川萧琛贬霸王"等。至《三国志演义》、《水浒传》等长篇章回小说,其回目主要功能为点明本回主要内容,但在部分回目标题中,也都显示了作者的爱憎。中晚明问世的《西游记》、《金瓶梅》等书也是如此。由于回目标题主要是说明本回的内容,其指示性评论的功能最为常见,而补充性评论功能则较难显示,所以在此仅对其中的解释性评论和评价式评论做一简要分析。

《金瓶梅》回目中所含的叙事干预,多为叙述者的解释性评论。叙述者在标题时,即为叙述接受者充分考虑,使其一目了然。如第一回标目"潘金莲嫌夫卖风月",其留心于风月,关键是在嫌弃丈夫。联系正文,金莲自从嫁给武大后,看见他一味老实,人物猥琐,甚是憎嫌。抱怨张大户:"普天世界断生了男子,何故将奴嫁与这样个货?每日牵着不走打着倒退的,只是一味喫酒。着紧处。都是锥扎也不动。奴端的是那世里晦气,却嫁了他!是好苦也!"且有弹唱的【山坡羊】以表心迹。金莲每日在门前帘儿下站着,沾风惹草。后来即有戏武松之举,和与西门庆茶坊相戏的丑行。"刘理星魇胜贪财"、"花子虚因气丧身 李瓶儿送奸赴会"、"抱孩童瓶儿希宠 妆丫鬟金莲市爱"①等回目,在正文中并没有明确人物行为的目的或者造成其结果的原因,而回目标示却点明题旨,让接受者一目了然。有的回目标题,正文所述似乎与其无关。如"韩道国纵妇

---

① 着重号为笔者所加,以下不再加注。

争锋",正文叙韩道国弟韩二捣鬼与道国妻有奸,一日被人捉奸,拴到牛皮街厢铺里;韩道国新做西门庆绒线铺伙计,当时正与开纸铺的张好问和开银铺的白汝谎吹牛,听说家丑被暴露,迅疾赶回。粗看似无韩道国纵容之事。对此,张竹坡作出了评论:

> 王六儿与二捣鬼奸情,乃云韩道国纵之。细观方知作者之阳秋。盖王六儿打扮作倚门妆,引惹游蜂,一也;叔嫂不同席,古礼也。道国有弟而不知闲,二也;自己浮夸,不守本分,以致妻与弟得以容其奸,三也;败露后,不能出之于王屠家,且百计全之,四也。此所以作者不罪王六儿与二捣鬼,而大书韩道国纵妇争锋,谁为稗官家无阳秋哉?

作者用春秋笔法,寓褒贬于一字。观韩道国知道"西门庆包占王六儿"事后所说:"等我明日往铺子里去了,他若来时,你只推我不知道,休要怠慢了他,凡事奉他些儿。如今好容易赚钱,怎么赶的这个道路!"其卑鄙无耻,一至于此!事发后,道国对其弟、其妻均无训斥之语。可见,韩道国在先实已知其弟与其妻通奸之事,说道国"纵妇争锋",实际是一笔点中韩道国这一明王八的要害。

《金瓶梅词话》的回目,有叙述者评论性干预的标题较少,第六十九回标目"王三官中诈求奸"为笔者所仅见。此回叙西门庆应情妇——王招宣府林太太之请,将小张闲、聂钺儿等五人拿到提刑院夹打。五人出提刑院后,因是为王三官帮嫖被责,遂同到王招宣府讹诈银两作为补偿。王三官惶恐不敢出门,事急,林太太找来媒婆文嫂儿;文嫂献计:先用酒肉稳住小张闲等五人,然后同三官同去求西门庆帮忙。王三官拿拜帖自称"小侄",拜望西门庆,求其消祸,西门即差节级、排军捕到五人,训斥一番后释放。整个惩处五名帮闲之事,是文嫂主谋,林太太托西门庆所办。西门庆大奸似善,摆出一副为民父母慈善为怀的面孔,斥责小张闲、聂钺儿等不可带坏他人子弟。实际上西门庆吃喝嫖赌无所不为,同时在妓院包着妓女李桂姐,应伯爵、谢希大等人帮嫖。在生子加官后,李桂姐、吴银儿也频频出入其门,且包占妓女郑爱月儿,奸占韩道国妇王六儿；在提刑院贪赃受贿，徇私舞弊，怎一个"奸"字了得！用吴月娘的话说，是"你不曾溺泡尿看看自家，乳儿老鸦笑话猪儿足，原来灯台不照自。你自道成器的，你也吃这井里水，无所不为，清洁了些什么儿？还要禁的人"！

至崇祯本《金瓶梅》回目，评论性干预有所增加，如"俏潘娘帘下勾情"，"傻帮闲趋奉闹华筵　痴子弟争锋毁花院"，均为一字内寓褒贬。清曹雪芹所著《红楼梦》，其回目将叙述者的评论性干预运用的淋漓尽致，如"薄命女偏逢薄命郎　葫芦僧乱判葫芦案"、"贤袭人娇嗔箴宝玉　俏平儿软语救贾琏"、"尴尬人难免尴尬事"、"胡庸医乱用虎狼药"、"敏探春兴利除宿弊　时宝钗小惠全大体"等，用一字至三字，对人对事做出言简意赅的评论。如果说词话本《金瓶梅》和崇祯本《金瓶梅》回目中的评论性干预尚是偶一为之的话，《红楼梦》中则俯拾皆是，且运用得流利自然。这也是长篇章回小说由民间向文人过渡的一大表现，是小说文人化、雅化的一大趋势。

三、借人物之口加以干预

《金瓶梅》除继承宋元话本传统，叙述者直接对人对事加以评论外，还对传统的叙事干预有所突破。这表现在叙述者有时对某些事并不表现自己的好恶，而是利用作品中的人物语言进行评论。这在书中也有三种表现，分别为利用相士、卦语评论，利用书中人物语言进行评论，利用书中人物所写文章进行评论，下面分别加以分析。

第一，"吴神仙贵贱相人"和"妻妾笑卜龟儿卦"是《金瓶梅》中将预言性楔子植入正文的两大情节，是全书大关捩。从中也正可以看到作者借相士、卜龟儿卦婆子之口对西门庆及其众妻妾等人的评论。在吴神仙相面一回，叙述者借吴奭之口，道出对西门庆众人的褒贬。如说西门庆"泪堂丰厚，亦主贪花；谷道乱毛，号为淫抄"；评潘金莲"举止轻浮惟好淫，眼如点漆坏人伦"；说孙雪娥"燕体蜂腰是贱人，眼如流水不廉真。常时斜倚门儿立，不为婢妾必风尘"；相过西门大姐后，说其"鼻梁仰露，破祖刑家；声若破锣，家私消散。面皮太急，虽沟洫长而寿亦夭；行如雀跃，处家室而衣食缺乏。不过二九，当受折磨"。这番评论，对西门庆及其妻妾的未来做预言的同时,对他们的行为和品德做出了评价,正因叙述者借吴奭之口评论,西门庆等众人并不根究其言语的好坏,且以玩笑视之,并不当真。此回内容,在功能上同于《红楼梦》第五回贾宝玉梦中看到的《金陵十二钗》册子判词和听到的《红楼梦》曲子。事隔十七回,叙述者再次借卜龟儿卦婆子之口对书中部分主要人物的未来做出了干预性评论。月娘等人卜龟儿结果在第一章中已有论述,在此避其重复,对人物性格、德行等加以简要论述。月娘是"喜将起来笑嘻嘻,恼将起来闹哄哄……虽是一时风火性,转眼却无心,就和人说也有,笑也有";玉楼是"为人温柔和气,好个性儿。你恼那个人也不知,喜欢那个人也不知,显不出来……你心地好了去了,虽有小人也拱不动你";李瓶儿"为人心地有仁义……只是吃了比肩不合的亏,凡事恩将仇报。正是:比肩刑害乱扰扰,转眼无情就放刁。宁逢虎挡三生路,休遇人前两面刀";卜龟儿婆子虽未为潘金莲占卜,但评李瓶儿时的"比肩刑害"、"无情放刁"、"人前两面刀"即是暗指金莲,李瓶儿卦帖上"青脸獠牙红发的鬼",按文龙的观点,即为金莲。① 第九十六回尚有叶头陀为陈经济相面事,在此不赘。

第二,叙述者隐退而向客观叙事迈出重要步骤的另一表现,是利用书中人物的言论对人物和事件进行评论。西门庆是《金瓶梅》描写的男主角,是贯穿全书的主要人物之一,是《金瓶梅》人物世界中的"当代英雄"。对吴月娘众妻妾而言,西门庆是她们"所仰望而终身"②的人;对应伯爵、谢希大等帮闲而言,西门庆是大老官,是有钱的财主,是他们帮嫖贴食的主要对象;对于玳安、来保等家仆丫鬟们来说,西门庆是他们的封建家长,生杀予夺大权握在他手中;对于蔡太师、蔡状元、宋巡按等而言,西门庆是为他们进财进利的财主,他们相互利用、沆瀣一气……他们都奉承西门庆,为他服务,或与他狼狈为奸,而不会说他的坏话。幸亏书中尚有公道在,叙述者的评论语言之外,即为书中众多人

---

① 文龙第四十六回评语:"瓶儿死期将近,暗有青脸鬼,明有计都星,两路夹攻,其能免乎?回头一看,潘金莲来也。"引自朱一玄编:《金瓶梅资料汇编》,南开大学出版社2002年版,第615页。

② (宋)朱熹撰:《四书章句集注》,中华书局1983年版,第301页。

物对西门庆的评论。"薛嫂儿说娶孟玉楼"时,张龙对玉楼说西门庆"那厮积年把持官府,刁徒泼皮","单管挑贩人口,惯打妇熬妻"等;蒋竹山对李瓶儿评论西门庆:"此人专在县中包揽说事,举放私债……就是打老婆的班头,坑妇女的领袖";宋惠莲在西门庆纸棺材算计了来旺儿后,看透了他的凶恶嘴脸:"你就是个弄人的刽子手。把人活埋惯了,害死人还看出殡的……你也要合凭个天理!"这是大梦初醒看透西门庆本质后的怒火喷发,是对其凶残冷酷行为的强烈抗议。

叙述者有时并非借书中某个人之口,而是借不知名的人物群体之口加以评论。"西门庆计娶潘金莲"一回,由于那条街上远近人家都惧怕西门庆是个刁徒泼皮,不敢多管,遂编了四句口号来评论此事:"堪笑西门不识羞,先奸后娶丑名留。轿内坐着浪淫妇,后边跟着老牵头。""佳人笑赏玩月楼"一回,几个浮浪子弟评论西门庆是"阎罗大王"、"五道将军",无人敢惹。"孟玉楼爱嫁李衙内"一回,满街上人看见,有那说歹的,指戳说道:"此是西门庆第三个小老婆,如今嫁人了。当初这厮在日,专一违天害理,贪财好色,奸骗人家妻子。今日死了,老婆带的东西,嫁人的嫁人,拐带的拐带,养汉的养汉,做贼的做贼,都野鸡毛儿——零持了。常言三十年远报,而今眼下就报了。"正是通过书中这些"众人"的语言,我们可以看到在如此黑暗的世界,尚有明亮的群众的眼睛在关注着身边发生的一切,我们才会发现虽然当时的社会是在群丑统治之下,但群众的心目中还有光明,还抱有希望,还对丑恶的现实有所批判。

第三,叙述者通过书中人物的文章来暴露他的看法。御史曾孝序是《金瓶梅》中较为少见的清官,他在接到黄通判书信和扬州苗员外安童的状词、查清案情后,上本参劾夏提刑和西门庆:

> 参照山东提刑所掌刑金吾卫正千户夏延龄:阘茸之材,贪鄙之行,久于物议,有玷班行。昔者典牧皇畿,大肆科扰,被属官阴发其私;今省理山东刑狱,复著狼贪,为同僚之箝制。纵子承恩,冒籍武举,倩人代考,而士风扫地矣;信家人夏寿,监索班钱,被军腾詈,而政事不可知乎?接物则奴颜婢膝,时人有"丫头"之称;

问事则依违两可,群下有"木偶"之诮。理刑副千户西门庆,本系市井棍徒,夤缘升职,滥冒武功,菽麦不知,一丁不识。纵妻妾嬉游街巷,而帷薄为之不清;携乐妇而酣饮市楼,官箴为之有玷。至于包养韩氏之妇,恣其欢淫,而行检不修;受苗青夜赂之金,曲为掩饰,而赃迹显著。此二臣者,皆贪鄙不职,久乖清议,一刻不可居任者也。

同样的两位提刑官,在第七十回兵部的一本考察官员的奏折里,却彻底颠倒是非曲直。有"丫头"、"木偶"之诮的夏提刑,成了"资望既久,才练老成"且卓有政声的功臣;"滥冒武功,菽麦不识"的西门庆,也成了"才干有为,英伟宿著……竖神运而分毫不索,司法令而齐民果仰"的清明廉政之官。无疑,曾御史为我们提供了一个"禹鼎",使得夏延龄、西门庆之流的魑魅魍魉无以遁形。而第七十回的兵部奏折,实是官官相护的结果,最终却是二人工俱各升一级,事情结局实在具有讽刺性!与曾御史奏折具有类似讽刺性而又是另一种风格的文章的,是水秀才应应伯爵、谢希大等七位帮闲之邀所写的一篇祭文。祭文中西门庆被描写为"生前梗直,秉性坚刚……逢药而举,遇因伏降"的男子阳物;诸帮闲则被描写为"常在胯下随帮"的虱虮,因西门庆"长伸着脚子去了",丢的帮闲们"再不得同席而偎软玉,再不得并马而傍温香。撇的人垂头跌脚,闪得人囊温郎当"。此篇奇文,直可与阮籍《大人先生传》相并行。水秀才祭文灵感,大概得之于阮籍文中"处于裈中"之虱,而将虱虮比为帮闲,也实在是一针见血。联系第八十回回末叙述者以"看官听说"一词引起的"但凡世上帮闲子弟,极是势利小人"的评论性干预,更可见叙述者借水秀才之文对诸位帮闲们詈骂得痛快淋漓。

除以上几种叙事干预以外,叙述者另一种方式是通过故事中人物名字等进行叙事干预。如应伯爵(应白嚼)、谢希大(谢携带)等帮闲,其干预特点是在帮嫖贴食方面。捉韩二捣鬼和王六儿叔嫂通奸的,是车淡(扯淡)、管世宽(管事宽)、游守(游手)、郝贤(好闲),叙述者分明是讥讽这几个浮浪子弟成日无所事事,游手好闲,只会扯淡和管事宽,从而最终导致被拿到提刑院夹打;虽叔嫂通奸有罪,但各人自扫门前雪,休管他人瓦上霜,他们四人也得不到叙述者的同情。韩道国兄弟,其叙述者干预现象也非常明显:韩道国,山东方言读之,则为"韩捣鬼";其弟韩二,叙述者直呼为韩二捣鬼。而西门庆却信任如此虚飘浮夸言过其实的人,最终在身死之后,两千两货款被韩氏兄弟捣鬼去了。叙述者在此也有一例外,即伙计傅自新,其谐音本为"负自心",但观其行为,一直对西门庆家忠心耿耿,最终还是因为平安抵盗事,吃了一口重气,回家得了伤寒病,七日后断气身亡。

叙述者通过诸种形式所做的叙事干预,有对故事情节发展起推动和促进作用的指点性干预,有作为解释性、补充性和评价式的评论干预。指点性干预的重要性自不待言,评论干预则是叙述接受者得以与叙述者达成共鸣的关键所在。叙述者通过在回目标题和正文中直接作出评论,让接受者认同、赞赏他们的看法;同时,《金瓶梅》的叙述者又较宋元话本和明代拟话本有所进步,通过故事中人物之口对人物事件进行评价式评论。这就让我们在遍布阴霾的《金瓶梅》世界里,通过叙述者和书中部分人物看到了作者心中充满着的光明和希望,看到作者兰陵笑笑生是个心中有理想、有抱负的人。他所著的《金瓶梅》中或许缺少美和光明,但是他的心中充满了光明和梦想。他间接通过叙述者和书中人物表达自己的意向,从而让我们看到了夜气沉沉、阴云密布的黑暗世界里的闪电,听到了隆隆的雷声,让我们感觉到虽然有暂时的乌云蔽日,但是《金瓶梅》式的世界迟早会烂掉,崭新的充满光明的世界最终是会到来的。

第三章　美与丑：审美革新

笑笑生在《金瓶梅》中发现了家族、家庭，也就发现了唯有《金瓶梅》才能发现的东西；发现了小说的智慧，也就展示了他作为小说家的智慧。正因为有对西门庆等诸家庭的描写，才有对人类心灵的深层次的美与丑的描写。在《三国志演义》、《水浒传》和《西游记》中多是通过美丑对照来描写，通过丑来衬托美，通过假恶丑来对比、烘托作者心中所期许、所宣扬的真善美。笑笑生创作的《金瓶梅》主色调是黑，主要是表现生活中的丑和人性中的丑，其中有些微的真善美，虽然无法与假恶丑相抗衡，也自然生成一道亮丽的风景。笑笑生要表现的是人欲横流的世界，要表现人类社会的丑恶面、腐朽面和堕落面，要在文学之林中塑造一朵恶之花。

第一节　美："泥塘里的光彩"

> 观其高堂大厦，云窗雾阁，何深沉也；金屏绣褥，何美丽也；鬓云斜軃，春酥满胸，何婵娟也；雄凤雌凰迭舞，何殷勤也……
> 　　　　　　　　　　　　——欣欣子《金瓶梅词话序》

传统的观点认为，《金瓶梅》是一部描写丑的小说，是一部黑色的小说，其中没有美，没有光明和希望。其实，正如著名美学家宗白华先生所说："我们要持纯粹的唯美主义，在一起恶臭的现象中看出他的美来，在一切无秩序的现象中看出他的秩序来。"[①] 只要我们以纯粹的唯美主义

[①] 宗白华：《美学与意境》，人民出版社1987年版，第23页。

的眼光来发现美、欣赏美，《金瓶梅》中还是有很多美的现象存在的。鲁迅先生称罗隐的《谗书》、皮日休和陆龟蒙在《皮子文薮》、《笠泽丛书》中的小品文是"一塌糊涂的泥塘里的光彩和锋芒"①，《金瓶梅》中的美，也是在一塌糊涂的丑的泥潭里的光彩，其中涉及人性心灵的部分，正是无边黑暗中的一点光明和亮色。

美在现今的日常用语中有如下三种既相互联系又有所区别的含义：一是表示感官愉快的强形式；二是伦理判断的弱形式；三专指审美对象。② 美可以分为自然美和社会美。我们以欣赏的眼光来看《金瓶梅》，其中风景之美、人工技艺之美、人物外貌衣饰之美和真与善、合规律性和合目的性的统一的美也会时有发现。本节内容即对这几个方面分别加以分析。

一、自然环境之美

罗丹最喜欢的一句箴言是："自然总是美的。"③ 虽然黑格尔认为艺术美高于自然美而把自然美排斥在美学理论以外，但是多数美学家还是认为自然美是美学中的重要部分。李泽厚先生认为不但自然美的存在是有关美的本质的重要问题，而且对自然美的观赏正是哲学美学所应着重处理的。④《金瓶梅》作为"小说家的小说"⑤，与之前的《三国志演义》、《水浒传》、《西游记》一样，是受到说话人的影响，同为说—听型审美关系的作品，所以小说家不会用太长的篇幅描写自然环境，一般是在行文过程中简单交代周围的环境和天气状况。这在清代深受《金瓶梅》影响的世情小说《红楼梦》中，也有类似的表现。

《金瓶梅》行文中对于环境的描写，多为要言不烦。如第二十四回蔡状元在欣赏西门庆家园池花馆时看到的是"花木深秀，一望无际"，称赞之语也仅"诚乃胜蓬瀛也"一句，即可见西门家花园池馆之清秀美丽、

---

① 《鲁迅全集》（第四卷），人民文学出版社2005年版，第591页。
② 李泽厚：《李泽厚哲学文存》，安徽文艺出版社1999年版，第664页。
③ ［法］罗丹口述，葛赛尔著，沈琪译：《罗丹艺术论》，人民美术出版社1978年版，第73页。
④ 李泽厚：《李泽厚哲学文存》，安徽文艺出版社1999年版，第688页。
⑤ 宁宗一：《金瓶梅可以这样读》，中国文史出版社2010年版，第32页。

蔡状元的欣羡之情和吹捧之举。第四十九回胡僧看西门庆家房舍是用"厅堂高远，院宇深沉"八字，即把"其高堂大厦，云窗雾阁，何深沉也"的美丽景象描绘出来。第六十七回"西门庆书房赏雪"时，所见的是"那门外雪，纷纷扬扬，犹如风飘柳絮，乱舞梨花相似"，则漫天雪景，如在目前。"李瓶儿何千户家托梦"时的景色是"月影横窗，花枝倒影"；"西门庆踏雪访爱月"中的雪是"漠漠严寒匝地"，是"貂袄沾

图 3.1 韩爱姐翠馆遇情郎

濡粉蝶，马蹄荡满银花"；第七十八回年除之日的风景是"窗梅痕月，梅雪滚风"；"潘金莲月夜偷期"一回的花园景色是"花筛月影，参差掩映"；第八十三回陈经济和潘金莲偷期时的天气是"萧萧庭院黄昏雨，点点芭蕉不住声"的雨夜；"韩爱姐翠馆遇情郎"时临清大酒楼外的景致是"天光明媚，景物芬芳，翠依依槐柳盈堤，红馥馥杏桃灿锦"。或为骈文，或为散句，大都寥寥数语，即将诗情画意般的景致描绘得栩栩如生。

"小说家的小说"由于受说唱文学的影响，除在正文中言简意赅的环境描写外，往往有大段的韵语来描绘自然环境、建筑、人物外形和衣饰等，这在《水浒传》、《西游记》中已为多见，在之后的《金瓶梅词话》中也有诸多相关的段落。如"吴月娘扫雪烹茶"一回中描写雪的韵语："初如柳絮，渐似鹅毛，刷刷似数蟹行沙上，纷纷如乱琼堆砌间"；第四十六回有"户户鸣锣击鼓，家家品竹弹丝"的元宵节佳景；应伯爵会诸友的地点是"翠柏森森，修篁簌簌。芳草平铺青锦褥，垂杨细舞绿丝绦"

的刘太监花园。有些环境描写的韵语是修改自《水浒传》、《志诚张主管》等前代小说,如第八十一回描写夜景的一段文字"十字街荧煌灯火,九曜庙香霭钟声",即见于容与堂本《水浒传》第三十一回;《金瓶梅》中清风山的描写也见于《水浒传》的相关描写;第九十七回"盆栽绿柳,瓶插红榴"的描写蕤宾好景的一段骈文,见于《水浒传》第十三回梁中书与夫人赏端阳节的景致。无论其源自何书,经过作者兰陵笑笑生的妙笔移植,遂使得他山之石可以为我之用,当然用韵语描写环境难免有夸张的成分存在,但这是宋元说话及拟说话体小说所常见的。而且我们发现,这些美妙的景致在我们欣赏《金瓶梅》的人物世界时给我们以视觉上的放松和心灵上的休憩,使我们在如彼的环境气氛中更好地领略小说中人物的心态和欣赏他们的言行。

二、人间技艺

元朝著名诗人、画家赵孟頫在《赠放烟火者》一诗中赞曰:"人间巧艺夺天工,炼药燃灯青昼同。"[1] 明张岱《陶庵梦忆·濮仲谦雕刻》曰:"南京濮仲谦,古貌古心,粥粥若无能者,然其技艺之巧夺天工焉。"[2] 赵、张二人对于巧夺天工的人间技艺都发出了由衷的赞美之词,高度肯定了技巧之美、雕琢之美。在晚明社会百科全书式的作品《金瓶梅》中,我们也能发现诸多与天公争美的人间巧计。

"佳人笑赏玩月楼"一回,西门庆众妻妾和当时新寡的李瓶儿所看的元宵节灯市是"山石穿双龙戏水,云霞映独鹤朝天",有金莲灯、玉楼灯、秀才灯、和尚灯、师婆灯,似"银蛾斗彩,雪柳争辉",有"围屏画石崇之锦帐,珠帘绘梅月之双清"。花攒锦簇,斗彩争奇。"豪家拦门玩烟火"一回西门庆、应伯爵、谢希大、祝日念等人在狮子街房子所看的烟火"最高处一只仙鹤,口里衔着一封丹书";有赛月明的彩莲舫、万架千株的紫葡萄;有霸王鞭、地老鼠;有琼盏玉台和银娥金弹;有八仙捧寿、七圣降妖;有黄烟儿、绿烟儿、紧吐莲、慢吐莲;有与烟兰相对的

---

[1] (元) 赵孟頫:《松雪斋集》,中国书店 1991 年影印,第五卷。
[2] (明) 张岱:《陶庵梦忆》,上海古籍出版社 1982 年版,第 9 页。

一丈菊，有共落地桃争春的火梨花；有楼台殿阁、村坊社鼓；有货郎担儿、鲍风车儿；有"焦头烂额见狰狞"的五鬼闹判，有"马到人驰无胜负"的十面埋伏。这豪家所玩烟火，比赵孟頫所写"柳絮飞残铺地白，桃花落尽满阶红。纷纷灿烂如星陨，赫赫喧虺似火攻"[1]的烟火可谓又精巧千百倍。作者兰陵笑笑生还运用了虚实相生的笔法，四架烟火，实写狮子街一架，虚写堂客跟前所放三架，只用棋童"挤围满街人看"一语带过；由实写的一架之美，即可想见虚写的三架之盛。

通过《金瓶梅》中潘金莲等人所用的物品，我们看到当时的手工技艺之精巧已达到惊人的地步，可以看到由这些无名匠人所塑造的精美的艺术品。如女人们日常用的汗巾儿，除有老金黄销金点翠穿花凤汗巾、银红绫销江牙海水嵌八宝汗巾、闪色芝麻花销金汗巾、玉色绫琐子地儿销金汗巾外，尚有娇滴滴紫葡萄颜色，四川绫汗巾儿，上销金，间点翠，十样锦，同心结，方胜地儿，一个方胜儿里面一对儿喜相逢，两边栏子儿都是璎珞出珠碎八宝儿。最后一方汗巾儿上面所绣的图案，可以说即使在当今社会也是精美的艺术品。李瓶儿、庞春梅所佩戴的金银饰品，也可反映出当时的饰品工艺之精巧。李瓶儿在刚嫁入西门家后不久，即让西门庆帮她打一件"金九凤垫根儿，每个凤嘴衔一挂珠儿"的金钿；庞春梅向媒人薛嫂儿购买的一副九凤钿银根儿一个凤口里衔一串珠儿，下边坠着青红宝石、金牌儿。春梅显然是见过李瓶儿所戴的金钿，但是她要求的比李瓶儿的金钿更高，饰物也有所增加。《金瓶梅》中所描写的床有南京拔步床、螺钿床、描金炕床、象牙床、镂金床等。书中详细描绘的螺钿床，价值六十两银子，"两边槅扇都是螺钿攒造，安在床内，楼台殿阁，花草翎毛。里面三块梳背，都是松竹梅岁寒三友。挂着紫纱帐幔，锦带银钩，两边香球吊挂"。其材质、雕饰图案都体现了当时的工艺之精巧。

"四时有不谢之花，八节有长春之景"的西门家花园，有假山真水、翠竹苍松；有弄风杨柳，有带雨海棠；有燕游堂前金灯花，有藏春阁后白银杏；有平野桥和卧云亭的粉梅、紫荆，有木香棚与荼䕷架，千叶桃

---

[1] （元）赵孟頫：《松雪斋集》，中国书店 1991 年影印，第五卷。

与三春柳；四时赏玩，各有去处："春赏燕游堂，桧柏争鲜；夏赏临溪馆，荷莲斗彩；秋赏叠翠楼，黄菊迎霜；冬赏藏春阁，白梅积雪。"《金瓶梅》中的西门府花园与《红楼梦》中的大观园有一脉相承的性质①，贾宝玉和金陵十二钗活动的主要场所——大观园，即是蝉蜕于这一充满春天、青春和色情气息的西门家的花园。在当时营造花园也是一种时尚，李瓶儿狮子街房后紧靠着的是乔皇亲花园，皇庄管砖厂的刘太监有自家花园，夏提刑家后边也有住房花亭，等等。道观、寺院也是彰显人工营运之巧的重要场所。其中有"青松郁郁，翠柏森森"的玉皇庙，"金钉朱户，玉桥低影轩宫；碧瓦雕檐，绣幌高悬宝槛"；有"庙居岱岳，山镇乾坤"的岱庙，"雕梁画栋，碧瓦朱檐"；有"山门高耸，梵宇清幽"的永福寺，"幡竿高峻接青云，宝塔依稀亲碧汉"；有"山门高耸，殿阁崚层"的晏公庙，"五间大殿，塑龙王一十二尊；两下长廊，刻水族百千万众"。其中有些骈文是改自《水浒传》等书，不同景致的描写虽难免有雷同之感，但在阅读时都能给人以美的享受。

正如伍立杨先生所说："雕琢也是大美。"②《金瓶梅》中的元宵节灯市、烟火，妇人用品如汗巾儿、金银饰品，和拔步床、螺钿床，西门府花园以及诸道观寺院，正是经诸能工巧匠之手，雕琢以使其成为美，使其达到更高的美的境界，使得我们在四百多年后的今天，得以领略与造化相争巧的当时手工艺人的高超技艺和艺术品的"大美"。

三、人物、衣饰之美

《金瓶梅》中刻画了众多女性形象，有西门庆众妻妾、其他官员之妻、西门庆伙计的妻子、西门府众丫环仆妇及丽春院众妓女等。许多女性如潘金莲、李瓶儿、庞春梅、孟玉楼、吴月娘等，都给读者留下了深刻的印象。在此我们对这些外表上给人以美感的女性形象从长相和衣饰两方面加以分析，另对书中一些男性形象之美也略作解读。

女性之美，首先表现为肌肤尚白。《金瓶梅》中对女性颜面的描写突

---

① [美]史梅蕊：《〈金瓶梅〉和〈红楼梦〉中的花园意向》，徐朔方编选校阅，沈亨寿等译：《金瓶梅西方论文集》，上海古籍出版社1987年版。
② 伍立杨：《雕琢也是大美》，《文学自由谈》1994年第1期。

出体现了这一点。如潘金莲是"粉浓浓红腮儿，娇滴滴银盆脸儿"，孟玉楼"长条身材，粉妆玉琢"，吴月娘"粉妆玉琢银盆脸，蝉鬓鸦鬟楚岫云"，李瓶儿是"粉妆玉琢，娇艳惊人"，庞春梅是"面如满月，打扮的粉妆玉琢"。为表现肤色之白，"粉妆玉琢"一词成了人物描写的套语。脸面之外，肌肤之白在书中也多有表现，如吴月娘称赞李瓶儿"且是白净"，第三十四回描写李瓶儿"舒着雪藕般玉腕儿"，作者并借西门庆等人之口描述了孟玉楼、孙雪娥和如意儿等人的白嫩肌肤。正如李渔所曰"妇人妩媚多端，毕竟以色为主……妇人本质，唯白最难"① 之语。其次表现为眼尚细而长，眉尚曲而长。李渔曰："目细而长者，秉性必柔；目粗而大者，居心必悍。"②《金瓶梅》中写吴月娘是"眼如杏子，举止温柔"，是"一双凤眼纤长"，韩爱姐是"一双星眼"，苗青为西门庆所觅的女子楚云也是"星如眼"。眉若远山、眉如新月，都是指眉之曲，这在现代社会也是众多女性追求的美的标准之一。潘金莲长到十八岁时，"出落的脸衬桃花，眉弯新月，尤细尤弯"；吴月娘之眉如"两两春山月钩"，李瓶儿是"细弯弯两道眉儿"，何千户之妻蓝氏是"细弯弯两道蛾眉，直侵入鬓"，楚云是"月如眉"。女性美的第三方面表现为手尚纤嫩、足尚柔尚窄小。潘金莲是"玉纤纤葱枝手儿"，吴月娘是"纤纤细指"，韩爱姐是"尖尖玉手"，妓女郑爱月儿是"犹若美玉，尖溜溜十指春葱"。以李渔为代表的古代男子认为，"两手十指，为一生巧拙之关，百岁荣枯所系……且无论手嫩者必聪，指尖者必慧，臂丰而腕厚者必享珠围翠绕之荣"③，所以《金瓶梅》作者兰陵笑笑生在描写自己心目中美的女子时，她们的两手十指都是符合这一标准的。宋中叶至晚清，中国社会从上至下崇尚小脚，女子也以此为荣。潘金莲之名即是因为她"缠得一双好小脚儿"而得，她的小脚也成了衡量书中其他女性小脚的一个标准，如孟玉楼"惟裙下双弯与金莲无大小之分"，宋惠莲"身子儿不肥不瘦，模样儿不长不短，比金莲脚还小些"。吴月娘是"尖尖趫趫一副金莲"，李瓶儿"裙边露一对红鸳凤嘴，尖尖趫趫"，韩爱姐"缠得两只脚儿一些些"。

---

① （清）李渔：《闲情偶寄》，《李渔全集》（第三卷），浙江古籍出版社1991年版，第109页。
② （清）李渔：《闲情偶寄》，《李渔全集》（第三卷），浙江古籍出版社1991年版，第111页。
③ （清）李渔：《闲情偶寄》，《李渔全集》（第三卷），浙江古籍出版社1991年版，第113页。

小脚的样式且有院中妓女和良家妇女间不同的区别,有金莲看郑爱月儿小脚后的一番评论为证。"小脚是纤巧的美,也是种文化病,有了病的文化才承认这种不自然的现象,而且称之为美"①,老舍先生的一段话道出了问题的本质。有当时病态社会所养成的畸形审美观,才会欣赏损伤肢体的畸形之美。

女性衣饰,描写顺序是自上而下,金银饰品的描写位置不固定,或在穿着描写前,或在后。如"佳人笑赏玩月楼"一回在叙吴月娘"穿着大红妆花通袖袄儿,娇绿段裙,貂鼠皮袄"后,描写李娇儿、孟玉楼、潘金莲的白绫袄儿和蓝段裙,然后描写三人所穿的比甲,最后才交代她们"头上珠翠堆盈,凤钗半卸,鬓后挑着许多各色灯笼儿"。西门庆娶李瓶儿后吃会亲酒时对李的服饰描写较为典型:

图 3.2　妻妾玩赏芙蓉亭

妇人身穿大红五彩通袖罗袍儿,下着金枝线叶沙绿百花裙,腰里束着碧玉女带,腕上笼着金压袖,胸前项牌璎珞,裙边环佩玎珰,头上珠翠堆盈,鬓畔宝钗半卸,紫英金环耳边低挂,珠子挑凤髻上双插。粉面宜贴翠花钿,湘裙越显红鸳小;恍似嫦娥离月殿,犹如神女到檐前。

新婚燕尔的李瓶儿,其罗袍儿、百花裙、璎珞、环佩等装饰都使得

---

① 老舍.《老舍全集》(第十八卷),人民文学出版社1999年版,第191页。

她娇艳欲滴，难怪应伯爵、谢希大等人有"寰中少有，盖世无双"的奉承。第七十八回对何千户娘子蓝氏的描写和第九十六回对庞春梅的描写，则是先叙头上所戴珠翠、凤钗，然后叙其麒麟袍儿、裙儿、金带（或玉带）、禁步玎珰。笑笑生虽然在《金瓶梅》中主要是暴露，暴露奇形怪状的丑和形形色色的变态，但在写到美好的事物时也从不吝惜称赞的言辞。在第二十四回金莲、玉楼、瓶儿和宋惠莲都穿着白绫袄儿、遍地金比甲、头上珠翠堆满时，笑笑生称赞她们"月色之下，恍若仙娥"。上段引文也称美丽的李瓶儿"恍似嫦娥"。

男性人物形象之美有几个方面的表现。一是男性的异装癖现象。霭理士谓"男性的逆转者往往有相肖于女性的倾向"①，《性心理学》译者潘光旦在该书附录二《中国文献中同性恋举例》中也说："大凡有被动性的同性恋倾向的男子，在身心两方面往往和女子都相像，这是无须再加解释的。"② 自晚明以降直至清朝，与同性恋现象密切相关的即为异装癖现象，《性心理学》称为"性美的戾换现象"、"哀鸿现象"或"服饰的逆转现象"。《金瓶梅》中，被动同性恋者皆有女性倾向和异装癖现象，如书童是"拿红绳扎发……白布汗挂儿上，系着一个银红纱香袋儿，一个绿纱香袋儿"，"脸上透出红白来，红馥馥唇儿，露着一口糯粳牙儿……身上薰的喷鼻香"；石伯才的两个徒弟郭守清、郭守礼"生的标致……用红绒绳扎住总角……浑身香气袭人"；陈经济"生的齿白唇红，面如傅粉，清俊乖觉，眼里说话"，等等。晚明至清代是"不重美女重美男……美男妆成如美女"③ 的时代，异装癖现象成为一种普遍的社会现象。二是男性的衣饰之美，其描写顺序也是自上而下。如第六十九回在描写林太太眼中西门庆的身材凛凛、一表人物、轩昂出众之后，述其"头戴白段忠靖冠，貂鼠暖耳，身穿紫羊绒鹤氅，脚下粉底皂靴，上面绿剪绒狮坐马，一溜五道金钮子"；"西门庆完工升级"一回，何千户"穿着五彩妆花玄

---

① ［英］霭理士著，潘光旦译注：《性心理学》，生活·读书·新知三联书店1987年版，第297页。
② ［英］霭理士著，潘光旦译注：《性心理学》，生活·读书·新知三联书店1987年版，第524页。
③ （清）梁绍壬著，庄严点校：《两般秋雨盦随笔》，上海古籍出版社1982年版，第322页。

色云绒狮补员领，乌纱皂履，腰系玳瑁蒙金带"。他们在家里的穿着一般是便衣小帽。秀才倪桂岩、温必古是戴方巾。三是僧道等出家人服饰之美。当时道士的通常打扮是"头戴着金梁道髻，身穿青绢道衣，脚下云履净袜，腰系丝绦"（第九十三回陈经济做晏公庙道士时的打扮）。黄真人"炼度荐亡"时服饰是"星冠攒玉叶，鹤氅缕金霞"；书末普静禅师的穿着是"身披紫褐袈裟，手执九环锡杖，脚靸芒鞋，肩上背着条布袋，袋内裹着经典"。

四、灵魂之美

法国哲学家美学家狄德罗说："真、善、美是紧密结合在一起的。在真或善之上加上某种罕见的、令人注目的情景，真就变成美了，善也就变成美了。"① 李泽厚先生也认为："真与善、合规律性和合目的性的这种统一，就是美的本质和根源。"② 特别是人性中善的部分，也最能彰显出人的灵魂之美。

笑笑生在描摹世情丑态，极尽揭露当时社会黑暗面、腐烂面之能事的同时，也在关键时刻涂上一两笔亮色，让读者在阅读过程中备历人世辛酸之余，尚能瞥见一丝丝亮光。张竹坡在《批评第一奇书〈金瓶梅〉读法》中说：

> 《金瓶》内有一李安，是个孝子。却还有一个王杏庵，是个义士。安童是个义仆，黄通判是个益友，曾御史是忠臣，武二郎是个豪杰悌弟。谁谓一片淫欲世界中，天命民懿为尽灭绝也哉？③

小说中，在宋徽宗和高、杨、童、蔡等昏君佞臣羽翼之下的官场中，正直之士欲寻求为民请命之路也是难于上青天。但在如此政治高压、钱

---

① [法]狄德罗著，张冠尧、桂秋芳等译：《狄德罗美学论文选》，人民文学出版社2008年版，第391—392页。
② 李泽厚：《李泽厚哲学文存》，安徽文艺出版社1999年版，第680页。
③ （明）兰陵笑笑生著，（清）张道深评，王汝梅、李昭恂、于凤树校点：《张竹坡批评第一奇书金瓶梅》，齐鲁书社1001年版，第48页。

可通神、卖官鬻狱的黑暗现实中，也仍不乏"穷年忧黎元"之士，有些甚至为此牺牲政治前程、家破人散。"来旺儿递解徐州"一案是清河富商、恶霸西门庆为霸占来旺妻子宋惠莲，行贿与夏提刑、贺千户一百两白银将来旺屈打成狱，幸亏得到当案孔目阴骘先生的悯念，只将来旺儿从轻发落，责打四十大板后递解原籍徐州为民。作者兰陵笑笑生在此命名即有深意，阴骘之名与其所行之事深相切合，其为山西孝义县人，也是为了说明他仁慈正直，宅心仁厚。在扬州苗天秀员外被苗青和两个艄子暗算之后，有一片忠心辗转为主人申冤的安童，有古道热肠搭救安童并协助其告状的渔翁，有大力支援安童告状并修书推荐的黄通判，有秉公办事铁面无私、上书参劾提刑官直撄蔡京政治集团之锋芒的御史曾孝序。在曾御史和阴孔目的强光之下，我们发现东平府尹陈文昭并不是很清正廉明；作者所谓的严州知府徐崶"极是个清廉刚正之人"，也有很多水分；至于开封府尹杨时、清河新任知县霍大立，"清廉"、"鲠直"之类的词语对他们来说都是问心有愧的，作者这么称呼他们有讽刺的意味在内。

父子、夫妻、兄弟几种伦理关系，《金瓶梅》中也有美好的人性之花绽放。郓哥在故事中方出场即是为了赚钱养活老爹，武松找郓哥帮忙时，郓哥首先忧虑的是"我的老爹六十岁，没人养赡"。宋惠莲在前夫厨子蒋聪被人戳死后，辗转央求西门庆为其报了仇；在来旺儿中了西门庆拖刀之计被诬陷入狱并最终递解原籍徐州过程中，宋惠莲也是多次找到西门庆求其讲情释放，并对前来劝说她改嫁西门庆的潘金莲不断申述"一夜夫妻百夜恩"、"相随百步也有个徘徊意"，这对过度放纵的潘金莲来说是不可思议的。在宋惠莲死后，笑笑生对身存优点的惠莲也是尚有惋惜之意，并引诗评论曰："世间好物不坚牢，彩云易散琉璃脆。"作者兰陵笑笑生对于孟玉楼式的对一夫一妻较为忠诚的人物是持肯定态度的，对于吴月娘式的忠贞也是持肯定态度的，所以最终独独楼、月二人得以寿终。兄弟间的关系，作者赞许武大和武松之间的兄友弟恭，赞许武松在兄弟洒泪而别时对武大的切切叮嘱，赞许武松为兄报仇的执着不二。

仗义周贫、急人之难等传统美德是人性美之所在，也是作者笑笑生歌颂的对象。武松为义气，在打死景阳冈大虫后将赏钱三十两白银散于众猎户。虽是为与潘金莲辱骂、墩摔其母潘姥姥之恶行相对比,欲彰金莲之恶,孟玉楼周贫磨镜老叟,但是玉楼的施腊肉与饼锭也显示了其怜贫惜老、古道热肠。王杏庵"家道殷实,为人心慈,好仗义疏财,广结交,乐施舍,专一济贫拔苦",是作者深许之人,与西门庆作为官僚、恶霸、富商贪得不义之财、广为恶事形成鲜明对比。在第一次遇到冷铺中存身的陈经济时,王杏庵即救济衣帽银两;第二次遇到经济时,仍是苦心劝其改过自新;至第三次,杏庵居士深感"咽喉深似海,日月快如梭",遂送陈经济到晏公庙出家做道士,以解决其衣食之忧。王杏庵所生二子一袭祖职为牧马所掌印正千户,一为府学庠生,作者认为都是他为善之报。

我们在《金瓶梅》中看到了自然美,看到了云窗雾阁、楼台亭榭,看到了深具雕琢之美的灯笼和烟火,看到了绣带飘飘的女人,看到了着官服系玉带的男子。关键的一点,使我们看到了在丑之列肆的《金瓶梅》人物世界中有人性之美的闪光,我们体悟到了即使在如磐的深夜里,作者笑笑生仍为我们的心灵点燃了一点希望。罗丹有一句话是我们耳熟能详的,我们以这句话作为本节内容的结语:"对于我们的眼睛,不是缺少美,而是缺少发现。"①

第二节　丑:蔚为大国的黑色

在艺术里人们必须克服某一点。人须有勇气,丑的也须创造,因没有这一勇气,人们仍然是停留在墙的这一边。只有少数人越过墙到另一边去。②

——《罗丹在谈话和信札中》

《三国演义》、《水浒传》、《西游记》等长篇小说中的审美色调已经不再是单一的,而是真假共陈、善恶共存、美丑并举的。至《金瓶梅》出,

---

① [法]罗丹口述,葛赛尔著,沈琪译:《罗丹艺术论》,人民美术出版社1978年版,第62页。
② 宗白华.《宗白华全集》(第四卷),安徽教育出版社1994年版,第430页。

作者兰陵笑笑生以家庭、家族为题材，描写的主要对象是市井社会，从而更得以淋漓尽致地写出人性的丑恶和市井百态。笑笑生具有这一勇气去创造丑、审视丑，从而创作出了这一惊世佳构，他是早于罗丹三百多年的丑的艺术的先行者，是已经"越过墙到另一边去"的艺术家。传统小说中的丑是作为美的对比和衬托，到《金瓶梅》中丑成了主色调，由附庸而蔚为大国。由此，《金瓶梅》遂成为一部黑色的小说，即使有一点点的亮色，在无边的黑暗之中也很快被淹没。

一、广为拓展的审美空间

处于萌芽期和成长期的中国古代小说的作者，多是以丑来衬托美。在这些小说中虽然是"丑就在美的旁边，畸形靠近着优美，丑怪藏在崇高的背后，美与恶并存，光明与黑暗相共"①，但作者们追求的是光明，追求的是真善美，给人以一种真善美终将战胜假恶丑的信念。如六朝志怪志人、唐传奇和宋元话本等，其中有对鬼怪邪物的描写，有对贪官酷吏的描写，有对背信弃义的描写，有对始乱终弃的男女恋情的描写，等等。他们用丑、畸形、恶、黑暗来衬托优美、壮

图 3.3　西门庆踏雪访爱月

---

① ［法］雨果著，柳鸣九译：《雨果论文学》，人民文学出版社 1980 年版，第 30 页。

美、崇高和光明。所以有宋定伯捉鬼，有阮籍青白眼，有倩娘离魂伴王宙，有卢生的枕中一梦，有杜十娘怒沉百宝箱。对丑的批判，即是对美的肯定。萌芽期和成长期的小说审美观，是以美为主，肯定美、赞颂美是那时小说创作的主潮。

和美一样，丑也属于审美范畴，审丑是美学中的应有之义。"丑与美为对待，丑与艺术不立于反对点也。艺术表现生命，生命中尽有属于丑者，盖丑乃黑暗方面之事，又如何能摈诸艺术之外乎？"① 美与丑，正如一与多、有与无一样，是一对相互依存、相互补充的范畴。"普通人所谓丑的如老妪病骸，在艺术家眼中无不是美，因为也是自然的一种表现。"② 当艺术家们认识到这一点后，他们在艺术表现时的审美空间就被大大拓展了。

《金瓶梅》之前的长篇小说，《三国志演义》歌颂当时理想中的圣君贤相，是描写三国故事的战争史诗。作为英雄传奇的《水浒传》，虽有描写林冲、李小二等人的家庭事迹，但非其着力点之所在；它主要是描写民众反抗贪官酷吏，是追求为国尽忠、替天行道的民众长篇抗暴画卷。神魔小说《西游记》，是以曲折的笔墨反映现实，将现实社会中的贪官污吏、危害民间的邪道恶霸加以改造写入书中。《三国》、《水浒》、《西游》由于题材所限，其所描写的人物和事迹终究距离作者们所生活的时代有较远的距离，其审美取向也仍是以丑衬托美，仍是以英雄、伟大人物的逝去或丰功伟绩的半途而废，从而在读者心目中造成崇高和壮美的审美境界。《金瓶梅》作者兰陵笑笑生迥异于罗贯中、施耐庵和吴承恩等作者的创作思路，他改变了前代小说以"耳目之外牛鬼蛇神之为奇"③ 和以描写高出普通人的英雄、伟人以为奇的状况，开始描写"耳目之内，日用起居"的"谲诡幻怪"④，描写"不出于庸常"的"天下之真奇者"⑤。笑笑生发现了被之前小说家所忽略的家庭、家族这一题材，将自己的精力

---

① 宗白华：《宗白华全集》（第一卷），安徽教育出版社1994年版，第534页。
② 宗白华：《美学与意境》，人民出版社1987年版，第60页。
③ （明）凌濛初著，陈迩冬、郭隽杰校注：《拍案惊奇》，人民文学出版社1991年版，第1页。
④ （明）凌濛初著，陈迩冬、郭隽杰校注：《拍案惊奇》，人民文学出版社1991年版，第1页。
⑤ （明）抱瓮老人辑，廖东校点：《插图本今古奇观》，齐鲁书社2002年版，第1页。

投入于西门庆家庭,描写了"止见满篇老婆舌头而已"① 的市井社会,创作了晚明社会百科全书式的作品。

"在自然中一般人所谓'丑',在艺术中能变成非常的美"②,因为"自然中认为丑的,往往要比那认为美的更显露出它的'性格'"③。笑笑生在素材方面发现了家庭这一题材,将小说描写的领域进一步拓宽;在审美领域,笑笑生发现了丑,并以超出前人的勇气,创作了小说主要角色和大部分以丑为主色调的小说人物,从而大大拓展了中国古代小说的审美空间。笑笑生创造了一个荆榛弗剪的深山大泽,这里有虎豹豺狼、猛禽蛇蝎和恶毒虫豸,有腐烂的动物的尸骨和混合着毒汁的土壤,有生长于土壤上的恶之花和生硬苦涩的果实,虽然间或有微弱的萤光,但很快也被无边的黑夜所吞没。笑笑生是以严肃的态度进行构思和创作的,他凭借自己独特的对丑的自觉审视能力,使自己成为一个纯粹的丑的艺术家。环视周围诸多作品所创造的美之花园,笑笑生所创作的恶之花园卓然独立,且毫不逊色。笑笑生有自信,自己创作的小说人物,越是丑的、恶的、鄙陋的,也就越是成功的。

二、众丑竞媸

作为艺术家的兰陵笑笑生,对于丑的发现能力和创造能力是惊人的,正如美艺术家之于美的发现和创造。发现丑、暴露丑,在作品中创造丑,是笑笑生工作的重心所在;丑的事物越多,人物塑造得越恶越丑,他的作品也就越为成功。和美艺术家表现美、创造美,在污浊的社会里发现人生的闪光之处,塑造传奇式的人物不同,审丑艺术家是揭示、暴露,把社会和人性的污秽、堕落和腐烂的一面展示给世人看。所以《金瓶梅》是一部暴露型的小说,将家庭、嫖界、商场、官场等社会方方面面的朽恶和堕落展现到读者面前。

《金瓶梅》男主角西门庆生于清河县一个破落户家庭,从小儿是个浮

---

① (明)兰陵笑笑生著,(清)张道深评,王汝梅、李昭恂、于凤树校点:《张竹坡批评第一奇书金瓶梅》,齐鲁书社1991年版,第44页。
② [法]罗丹口述,葛赛尔著,沈琪译:《罗丹艺术论》,人民美术出版社1978年版,第23页。
③ [法]罗丹口述,葛赛尔著,沈琪译:《罗丹艺术论》,人民美术出版社1978年版,第26页。

浪子弟,在三街两巷游窜,少习拳棒,又会赌博、双陆象棋、摸牌道字。因父母双亡,且无兄弟,所以没有什么家教和家庭束缚;在县城里交通官吏,说事过钱。先娶的陈氏娘子去世后,又娶继室吴月娘,娶妓女李娇儿、卓丢儿为妾,卓丢儿病死后,再娶孟玉楼为第三房妾,把先头陈氏娘子陪床孙雪娥填为第四房妾,继而计娶潘金莲和李瓶儿,遂达到一妻五妾的庞大规模。在丽春院包占李桂姐、郑爱月儿,结交吴银儿、董娇儿、韩金钏儿等;有外室韩道国妻王六儿、招宣府林太太、贲四嫂;奸占仆妇来旺妻宋惠莲、来爵妇惠元,另及奶妈如意儿;男宠有书童、王经;并无丝毫传统儒家所要求的修身齐家的德行。因为西门庆的纵欲肆志,自身不正,所以无以齐家,遂不免上行下效,家庭纠纷不断。正妻吴月娘、小妾潘金莲在背地都不止一次地骂西门庆"贼强人"、"三寸货",夫妻间并不遵守"夫为妻纲"的礼教传统。吴月娘治家不力,房内的丫头玉箫、小玉二人都和家奴有染,对于妾室之间的争执也不能很好地处理,对奴仆的错误无原则地予以保护,并加入妻妾争风、抢夺汉子之列。潘金莲与家奴琴童、女婿陈经济有奸情,李娇儿和吴二舅、孙雪娥和仆人来旺儿有染;小厮玳安、琴童(原名天福儿)嬉游蝴蝶巷私窠子,而且玳安和西门庆主仆同槽,共同和贲四嫂通奸,西门家庭遂有聚麀之乱;陈经济通奸后丈母潘金莲外,有宋得通奸后丈母。晚明社会通过西门庆家庭以及牵带而出的一些家庭被映射出来,正如吴月娘所说:"大不正则小不敬。"从最小的社会细胞来看,整个社会已经腐烂掉了,没有什么廉耻贞洁,没有琴瑟相谐和夫唱妇随,没有正身齐家,"坏了三纲五常",从而"撕下了罩在家庭关系上的温情脉脉的面纱"①,展现了封建家庭发展到后期所发出的臭腐气。

　　罗素认为:"人之所以需要娼妓,是因为许多男人或是未婚,或者远离妻子,他们无法克制自己的性欲,而且在一个具有传统道德的社会中,他们得不到称心如意的正派女人。因此,社会就另立了一种女人,以满足男人的需要。"② 因此卖淫制度作为婚姻制度的辅助而其风大畅。唐传

---

① [德]马克思、恩格斯:《共产党宣言》,《马克思恩格斯选集》(第一卷),人民出版社1972年版,第254页。
② [英]罗素著,靳建国译:《婚姻革命》,东方出版社1988年版,第98—99页。

奇中描写妓女、文士题材的作品，多为歌颂他们之间可贵的爱情，谴责负心薄幸的士子；即使有利用妓家套数害人如李娃者，也终辅荥阳生以成大器。宋元戏曲、话本以及其后的拟话本中描写妓女题材的作品，也多歌颂妓女的机智，谴责负心者，歌颂男女间的真情。作为审丑的艺术家的兰陵笑笑生，对于娼妓界是重在揭示他们的丑恶伎俩，揭露老鸨的爱钞、妓女的脚踏数只船和其间白热化的竞争。李桂姐在西门庆包占过程中，接客丁二官、王三官；郑爱月儿因与李桂姐争生意而献计西门庆，行釜底抽薪、一石三鸟之策；李桂姐、吴银儿因欲在西门家争宠而先后认作吴月娘、李瓶儿的干女儿。在《金瓶梅》所描写的娼妓界中，我们看不到男女间的恋情，最多有些微的单相思的情肠闪现。作为嫖客的西门庆、花子虚、王三官儿、张二官等，并未见投入些许真情。在这一藏污纳垢之地，笑笑生除为我们展现了妓女和嫖客的丑恶灵魂外，也显示了众多帮嫖贴食的帮闲、圆社、架儿等趋膻附腥之流，可谓群鸦聚居之所、众丑云集之地。

《金瓶梅》所描写的商界，展现了晚明社会人们商品经济观念的发展和好货好利意识的提高。总体上看，商人们是较为规矩地做生意，其中压低进货价格或者抬高销售价格，是商品经济运行中难以避免的行为，算不上非分获利。笑笑生在描写商人的活动时，也不忘揭露他们的丑恶面。如李智、黄四东平府卜纳香蜡，"进粮之时，香里头多上些木头，蜡里头多搀些柏油"，借着西门庆提刑府的势力行事。中国商品的以次充好、以假冒真可谓渊源有自。

如果说《水浒传》中的部分梁山好汉们尚对最高统治者皇帝抱有希望、欲"忠心报答赵官家"①的话，《金瓶梅》的作者兰陵笑笑生则洞察世情，对于自上而下的统治者已不抱任何希望。皇帝宋徽宗"朝欢暮乐，依稀似剑阁孟商王；爱色贪杯，仿佛如金陵陈后主"。朝廷中是谗佞盈朝，奸臣当道，高俅、杨戬、童贯、蔡京四个奸党"在朝中卖官鬻狱，贿赂公行，悬秤升官，指方补价"。状元蔡蕴、进士安忱、御史宋盘到西门庆家打秋风、索取八仙鼎。地方官如东平府尹陈文昭，笑笑生叙其为

---

① （明）施耐庵、罗贯中：《水浒传》，人民文学出版社1990年版，第134页。

极清廉的官，但见到蔡太师的讲情说帖后马上奉承蔡太师和杨提督，屈判武松一案，其他被许为"清廉"、"鲠直"的地方官如开封府尹杨时、严州正堂知府徐崶、清河新任知县霍大立之属，也都是贪财倚势、浑浑噩噩之徒。一介平民西门庆，因送蔡太师生辰礼物，而被加官晋爵。一个小小的地方巡检吴典恩，也勒掯刁难故恩主西门庆家孀妇，使小厮平安儿诬攀玳安与吴月娘有奸情。真正"耿耿在廊庙，历历在士论"的曾孝序御史，为苗员外被杀事参劾提刑官夏延龄、西门庆，却被蔡太师党羽除名，窜于岭表，将其家人逮捕，锻炼成狱。《金瓶梅》中所现形的整个统治阶级，从上至下都已腐烂。

　　《金瓶梅》是以家庭、家族作为描写对象的长篇小说，因"以家庭为主场景，以家事为主事件，以家庭成员为主人翁……揭示家庭问题或家庭矛盾，创造家庭氛围与家庭情趣"，故被有的研究者称为家庭小说。① 以《金瓶梅》为开其先风的世情小说，如《醒世姻缘传》、《歧路灯》、《红楼梦》等，皆是以家庭为题材的长篇章回小说，故家庭小说也只是世情小说的另一种说法而已。《金瓶梅》涵括面极广，虽不是描写娼妓、商业和官场为主，但它的沾溉后世，实非止一代也，后来的世情小说都受其直接或间接的影响。狭邪小说方面，笑笑生实开其先声，清代的《品花宝鉴》、《花月痕》、《青楼梦》以及之后的《海上花列传》、《海上繁花梦》等，无论是对妓女的"溢美"或是"溢恶"，都或多或少地受到《金瓶梅》的影响。"说部中乃始有足称讽刺之书"② 的《儒林外史》和清末"辞气浮露，笔无藏锋"③ 的四大谴责小说，在其对文士和官场的讽刺和批判中，也都能看出《金瓶梅》的影响。

三、性之丑

　　《金瓶梅》自问世起，即有卫道士以"淫书"之名冠之。因其颇受腹诽的性爱文字描写，以致有遭禁遭毁、书版被劈之厄运。由中国原始社

---

① 田秉锷：《〈金瓶梅〉的艺术视角》，吉林大学中国文化研究所编：《金瓶梅艺术世界》，吉林大学出版社1991年版，第200页。
② 鲁迅：《中国小说史略》，人民文学出版社1973年版，第189页。
③ 鲁迅：《中国小说史略》，人民文学出版社1973年版，第252页。

会的生殖崇拜,到国人视性如洪水猛兽,这其间经过了许许多多观念上的转变。笑笑生冒天下之大不韪,以如椽巨笔将封建社会中下层人士在最禁忌的领域的所作所为公之于世,从而触动了封建统治者和卫道者们敏感的神经。誉之者谓其"云霞满纸,胜枚乘《七发》多矣"①,清刘廷玑谓"《金瓶梅》真称奇书,欲要止淫,以淫说法"②,清文龙亦谓其"戒淫书"③,都难以避开该书写"淫"之笔。《金瓶梅》是一部"曲尽人间丑态"④的现实主义巨著。性在酒、色、财、气四分天下居其一,不描写不足以显示西门庆、潘金莲、庞春梅等人性之恶;性描写是塑造西门庆等人物的有机组成部分,细心的读者也可以看到,即使在删节后的所谓洁本《金瓶梅》之中,性也如幽灵一般在全书中无处不在。

《金瓶梅》中的性描写以缩写与场景描写交织。总体说来,潘金莲、王六儿、李瓶儿、庞春梅、林太太等的性事以场景描写居多,吴月娘、孟玉楼、李娇儿、孙雪娥等以缩写为多;庞春梅性事的场景主要在嫁周守备之后。当然以场景描写居多的人物中也有缩写,以缩写为主的人物中也有场景描写,这与性爱活动中的男女性关系是统治式性关系还是伙伴式性关系有关,与小说中人物的地位有关,也与作者在塑造人物时的构思有关。统治式性关系中,"一半人凌驾于另一半人之上","最主要的是由恐惧或强力所支撑","为了维护统治与服从的关系,就得斩断或扭曲男女之间给予和获得性快乐与爱的天然纽带"⑤。伙伴式性关系是在男女平等的基础上,"人类乐于给予和接受性快乐","人们之间的联系纽带也在使双方得到满足的给予和接受的温情中得以维系和巩固"⑥。西门庆与正室吴月娘的关系,与李瓶儿和孟玉楼的关系,多为伙伴式性关系;西门庆与潘金莲、宋惠莲、王六儿、如意儿和妓女李桂姐、郑爱月儿的

---

① (明)袁宏道著,钱伯诚笺校:《袁宏道集笺校》,上海古籍出版社1981年版,第289页。
② (清)刘廷玑:《在园杂志》,中华书局2005年版,第84页。
③ 朱一玄编:《金瓶梅资料汇编》,南开大学出版社2002年版,第580页。
④ (明)兰陵笑笑生:《金瓶梅词话》,香港太平书局1982年影印《廿公跋》。
⑤ [美]理安·艾斯勒著,黄觉、黄棣光译,闵家胤审校:《神圣的欢爱:性、神话与女性肉体的政治学》,社会科学文献出版社2004年版,第4页。
⑥ [美]理安·艾斯勒著,黄觉、黄棣光译,闵家胤审校:《神圣的欢爱:性、神话与女性肉体的政治学》,社会科学文献出版社2004年版,第7页。

— 奢华与堕落 —

关系多为统治式性关系。当然这两种关系也无法截然分开，统治式性关系无论怎么严重，也仍有伙伴式性关系的存在。突出表现为潘金莲、李瓶儿、宋惠莲等人的性爱场景，是《金瓶梅》作者兰陵笑笑生"把没有灵魂的事写到没有灵魂的人身上"①，是用以表达叙述人对这些小说中人物的高度谴责。

对于主要人物潘金莲性事的场景描写，经典段落如"烧夫灵和尚听淫声"、"潘金莲醉闹葡萄架"、"潘金莲兰汤午战"等。同一人物，其性事也是采用缩写与场景描写相交织的手法，缩写处如"西门庆计娶潘金莲"后两人"凡事如胶似漆，百依百随，淫欲之事，无日无之"，再如"西门庆那日就在前边金莲房中歇了一夜"等。以缩写居多的人物如孟玉楼，叙述人一般叙道"到晚，（西门庆）一连在他房中歇了三夜"、"于是往玉楼房中歇了"等。虽然对孟玉楼的性爱活动多为缩写，但是也与场景描写相结合，对她的场景描写有"因抱恙玉姐含酸"一节中的性事场面。

图3.4　西门庆包占王六儿

《金瓶梅》中的性描写采用全知与限知叙事相结合的方式加以叙述，限知叙事在此指旁观式第三人称叙事。旁观式第三人称叙事，观其回目即有"烧夫灵和尚听淫声"、"迎春女窥隙偷光"、"金莲窃听藏春坞"、

---

① 聂绀弩.《谈〈金瓶梅〉》,《读书》1984年第4期.

"琴童潜听燕莺声",另有"李瓶儿私语翡翠轩"时的金莲窃听,西门庆和王六儿在狮子街房中做爱而被小铁棍儿"明觑",西门庆在王六儿家与其性交时被伙计胡秀偷窥,秋菊在明间倚着春凳听西门庆和潘金莲行房,西门庆死后"春梅寄柬谐佳会"时秋菊的偷窥,等等。可见,作者笑笑生在安排小说中人物偷窥或潜听男女性事这一手法,可谓是不惜一而再、再而三的运用。叙述人在叙事上也形成一定的程式,起首一般为某某偷窥或窃听,事情结束时一般叙述人曰"不想被××在窗外(或其他地方)听/看了个不亦乐乎"。《金瓶梅》虽欲凸显此种叙事方法,但是此时的小说叙事尚未成熟,限知叙事未能被纯熟地运用,多是只具其形而不能达其实。即如《水浒传》的作者对于限制视角运用不熟练,不能将宋江杀阎婆惜前、重返要回招文袋时入门的对话写为"床上问道"、"门前道"那样严格的视角叙事,而只能写为"婆子问道"、"宋江道"一样,《金瓶梅》产生的时代小说叙事依然受到小说自身发展和小说理论发展滞后的限制。

笑笑生在《金瓶梅》性事叙述中引入了军事术语,这与当时的统治式性关系有关。其实在统治者的头脑里,"做爱就是作战"[①]。在史前社会,我们尚未发现将暴力引入性事的迹象,那时还是对女性的性力量和生殖崇拜的时期,那时的色情是一种艺术。进入阶级社会之后,女性成为男性的私有财产,男性为了证明自己的力量,在内则齐家,在外则治国平天下。且有"牝鸡司晨,惟家之索"的格言,更不容女子危及男子的统治地位。男子们把自己的生殖器比喻作刀、枪、剑,把与女子性交称作"干"、"战",都是这种统治式性关系的突出表现。概不将暴力引入房事,不在性交中战败对方,不足以显示自己在家中、在社会上的统治地位。所以,西门庆对付女人不仅有性虐待,还有烧香疤、抽皮鞭;与女人之间的性交,不止是男女双方的欢爱,而是你死我活短刀相接的生命搏斗,这在"西门庆两战林太太"一节的相关描写中表现得尤为突出。

性是研究《金瓶梅》时难以避开的一个话题。全书19100余字的性

[①] [美]理安·艾斯勒著,黄觉、黄棣光译,闵家胤审校:《神圣的欢爱:性、神话与女性肉体的政治学》,社会科学文献出版社2004年版,第257页。

描写，是为人物形象的塑造服务的。在统治式性关系之下，性爱描写和性歧变现象，以及军事术语的引入，展示了男子在两性生活中的统治式地位。故事中男女二人房事时第三者的偷窥，也成了作者描写的一种套路，当然这也展示了人物灵魂之丑。

四、"镜"中现形

《儒林外史》一书中张静斋劝汤知县堆牛肉一段故事，卧闲草堂谓作者是"绘风绘水手段，所谓直书其事，不加断语，其是非自见也"[①]。卧闲草堂在此高度赞扬作者吴敬梓的客观描写。黄人在1907年《小说林》第一期所发表的《小说小话》中进一步提出小说描写的"无我"境界：

> 小说之描写人物，当如镜中取影，妍媸好丑，令观者自知，最忌掺入作者论断。或如戏剧中一角色出场，横加一段对白，预言某某若何之善，某某若何之劣，而其人之实事，未必尽肖其言；即先后绝不矛盾，已觉叠床架屋，毫无余味。故小说虽小道，亦不容着一我之见。如《水浒》之写侠，《金瓶梅》之写淫，《红楼梦》之写艳，《儒林外史》之写社会中种种人物，并不下一前提语，而其人之性质、身份，若优若劣，虽妇孺亦能辨之，真如对镜者之无遁形也。夫镜，无我者也。[②]

由于受宋元说话人的影响，《水浒传》、《金瓶梅》还存在诸多说话人的痕迹，作者插入式的评论在作品中也时时可见。但他们的作者已做出了努力的尝试，特别是兰陵笑笑生，在描写人物和环境时尽量采用客观的描写手法，从而使得读者在阅读过程中因与作者达成共鸣而发出会心的微笑。

白描手法是镜中现形的突出表现方式。如韩道国在做了西门庆绒线

---

① （清）吴敬梓著，李汉秋辑校：《儒林外史会校会评本》，上海古籍出版社1984年版，第67页。
② 黄人：《小说小话》（选录），陈平原、夏晓红编：《二十世纪中国小说理论资料》（第一卷），北京大学出版社1997年版，第258—259页。

铺的伙计后，就买了几件新衣服在街上摇摆，对开纸铺的张二哥和开银铺的白四哥大为吹嘘，说自己与西门庆"三七分钱，掌巨万之财，督数处之铺，甚蒙敬重"。被白汝谎当场揭破，指出其在西门庆门下只做本银六千五百两的绒线铺生意。韩道国说："今他府上大小买卖，出入货本，哪些儿不是学生算账！言听计从，祸福共知，通没我一时儿也成不得。大官人每日衙门中来家摆饭，常请去陪侍，没我便吃不下饭去。俺两个在他小书房里，闲中吃果子说话儿，常坐半夜，他方进后边去。昨日他家大夫人生日，房下坐轿子行人情，他夫人留饮至二更方回。彼此通家，再无忌惮。不可对兄说，就是背地他房中话儿，也常和学生计较。学生先一个行止端正，立心不苟，与财主兴利除害，拯溺救焚。凡百财上分明，取之有道。"结果当场有人来报信给韩道国，说他夫人王六儿因和其弟韩二捣鬼通奸事要解县见官。谎言当场被揭穿，达到了立竿见影的效果。韩道国欲走，张好问更以"韩老兄，你话还未尽，如何就去了"之言，以对其讥讽。自诩和西门庆若许亲密的韩道国，结果还不能直接见到西门庆，还要转而央求应伯爵向西门说情。与后文的"西门庆包占王六儿"对看，"彼此通家，再无忌惮"之语更具有讽刺意味；而且西门庆背地房中话儿也并非和他计较，而是和他夫人计较。再与韩道国在扬州置布匹时请婊子游宝应湖、后生胡秀说他"你家老婆在家里仰着挣，你在这里合蓬着丢"之语相对而看，"行止端正，立心不苟"之言也十分可笑。做生意回到家后，韩道国还带了体己银子一百两，并江南置的衣裳和细软货物，并且"一狠二狠"拐财径上东京，"凡百财上分明，取之有道"之语也就成了反讽性的话语。孔子曰："巧言令色，鲜矣仁。"① "言过其实，巧于词色，善于言谈"的韩道国，不安守本分，更无"仁"可谈。他在《金瓶梅》中的一生，是一个卑微的小人物的丑恶的一生。

再如孙雪娥与家人来旺儿通情一事，是月娘使小玉叫雪娥，"一地里寻不着。走到来旺儿房门首，只见雪娥从来旺儿屋里出来，只猜和他媳妇说话。不想走到厨下，惠莲在里面切肉。良久，西门庆前边陪着乔大户说话……刚打发大户去了，西门庆家中叫来旺，来旺从他屋里跑出

---

① （宋）朱熹撰：《四书章句集注》，中华书局1983年版，第48页。

来……以此都知雪娥与来旺儿有首尾"。笑笑生用白描的手法，区区数语即交代了二人通奸之事，以及事情广为人知的始末缘由。

　　镜中现形的另一方式是通过小说中人物之口来对其他人物的行为加以品评。潘金莲是书中"精灵古怪"的人物，其聪明才智使得她很快就能看到表象后的事情真相。吴月娘雪夜烧香与西门庆和好之事，孟玉楼告诉金莲后，金莲说："一个烧夜香，只该默默祷祝，谁家一径倡扬，使汉子知道了，有这个道理来？"金莲一言，而使得读者意识到吴月娘此番行为的苦心所在。应伯爵"替花勾使"，孟玉楼尚不知西门庆大雪里去往何处，潘金莲说："我说今日往他（李桂姐）家去了。前日打了淫妇家，昨日李铭那王八先来打探子儿，今日应二和姓谢的，大清早辰，勾使鬼走来勾了他去了。我猜老虔婆和淫妇铺谋定计，叫了去，不知怎的搓弄陪着不是，还要回炉复帐。"读者看过前后文，再思金莲之语，真可谓入情入理，金莲诚可人也。应伯爵在书中也是慧心灵性的人物，这诚不愧其为诸帮闲之佼佼者。在听吴银儿说李桂姐与吴月娘认义为干女儿后，应伯爵对吴银儿分析说："我对你说罢，他想必和他鸨子计较了，见你大爹做了官，又掌着刑名，一者惧怕他势要，二者恐进去稀了。假着认干女儿来往，断绝不了这门儿亲。我猜的是不是？"第四十五回李桂姐央求西门庆留夏花儿后，应伯爵开玩笑似的说："怎大白日就家去了，便宜了贼小淫妇儿，投到黑还接好几个汉子！"并对谢希大说："李家桂儿这小淫妇儿，就是个真脱牢的强盗，越发贼的疼人子！怎个大节，他肯只顾在人家住着？鸨子来叫他，又不知家里有甚么人儿等着他哩！"谢希大对他的耳语证实了他的看法。此前吴月娘、西门庆"留宿李桂姐"，李桂姐"把脸儿苦低着，不言语"，实为事出有因；也为第五十一回王三官院中嫖宿事发伏线，因此有孙寡嘴、祝麻子、小张闲等帮闲被抓，李桂姐相继躲在朱毛头家和西门庆家一事。潘金莲和应伯爵是《金瓶梅》中异常活跃的人物，他们在场时的情节、场面较为活跃，故事也较为生动有趣。通过本来即是丑恶一员的他们，以及书中其他人物言行这一面面镜子，我们就可以看出映照在里面的他人的丑恶。

　　对比，是镜中现形的另一表现手法。脂砚斋在评论曹雪芹写王熙凤时说:"写凤姐写不尽,却从上下左右写。"① 笑笑生在塑造《金瓶梅》中的人物形象时,也常用对比的手法加以描写。如"怀妒忌金莲打秋菊"一回,因潘姥姥劝金莲不要因打秋菊而唬了官哥儿,"为驴扭棍不打紧,倒没的伤了紫荆树",潘金莲顿时火起,险些把她娘推了一跤,并施以辱骂;相继而来的情节,是孟玉楼施腊肉周贫磨镜老叟,且潘金莲也施舍小米儿和酱瓜儿。既有潘金莲自身前后对比,且有潘金莲与孟玉楼间的对比。第七十八回因轿子钱,潘金莲和潘姥姥大吵,是孟玉楼向袖中拿出银子来打发了抬轿子的;在潘姥姥要起身回家时,是吴月娘"装了两个盒子点心茶食,又与了他一钱轿子钱,管待打发去了"。潘姥姥在与如意、迎春吃酒时说:

> 你娘好人,有仁义的姐姐,热心肠儿。我但来这里,没曾把我老娘当外人看承,到就是热茶热水与我吃,还只恨我不吃。夜间和我坐着说话儿。我临家去,好歹包些什么儿与我拿了去,没曾空了我。不瞒姐姐你们说,我身上穿的这披袄儿,还是你娘与我的。正经我那冤家,半个折针儿也迸不出来与我。我老身不打诳语,阿弥陀佛,水米不打牙,他若肯与我一个钱儿,我滴了眼睛在地。你娘与了我些什么儿,他还说我小眼薄皮,爱人家的东西……我这去了不来了,来到这里,没的受他的气。随他去,有天下人心狠,不似俺这短寿命。

潘姥姥虽是受金莲气之后所说的这段话,但大都为实情,将李瓶儿与金莲二人的所作所为做了鲜明的对比,李瓶儿的怜贫惜老、乐善好施,与金莲悭啬狠毒的行为对看,有若云泥之判。此外,有招宣府林太太"诚恐抛头露面,有失先夫名节"之语,与其"四海纳贤"行为的对比;"节义堂"的朱红匾和"传家节操同松竹,报国勋功并斗山"的泥金隶书对联,与西门庆、林太太偷情的丑恶行为的对比,等等。

兰陵笑笑生以西门庆等人的家庭作为描写素材,既可以发现传统小

---

① (清)曹雪芹:《戚蓼生序本石头记》,人民文学出版社影印1975年版,第2659页。

说家所未能发现的东西，又能将传统小说中起陪衬作用的"丑"作为主要描写对象，从而大大拓展了小说的审美空间。在西门庆、潘金莲、应伯爵等人活动的场所如家庭、丽春院、官场等，都留下了他们的丑恶的足迹。性之丑恶，在书中也得到了淋漓尽致地显现。作为第一部长篇世情小说，笑笑生尚未能摆脱说书人的影响，但他已做出了成功的尝试，或以白描手法，或用人物言论、对比手法等，使得人物丑行在"镜"中显现。一部《金瓶梅》，展现给读者的是彻头彻尾的黑色，从而使得黑色成为小说的底色，使读者感到压抑，感到呼吸的沉重和难以言说的郁闷。

第三节 多元化：美学范畴的拓展

> 抱朴子曰：能言莫不褒尧，而尧政不必皆得也；举世莫不贬桀，而桀事不必尽失也。故一条之枯，不损繁林之蓊蔼；荞麦冬生，无解毕发之肃杀。西施有所恶，而不能减其美者，美多也；嫫母有所善，而不能救其丑者，丑笃也。①
>
> ——葛洪《抱朴子》

《金瓶梅》问世前，小说作者和读者的审美观念较为简单，他们认为真善美与假恶丑是相对立的，"崇高与崇高很难产生对照，人们需要任何东西都要有所变化，以便能够休息一下，甚至对美也是如此。相反，滑稽丑怪却似乎是一段稍息的时间，一种比较的对象，一个出发点，从这里我们带着一种更新鲜更敏锐的感受朝着美而上升。鲵鱼衬托出水仙，地底的小神使天使显得更美"②。中国古代小说中，有真善美和假恶丑相对立，最终真善美战胜或败于假恶丑的小说，如《宋定伯捉鬼》、《李寄斩蛇》、《韩凭夫妇》等，即使是真善美的失败，也给人以一种悲凉、壮美的感觉。也有以假恶丑来衬托真善美的小说，如《三国演义》中诸葛亮、关羽、曹操这"三奇"、"三绝"之间的对比，刘备一段话"今与吾

---

① 杨明照撰：《抱朴子外篇校笺》（下），中华书局1997年版，第265—266页。
② ［法］雨果著，柳鸣九译：《雨果论文学》，人民文学出版社1980年版，第35页。

水火相敌者,曹操也。操以急,吾以宽;操以暴,吾以仁;操以谲,吾以忠;每与操相反,事乃可成"① 中所揭示的二人的对比,等等;《水浒传》中也是充斥着大奸大恶与草泽之中的"替天行道"之辈的对比;《西游记》这一游戏之作中,同样充斥着追求自由、追求光明,与美好事物的被扼杀和唐僧师徒四人同为奸作恶的神魔间的斗争的对比。《三国演义》中更出现了"以丑女形之而美,不若以美女形之而更美"② 的观念,如用周瑜的聪明乖巧来衬托诸葛亮的加倍乖巧,这是审美观念的一种进步。

《金瓶梅》开启了多元化的审美取向,小说中的人物已不再是简单的好的或坏的人物,而是复杂的、多色素的人物。鲁迅在评价《红楼梦》的价值时说:"其要点在敢于如实描写,并无讳饰,和从前的小说叙好人完全是好的,坏人完全是坏的,大不相同,所以其中所叙的人物,都是真的人物。"③ 其实这是完全适用于《金瓶梅》的。《三国演义》、《水浒传》因为是描写历史题材的小说,在人物形象塑造方面容易造成脸谱化的倾向,"公忠者雕以正貌,奸邪者刻以丑形"④。真正的性格化人物形象的塑造,是从笑笑生开始的。笑笑生以如椽巨笔,倾注全力于西门庆家庭,也正是从这一最小的社会单元入手创作这一百回大书,才能够塑造出如此众多美丑混杂、性格多元的人物形象。

一、美丑在一念之间

美与丑在概念上易于区分,但在现实生活中却较难辨别,有些表面看来是美的东西,往深层挖掘可能是丑的;有些表面是丑的东西,实际上也可能是美的,这就需要我们具有一双去粗取精、去伪存真的眼睛。在中国古代小说的萌芽期和发展期,经过作为艺术家的作者们的过滤和提炼,读者在他们的作品中能较容易地辨析美和丑。至笑笑生创作的

---

① (明)罗贯中:《三国演义》,人民文学出版社1973年版,第515页。
② 朱一玄、刘毓忱编:《三国演义资料汇编》,南开大学出版社2003年版,第322页。
③ 鲁迅:《中国小说的历史的变迁》,《中国小说史略附录》,人民文学出版社1973年版,第306页。
④ (宋)吴自牧:《梦粱录》,浙江人民出版社1980年版,第195页。

— 奢华与堕落 —

《金瓶梅》问世后，小说的世界更趋复杂，呈现出如五彩缤纷的社会生活一样的原生态：显示于外表的美的言行，深隐于其后的有时却是丑陋和肮脏。

第十三回花子虚听取李瓶儿之言，买了四盒礼物一坛酒送到西门庆家，感谢他三番两次照顾自己来家。吴月娘问花子虚送礼的缘由，西门庆说："此是花二哥，前日请我们在院中与吴银儿做生日，醉了，被我搀扶了他来家；又见我常时院中劝他休过夜，早早来家；他娘子儿因此感不过我的情，想对花二哥说，买了此礼来谢我。"从表面来看，这反映了西门庆与结义兄弟花子虚间感情的亲厚，照顾子虚，并经常劝他少拈花惹草，多顾看家庭。这应是善举，应是西门庆人性发出光芒的时刻。但实际上如何呢？知夫莫若妻，吴月娘当下揶揄似的向西门庆打了个问讯说："我的哥哥，你自顾了你罢，又泥佛劝土佛。你也成日不着个家，在外养女调妇，又劝人家汉子！"另外，在吴银儿生日那天，正是西门庆"把子虚灌的酩酊大醉"；且"屡屡安下应伯爵、谢希大这伙人，把子虚挂在院里，饮酒过夜"，而西门庆自己去花子虚门口和李瓶儿调情。之后，有九月重阳令节李瓶儿与西门庆"隔墙密约"，并有"迎春女窥隙偷光"之事，更可见出"他娘子儿感不过我的情"之丑。通过这表面的仁义道德，我们看到的是背后的男盗女娼。类似的情节在第六十九回又有出现，"王三官中诈求奸"后，吴月娘问起原因，西门庆告诉她是因王三官嫖宿李桂姐、年纪小小却不成器之事；吴月娘说："你不曾溺泡尿看看自家，乳儿老鸦笑话猪儿足，原来灯台不照自。你自道成器的，你也吃这井里水，无所不为，清洁了些什么儿？还要禁的人！"由月娘数语，西门庆之人品不繁言而可解。西门庆任副提刑官后不久，对应伯爵说："大小也问了几件公事。别的倒也罢了，只吃了他（夏提刑）贪滥踢婪的，有事不问青水皂白，得了钱在手里就放了，成什么道理！我便再三扭着不肯，'你我虽是个武职官儿，掌着这刑条，还放些体面才好。'"联系他在王六儿、韩二捣鬼案将车淡、管世宽等五人葫芦提夹打，在苗员外被杀案因收受赃银千两即将谋杀犯苗青放走，以及后来众多的徇私舞弊之处，即可见出他的所谓"体面"是何物。

与作为男了的西门庆表里不一的言行相似的，是李瓶儿和招宣府林太太等女人的寡廉鲜耻。她们同样是以贤妻良母的外表，掩饰自己欲火焚烧的内心。在西门庆将花子虚从吴银儿生日宴席上灌醉，并搀送回子虚家时，李瓶儿感激无量地说："……奴为他这等在外胡行，不听人说，奴也气了一身病痛在这里。往后大官人但遇他在院中，好歹看奴薄面，劝他早早回家，奴恩有重报，不敢有忘。"这话在我们读者看来，是为了花子虚和他们的家庭好，是欲借西门之力劝夫治家。但西

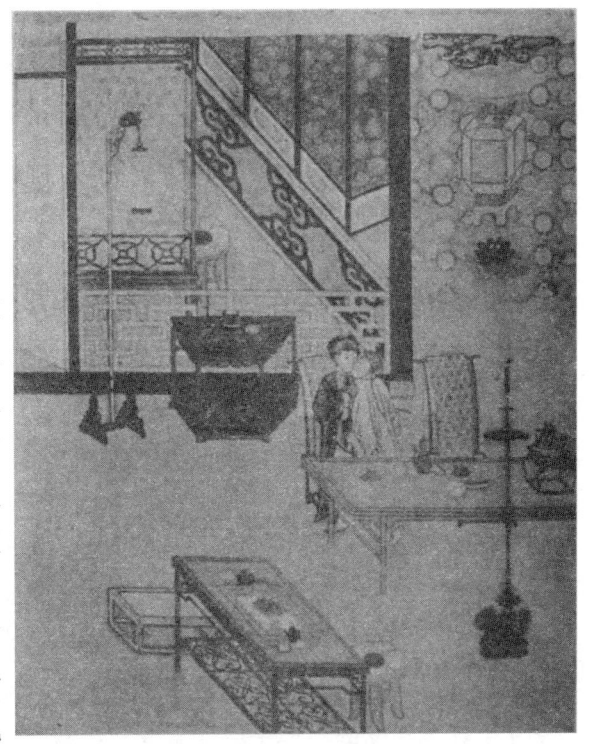

图 3.5　招宣府初调林太太

门庆是惯于风月场中行走的人，一听就知道"恩有重报"是什么意思，是明指了一条教他入港的大路，这在紧接着后文的李瓶儿与西门庆私通一事即可看出。在花子虚遭官事后，李瓶儿将自己的贵重箱笼物品也寄放在西门家，并在花子虚被放出后传话给西门庆说"到明日奴不久也是你的人了"。

至此，"看奴薄面"和"不敢有忘"都名至实归，可谓"司马昭之心路人皆知"。"四海纳贤"的招宣府林太太，在通情西门庆时也是以教育其子王三官入正途为藉口："小儿年幼优养，未曾考袭。如今虽入武学肄业，年幼失学。家中有几个奸诈不级的人，日逐引诱他在外飘酒，把家事都失了……今日请大人至寒家诉其衷曲，就如同递状一般。望乞大人千万留情，把这干人怎生处断开了，使小儿改过自新，专习功名，以承先业。实出大人再造之恩，妾身感激不尽，自当重谢。"而这名正言顺的

语句，也是因人生面不熟，不好意思和西门庆遽然相见，而采用媒婆文嫂的计策。在林太太这段话之后，仅仅一顿饭之隔，她和西门庆就在"传家节操同松竹，报国勋功并斗山"的王招宣府内室"纵横惯使风流阵，哪管床头坠玉钗"了。李瓶儿和林太太是社会地位悬殊的两个女人，但后者和前者相似，也用了"感激不尽，自当重谢"的话。在剥掉看似正经八百的表面的华衮之后，她们展现给读者的是同样肮脏的灵魂。

作者笑笑生在《金瓶梅》平实的情节中善于引起波澜和读者的反思，从而使得审美取向趋于复杂。如"乞腊肉磨镜叟诉冤"一节，孟玉楼、潘金莲听完磨镜叟诉苦向其施舍腊肉、饼锭、小米之后，小厮平安说道："二位娘不该与他这许多东西，被这老油嘴设智诓的去了。他妈妈子是个媒人，昨日打这街上走过去不是，几时在家不好来！"田晓菲认为这"不仅用自己被气走的母亲拿来的小米救济磨镜叟的金莲被含蓄地批评，就连自作聪明、认为李瓶儿糊涂散漫的孟玉楼也成了嘲讽的对象"①。其实从审美层面上来说，通过此段情节我们看出，在《金瓶梅》的人物世界中已经没有了人们之间相互的信任、尊重，没有了怜贫惜老，人们之间充满了欺诈和物欲的不择手段地索取，在本来应该是充满了人性美的行为中，我们看到的依旧是丑恶和欺骗。如果说上面这一情节让读者难以评判，那么"道长老募修永福寺"一节从西门庆的言行则较为容易剖析。在道长老募缘，西门庆舍五百两白银后，吴月娘劝西门庆日后少干没正经、养老婆、没搭煞、贪财好色的事体，多为儿子积阴功时，西门庆笑着说道："咱闻那佛祖西天，也止不过要黄金铺地；阴司十殿，也要些楮锭营求。咱只消尽这家私广为善事，就使强奸了嫦娥，和奸了织女，拐了许飞琼，盗了西王母的女儿，也不减我泼天富贵！"这次西门庆所为是善事，是为修永福寺殿宇琳宫，且为保佑孩童，故舍财助建。但我们听西门庆以上言论，可以看到他捐金背后的龌龊的思想，"广为善事"也不过是为了他能够皮肤淫滥和积不义之财。在表面的善和美之后，我们看到的仍是丑恶和腌臜的灵魂。

笑笑生展示给读者的人物世界已不是单一的非丑即美的世界，而是

---

① 田晓菲：《秋水堂论〈金瓶梅〉》，天津人民出版社2005年版，第173页。

多元的世界。我们感觉到的是生活中复杂的人物，他们的话语和行动，其美丑并不是能在当时即分得清楚，需要我们去甄别和分辨。《金瓶梅》中有多少丑行隐藏于正襟危坐的伪善言论之中，有多少行尸走肉披着美丽的衣衫昂首阔步于繁华街市，有多少猛于虎毒于蛇的滥官酷吏正在吸吮着民脂民膏，有多少狐狸和狈类假他人之势以行。作者兰陵笑笑生在暴露、在揭露、在展现，在将普通读者不易看到不易接触到的人面兽心之徒、玉面狐狸之属、毒虫蛇蝎之辈暴露在光天化日之下。我们在笑笑生的生花妙笔指引之下，欣赏到了如现实生活一般的多彩的色调。

二、丑笃于美的世界

本节伊始所引的东晋哲学家、医学家葛洪在《抱朴子·博喻》中的一段古典美学方面的言论认为，美的事物并非无往而不美，丑的事物也并非无往而不丑。一事物，如美多于丑，它就是美的；反之，就是丑的。无论本质上是美的或丑的事物，在外表上都可以表现为纷纭的形态。

中国古典长篇白话小说中的人物形象塑造是由类型化到性格化逐渐发展的。《三国演义》中的人物形象多属于类型化的典型，亦即福斯特在《小说面面观》中所说的"扁平"人物。如"三国有三奇，可称三绝"的诸葛亮、关云长和曹操，他们分别被毛宗岗称作"古今来贤相中第一奇人"、"古今来名将中第一奇人"和"古今来奸雄中第一奇人"[①]。《水浒传》所塑造的人物性格呈现复杂化的倾向，如林冲和宋江，都很难用一句话来概括其人物性格，作者施耐庵在塑造他们的性格时体现出发展性和多重性。《金瓶梅》作者兰陵笑笑生完成了人物形象塑造从类型化到性格化的转变。这一转变过程在孟昭连、宁宗一所著《中国小说艺术史》中"章回小说的人物塑造"一节有详细这一论述。宁宗一先生早在1990年出版的《说不尽的〈金瓶梅〉》一书中即有《金瓶梅》中的"人是杂色的"的论述。是类型化的人物形象塑造，还是性格化的人物形象塑造，受多重因素的影响，既与小说产生的时代、所受的影响、小说艺术发展的水平有关，也与小说作者的个人修养、小说题材、小说所塑造的人物

---

① 朱一玄、刘毓忱编：《三国演义资料汇编》，南开大学出版社2003年版，第255—256页。

形象的重点等有关。《金瓶梅》产生于明朝末年，此前已有《三国演义》、《水浒传》、《西游记》等成熟的长篇小说问世，积累了丰富的小说创作艺术；关键的是，兰陵笑笑生没有像前代小说作者罗贯中、施耐庵、吴承恩等人那样选择历史、神魔作为题材，而是看中了家族、家庭这一长篇小说尚为空白的领域。兰陵笑笑生深谙市井生活和民间通俗文艺，他在家庭题材这一领域深入挖掘，从而可以深入地挖掘出为前代小说家所忽略或不太重视的人性，《金瓶梅》作为一部描写人性的小说，在展开故事时就不可能像传统小说那样将小说中的人物形象采取简单的类型化的方式处理，而是要表现出人性的复杂面和多元化。所以在《金瓶梅》中塑造得较为成功的人物形象，他们的性格都不是单一的、简单化的，而是和现实中的人物同样复杂，具有一定的广度和深度的。

通过前两节的内容我们可以看到，《金瓶梅》虽然主要是表现丑、暴露丑的小说，但是其中也有美的自然景色、人物外貌和善的人性的描写，而且诸多丑行正是在这些外表美丽的人、风景秀美的地点中展开的。费了若许精神才造成的西门庆家的花园，也不过为皮肤淫滥之辈的取乐道场，如偷情藏春坞、私语翡翠轩、大闹葡萄架、应伯爵山洞戏春娇等；元宵节赏灯、观焰火背后，是西门庆私会李瓶儿、偷情王六儿的大段大段色情描写；千金喜舍，紧跟着对西门庆的世俗下流思想的叙述；东平府尹陈文昭是太师蔡京的门生，蔡太师一封书使得武松案不得不改判，从而使西门庆、潘金莲逍遥法外；曾孝序弹劾提刑官的文书，被兵部扣住不能上覆，后被蔡京动手脚，锻炼成狱，将曾孝序除名。王夫之在论及《诗经·采薇》"昔我往矣，杨柳依依；今我来思，雨雪霏霏"数语时曰："以乐景写哀，以哀景写乐，一倍增其哀乐。"① 我们可以借用此语曰：以美的人物外表、美的风景写丑，倍增其丑恶。所以我们对美丽的西门家花园很少会感到赏心悦目，相反，我们看到的是一幕幕败伦丧德、毫无廉耻的丑剧；在潘金莲、李瓶儿、宋惠莲、西门庆等具有美貌外表的人物身上，我们看到的是色胆包天、残害人命、嫉妒成性和醉生梦死。

清代著名批评家文龙对于西门庆的善行甚不以为然，他评论说：

---

① （清）王夫之者，戴鸿森笺注：《薑斋诗话笺注》，人民文学出版社1981年版，第10页。

然则西门庆之所为，不得谓之善，更不必问其财之所由来也。强盗杀人放火，不畏王章，不讲天理。一旦居然落网，置有田产室家，于是见囚犯而惊心，遇官府而叩首，彼盖有所畏而然，遂谓之改过自新可乎？平居非赌即嫖，讹人之钱，赖人之物。一旦枵然无食，作出巧言令色，于是告亲戚以知非，寻朋友而认错，彼盖有所求而然，遂谓之前愆晚盖可乎？西门庆者，何异于斯！而况万恶淫为首，岂修庙印经所能赎乎？有子万事足，岂修庙印经所能祈乎……仍以偷人妇女，视为前世姻缘；辱及神仙，无碍泼天富贵，此其人尚可与言善乎？①

文龙认为西门庆之财皆为不义之财，得自孟玉楼、李瓶儿、陈经济、苗青等，常时节所得、修庙印经所费，尚不及送蔡太师、翟云峰之分厘；以一炷香、一顿饭之施舍，祈佑百年寿考、望人杀身图报，也是于理所无之事。前文中我们分析过人物善行背后的丑恶面。其实，笔者认为，无论是西门庆赍发郓哥儿盘缠、周济常时节、舍金修永福寺，还是潘金莲施舍给磨镜叟的小米和酱瓜儿，从客观上来说都是在做善行，因此也就是美的。之所以写西门庆、潘金莲的善和美，正是因为作者笑笑生意识到现实生活中的人是杂色的，他塑造的是性格化而非类型化的人物形象，他是以现实中的人物为原型来进行人物塑造的。

尧之政事并非皆得，桀之行为也并非尽失，之所以为世人所褒贬，是因"一条之枯，不损繁林之蓊蔼；蒿麦冬生，无解毕发之肃杀"。所以，为作者所否定的人物如西门庆、潘金莲、李瓶儿、应伯爵等，即使有星星点点的善行，与其彰彰劣迹相比也大为逊色；为作者所基本肯定的人物如吴月娘、孟玉楼等，即使有雪夜烧香、玉楼含酸等事，也难掩其济济善心。"丑笃"、"美多"，皆有作者的寄寓在内。总而言之，《金瓶梅》一书丑笃于美，虽有为笑笑生所大体赞赏的玉楼、月娘、韩爱姐等，但书中沉溺于酒色财气之人可谓在在皆是，即使玉楼等三人也难以幸免。

---

① 朱一玄编：《金瓶梅资料汇编》，南开大学出版社2002年版，第624—625页。

所以清代评论家文龙有"作者真有憾于世事乎？何书中无一中上人物也"①之语感慨系之，实不为无因。正因《金瓶梅》是以暴露丑为主要目的的小说，所以其主色调是黑色和灰色，给读者的感觉是压抑、痛苦和失落。在《金瓶梅》中，我们可以感觉到那纤弱的美在如狂风骤雨一般的丑恶之前是何等渺小。

三、化丑为美

兰陵笑笑生在《金瓶梅》中揭示了丑、暴露了丑，在他的指引下读者得以看到个人、家庭、社会的阴暗、腐朽和罪恶的一面。但是笑笑生不是简单地罗列丑、展览丑，他创作了作为丑的艺术品的《金瓶梅》，从而在艺术方面开创了新的领域。笑笑生挥动如椽的艺术之笔，化枯涩为灵动，化幽滞为畅快，化沉闷乏趣为繁花似锦，化魍魉世界为歌舞道场……总而言之，是化丑为美。作者看到的是人间的丑，欣赏到的却是艺术的美。宁宗一先生在《金瓶梅可以这样读》等专著中已有关于"化丑为美"的详细论述，笔者在此避其重复，针对宁先生论述较少的方面加以阐释。

典型化是笑笑生化丑为美的途径之一。深得小说创作三昧的鲁迅先生在谈及创造人物典型时，认为有两种方法："一是专用一个人，言谈举动，不必说了，连微细的癖性，衣服的式样，也不加改变……二是杂取种种人，合成一个，从和作者相关的人们里去找，是不能发现切合的了。"②鲁迅先生一向是采用后一种方法的，即如他在《我怎么做起小说来》中说所说："所写的事迹，大抵有一点见过或听到过的缘由，但决不全用这事实，只是采取一端，加以改造，或生发开去，到足以几乎完全发表我的意思为止。人物的模特儿也一样，没有专用过一个人，往往嘴在浙江，脸在北京，衣服在山西，是一个拼凑起来的脚色。"③小说和戏曲作者在典型人物塑造方面，古今是相通的，《金瓶梅》作者在创造西门庆、潘金莲等人物时，也是如此。正如两千多年前孔子的弟子子贡所说：

---

① 朱一玄编：《金瓶梅资料汇编》，南开大学出版社2002年版，第603页。
② 《鲁迅全集》（第六卷），人民文学出版社2005年版，第537—538页。
③ 《鲁迅全集》（第四卷），人民文学出版社2005年版，第527页。

"纣之不善，不如是之甚也。是以君子恶居下流，天下之恶皆归焉。"① 子贡说出的这一个普遍的道理，为后世通俗文学作家所采纳，从而成了重要的人物塑造手法。

晚清著名文艺评论家刘熙载在《艺概·书概》中曰："怪石以丑为美，丑到极处，便是美到极处。一丑字中丘壑未易尽言。"② 前文引用的法国著名雕塑家罗丹也曾说过：自然中一般人所谓"丑"的东西在艺术中可以成为至美。兰陵笑笑生作为一位优秀的艺术家，在美学方面也具有很高的造诣，他在小说这一通俗文艺领域因发现丑、大力描写丑而大大拓宽了艺术的审美空间。笑笑生将自然中、人类社会中人们认为丑的东西加以分类和提炼，将不同类型的丑写到不同的人物身上，从而塑造了一个个鲜活的人物典型，为中国古典小说的人物画廊作出了巨大的贡献。文龙在《金瓶梅》第七十九回的回评中说：

《水浒传》出，西门庆始在人口中，《金瓶梅》作，西门庆乃在人心中。《金瓶梅》盛行时，遂无人不有一西门庆在目中意中焉。其为人不足道也，其事迹不足传也，而其名遂与日月同不朽，是何故乎？作《金瓶梅》者，人或不知其为谁，而但知为西门庆作也。批《金瓶梅》者，人或不知其为谁，而但知为西门庆批也。西门庆何幸，而得作者之形容，而得批者之唾骂。世界恒河沙数之人，皆不知其谁，反不如西门庆之在人口中、目中、心意中，是西门庆未死之时便该死，既死之后转不死，西门庆亦幸矣哉！③

为人不足道、事迹不足传的西门庆，其名之所以能与日月同不朽，正是典型化的力量。笑笑生将暴发户、富商、恶霸、官僚的丑恶集于西门庆之一身，其"丑到极处"，作为人物典型也就"美到极处"，如刘熙载所言其"丑"之一字中的丘壑未易尽言。于西门庆我们可以作如是言论，于潘金莲、应伯爵等人，我们亦可作如是言论，这些小说中的人物

---

① （宋）朱熹：《四书章句集注》，中华书局1983年版，第191页。
② （清）刘熙载：《艺概》，上海古籍出版社1978年版，第168页。
③ 朱一玄编：《金瓶梅资料汇编》，南开大学出版社2002年版，第640页。

都已成为典型，都是"既死之后转不死"者。

作者评论，是化丑为美的又一途径。中国古代小说，无论是"文备众体，可以见史才、诗笔、议论"①的唐传奇，大兴于宋元市井间的宋元话本，还是受宋元说话影响而产生的长篇章回小说，以及"用传奇法，而以志怪"②的《聊斋志异》和"尚质黜华，追踪晋宋"③的《阅微草堂笔记》，作者的评论性干预都是其重要的组成部分。由于受历史悠久的史传传统的影响，模拟书场模式创作，以及作者对小说讽刺劝诫功能的认同，于长篇白话小说特别是开世情小说之初的《金瓶梅》中，作者在小说中的评论性语言即在所难免。受作者世界观、人生观以及作者在小说、戏曲等亚文化领域对主流文化的认同等方面的影响，其评论性语言中即会有较多的迂腐的合乎封建传统的言论，但在其中也隐含了众多对假、恶、丑的否定和批判的话语。袁宏道称《金瓶梅》胜枚乘《七发》之处，也是就其"讽谏"方面而言的。

开宗明义，作者兰陵笑笑生在卷首的《四贪词》中对酒色财气即做了批判。他认为"酒损精神破丧家，语言无状闹喧哗"，疏慢亲友、忘恩背义都是因为它；色"损身害命"、"倾国倾城"；财是"亲朋道义"和"父子怀情"为之而休之物；作为气，在"一时怒发无明穴"的冲动之余，导致的是"到后忧煎祸及身"。潘金莲和西门庆偷奸，"郓哥不愤闹茶肆"是因气，武大郎捉奸是因气；花子虚一场官司后，最终丧身是因气；西门官哥被雪狮子猫所唬，幼小夭折也是因潘金莲和李瓶儿之间的"气苦"。作者笑笑生在王婆、西门庆和潘金莲暗谋砒霜之计——"欲求生快活，须下死功夫"——毒杀武大郎时，引诗评论说："云情雨意两绸缪，恋色迷花不肯休。毕竟世间有此事，武大身躯丧粉头。"以明了武大之死是因西门与金莲之奸情。"花子虚因气丧身"一节，笑笑生在发了一通妇人变心、难防其暗地之事的评论后，认为李瓶儿之变"皆由御之不得其道"之故，花子虚的"气塞柔肠断"，是因"浪荡贪淫西门子，背夫水性女娇流"。官哥被猫所抟，是潘金莲行"昔日屠岸贾养神獒，害丞相

---

① （宋）赵彦卫撰，傅根清点校：《云麓漫钞》，中华书局1996年版，第135页。
② 鲁迅：《中国小说史略》，人民文学出版社1973年版，第179页。
③ 鲁迅：《中国小说史略》，人民文学出版社1973年版，第181页。

赵盾"之计，作者评论曰："花枝叶下犹藏刺，人心怎保不怀毒！"西门庆在私通来旺妇宋惠莲之后，作者以"看官听说"四字引起评论："凡家主，且不可与奴仆并家人之妇苟且私狎，紊乱上下，窃弄奸欺，败坏风俗，殆不可制。"并以诗评曰："西门贪色失尊卑……暗通仆妇乱伦彝。"在潘金莲为西门庆吞溺以博其欢心时，作者评曰："大抵妾妇之道，蛊惑其夫，无所不至，虽屈身忍辱，殆不为耻。若夫正室之妻，光明正大，岂肯为此！"

著名美学家王朝闻先生说："直接讽刺丑的艺术，也就是间接肯定美的思想。"① 又说："直观描绘丑的讽刺画是艺术对美的间接的肯定，直接歌颂美的风景画是艺术对丑的间接的否定；可以说这是否定中的肯定，肯定中的否定。"②《金瓶梅》作者兰陵笑笑生对于美丑的辩证法感悟颇深，他正是通过评论性干预等对相关事件的褒贬，来对小说中人物的假恶丑的行为进行讽刺和批判。也正是因其有大量的评论性的批判，我们才知道，作者对他所描写的酒色财气等恶德，并非如有的论者所说抱着欣赏的态度去描写。王朝闻先生在谈及《红楼梦》中薛蟠所作哼哼韵和贾环所作枕头灯谜所引起的联想时说："尽管这些角色的'创作'是丑的，但读者能从艺术家对丑的否定中引起对没有直接出现的美的肯定。"③ 我们读《金瓶梅》时也是一样，当我们读到西门庆、潘金莲、应伯爵之流的丑恶、淫荡和粗俗时，在自我价值观的判断和作者叙事干预的指引下会引起对没有直接出现的美好、贞洁和雅的肯定。

"审美对象包括丑，它一经审美主体的掌握……从而成了作品的题材，不是以丑为美，而是创造了反映丑的艺术美。"④ 一旦笑笑生抓住《金瓶梅》这一题材进行艺术创作时，《金瓶梅》就成了反映丑的艺术美。而且往往因为丑是美的人物所为或潜藏于美的言行之后，所以对丑的揭示就更为深刻。

综上可见，《三国演义》、《水浒传》、《西游记》等小说在审美取向上

---

① 王朝闻：《审美谈》，人民出版社1984年版，第64页。
② 王朝闻：《审美谈》，人民出版社1984年版，第81页。
③ 王朝闻：《审美谈》，人民出版社1984年版，第96页。
④ 王朝闻：《审美谈》，人民出版社1984年版，第242页。

是将真假、美丑、善恶共陈和并举，真善美占强势的地位是作者着重表现的方面；至《金瓶梅》作者把丑和恶作为主要的着力点，用真善美作为假恶丑的陪衬，从而主要暴露丑、展现丑，进而达到化丑为美的艺术境界，这是美学中审美观念在小说领域的一大拓展。当然，并非一切丑都可以化为美，如《金瓶梅》难以避开的话题——性，就很难化成美，《金瓶梅》也正是因其有接近两万字的性描写，而为许多读者所诟病。西门庆和潘金莲、王六儿、林太太等人的性爱场景的描写，其行为之猥亵下流，其语言之难以入目，确实是并非美学所宜描写的。但这些性描写，都是为人物性格的塑造服务的。而"《金瓶梅》的重要，并不建筑在那些秽亵的描写上"，"如果除净了一切的秽亵的章节，她仍不失为一部第一流的小说，其伟大似更过于《水浒》，《西游》、《三国》不足和他相提并论"[①]。

[①] 《郑振铎全集》（第四卷），花山文艺出版社1998年版，第224—225页。

第四章　雅俗："文心"与"里耳"

　　大抵唐人选言，入于文心；宋人通俗，谐于里耳。天下之文心少而里耳多，则小说之资于选言者少，而资于通俗者多。①

　　　　　　　　　　　　——绿天馆主人《古今小说叙》

　　"文化有雅俗之分，由来已久。传统的雅文化以儒家文化为主流，以诗、书、礼、乐为主要内容，以标准的书面语言即文言为外壳，以传统诗文为主要形式，是一种典型的士大夫文化，在漫长的古代社会中一直占统治地位。俗文化与雅文化相对称，是一种民间的俚俗文化，长期以来一直为大多数士大夫所鄙视，在古代一直处于从属的地位。俗文化以平民意识为内核，以口头语言即白话为外壳，以戏曲、小说为主要形式，是一种典型的民间文化。"②此段文字大体上勾勒出雅文化与俗文化、主流文化与亚文化的区别。作为雅文化主流的诗歌和散文，担当主要的"传道"的作用，而"小说和戏曲，中国向来是看作邪宗的"③。

　　当然，如此说也不尽然。雅文化和俗文化之间没有绝对的界限，所谓的雅俗都是相对的，相互依存、相互促进、相互影响的，它们共同构成中华文化的大家庭。在人们观念发生转变之后，俗文化、雅文化也有向对方转变的趋向，有些文学作品成功完成了这一"跃"，于是被人们奉为经典。鲁迅所说，"一经西洋的'文学概论'列为正宗，我们也就奉之为宝贝，《红楼梦》、《西厢记》之类，在文学史上竟和《诗经》、《离骚》

---

① （明）冯梦龙编，许政扬校注：《古今小说》，人民文学出版社1958年版，第1页。
② 王恒展：《中国小说发展史概论》，山东教育出版社1996年版，第334页。
③ 《鲁迅全集》（第六卷），人民文学出版社2005年版，第300—301页。

并列了"①，即是一例。

从美学角度来审视明代四大奇书之一的《金瓶梅》，在中国文学史中是属于雅文学还是俗文学，历经四百余年，《金瓶梅》的雅俗有何变化，原因有哪些，是本章研究的主要内容。

第一节 小道与正统：说部的雅与俗

中国古代小说与雅文学是什么关系？《金瓶梅》属于雅文学还是俗文学，是庸俗、低俗、媚俗的文学作品，还是通俗的现实主义文学作品？下面我们从文体、类型等角度，对《金瓶梅》以前的中国古代小说进行分析，论述说部在中国雅俗文学中的地位，说部中不同类型小说相对而言的雅俗状况等。

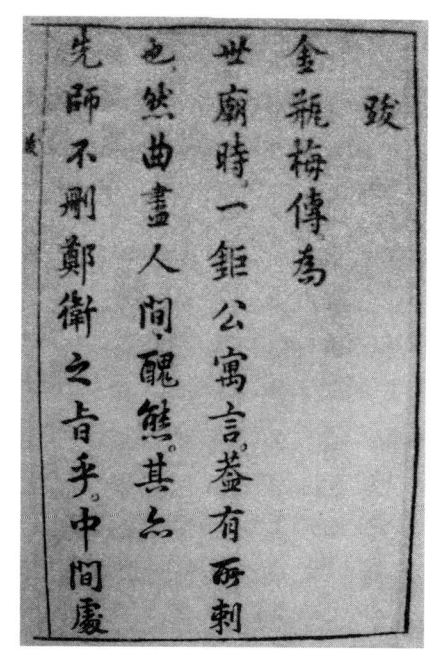

图4.1 廿公《跋》

一、雅与俗：从文体角度审视

正史是由封建正统文人修撰的以帝王本纪为纲的纪传体史书，或由当时统治者授意，或未经授意，但都反映了统治阶级的立场和意图。如《史记》、《汉书》等二十四史。在论述诗歌、散文等文体的雅俗性前，我们先看一下正史对于小说的评价：

> 小说者流，盖出于稗官。街谈巷语，道听途说者之所造也……然亦弗灭也。闾里小知者之所及，亦使缀而不忘。如或一言可采，

---

① 《鲁迅全集》（第八卷），人民文学出版社2005年版，第300页。

此亦楚莛狂夫之议也。①（《汉书·艺文志》）

小说者，街谈巷语之说也。……道听途说，靡不毕纪。《周官》，诵训"掌道方志以诏观事，道方慝以诏辟忌，以知地俗"而训方氏"掌道四方之政，与其上下之志，诵四方之道而观衣物"，是也。②（《隋书·经籍志》）

小说家，以纪楚辞舆诵。③（《旧唐书·经籍志》）

至于上古三皇五帝以来世次，国家兴灭终始，僭窃伪乱，史官备矣。而传记、小说，外暨方言、地理、职官、氏族，皆出于史官之流也。④（《新唐书·艺文志》）

以上几部史书皆认为小说是史官的支流，是街谈巷语、道听途说者之所造，之所以收录入史书，是希望能有"一言可采"。小说家一般排在农家、杂家之后，居于子部九流之外的第十家。小说（和戏曲）历来被正统文人看作"邪宗"，从最具代表性的诸部正史中可以看出。那么，作为正宗的诗歌和散文，都属于雅文学吗？

经、史、子、集四部中，"经"是十三种被儒家奉为经典的文献。所谓"十三经"，即为《易》、《书》、《诗》、《周礼》、《仪礼》、《礼记》、《春秋左传》、《春秋公羊传》、《春秋谷梁传》、《论语》、《孝经》、《尔雅》、《孟子》。在奉儒教为正统的封建社会，儒家经典的地位自然至高无上。史，特别是正史，虽然不过是"二十四姓之家谱"⑤的二十四史，在封建正统文人心目中却具有极其崇高的地位。唐高宗朝中书舍人薛元超的话较为典型："吾不才，富贵过分，然平生有三恨：始不以进士擢第，不得

---

① （汉）班固：《汉书》，中华书局1962年版，第1745页。
② （唐）魏征等：《隋书》，中华书局1973年版，第1012页。
③ （后晋）刘昫等：《旧唐书》，中华书局1975年版，第1963页。
④ （宋）欧阳修、宋祁等：《新唐书》，中华书局1975年版，第1421页。
⑤ （清）梁启超：《梁启超文集》，北京燕山出版社1997年版，第225页。

以娶五姓女,不得修国史。"① 在彼时,修国史是一种荣耀,是对文人所从事工作的肯定,是青史留名的最佳途径。集部所收集的是历代作家的散文、骈文、诗、词、散曲和文学评论、戏曲创作等,其中诗歌和散文为正宗,也就是雅文学。我们不禁要问,凡是诗文,即属于雅文学吗?

《诗经》原名《诗三百》,是我国最早的一部诗歌总集,相传曾由孔子编纂,至西汉时被尊奉为儒家经典,始称为"经"。《诗经》由风、雅、颂三部分组成,其中除来自庙堂的雅诗和颂诗外,大部分是"风",也就是十五国风,是"饥者歌其食,劳者歌其事",是直接反映当时人民生活和喜怒哀乐的诗歌。国风中有讥讽奴隶主阶级贪婪和寄生性的,有写征夫思念家乡和对战争的哀怨的,有写奴隶们辛劳的生活的,有写男女之间的纯真爱情生活的,等等。国风是当时人民心声的反映,是通俗的朗朗上口的下层劳动人民的歌曲,直至被尊奉为儒家经典后,很多诗歌才被附上"后妃之德"等的政治意象,从而成为雅文学的典范。汉代影响较大的诗歌即为西楚霸王项羽、汉高祖刘邦、汉武帝刘彻等人的几首楚歌,现在看来也是直抒胸臆之作,在当时看来应是通俗文学作品。三国时期三曹和蔡琰的诗,由于作者文化修养的提高、志向的远大、经历的曲折、感情的丰富等,他们的诗歌也呈现雅的倾向。"竹林七贤",特别是阮籍、嵇康,由于特殊的政治背景和自己怀才不遇备受压抑的经历,也使得他们的诗迂回曲折、荡气回肠。

诗歌发展至南朝宫体诗而一变。宫体诗因流行于萧纲的太子宫而得名。因南朝君臣多是以军功起家,文化不高,品位庸俗,遂上行下效,自萧纲至庾信、徐陵皆趋之若鹜。宫体诗在形式方面重视用典、讲究声律、追求辞藻,在内容方面以女人为中心,描写女人的体态、睡鞋、袜子,及其灯烛琴瑟、柳眉莲藕等无不大加歌咏。描写较《诗经》愈加细腻,词彩愈加绮靡,格调也愈加低下。李谔上书所谓:"江左齐梁,其弊弥甚……竞一韵之奇,争一字之巧。连篇累牍,不出月露之形;积案盈箱,唯是风云之状。"② 唐初陈子昂评齐梁文风是"丽采竞繁,而兴寄都

---
① (唐)刘𫗧撰,程毅中点校:《隋唐嘉话》,中华书局1979年版,第28页。
② (唐)魏征:《隋书》,中华书局1973年版,第1544页。

绝",他重视文章的风骨和兴寄。李白谓:"自从建安来,绮丽不足珍。"韩愈说:"齐梁及陈隋,众作等蝉噪。"当然言之未免过激。但由宫体诗及其影响所产生的陈隋诗风,确实是不能称之为雅的,用今天的说法,可以称之为"三俗"的作品。

唐代诗歌,经陈子昂的大声疾呼,初唐四杰的激浊扬清,遂逐渐形成众彩纷呈的局面。这里有大漠孤烟,有胡天飞雪,有青山白水,有云霞明灭;有诗仙、诗圣、诗鬼,有王孟韦柳,有郊寒岛瘦……人们称唐为"诗歌唐朝"、"诗唐"。我们读到的,无论是"黄河之水天上来"、"燕山雪花大如席",还是"剑外忽传收蓟北"、"风急天高猿啸哀",以及"人闲桂花落"、"木末芙蓉花",等等,都给我们以美的享受和雅的感觉。但雅与俗从来都是相伴而生、相互促进、相互影响的。唐诗在当时社会多是可以配乐歌唱、通俗易懂的。唐诗的作者群也是自上而下,自统治阶级至下层妓女、僧尼等涵盖面极大的。当时的诗人以自己的诗歌流于众口而骄傲,当时的妓女也因能歌著名诗人的诗歌而身价大增,《集异记》所载"旗亭画壁"的故事,和白居易在《与元九书》中所记一妓女大夸"我诵得白学士《长恨歌》,岂同他妓哉"的故事,即为明证。初唐诗人王梵志的通俗白话诗,更是对典雅骈俪的诗文有一定的冲击作用。北宋文人以诗为雅道,但是逐渐"以文字为诗,以议论为诗,以才学为诗"①。至黄庭坚有"夺胎换骨"、"点铁成金"之法,虽时有佳作,但在古人故纸堆中讨生活,追求"用字必有来历,押韵必有出处",已有不知所云之处。"苏梅"之一的梅尧臣,在通常引起诗意的题材之外,写虱子、跳蚤、鸦啄蛆虫,写官妓风波,虽然扩大了诗歌描写的领域,但是也确实给人以低俗之感。元代以降,诗歌已成为文人案头的作品,多数不能歌唱。明朝前后七子讲求"文必秦汉,诗必盛唐",清代有神韵派、格调派,其气象、境界或为追求高雅,但已脱离俗世、脱离普通百姓和日常生活,渐趋成为死的文学。

以上是关于诗歌雅俗的论述。散文的雅俗问题,我们在此也简单加

---

① (宋)严羽:《沧浪诗话》,郭绍虞主编、王文生副主编:《中国历代文论选》(一卷本),上海古籍出版社2001年版,第209页。

以分析。胡适在《白话文学史》中认为，在汉武帝时古文"已成了一种死文字了"，之所以能把古文保存两千年，是科举制度的功劳。① 当然，爱之欲其生，恶之欲其死，胡适作为白话运动的主将对古文的否定是可以理解的。其实古文在每个朝代都产生了流传后世的佳作，先秦的诸子散文，两汉的大赋和司马迁的文章，六朝的小赋，唐宋八大家的文章，明前后七子，清桐城派的文章等，都不乏脍炙人口之作。而古代所写的许多应酬文章，实为俗文。唐代大文学家韩愈在《与冯宿论文书》首段中说："仆为文久，每自测意中以为好，则人以为恶矣；小称意，人亦小怪之；大称意，则人必大怪之也。时时应事作俗下文字，下笔令人恶，及示人，则人以为好矣。小惭者亦蒙谓之小好，大惭者即必以为大好矣。不知古文直何用于今世也，然以俟知者知耳。"② 俗下文字指诔、碑、铭、颂等应酬性文章，在当时世人看来是好的、雅的，在韩愈等追求文以载道、文以抒发性情的众多古代文学家看来，却是俗的。明代著名文学家徐渭也发出了同样的感慨："至于应事作俗下文字，下笔令人惭，小惭者人以为小好，大惭者即必以为大好。"③ 至明清以八股取士，众多醉心科举之士竞相致力于八股文章，希望能如《儒林外史》鲁编修所说："八股文章若做的好，随你做甚么东西，要诗就诗，要赋就赋，都是一鞭一条痕，一捆一掌血。"④ 而一些对于八股取士较为清醒的人，或许如同书娄四公子的看法，认为鲁编修"究竟也是个俗气不过的人"⑤。

上面我们论述了诗文的雅俗状况，其实其他文体也莫不如此。"诗为正统时，词则有俗体之讥；词渐入庙堂，则曲便接过了俗的帽子；后来曲也有了雅部（如昆曲），地方戏便顶上一个'花'字——花部即俗部之谓也。这真是一个有意思的现象，后来的或新生的即俗的，一顶'俗'

---

① 胡适：《胡适学术文集·中国文学史》，中华书局1998年版，第150页。
② （唐）韩愈：《与冯宿论文书》，（清）张照撰：《唐宋文醇》，《清文渊阁四库全书本》卷四昌黎韩愈文四。
③ （明）徐渭：《徐公文集序》，《徐文长文集》明刻本，卷二十序。
④ （清）吴敬梓著，李汉秋辑校：《儒林外史会校会评本》，上海古籍出版社1984年版，第155页。
⑤ （清）吴敬梓著，李汉秋辑校：《儒林外史会校会评本》，上海古籍出版社1984年版，第143页。

字号帽子永远要传递下去,传给那生机勃勃的新的文学样式。"这也正如卜键先生所说,是"怎样荒谬的一种理论架构"①!而每一文体内部的具体作品中,又具有明显的雅俗之别。

二、"文心"与"里耳":从小说类型角度审视

正史中所论及的小说,是有别于正统文学的"小道",是由稗官所收集的街谈巷语、道听途说。其实,汉以前包括《汉志》所列的小说十五家,都不是现代意义上的小说。西汉桓谭在《新论》中所说"若其小说家合丛残小语,近取譬论,以作短书,治身理家,有可观之辞"② 中的"小说",才具有故事、寓言的含义。王国维所说"一代有一代之文学",是指的楚骚、汉赋、六朝骈文、唐诗、宋词、元曲等不同的文体。就说部而言,我们也可以说"一代有一代之小说":六朝的志怪、志人,唐传奇,宋元话本,明清长篇章回小说,都可谓领一代之盛。同为小说,同居俗文学之列,而不同种类之间又有雅俗之别。小说的雅俗,与作者的文化素养、创作时运用的语言、预期读者水平等众多因素相关。下面我们大体按照朝代顺序和小说的类型,对不同类型说部作品的雅俗状况加以简要分析。

志怪、志人是六朝时期出现的中国历史上最早的小说类型。魏晋南北朝时期,由于战事的频仍,社会的动荡,宗教的盛行,儒家思想作为统治思想被打破,知识分子在思想上的解放,以及文学上的自觉,等等,小说也由先秦两汉时期的孕育破土而出,并呈雨后春笋之势。这时的小说作者队伍庞大,文化素养较高,有些作者是饱学之士或一代文豪。近四百年间产生的可考的志怪小说就有八九十种之多,也产生了如《世说新语》等记录当时士人言行的志人之书。因作者文化修养较高,所用语言为当时通行的文言,读者群主要为士人,遂使志怪、志人呈雅化的倾向。受悠久的史传传统的影响,六朝小说作者的创作也以纪实为上,故

---

① 卜键:《绛树两歌——中国小说文体与文学精神》,中国广播电视出版社2000年版,第2页。
② (南朝梁)萧统编,(唐)李善注:《文选》,中华书局影印1977年版,第444页。

干宝向刘真长讲述其《搜神记》时，刘赞之曰："卿可谓鬼之董狐。"① 裴启所作《语林》，因记载谢安事不实而受指责，终不能传于世。刘义庆撰《世说新语》却以记录真实而被当作当时名士的教科书传世。在审美方面则呈现怪奇之美和"玄远冷俊"、"高简瑰奇"② 之美。

　　唐朝是鲁迅称作"始有意为小说"③ 的时代。南宋赵彦卫在《云麓漫钞》中说："唐之举人，多先籍当世显人，以姓名达之主司，然后以所业投献，逾数日又投，谓之温卷。如《幽怪录》、《传奇》等皆是也。盖此等文备众体，可以见史才、诗笔、议论。至进士，则多以诗为贽。"④ 元人虞集也说："盖唐之才人，于经艺道学有见者少，徒知好为文辞。闲暇无所用心，辄想象幽怪遇合、才情恍惚之事，作为诗章答问之意，傅会以为说。盍簪之次，各出行卷，以相娱玩。非必真有是事，谓之传奇。元稹、白居易犹或为之，而况他乎？遂相传信。"⑤ 由以上两段引文可以看出，唐传奇的作者为当时的大文人、诗词大家，如元稹、白居易以及白行简等，正如明胡应麟所说，唐传奇"出文人才士之手"⑥；唐传奇的预期读者为"主司"和文人、举子，有以上引文和元稹"翰墨题名尽，光阴听话移"⑦ 之诗可证。唐传奇作者在传奇文中所作诗歌，也意境优美，杨慎谓"其诗大有绝妙千古、一字千金者"⑧。胡应麟谓唐传奇"诗词亦大率可喜"⑨。唐传奇除记载凄婉欲绝的情事外，尚有历史、政治、豪侠、梦幻等众多主题和题材，前人谓唐传奇"与律诗可称一代之奇"（《唐人说荟·例言》）。综上可见，无论是其作者、所创作的故事题材、其中的诗歌、期待读者等，都决定了唐传奇的雅的倾向。李剑国先生在

---

① （南朝宋）刘义庆撰，（南朝梁）刘孝标注，刘强会评辑校：《世说新语会评》，凤凰出版社2007年版，第450页。
② 鲁迅：《中国小说史略》，人民文学出版社1973年版，第47页。
③ 鲁迅：《中国小说史略》，人民文学出版社1973年版，第54页。
④ （宋）赵彦卫撰，傅根清点校：《云麓漫钞》，中华书局1996年版，第135页。
⑤ （元）虞集：《道园学古录》，李修生主编：《全元文》（二十六），凤凰出版社2004年版，第658页。
⑥ （明）胡应麟撰：《少室山房笔丛》，上海书店出版社2009年版，第283页。
⑦ （唐）元稹撰，冀勤点校：《元稹集》，中华书局1982年版，第116页。
⑧ （明）杨慎：《升庵全集》，商务印书馆发行1937年版，第667页。
⑨ （明）胡应麟撰：《少室山房笔丛》，上海书店出版社2009年版，第371页。

为我们授课过程中说:"唐传奇是雅文学中的俗文学,俗文学中的雅文学。"是谓唐传奇在正统文人以诗歌、散文为雅文学的领域中,自然是稗官野史,是俗文学;在说部这个大家庭中,却是不折不扣的雅文学。当时以及后世的正统文人,也有视传奇为"俗"者,如"范文正公为《岳阳楼记》,用对语说时景,世以为奇。尹师鲁读之,曰'传奇体耳'。《传奇》,唐裴铏所著小说也。"① 将"世人以为奇"的范氏《岳阳楼记》斥之为"传奇体",自有对范文和唐传奇的讥讽之意。

明胡应麟在《少室山房笔丛·九流绪论》中说:"小说,唐人以前纪述多虚而藻绘可观,宋人以后论次多实而彩艳殊乏。盖唐以前出文人才士之手,而宋以后率俚儒野老之谈故也。"② 从作家和作品两个方面说明了文言小说在唐宋两代的特点和差距。鲁迅也说:"宋一代文人为志怪,即平实而乏文彩,其传奇,又多托往事而避近闻,拟古且远不逮,更无独创之可言矣。"③ 而当时由附庸而蔚为大国的,是始于唐朝末年的说话,在宋代时称作"平话"。宋时,唐代坊市制度废弛,商品经济迅速发展,大型城市如东京、临安等工商业繁荣,市民大量增加,工作之余要求有相应的娱乐生活。与当时人们的精神生活需求相适应,在两宋瓦肆中产生了供娱乐的诸色伎艺人,其中有杖头傀儡、悬丝傀儡、药发傀儡、肉傀儡、小儿相扑、乔影戏等;说话有小说、讲史、说铁骑、说经"四家数",并出现了类目较细专门讲说"三分"和"五代史"的说话人。《东京梦华录》、《都城纪胜》、《西湖老人繁盛录》、《梦粱录》、《武林旧事》等书中都有相关记载。宋时的说话人为书会才人,其组织为书会,听众是广大市民。"话须通俗方传远,语必关风始动人"④,因为说话人是民间艺人,受众是普通市民,于是宋元说话呈现通俗化的倾向。说话人在评说过程中,为与听众互动,在说话过程中即有沟通交流的过程,并不时插入自己的评论性意见,以博得听众的共鸣。说话的这种大众性、娱乐性,势必要求其具有通俗性、故事性和趣味性。作为亚文化类型的小说,

---

① (宋)陈师道:《后山诗话》,(清)何文焕辑:《历代诗话》,中华书局1981年版,第310页。
② (明)胡应麟撰:《少室山房笔丛》,上海书店出版社2009年版,第283页。
③ 鲁迅:《中国小说史略》,人民文学出版社1973年版,第87页。
④ (明)冯梦龙编,严敦易校注:《警世通言》,人民文学出版社1956年版,第166页。

也自然走向与主流文化趋同的道路,"不关风化体,纵好也徒然"① 日趋被众说话人认同,主动宣扬封建思想和封建伦理道德。从整体看来,宋元的文言小说和白话小说总体呈现出一种通俗化的倾向。

明清小说呈现出一种复杂化的倾向,我们很难笼统地说它们是雅的还是俗的。王恒展认为明清是"中国小说的雅化时期"②,这种说法是失之于片面的。我们只能就某部或某类小说进行具体分析。文化修养较高,"乐府隐语,极为清新"③的罗贯中,其所著的《三国志演义》"文不甚深,言不甚俗,事纪其实,亦庶几乎史"④。在深受史传文化影响的中国,《三国》遂具有雅文学的倾向,以致部分文人误以为史,如章学诚即认为"七实三虚惑乱观者"⑤。《水浒传》、《西游记》和《金瓶梅》的作者,本身即为下层文人或民间艺人,在创作时运用方言、俗语、谚语、歇后语等。这三部奇书也正如宁宗一先生所说是"小说家的小说"⑥,是直接受宋元说话"四家"影响而产生的。所以它们具有强烈的通俗化的倾向,是名副其实的俗文学。明代四大奇书问世后,历史演义、英雄传奇、神魔小说和世情小说相继盛行。其中受《金瓶梅》的影响,有描写家庭题材的小说如《醒世姻缘传》、《歧路灯》等,有描写才子佳人题材的小说,有误入歧途"独描摹下流言行"⑦的情色小说,有描写社会问题的小说如《儒林外史》、《镜花缘》等。清代长篇章回小说,特别是《红楼梦》和《儒林外史》,由于其作者具有很高的文化素养,遣词用语、讲述内容都具有宏大的史诗的特点,反映了当时社会的众多领域的内容,遂成为长篇小说中雅化的巅峰。之后"以小说为皮学问文章之具"⑧的众多作者,其作品又逐渐趋于俗化。公案小说、狭邪小说和晚清谴责小说等,都难

---

① (明)高明编著,钱南扬校注:《元本琵琶记校注 南柯梦校注》,中华书局2009年版,第1页。
② 王恒展:《中国小说发展史概论》,山东教育出版社1996年版,第334页。
③ (元)钟嗣成:《录鬼簿》(外四种),上海古籍出版社1978年版,第102页。
④ (明)蒋大器:《三国志通俗演义序》,朱一玄、刘毓忱编:《三国演义资料汇编》,南开大学出版社2003年版,第232页。
⑤ (清)章学诚:《丙辰札记》,《聚学轩丛书》(第3集),江苏广陵古籍刻印社1982年影印。
⑥ 宁宗一:《宁宗一小说戏剧研究自选集》,天津古籍出版社1994年版,第248页。
⑦ 鲁迅:《中国小说史略》,人民文学出版社1973年版,第158页。
⑧ 鲁迅:《中国小说史略》,人民文学出版社1973年版,第211页。

以摆脱"俗"的帽子。

　　小说的雅与俗，与作者运用的语言有关。一般来说，运用文言较雅，而运用白话则趋于俗。但也不尽然，"诗文小说"即是一大反证。关于诗文小说，孙楷第曰："凡此等文字皆演以文言，多羼入诗词。其甚者连篇累牍，触目皆是，几若以诗为骨干，而第以散文联络之者。而诗既俚鄙，文亦浅拙，间多秽语，宜为下士之所览观。此等作法，为前此所无……余尝考此等格范，盖由瞿佑、李昌祺启之……自此而后，转相仿效，乃有以诗与文拼合之文言小说。乃至下士俗儒，稍知韵语，偶涉文字，便思把笔；蚓窍蝇声，堆积未已，又成为不文不白之'诗文小说'。"瞿佑、李昌祺集中，正文外所赘诗词，已有识者讥其俚拙，似有自炫之意；诸诗文小说作者"既无唐贤之风标，又非瞿李之矜持……是以此等文字，以文艺言之其价值固极微"①。诗文小说作者虽为下士俗儒，但较民间艺人文化修养自然渊博，又能以文言创作，间以诗词。林骅先生论其具有如下特征：香艳的题材、猥亵的风格；陈腐的观念、变异的性格；冗长的篇幅、拖沓的情节；韵散相间，亦俗亦雅的语言风格。②虽然正如林先生所言，其语言风格亦俗亦雅，但因其前几个方面的特征，更因其文言很拙劣，诗歌也很鄙俚，遂使"诗文小说"处于庸俗、低俗之列。

三、《金瓶梅》：雅还是俗

　　《金瓶梅》甫一问世，即有众多关于作者的传闻：或曰"此为嘉靖间大名士手笔"③，或曰其作者为"一绍兴老儒"④，或曰为"嘉靖时，有人为陆都督炳诬奏，朝廷籍其家，其人沉冤"⑤所作。这些均为当时文人对《金瓶梅》作者的好奇而作的猜测，未能指实作者为何人。至清则有人认为《金瓶梅》作者即为王世贞，又有指为他人者。今天"金学"界已知的兰陵笑笑生提名人选已经有七十多位。但我们从《金瓶梅》作者对于

---

① 孙楷第：《日本东京所见小说书目》，人民文学出版社 1958 年版，第 126—127 页。
② 林骅：《雅俗文学的碰撞与交融——明代诗文小说漫评》，《明清小说研究》1996 年第 3 期。
③ （明）沈德符：《万历野获编》，中华书局 1959 年版，第 652 页。
④ （明）袁中道著，钱伯城点校：《珂雪斋集》，上海古籍出版社 1989 年版，第 1315—1316 页。
⑤ 转引自朱一玄编《金瓶梅资料汇编》，南开大学出版社 2002 年版，第 82 页。

朝廷描写的隔阂,在书中自撰诗句的失于粘对,以及对于文字只求记音、不求准确等方面来看,这位《金瓶梅》的作者并非"嘉靖间大名士",如某些研究者所说其实他连一位"小名士"也不是,这在"金学"界也得到了诸多学者的认同。在我们看来,《金瓶梅》的作者是一位郁郁不得志的下层文人①,对于民间通俗文学和文艺,对于方言、俗谚、歇后语,对于晚明社会的世态万象、世道人心,特别是中下层小市民的心态,等等,都具有非常深刻的体会和研究。入世愈深,方能写之愈切。

《金瓶梅》是通过西门庆一家作为主要描写对象,反映了整个晚明社会。《金瓶梅》详细地展示了晚明社会的横断面,利用外科手术的笔法,将整个社会进行了细细地剖析,从而使得那个时代龌龊和肮脏的一面淋漓尽致地展现在读者们面前。中国古代小说做到了常变常新,每个时代都有其鲜明的特点。魏晋南北朝期间的小说,因受史传文化的影响,是将小说当作历史来写,从其名字多含"记"、"传"等字可知,而当时的作者也因为其作品被抬到与史书同等的高度而骄傲。唐传奇作者做出了很大的开拓,将六朝时期数百字、最长不过上千字的小说,发展为无论是长度还是情节的曲折程度都令志怪、志人小说难以望其项背的传奇文,并吸引了众多的文士来品鉴。无论描写才子佳人、才子娼妓,还是描写怪怪奇奇之物、豪情侠士、历史故事等,都给人以耳目一新的感觉。正如鲁迅所说,至唐人始有意为小说。也正是从唐传奇开始,小说成为一种成熟的文体,开始有了自觉的虚构(如有的篇目直接标为《元无有》)、生动感人的人物形象和细致曲折的故事情节。宋元说话在题材方面进行了空前的拓展,说话四家数之下又有具体的分类,如烟粉、灵怪、传奇、公案、朴刀、杆棒、妖术、神仙等。当时既有长篇如说"三分"、"五代史",又有短制,使得说话呈现空前的繁荣。至明,《三国志演义》将"说三分"故事发扬光大,并最终定型,成为历史演义题材的开山之作。

---

① 尹恭弘先生从《金瓶梅词话》书前的前半段四首词的引用得出结论认为,其中前三首"出自元代天目中峰禅师明本之手,这三首词的流传范围不太广泛,而其《金瓶梅》作者能注意到它们,可见他是文人,不大可能是走街串巷的说唱艺人"。最后一首为其自作。详见尹恭弘:《〈金瓶梅〉与晚明文化:〈金瓶梅〉作为"笑"书的文化考察》,华文出版社1997年版,第5页。

— 第四章　雅俗："文心"与"里耳"—

其后，英雄传奇巨著《水浒传》和神魔小说巨著《西游记》相继问世。《金瓶梅》之前的说部作者已经各自开拓了自己的道路。笑笑生将自己最为熟稔的领域加以敷演，以前代作者描写英雄豪杰之笔来描写一个市井社会，而将主要笔墨倾注在一位集恶霸、官僚、富商三位于一体的西门庆及其家庭上面。西门庆在他的时代和地盘是一位"英雄"，也只有描写他才能成此百回大书。因为张大户在故事开始时即已垂垂将老，张小二官儿又并非如西门庆那样酒、色、财、气诸毒俱全，陈经济是一位只会声色犬马而实际能力欠缺的人，他们做主角，都不足以使得故事如是生动有趣，也不足以将晚明社会的腐败和朽烂描写到如是程度，使得全书具有如此深刻的讽刺性。笑笑生通过西门庆这一晚明社会的典型人物，描写了清河县乃至当时整个社会的情势；笑笑生描写了这一臭腐，却将这臭腐化为神奇，使得西门庆、潘金莲等众多人物成为"不朽"的人物典型。这些人物虽然是恶的、丑的、可唾弃的，但是笑笑生成功塑造的这些人物形象却是美的，为古代小说的人物画廊增添了色彩。

《金瓶梅》作者的创作语言为当时鲁西北地区的白话，其中蕴含了大量的民谚、歇后语和笑话，以及诸多的市井行话，使得《金瓶梅》具有扑面而来的乡土气息。从此种程度上来说，《金瓶梅》作者应极为熟悉山东方言，而这对于客居山东几年、十几年的文人来说是不可能的，对于众多晚明南方文人为笑笑生人选的猜测也是一种文本内部的反证。从《金瓶梅》中众多的"应俗之文"来看，作者兰陵笑笑生具备一定的文言功底，但他没有走罗贯中"文不甚深，言不甚俗"[①]的半文半白的路子，而是和施耐庵、吴承恩类似，运用白话进行创作。从语言的运用上来看，《水浒》、《西游记》和《金瓶梅》在当时都是不入大雅之堂的俗的文学作品，后二者因浓厚的方言气息，作为俗文学的成分更为浓厚。

《金瓶梅》描写了西门庆等人的酒色财气，而且全书独罪"财色"，并有诸多性事方面的详细描写的段落；但是金瓶梅通过这些描写成功塑造了人物的性格和形象，自与为声色而声色者不同。《金瓶梅》是一部通

---

① （明）蒋大器：《三国志通俗演义序》，转引自朱一玄、刘毓忱编《三国演义资料汇编》，南开大学出版社 2003 年版，第 232 页。

俗文学的经典之作，而不是庸俗、低俗、媚俗的作品。当时和后世的人们将其看作有色的小说，是戴着有色眼镜的，是含有很深的偏见的。

四、结论

从上面的分析可以看出，雅与俗虽然有明显的区别，而且不同文体和不同小说类型之间，各自都有显著的雅俗的倾向。但雅文学的诗歌、散文中，也有俗的作品，俗文学的小说、戏曲中也有雅的文学作品，雅与俗是不能以文体和类型来划分的。诗歌中是否引用诗句，以及引用诗句的多少，也难以成为判别雅与俗的标准。卜键先生说：雅与俗的区别"较多存在于作者的写作旨趣，存在于作品的文学精神，而较少以文体划分。"① 笔者是非常赞同卜先生的看法的。

雅文学与俗文学是相对的，俗文学在一定条件下也将向雅文学方向转换，如《诗经》和宋词、元曲等，明清的经典小说在引进西方"文学概论"之后也完成了向雅文学的成功的"一跃"。但我们可以发现，当《三国演义》、《水浒传》、《西游记》、《红楼梦》、《儒林外史》、《聊斋志异》等都成功完成向雅文学的转化之后，作为四大奇书之一的《金瓶梅》，甚至被彭城张竹坡称为"第一奇书"，却始终没有进入雅文学之列。《金瓶梅》问世之后，是一些文人私下传阅；《金瓶梅》问世四百年之后的今天，仍是众多学者和爱好者私下阅读。《金瓶梅》成为一部成人的书，是唯有人到成年后才能阅读的书。有的研究者曾说过他们年轻时是看不到《金瓶梅》的，成年后也是将《金瓶梅》藏于箱底闲暇时私下观阅，是不宜让子女看到的。现在已经到了 21 世纪，而人们对于《金瓶梅》的观点似乎变化不太大，或许这正是变化中的不变吧。

《金瓶梅》的主旨不在于性，《金瓶梅》作者著此书充满了对于嚣嚷俗世的哲理思考。而《金瓶梅》一书的命运，却始终没有脱离其中的性描写。《金瓶梅》没有脱离于俗文学之列，主要原因也是因为性。独罪"财色"的《金瓶梅》，却因"财色"而罹难、而难脱于恶和丑，这大概也是一种悖论吧。

---

① 卜键：《绛树两歌——中国小说文体与文学精神》，中国广播电视出版社2000年版，第2页。

第二节 通俗美:《金瓶梅》的文本审视

《金瓶梅》因其中的秽笔而被古代众多文人所诟病,或谓其"大抵市诨之极秽者耳"①,或谓"世传作《水浒传》者三世哑。近时海淫之书如《金瓶梅》等丧心败德,果报当不止此"②。《红楼梦》问世后,论者往往将其与《金瓶梅》相对比,诸联谓其"脱胎于《金瓶梅》,而褻媟之词,淘汰至尽。中间写情写景,无些黠牙后慧。非特青出于蓝,直是蝉蜕于秽";现代学者也有从《红楼梦》在人物形象上对《金瓶梅》的超越,论述后者是"俗不可耐",而前者是"超尘脱俗"的。③ 在这些文人学者看来,《金瓶梅》是秽恶的、低俗的,甚至于是俗不可耐的。《金瓶梅》是伟大的通俗的现实主义文学作品,而不是庸俗、低俗、媚俗的,这在上一节内容中已经有所论述,在此不赘论。从人物形象塑造来说,中国古典小说人物画廊中成功的人物形象都是典型的、美的,是没有"俗不可耐"与"超尘脱俗"之分的。俗与雅,是我们在论述具体一个人物的言行举止时所作出的评判。

夏曾佑在《小说原理》中说:"写小事易,写大事难。小事如吃酒、旅行、奸盗之类,大事如废立、打仗之类。大抵吾人于小事之经历多,而于大事之经历少。《金瓶梅》、《红楼梦》均不写人事。"④ 我们对《金瓶梅》的分析,也是就小事评论其雅俗。《金瓶梅》中有较雅的情节,《红楼梦》中也有极俗的情节,俗与雅都是相对而言的。古代小说在总体上是被视为俗文学的,当然我们现在是以审美的眼光审视小说特别是《金瓶梅》,从而论其雅俗的。本节我们通过《金瓶梅》中主要人物的衣食用度、妻妾的争风、色欲的描写等方面,对小说的雅俗状况进行文本分析。

---

① (明)李日华:《味水轩日记》,上海远东出版社1996年版,第496页。
② 《琼琚佩语》,王云五主编:《丛书集成》,商务印书馆1939年版,第4页。
③ 周远斌:《从俗不可耐到超尘脱俗——论〈红楼梦〉在人物形象上对〈金瓶梅〉的超越》,《中国石油大学学报》(社会科学版)2007年第5期。
④ 陈平原、夏晓虹编:《二十世纪中国小说理论资料》(第一卷),北京大学出版社1997年版,第76页。

一、从衣食用度审视

一般说来，用于满足人们基本生活需要的形而下的东西，我们认为是并不高雅的，如果有炫耀的成分，则是低俗、媚俗的；用于满足人们形而上的需求，满足人们高尚的精神需求层面的东西，则是雅的。《金瓶梅》中，我们看到的是暴发户西门庆一家的炫富夸多，是张扬跋扈，是奢靡无度，所以总体上给我们的感觉是俗的。《红楼梦》作者曾"历尽离合悲欢炎凉世态"，欲作一部"令世人换新眼目"①之书，其所描写的为一世家，又在"深得《金瓶》壶奥"②基础上所作，立意既高，格调即不同于流俗，遂趋于雅文学之列，所以被称为"小说诗"、"诗小说"。

（一）衣饰方面

《金瓶梅》中人物的衣饰给人一种强烈的视觉冲击，一种大红大紫的村俗的展示，是暴发之家自炫家资以及女人们虚荣心的体现。"佳人笑赏玩月楼"一回，"吴月娘穿着大红妆花通袖袄儿，娇绿缎裙，貂鼠皮袄。李娇儿、孟玉楼、潘金莲都是白绫袄儿、蓝缎裙。李娇儿是沉香色遍地金比甲，孟玉楼是绿遍地金比甲，潘金莲是大红遍地金比甲。头上珠翠堆盈，凤钗半卸，鬓后挑着许多各色灯笼儿"；潘金莲还"一径把白领袄袖子搂着，显他遍地金掏袖儿，露出那十指春葱来，戴着六个金马镫戒指儿"。以致楼下看灯的人或猜其为哪个公侯府里出来的宅眷，或因她们是宫廷妇女装束猜为贵戚皇孙家艳妾来看灯，或猜为院中妓女。第二十四回孟玉楼、潘金莲、李瓶儿、宋惠莲等人"皆披红着绿"，路上诸人"以为出于公侯之家，莫敢仰视，都躲路而行"。从路人眼中可看出诸妇人衣着违礼之处。第四十回赵裁为吴月娘众妻妾裁衣服，月娘的是"一件大红遍地锦五彩妆花通袖袄，兽朝麒麟补子缎袍儿；一件玄色五彩金遍边葫芦样鸾凤穿花罗袍；一套大红缎子遍地金通袖麒麟补子袄儿，翠兰宽拖遍地金裙；一套沉香色妆花补子遍地金罗袄儿，大红金枝绿叶百

---

① （清）曹雪芹、高鹗著，中国艺术研究院红楼梦研究所校注：《红楼梦》，人民文学出版社1996年版，第4—6页。
② （清）曹雪芹：《脂砚斋甲戌抄阅再评石头记》，上海古籍出版社1985年影印，第131页。

——第四章 雅俗："文心"与"里耳"——

花拖泥裙"；李娇儿、孟玉楼、潘金莲、李瓶儿的是"一件五彩通袖妆花锦鸡缎子袍儿，两套妆花罗缎衣服"。其中"麒麟补子"、"锦鸡袍儿"皆为僭越违礼之至，这在只有公、侯、伯等方可服的麒麟补子，在二品文官才能绣的锦鸡，一个区区五品武官之妻妾竟公然穿上，可见当时的世俗风气对于封建礼制的冲击和破坏。西门庆妻妾的首饰头面之类，也是极尽炫耀之能事。李瓶儿欲嫁西门庆前请顾银匠整理了"黄烘烘火焰般一付好头面"；"情感西门庆"后打的九凤钿儿每个凤嘴衔一挂珠儿和一件"金厢玉观音满池娇分心"。孟玉楼再嫁李衙内时"戴着金梁冠儿，插着满头珠翠、胡珠子，身穿大红通袖袍儿，系金镶玛瑙带、玎珰七事，下着柳黄百花裙"。女人如此，《金瓶梅》中的男人也是这样。西门庆在通过贿赂蔡太师做了山东理刑副千户之后，唤赵裁率领四五个裁缝来家攒造衣服，又叫了许多匠人钉四指宽玲珑云母、犀角鹤顶红、玳瑁鱼骨香带，其中那条犀角带据应伯爵说连东京金吾卫长官都没有。第七十三回应伯爵看到西门庆白绫袄上"罩着青缎五彩飞鱼蟒衣，张爪舞牙，头角峥嵘，扬须鼓鬣，金碧掩映，蟠在身上，唬了一跳"，见多识广的他意识到暴发户西门庆僭越了，这是权豪显贵所穿的衣服，作为千户的西门庆是没有资格去穿的。按《明史·舆服志》所载，违例奏请蟒衣、飞鱼服者，科道将治以重罪。《金瓶梅》所描写的内容，也反映了晚明社会礼法的松弛。

其实西门府上违礼僭越自然始于西门庆，而西门庆的僭越和他的俗，虽然与他的经历和社会地位有很大关系，但也是社会风气使然。

图 4.2 元夜游行遇雪雨

141

— 奢华与堕落 —

晚明社会，人们竞相奢靡，"代变风移，人皆志于尊崇富侈，不复知有明禁，群相蹈之……男子服锦绮，女子饰金珠，是皆僭拟无涯，逾国家之禁者也"①。《博平县志》记载："由嘉靖中叶以抵于今，流风愈趋愈下，惯习骄吝，互尚荒佚，以欢宴放饮为豁达，以珍味艳色为盛礼。其流至于市井贩鬻厮隶走卒，亦多缨帽绱鞋，纱裙细袴，酒庐茶肆，异调新声，泊泊浸淫，靡焉勿振。甚至娇声充溢于乡曲，别号下延于乞丐……逐末游食，相率成风。"②

《红楼梦》作者曹雪芹以诗意的语言描写贾宝玉和金陵十二钗的衣饰，使人感觉如读一首优秀的赞美诗。因其所描写的贾府为世代簪缨，其服饰俱依当时礼制，所以读者在阅读的同时即是在审美，既是从语言角度，又从所描写的人物角度。我们以王熙凤出场时的打扮为例：

> 彩绣辉煌，恍若神妃仙子。头上戴着金丝八宝攒珠髻，绾着朝阳五凤挂珠钗；项上戴着赤金盘螭璎珞圈；裙边系着豆绿宫绦，双衡比目玫瑰珮；身上穿着缕金百蝶穿花大红洋缎窄裉袄，外罩五彩刻丝石青银鼠褂；下着翡翠撒花洋绉裙。③

我们看到一个四大家族中出身显赫的金陵王家的女人，嫁至"白玉为堂金作马"的贾家，但我们在这里看不到麒麟补子和锦鸡补子，而是看到她戴着什么钗、绾着什么髻，戴着什么样的璎珞圈，以及系的宫绦、玉佩，穿的袄、罩的褂和着的裙。我们这些当代读者犹如刘姥姥入大观园，对于这些闻所未闻的衣服和饰品充满了想象。这里我们感觉到的是雅。其他人物如林黛玉、贾宝玉出场时的描写，也无不给我们这种感觉。

（二）饮食方面

《论语·乡党》中曰："食不厌精，脍不厌细。"④ 食精、脍细就给人

---

① （明）张瀚著，盛冬玲点校：《松窗梦语》，中华书局1985年版，第140页。
② 《博平县志》卷四《人道》六《民风解》，转引自吴晗《金瓶梅的创作时代及其社会背景》，《吴晗史学论著选集》（第1卷），人民文学出版社1984年版，第368页。
③ （清）曹雪芹、高鹗著，中国艺术研究院红楼梦研究所校注：《红楼梦》，人民文学出版社1996年版，第39—40页。
④ （宋）朱熹撰.《四书章句集注》，中华书局1983年版，第119页。

以雅的享受，仅供充饥果腹的食物则达不到这一效果。即使食物和酒水非常精致，但饮用的人为村夫俗子，且不会品鉴，也无法给人以雅的感觉和美的享受。《红楼梦》中记述做法最为翔实的一道菜——茄鲞："把才下来的茄子把皮簸了，只要净肉，切成碎钉子，用鸡油炸了，再用鸡脯子肉并香菌、新笋、蘑菇、五香腐干、各色果子，俱成钉子，用鸡汤煨了，将香油一收，外加糟油一拌，盛在磁罐子里封严，要吃时拿出来，用炒的鸡瓜一拌就是。"① 无疑，茄鲞是一种美食，是小户之家的刘姥姥所无力做也不可能经常吃到的，只有在贾府这种富贵之家才得以享受。莲叶羹是《红楼梦》中记载的又一道美食，四副银汤模子是"都有一尺多长，一寸见方，上面錾着有豆子大小，也有菊花的，也有梅花的，也有莲蓬的，也有菱角的，共有三四十样，打的十分精巧"，是借新荷叶的清香，连薛姨妈都说："你们府上也都想绝了，吃碗汤还有这些样子。"②

《金瓶梅》中展现了西门庆等人对于欲望的无止境的追逐。男主角西门庆在追求权力、财势、女色等的同时，也在追求物质上的享受。如上文所引夏曾佑《小说原理》中所说，《金瓶梅》是写"小事"的书，作者兰陵笑笑生对于书中的饮宴是每宴必书，而且不厌其详，这也使得我们看到了书中的众多美食。西门庆在家中一次小酌，也会有"四个咸食，十样小菜儿，四碗顿烂：一碗蹄子，一碗鸽子雏儿，一碗春不老蒸乳饼，一碗馄饨鸡儿"。第三十四回西门庆陪应伯爵用小金菊花杯饮荷花酒时，菜肴是：

> 先放了四碟菜果，然后又放了四碟案鲜：红邓邓的泰州鸭蛋，曲湾湾王瓜拌辽东金虾，香喷喷油煤的烧骨，秃肥肥干蒸的劈晒鸡。第二道，又是四碗嘎饭：一瓯儿滤蒸的烧鸭，一瓯儿水晶膀蹄，一瓯儿白煤猪肉，一瓯儿爆炒的腰子。落后才是里外青花白地瓷盘，盛着一盘红馥馥柳蒸的糟鲥鱼，馨香美味，入口而化，骨刺皆香。

---

① （清）曹雪芹、高鹗著，中国艺术研究院红楼梦研究所校注：《红楼梦》，人民文学出版社1996年版，第549—550页。
② （清）曹雪芹、高鹗著，中国艺术研究院红楼梦研究所校注：《红楼梦》，人民文学出版社1996年版，第464—465页。

这里所描写的菜肴，无论是从色泽搭配上还是从味道上，都可以说是上品佳肴，而且现代社会有专门以做《金瓶梅》菜肴而著名者。但我们看到西门庆诸人仍是为满足口腹之欲而在饮用，他们并非美食家，只是以"饮食男女"为大欲的蠢蠢小民。而如应伯爵、谢希大等，又是如西门庆所说"害馋痨馋痞"之人，即使非常珍稀的食物如酥油泡螺和衣梅等，在他们的恶谑下也丝毫不会使人感觉到美和高雅。

（三）其他方面

雅与俗，与相关的人物有着密切关系。如为文人雅士，一窗清风、半轮明月，也是极雅之事；如为村牛俗儒，即使是高雅如菊、冰清玉洁，他们也不懂欣赏，而徒将诸雅事亵渎。《红楼梦》中，贾宝玉、林黛玉诸位才子佳丽为两盆白海棠，即赋得律诗六首，并创立海棠诗社，可谓大观园中、《红楼梦》里一大雅事。《金瓶梅》中也有"寒花开已尽，菊蕊独盈枝"的菊花，是管砖厂刘太监送与西门庆的。应伯爵看到后，只顾夸奖不尽好菊花，并问西门庆是否连盆也送给他了，得到肯定的答复后，伯爵道："花倒不打紧，这盆正是官窑双箍邓浆盆。又吃年代，又禁水漫，都是用绢罗打，用脚跐过泥，才烧造这个物儿，与苏州邓浆砖一个样儿做法，如今哪里寻去！"张竹坡在此评曰："反重在盆，是市井人爱花。""只夸盆，是市井帮闲。"① 由浮浪子弟、市侩暴发起家的西门庆，正是物以类聚、人以群分，周围帮闲抹嘴的也都是俗陋不堪之人。帮嫖贴食、吮痈舐痔，出妻献子，无所不用其极。在这些市井棍徒身上，我们是不可能奢求他们做到高雅这一层面的。

《金瓶梅》中，郑爱月儿是位雅妓。她的房间帘拢香霭，明间供着一轴海潮观音；两旁挂着四轴美人图画，按春夏秋冬四季排列，题诗曰："惜花春起早，爱月夜眠迟，掬水月在手，弄花香满衣。"上面挂着一副对联："卷帘邀月入，谐瑟待云来。"上首列四张东坡椅，两边安两条琴光漆春凳。整个房间的布置和所挂的图画，所题的诗（暗含"爱月"之

---

① （明）兰陵笑笑生著，（清）张道深评，王汝梅、李昭恂、于凤树校点：《张竹坡批评第一奇书〈金瓶梅〉》，齐鲁书社 1991 年版，第 909 页。

名），所挂的对联，都给人以雅的感觉和美的享受。在郑爱月儿用欲擒故纵之法钓上西门庆之后，西门庆难以割舍，遂于八月初一家中无事时往郑爱月儿家去。西门庆这种村夫俗子自然不会因爱月房中的摆设而诗兴大发，他只是按照自己的性子，一味以淫处之，遂有"露阳惊爱月"之举。《金瓶梅》第七十七回，彤云密布，飘下一天瑞雪，主角西门庆想到的是踏着碎琼乱玉（《水浒传》中写"林教头风雪山神庙"中的词语）去寻妓女郑爱月。在看到新拜在他门下的义子王三官给郑爱月画的《爱月美人图》时，首先想到的是与王三官争风吃醋。与此相比，张岱的《夜航船》记载："孟浩然情怀旷达，常冒雪骑驴寻梅，曰：'吾诗思在灞桥风雪中驴背上。'"① 这"踏雪寻梅"的典故，对诗人孟浩然来说，在我们读者来看，何其雅哉！

《金瓶梅》中也有许多较雅的情节，如金莲、玉楼下棋，李瓶儿和吴银儿下象棋消永夜；金莲把手中花儿搓成瓣儿撒西门庆，更为唐诗中描写的意境：美人"一向发娇嗔，碎挼花打人"的情景；金莲拈鲜莲蓬子与西门庆吃，莲子谐音"怜子"，更源自南朝的《采莲曲》。此外尚有"吴月娘扫雪烹茶"等情节。潘金莲、李瓶儿虽有雅致，奈何处在西门庆这村野之家，有西门庆等众庸俗、低俗之人，所以偶尔闪现的雅更难以对抗铺天盖地的俗的风气。

二、从对女性的书写角度审视

一部书的基调与作者创作时的立意密切相关。《红楼梦》作者曹雪芹在书中"大旨谈情"，是为闺阁中女子立传；书中贾宝玉说："女儿是水作的骨肉，男人是泥作的骨肉。我见了女儿，我便清爽；见了男子，便觉浊臭逼人。"② 这也可以看作是作者曹雪芹的观点。《红楼梦》作者曹雪芹投入毕生精力创作了这部青春的挽歌，最终泪尽而逝。《金瓶梅》作者兰陵笑笑生在故事尚未开始时，即在卷首题酒、色、财、气四贪词以醒读者耳目。在故事第一回通过入话词《眼儿媚》，以及紧接其后的项羽、

---

① （明）张岱撰，刘耀林校注：《夜航船》，浙江古籍出版社1987年版，第29页。
② （清）曹雪芹、高鹗著，中国艺术研究院红楼梦研究所校注：《红楼梦》，人民文学出版社1996年版，第28页。

虞姬和刘邦、戚氏的故事，说明女色为祸水的道理。从而引出虎中美女与破落户相通，最终尸横刀下、命丧黄泉的故事。这可以看出笑笑生是受女人祸水论的影响，对于女人的描写，曹雪芹采取的是和他完全不同的路子。基于两位作者对人生、对社会、对家庭的不同经历和理解，及作者在创作时秉承的不同思想，两部巨著在对女性的书写方面也大异其趣。

《红楼梦》作者曹雪芹塑造了一个理想的女儿王国，一个大观园的感情的世界。为了故事的开展，先是"林黛玉抛父进京都"，居于荣国府，与贾宝玉朝夕相处，日久生情。继之薛宝钗举家迁到京城，居于姨夫贾政之家，虽名义上为选才人赞善，居贾府后却再未提起此事，其实作者是将其网罗至荣国府，以便于故事的开展。贾府有三艳——迎春、探春、惜春，贾珠寡妻李纨和贾琏妻王熙凤在荣府，贾蓉妻秦可卿在宁国府，史太君娘家的内侄孙女史湘云也常至贾府。因元妃省亲，又特聘姑苏世家女子妙玉居于栊翠庵。至省亲前，《金陵十二钗正册》中女子已多汇集于贾府，大观园这"玉兄与十二钗之太虚幻境"① 也已建成。元妃归省后，宝玉、黛玉诸人迁入园内，贾政又适时点了学政居外省。宝玉和诸钗在园中先后成立海棠诗社和桃花诗社，吟诗作赋，饮酒赏雪，可谓众雅毕及。此后又有薛宝琴、李玟、李琦等人加入，更壮大了大观园的队伍。可是好景不长，在抄检大观园后，诸艳嫁人的嫁人，病殁的病殁，贾府被抄，树倒猢狲散，遂"落了片白茫茫大地真干净"②。《红楼梦》是一部描写青春的赞歌，又是描写青春的挽歌，是颂扬女子的赞美诗，是为众多冰清玉洁的女子树碑立传的佳作。虽然其中难免有俗的成分，但大观园和金陵十二钗总体看来是雅的，是理想的。

《金瓶梅》作者兰陵笑笑生创造了一个充斥着欲望的世界，一个酒色财气的世界。作者利用《水浒传》中最具有挖掘潜力的西门庆和潘金莲的世情故事，另起炉灶，生发出一部脍炙人口的巨著。西门庆不是因为和潘金莲的偷情而很快被武松打死在狮子街，而是略施小计就把武松垫

---

① （清）曹雪芹：《脂砚斋重评石头记》，上海古籍出版社 1975 年影印，第 335 页。
② （清）曹雪芹、高鹗著，中国艺术研究院红楼梦研究所校注：《红楼梦》，人民文学出版社 1996 年版，第 86 页。

发充军。在故事开始时，西门庆妻子陈氏已病死，续娶吴千户之女吴月娘为继室，又先后娶李娇儿、卓丢儿，卓氏死后又娶寡妇孟玉楼为第三房妾，将陈氏娘子陪床的丫鬟孙雪娥上头为第四房妾。害死武大郎，计娶潘金莲。与结拜兄弟花子虚妻李瓶儿联手将其气死，后娶瓶儿做了第六房妾。正如同十二钗云集于贾府，故事遂得以开展，六妻妾汇集于西门府中，西门庆这一个家庭、家族的故事也即蒸蒸日上地展开了。

　　孙述宇在《金瓶梅的艺术》中曾说《金瓶梅》的内容是"贪嗔痴"三毒，并以"痴爱"冠之李瓶儿，以"嗔恶"许之于潘金莲，论之甚为得当。其实《金瓶梅》中的女性，全都是欲望的结晶。吴月娘大概是因为自己出身于穷千户之家，对于金钱特别看重，李瓶儿的财物从墙上转过来后，都放在月娘房中；陈经济家财，因政治灾难搬至，也是收在月娘上房；官员往来，收受贿赂，无不是月娘保管。当然，贪之外，月娘也妒，最终酿成和潘金莲在第七十五回的大闹。孙雪娥、孟玉楼皆曾因潘金莲把拦汉子而吃醋。潘金莲又因西门庆偏宠李瓶儿而含酸，并在瓶儿生子后实施一系列狠毒的计谋而使得官哥夭折，致使瓶儿惨死；之前宋惠莲的自缢和之后如意儿的因借棒槌事被打，也都是金莲嫉妒的表现。李瓶儿是以色欲为生命的，在做梁中书妾时，其妻甚妒，差点被打死活埋在后花园；做花子虚妻时，却长期被叔公花太监霸占，实施性虐待；终于找到"匡奴的药一般"的西门庆，却好事多磨，因"宇给事劾倒杨提督"西门庆闭门不出，而招赘蒋竹山，又因其不能满足自己的色欲而最终决裂；嫁入西门府后，终于如愿以偿，却又遇到情敌潘金莲，潘对她无所不用其极，最终使得瓶儿香消玉殒。与以上诸女子的妒和满足色欲不同，韩道国妻王六儿的淫荡，只是为赚钱，为替汉子谋更好的职位，为贴补家用；宋惠莲和奶妈如意儿，更多的也是出于贴补日用的考虑。我们在《金瓶梅》一书中看不到真正的爱情，看到的只是赤裸裸的欲望的展现。这种形而下的肉体的满足自然是粗俗的、低俗的，是难以提到"雅"这一层面的。

　　正如贾府有大观园，西门府也有花园，而且有论者已指出大观园是在西门府花园的影响下写成的。大观园外面是肮脏的世界，是国贼、禄蠹的世界；大观园内部却是纯情的世界，是贾宝玉和金陵十二钗活动的

147

主要场所,是现实中的太虚幻境。西门府上的花园是将原来花园与花子虚宅子通开,所建造的有山子、卷棚、花园,有三间玩花楼,假山下有藏春坞雪洞。不同于大观园中住的贾宝玉和水做的女儿们,西门府花园中住的是潘金莲、李瓶儿和庞春梅。西门庆梳笼李桂姐后,耽溺于丽春院半月不归,潘金莲即饥不择食,与看花园的小厮琴童勾搭成奸。西门庆也把花园当做自己的行乐道场,与李瓶儿隔墙密约是翻过花园墙私会,与宋惠莲媾和是在藏春坞雪洞中,留宿蔡御史并对其实施性贿赂也是在藏春坞雪洞中。西门府花园

图4.3 吴月娘春昼秋千

简直是藏污纳垢之地!"私语翡翠轩"、"大闹葡萄架"、"兰汤邀午战",这些是书中描写性事的大文字,而无不处之于西门府花园之中。潘金莲与陈经济"花园看蘑菇",以及西门庆死后的"画楼双美",也都是在花园之中或玩花楼上。另一处西门庆建造的游玩之地,是坟庄。用二百五十两银子买了其坟地隔壁赵寡妇家的庄子后,扩大他家坟园,在里面盖了三间卷棚、三间厅房、叠山子花园、松墙、槐树棚、井亭、射箭厅、打球场等,建造初衷是作为"好游玩耍子"去处。生子加官后,西门庆决定三月初六日清明节上坟,预先发束请了许多人,叫了乐工、杂耍、扮戏的,小优儿李铭、吴惠、王柱、郑奉,唱的李桂姐、吴银儿、韩金钏、董娇儿。从这些请的伎艺人中,我们可以看出西门庆并非诚心祭祖,而是来炫耀自己的富贵,是到郊外郊游寻乐。"桃红柳绿莺梭织,都是东

君造化成"的花园,成了西门庆等男客、女客享乐的场所,扮戏的扮戏,小优儿弹唱,四个唱的轮番递酒,潘金莲与玉楼、大姐等人还在花园打了回秋千。卷棚后边西门庆收拾了一明两暗三间房,里面一应俱全,闲常接了妓者在此玩耍。潘金莲这具有超强欲望的女人,在上坟时仍抽空与女婿陈经济戏谑调情。西门庆一家将先祖坟茔作了行乐道场。

物极必反,盛极必衰,是自然之道。正如张竹坡在《批评第一奇书〈金瓶梅〉读法》中所说:"劈空撰出金、瓶、梅三个人来,看其如何收拢一块,如何发放开去。看其前半部止做金、瓶,后半部止做春梅。前半人家的金瓶,被他千方百计弄来,后半自己的梅花,却轻轻的被人夺去。"① 西门庆仕途上、事业上、家庭上正如鲜花着锦、烈火烹油般兴旺发达时,却因其纵欲过度,患脱阳之症而一命呜呼。他千方百计娶来的诸妾,或被人千方百计拐去,或被人使计骗走,或名正言顺地再嫁,或盗财归丽院后又被他人买去做妾,诚可谓"君生日日说恩情,君死又随人去了"②。《金瓶梅》作者笑笑生所描写的诸女性,是生长于清河县城,对财色碌碌而求的蠢蠢众生,他们没有更高的精神追求,所以我们也无法苛求他们能够"雅"到什么程度。笑笑生立志要揭露这些女子的丑恶和可骇可怖,他部分地做到了。不过我们也从中看到了逐渐觉醒的人性。俗是书中人物难以摆脱的本性,笑笑生描写了他们的俗,他成功了,他为我们展示了晚明社会中下层市民的赤裸裸的心灵。

三、从两性书写角度审视

从文本角度审视《金瓶梅》的雅俗,性就是其中一个无法避开的问题。在中国大陆出版的排印本《金瓶梅》,诸多版本均有删节:1985年人民文学出版社出版的戴鸿森校注本《金瓶梅词话》,共删去19161字;齐鲁书社1987年出版的《张竹坡批评第一奇书〈金瓶梅〉》删去了10385字;人民文学出版社出版的"世界文学名著文库"本《金瓶梅词话》删

---

① (明)兰陵笑笑生著,(清)张道深评,王汝梅、李昭恂、于凤树校点:《张竹坡批评第一奇书〈金瓶梅〉》,齐鲁书社1991年版,第25页。
② (清)曹雪芹、高鹗著,中国艺术研究院红楼梦研究所校注:《红楼梦》,人民文学出版社1996年版,第17页。

去的内容较少，也删去了异常露骨的性交场面和文字4300字。这些文字占《金瓶梅》全部文字的比例较小，但在部分文人和读者心目中，这就是《金瓶梅》全部的情节，是其最为吸引人之处。在四大奇书中的其他三部都已经脱俗、都已雅化的现代社会，《金瓶梅》却始终摆脱不掉"俗"的阴影，以至于人们谈"金"色变，视"金"为洪水猛兽、为不洁之物，都与其中的性描写有着密切的关系。

世界文学史上，著名文学作品都不回避"性"这一敏感话题，《源氏物语》、《十日谈》、《漂亮朋友》、《查泰莱夫人的情人》等众多文学作品中有相关的描写。性是中国人较为回避的一个话题，虽然在史前中国广泛存在着生殖崇拜，即使现在也有众多性崇拜的历史痕迹留存；但"性"被作为正式的话题谈论，却一向为多数人所诟病。鲁迅说："而在当时，实亦时尚。成化时，方士李孜僧继晓已以献房中术骤贵，至嘉靖间而陶仲文以进红铅得幸于世宗，官至特进光禄大夫柱国少师少傅少保礼部尚书恭诚伯。于是颓风渐及士流，都御使盛端明布政使参议顾可学皆以进士起家，而俱借'秋石方'致大位。瞬息显荣，世所企羡，侥幸者多竭智力以求奇方，世间乃渐不以纵谈闺帏方药之事为耻。"[①] 但即使如此，《金瓶梅》中大量的关于两性房事的描写，仍是"冒天下之大不韪"，自问世之日起就受到正统之士的口诛笔伐。

其实被称作"蝉蜕于秽"、"超尘脱俗"的世情小说巨著《红楼梦》中也不乏性的描写。《红楼梦》又名《风月宝鉴》，有研究者认为《风月宝鉴》是曹雪芹的初稿，主要是写贾珍、贾琏、贾瑞、贾蓉、秦可卿、王熙凤等人的风月故事。在经过曹雪芹"披阅十载，增删五次"之后，风月描写大大减少，但在书中仍时而可见。贾宝玉在太虚幻境即被警幻仙姑称作"天下古今第一淫人"，又让宝玉与其妹"乳名兼美字可卿者"领略云雨之事；贾宝玉噩梦惊醒后，回到荣国府又"强袭人同领警幻所训云雨之事"。贾赦、贾珍、贾琏在书中都是好色之人。贾赦儿女满堂，还左一个小老婆，右一个小老婆，并有讨鸳鸯作妾不成之羞；贾珍父子与尤二姐、尤三姐之间有暧昧关系，秦香莲所谓"东府里除了石狮子干

---

① 鲁迅：《中国小说史略》，人民文学出版社1973年版，第155页。

净罢了"的话，更是对贾珍所在的宁国府的讽刺；贾琏先有在周瑞家的送宫花时与王熙凤白日宣淫之事，后又曾与多姑娘、鲍二家的淫乱，其中部分文字也是丑极。但多数关于性的文字，描写较为含蓄。如"送宫花贾琏戏熙凤"一节，仅叙周瑞家的"只听那边一阵笑声，却有贾琏的声音。接着房门响处，平儿拿着大铜盆出来，叫丰儿舀水进去"①。叙宝玉的小厮茗烟与卍儿偷情，也仅述他们"干那警幻所训之事"②。这些都是较为隐晦的谈及性事的笔法，所以并未给人以不洁的感觉，其实这终究是难以脱俗的。

　　据研究者统计，《金瓶梅》中性描写共有105处，其中详细描写36处，略写36处，一笔带过33处。全书从回目来看，就有"淫妇背武大偷奸"、"郓哥帮捉骂王婆"、"烧夫灵和尚听淫声"、"潘金莲私仆受辱"、"李瓶儿隔墙密约　迎春女窥隙偷光"、"西门庆私淫来旺妇"、"金莲窃听藏春坞"、"李瓶儿私语翡翠轩　潘金莲醉闹葡萄架"、"潘金莲兰汤邀午战"、"韩道国纵妇争锋"、"西门庆包占王六儿"、"妆丫鬟金莲市爱"、"琴童潜听燕莺欢"、"应伯爵山洞戏春娇"、"吴月娘承欢求子息"、"玉箫跪央潘金莲"、"郑月儿卖俏透密意"、"文嫂通情林太太"、"李瓶儿何千户家托梦"、"西门庆踏雪访爱月　贲四嫂倚庸盼佳期"、"西门庆两战林太太"、"西门庆贪欲得病"、"陈经济窃玉偷香"、"潘金莲月夜偷期　陈经济画楼双美"、"秋菊含恨泄幽情　春梅寄柬谐佳会"、"月娘识破金莲奸情"、"来旺盗拐孙雪娥"、"经济守御府用事"、"韩爱姐翠馆遇情郎"等，全书一百回中有二十九个回目中明确标有性事。此外，崇祯本《金瓶梅》中又有"受私惠后庭说事"、"打猫儿金莲品玉"、"西门庆露阳惊爱月"、"西门庆乘醉烧阴户"、"守孤灵半夜口脂香"、"西门庆新试白绫带"、"潘金莲香腮偎玉"、"因抱恙玉姐含酸"、"画童哭躲温葵轩"、"如意儿茎露独尝"、"金莲解渴王潮儿"、"金道士娈淫少弟"、"玳安儿窃玉成婚"、"张胜窃听陈敬济"等十四个回目描写两性情欲之事。词话本和

---

① （清）曹雪芹、高鹗著，中国艺术研究院红楼梦研究所校注：《红楼梦》，人民文学出版社1996年版，第107页。
② （清）曹雪芹、高鹗著，中国艺术研究院红楼梦研究所校注：《红楼梦》，人民文学出版社1996年版，第255页。

—— 奢华与堕落 ——

崇祯本合并重复的回目，共有三十二回回目中直书男女之大欲——色。其中涉及的人物有西门庆、陈经济，有家人来旺、小厮玳安、书童和画童，有道士金宗明以及王婆之子王潮儿；有西门庆妻妾吴月娘、孟玉楼、潘金莲、李瓶儿、庞春梅；有仆妇宋惠莲、王六儿、贲四嫂和奶妈如意儿；有世家王招宣府林太太，伙计韩道国女韩爱姐；有妓女李桂姐、郑爱月。这里有丈夫和妻妾的"正色"，也有不正常的女婿烝小丈母；有主仆同槽，也有仆私主妇；有正常的色欲，也有性歧变。当然这只是从回目来分析，其实就全书来看，对于性事的描写要多得多。所以，《金瓶梅》给人的感觉是：性，无处不在。

《金瓶梅》中两性书写的相关内容，除以上谈及的性描写外，性意象也是其中的重要方面。性意象的描写在书中较为分散，如"烧夫灵和尚听淫声"一回，有位和尚僧伽帽被风刮在地上"露见青旋旋光头，不去拾，只顾攩钹打鼓"；第三十八回有王六儿棒槌打韩二捣鬼；来昭夫妇的儿子名小铁棍儿，于西门庆、潘金莲大闹葡萄架时出现，于西门庆和王六儿狮子街房子交接时再现；第七十二回潘金莲因棒槌抠打如意儿。张竹坡在秋菊向奶妈如意儿借棒槌时批道："昔日棒槌打捣鬼之时，雪夜琵琶已拚千秋埋

图 4.4　玳安嬉游蝴蝶巷

恨；今日瓶坠簪折，如意不量，犹欲私棒槌以惹嘲，宜乎受辱。使金莲将翡翠轩中发源醋意，至此一齐吐出。然后知王六儿打捣鬼，必用棒槌

之妙也。"性意象最为集中的回目,当数"永福寺饯行遇胡僧"一回。胡僧的外貌,胡僧的住处"西域天竺国密松林齐腰峰寒庭寺",西门庆招待胡僧的饮食,都具有极为明显的性意象。后文薛姑子"剃的青旋旋头儿,生的魁肥胖大,沿口豚腮",两个徒弟名妙凤、妙趣,也同样具有性的意象。

《金瓶梅》中众多的性描写和性意象,使其难以摆脱"俗"的称谓。虽然这些性描写和性意象均是为塑造人物形象、表现人物性格而写,而不是像后代学《金瓶梅》不成而"独描摹下流言行"[①] 的小说。但也正是书中众多的性意象和色欲的描写,使得《金瓶梅》一书并未能完成由俗向雅的转化,无论学者、专家,还是普通读者,大概没有人会认为它是一部大雅之作。不仅如此,有部分读者和学人还将其归入低俗、庸俗的作品

综上,从《金瓶梅》对于衣食用度的描写,对于活跃于其中的碌碌众生的描写,对于西门庆妻妾争风吃醋的描写,对于书中的色欲和性意象的描写,都使得该书难以免俗。此外,书中关于人物的命名和字号,关于儒士的描写,关于官场的描述,关于狭邪之地北里的叙述,都无不透出俗的意蕴。《金瓶梅》是出身于中下层知识分子的兰陵笑笑生对于他所最熟悉的人和事的描写,是一部通俗的小说。我们说《金瓶梅》是一部俗书,是一部俗世奇书,是因为作者兰陵笑笑生的创作初衷即是为中下层市民著书立传,将美好的事物毁灭给人看,将丑恶的事物撕破给人看。所以,我们才有伟大的现实主义巨构,才会有《金瓶梅》这一杰作。《金瓶梅》被称作俗书,是因为它的定位即是"俗",但这丝毫无损于它的伟大。

第三节 俚俗美:《金瓶梅》的语言魅力

方言的文学所以可贵,正因为方言最能表现人的神理。[②]

——胡适《〈海上花列传〉序》

[①] 鲁迅:《中国小说史略》,人民文学出版社1973年版,第153页。
[②] 姜义华主编:《胡适学术文集》,中华书局1998年版,第1113页。

从作者创作所运用的语言来看，中国古代小说可分为文言小说和白话小说两大类，其中志怪、志人、唐宋传奇等是文言写成的，而宋元话本、拟话本和大多数明清章回小说则是白话写成。小说作者在进行创作时所运用的语言，既与作者的文化修养、所表达的主题有关，又与作者心目中的潜在读者有关。宋元说话源于民间，说话人以通俗易懂的语言向广大听众讲述故事，使他们得到娱乐，自己从中得到收益。说话人所运用的语言要考虑到听众的接受能力，考虑到贴近民众，考虑到地方性、趣味性和生动性，所以我们看到宋元话本和其后的拟话本所运用的语言都是鲜活的、生动的、形象的，采用了众多的方言、俗语，引用了为民众所熟知的诗文和俗谚。明清章回小说受宋元说话影响而产生，明代长篇小说的作者也与民间有着千丝万缕的联系。世情小说作者兰陵笑笑生是其中的佼佼者，这从《金瓶梅》被誉为晚明社会百科全书式的作品可知。

《金瓶梅》是一座语言的宝库，其中有方言、俗语、俗谚、歇后语，有笑话和谐谑之语，有散曲、套曲等。《金瓶梅》的语言运用与人物形象塑造紧密结合。金圣叹在《水浒传·序三》中说："《水浒传》所叙，叙一百八人，人有其性情，人有其气质，人有其形状，人有其声口。"[①] 这同样适用于《金瓶梅》，西门庆、潘金莲等人也是"人有其声口"的。在本节中我们通过分析书中出现的方言、俗语、谑语等，从而分析《金瓶梅》语言的俚俗之美。

一、以"雅"饰俗：官场和儒士

不同于心系社稷，先天下之忧而忧、后天下之乐而乐的国之忠臣，如《三国演义》中所描写的鞠躬尽瘁、死而后已的诸葛亮和关羽、张飞，以及吴国将领周瑜、陆逊等，《金瓶梅》中出现的官员多数是蝇营狗苟之徒、胁肩谄笑之辈。不同于传统小说中儒士的温文尔雅，和知其不可而为之的进取精神，《金瓶梅》中的儒士科举高中的即开始与官场滥官污吏

---

① 陈曦钟、侯忠义、鲁玉川辑校：《水浒传会评本》，人民文学出版社1981年版，第9页。

同流合污，未能考取进士的则品行败坏、廉耻俱无。《金瓶梅》中的官员和儒士有其相似之处，就是他们都爱以雅驯之言遮饰鄙陋之行。

西门庆本是清河县一个破落户财主、一个浮浪子弟，因娶寡妇孟玉楼、李瓶儿并将亲家陈洪的家财纳为己有，而发了横财；又通过送太师蔡京财礼，被蔡京从一介平民擢为山东提刑所理刑副千户，从而混迹于官场。在故事开始时，西门庆的交通官吏，主要限于清河县城，事务

图4.5 蔡状元留饮借盘缠

为"在县里管些公事，与人把揽说事过钱"；自从与陈洪结为亲家，西门庆的触角也就延伸到了京城，开始与杨提督和蔡太师打交道；在宇给事劾倒杨提督之后，西门庆政治上采取一边倒策略，全面倒向蔡太师。也正是蔡太师——他这位人生中的贵人携带他做了官，并由蔡太师的管家出面提供给他一个可资利用的政治关系网。蔡太师管家翟谦介绍给西门庆的第一个官员是状元蔡蕴，同行的还有进士安忱。蔡状元和安进士在西门庆家打秋风时，有如下一段对话：

> 先是蔡状元居首欠身说道："京师翟云峰甚是称道贤公，阀阅名家，清河巨族。久仰德望，未能识荆。今得晋拜堂下，为幸多矣。"西门庆答道："不敢。昨日云峰书来，具道二位老先生华辀下临，理当迎接，奈公事所羁，幸为宽恕。"因问："二位老先生仙乡尊号？"蔡状元道："学生蔡蕴，本贯滁州之匡庐人也。贱号一泉。侥幸状

元，官拜秘书正字，给假省亲。得蒙皇上俞允。不想云峰先生称道盛德，拜迟。"安进士道："学生乃浙江钱塘县人氏，贱号凤山。见除工部观政，亦给假还乡续亲。敢问贤公尊号？"西门庆道："在下卑官武职，何得号称。"询之再三，方言："贱号四泉。累蒙蔡老爷抬举，云峰扶持，袭锦衣千户之职。见任理刑，实为不称。"蔡状元道："贤公抱负不凡，雅望素著，休得自谦。"

这是典型的官场应酬之语。对于自己的金榜题名，蔡状元和安进士自然是极为骄傲之事，在自我介绍时首先提及。而状元蔡蕴一见到西门庆，即提到京师翟云峰，而且一而再再而三地提及，而翟不过是蔡太师的一名管家，这是什么原因呢？原来翟谦在蔡蕴尚在东京时，就对他说清河县西门庆是因蔡太师抬举才做了理刑官，所以可去他家打秋风。蔡蕴见到西门庆后首先提及翟，即提醒西门庆打秋风一事，此后在谈话中借奉承之机再次说"云峰先生称道盛德"；在西门庆一直没有任何表示的当晚，即直接开口索讨，蔡蕴拉西门庆说话："此去学生回乡省亲，路费缺少。"三人忽问字号，也极为有趣。儒士出身的蔡、安二人，为在官场应酬，自然早取好了别号；而西门庆说"何得号称"，亦为实情，他此前从未意识到自己需要取个号，以附庸风雅。在安进士再三询问下，西门庆急中生智，想到自己新置的坟庄上有"四眼井"取水，又受蔡状元号"一泉"的触发，遂说自己"贱号四泉"。另有举人尚小塘号"两泉"，三官王寀号"三泉"，何永寿号"天泉"，御史宋乔年号"松原。松树之松，原泉之原"。有研究者认为"泉"、"钱"谐音，以上诸人号中与泉有关，人物名号构建了一个充满铜臭的金钱世界，甚是！

众官员与西门庆交接，"大抵借地迎宾，摆酒请客，与主人毫无干涉。俨然一个大酒店，阔店铺，体面窑子，众兴会馆。彼且赔垫以为荣，送迎以为乐"[1]（第七十四回文龙评语）。如在"西门庆迎请宋巡按"一回，西门庆即在与新任两淮巡盐御史的蔡蕴饮酒中间，请他早掣取盐引。掌灯时分，西门庆邀蔡御史至花园翡翠轩，"只见两个唱的，盛装打扮，

---

[1] 朱一玄编：《金瓶梅资料汇编》，南开大学出版社2002年版，第636页。

立于阶下，向前花枝招颭磕头……蔡御史看见，欲进不能，欲退不可，便说道：'四泉，你如何这等爱厚？恐使不得。'西门庆笑道：'与昔日东山之游，又何别乎？'蔡御史道：'恐我不如安石之才，而君有王右军之高致矣。'"这本是西门庆俗不可耐的性贿赂，而蔡蕴却曰"如此爱厚"，西门庆以东晋谢安在会稽东山每游必携妓女自娱的典故来作比，蔡蕴也将西门庆比作王右军，遂使此次活动成为一"雅事"。此后安忱、宋乔年到西门庆家，即为借地迎宾；西门庆也自诩认识宋道长，曾为荆钟和妻兄吴铠说情。

虽说西门庆是长袖善舞之人，与妓女、帮闲、官员、道士等无不谈笑风生，但他最惬意、最舒适的，仍是和应伯爵、谢希大等帮闲在一起饮酒谈笑。和帮闲在一起，既有人阿谀奉承、吹牛拍马，自己又可以放下架子，放言无忌。第六十七回西门庆与应伯爵、温秀才书房赏雪饮酒时，温秀才问起应伯爵的"尊号"，伯爵聪明，马上说自己号"南坡"。西门庆就伯爵"南坡"的号与其展开了戏谑，作为西宾的温必古为他们的取笑引经据典说："自古言不亵不笑。"在应伯爵说西门庆找的都是妙人，"死了一个女儿会拣泡螺儿孝顺我，如今又钻出个女儿会拣了"时，温秀才道："二位老先生可谓厚之至极。"温秀才在西门庆家坐馆，已成为西门府上豢养的一名清客相公，虽然有脚踏两只船之嫌，但平昔言行均为讨好西门庆。"郑月儿卖俏透密意"一回，应伯爵说郑爱月和吴银儿是卖身的伙计时，温秀才引经据典说道："南老好不近人情。自古同声相应，同气相求；本乎天者亲上，本乎地者亲下。同他做活计一般了。"张竹坡在此评曰："西门庆与十弟兄，金、瓶、梅、月、楼诸人与诸妓皆是同声同气也。"① 这无疑是对的，其实温秀才如此说，自己也不能幸免，他与西门庆、应伯爵皆是同声同气者也。而在此我们可以感受到的远不止于此，而更在于作为儒士的温必古为讨好东宾，竟将自己素昔所读的孔孟圣贤书，用来为西门庆之流的狎妓饮酒服务。儒教在此时已经沦落到为四民之末的商人服务的程度，一些儒士如温葵轩之流也成为围绕西

---

① （明）兰陵笑笑生著，（清）张道深评，王汝梅、李昭恂、于凤树校点：《张竹坡批评第一奇书〈金瓶梅〉》，齐鲁书社1991年版，第1036页。

门庆等官僚、富商颠倒奉行的堕落之士,这也是两千多年儒教发展的一大悲剧。在"西门庆工完升级"自东京回清河后,说起路上的艰辛,温秀才道:"善人为邦百年,亦可以胜残去杀。休道老先生为王事驱驰,上天也不肯有伤善类矣。"引经据典以谄谀西门庆,成为温必古的一大帮闲伎俩。而无论在当时民众眼中,还是在当今读者心目中,西门庆都不是一位"善人",更不是"善类",温秀才拍马、戴高帽的故伎,正因为拍到西门庆痒处,遂得以再三施展。

从《金瓶梅》中我们可以看出,晚明社会中儒学之士蹭蹬不得以中科举的,多如倪桂岩(夏提刑西宾)、温葵轩之流,一切以讨好主子为旨归。第五十八回作者对于温葵轩的评论,可以说是当时许多落魄儒士的写照:

> 虽抱不羁之才,惯游非礼之地。功名蹭蹬,豪杰之志已灰;家业凋零,浩然之气先丧。把文章道学,一并送还了孔夫子;将致君泽民的事业,及荣华显亲的信念,都撇在东洋大海。和光混俗,惟其利欲是前;随方逐圆,不以廉耻为重。峨其冠,博其带,而眼底旁若无人;席上阔其论,高其谈,而胸中实无一物。三年叫案,而小考尚难,岂望月桂之高攀;广坐衔杯,遁世无闷,且做岩穴之隐相。

作者兰陵笑笑生在此可谓一针见血,从此也可知笑笑生绝非倪、温之流。利用科举这块敲门砖进入封建统治阶级队伍的,如蔡蕴、安忱、宋乔年之流,虽然口头上之乎者也,温文儒雅,实际上却是结党营私、官官相护、腐败之风盛行。《金瓶梅》折射出来的晚明社会,从官员和儒士的言行之中,我们看到了社会整体的腐化和不可救药。

二、世俗之美:西门大杂院妻妾仆妇的闺房碎语

欣欣子在《金瓶梅词话序》中说:"此一传者,虽市井之常谈,闺房之碎语,使三尺童子闻之,如饫天浆而拔鲸牙,洞洞然易晓。"《金瓶梅》的语言,其最鲜活的地方正在于市井常谈和闺房碎语,这反映了当时晚

第四章 雅俗:"文心"与"里耳"

明的市民社会,由此我们可以看到当时真正的市民生活,看到晚明真正的历史。在本专题中,我们即以西门庆的妻妾仆妇的语言为例,分析《金瓶梅》人物语言鲜明的世俗化的特点。

潘金莲是西门庆众妻妾中最为活跃、最为聪明的一位女性。她生长在裁缝之家,又曾经被卖至王招宣府和张大户家做女乐,对于下层人民的生活和语言最为熟稔。初嫁武大时,心生憎嫌,即抱怨道:"普天世界断生了男子,何故将奴嫁与这样个货?每日牵着不走打着倒退的……着紧处,都是锥扎也不动。"她的语言与上文官员和儒士间的语言判若天渊,这也是市民生活中的真正的语言,其中有丰富的俗语、俗谚。在武松用"篱牢犬不入"的古语劝诫潘金莲要把得家定时,潘金莲指着武大骂道:"你这个混沌东西,有甚言语在'别处说',欺负老娘!我是个不戴头巾的男子汉,叮叮当当响的婆娘,拳头上也立得人,胳膊上走得马,人面上行的人。不是那腲脓血搠不出来鳖老婆!自从嫁了武大,真个蝼蚁不敢入屋里来,有甚么篱笆不牢,犬儿钻得入来?你休胡言乱语,一句句都要下落!丢下块砖儿,一个个也要着地!"这儿是将众多的俗语连用以表达一个意思,从而抒发金莲强烈的感情。

在和西门庆偷情并害死武大郎后,潘金莲被娶入西门府做了西门庆第五个小妾。金莲为巩固自己在家中的地位,把拦汉子西门庆,纵容其奸情,并曲为掩饰;对吴月娘先拉后打,与孟玉楼结成联盟。从而在家中颠寒作热、听篱察壁,先是激打孙雪娥,后唆调西门庆递解来旺回原籍徐州,在孙雪娥和宋惠莲间挑拨离间,最终使得惠莲自缢而死。此时的潘金莲,开始腾出手来对付生子得宠的李瓶儿。第三十九回西门庆因为官哥寄法名到玉皇庙打醮时,至晚夕没回家,金莲不忿,到上房对吴月娘抱怨说:"贾瞎子传操——干起了个五更。隔墙掠肝肠——死心塌地。肚兜断了带子——没得绊了。刚才在门首站了一回,只见陈姐夫骑了头口来了,说爹不来了,醮事还没了,先打发他来家。"三个歇后语连用,表达自己生日当天西门庆却不能为其庆祝,自己未能上寿的不满,也间接表达了对李瓶儿母子的不满。在潘金莲使毒计害死官哥之后,对新丧子的李瓶儿又展开了精神攻击,每日抖擞精神,百般称快,对着丫头指桑骂槐:"贼淫妇,我只说你日头常晌午,却怎的今日也有错了的时

159

节？你斑鸠跌了弹，也嘴答谷了。春凳折了靠背儿，没的倚了！王婆子卖了磨，推不的了！老鸹子死了粉头，没指望了。却怎的也和我一般？"自李瓶儿加入西门庆的妻妾队伍，特别是翡翠轩得宠、生官哥加倍受宠以来，潘金莲醋妒之心非止一日，久蓄未发，在此一并泄出。潘金莲在此使用一连串的歇后语，来表达自己对李瓶儿儿子死后畅快的阴暗心理，犹如一支支投枪、一把把利剑，射向李瓶儿那并不坚强的内心。有潘金莲在虎视眈眈，李瓶儿染病身亡只是迟早的事。

西门庆死后，潘金莲因养女婿事发，吴月娘听信孙雪娥之计，先赶陈经济，次发卖庞春梅，最后叫来茶坊王婆让她变卖金莲。潘金莲看到王婆在月娘正房里，就怔住了。关于发卖金莲，王婆和金莲之间有一段较为经典的对话：

> 王婆道："你休稀里打哄，做哑装聋。自古蛇钻窟窿蛇知道，各人干的事儿各人心里明。金莲，你休呆里撒奸，两头白面，说长并道短，我手里使不得你巧语花言，帮闲钻懒！自古没个不散的筵席，出头椽儿先朽烂。人的名儿，树的影儿。苍蝇不钻没缝儿蛋，你休把养汉当饭，我如今打发你上阳关！"金莲道："你打人休打脸，骂人休揭短。常言一鸡死了一鸡鸣。谁打锣谁吃饭。谁人常把铁箍子戴，那个长将席篾儿支着眼，为人还有相逢处，树叶儿落还到根边。你休要把人赤手空拳往外攒，是非莫听小人言！正是女人不穿嫁时衣，男儿不吃分时饭，自有徒牢话岁寒。"

因后文有"当下金莲与月娘乱了一回"之语，有的研究者认为上面王婆的话应该出自于月娘之口。其实像这种俗语、俗谚连篇而又充满火药味的语言，只有既做媒婆、牙婆、马泊六又开茶坊的"智赛随何，机强陆贾"的王婆才能说得出。作为千户之女，从小受"三从四德"教条教育的吴月娘，对于这种纯粹民间的语言还是有所隔阂的，何况月娘愚笨，语言天分不是太高。针对王婆的话，崇祯本有眉批："小人于世，并不肯让人一刻,全人半点,当下劈面便来。可畏,可悲,可叹。"① 王婆之所以如此,实际上与她到西门府上替何九兄弟何十说事,金莲未能善待她有关。张竹坡从语言方面评曰:"妙语不烦。"② 金莲的话,也运用一连串的俗语、俗谚,告诫王婆和吴月娘不要揭人之短,而且树倒猢狲散,西门府上也不是长久之地,她金莲好女不穿嫁时衣,洗眼看着月娘等人的将来。

若说潘金莲是西门庆妻妾队伍中语言天分的"佼佼者",宋惠莲则是仆妇队伍中的翘楚。二人又都名"金莲"(月娘将来旺妇改名惠莲),在西门府中语言方面可谓并驾齐驱。来旺杭州织造蔡太师生辰衣服回来,孙雪娥告知其妻与西门庆通奸之事,至晚夕来旺盘问惠莲蓝缎子和首饰的来历,惠莲道:"呸,怪囚根子!那个没个娘老子?就是石头刺儿里迸出来,也有个窝巢儿;枣胡儿生的,也有个仁儿;泥人合下来的,他也有灵性儿;靠着石头养的,也有个根绊儿。为人就没个亲戚六眷?此是我姨娘家借来的钗梳。是谁与我的?白眉赤眼见鬼到,死囚根子!"为了说明自己的缎匹和首饰是从亲戚借来的,宋惠莲也用了一连串的俗语,以劝说丈夫来旺相信。来旺在西门庆和潘金莲的阴谋下终于被递解回原籍后,宋惠莲因西门庆不听自己之言,含羞自缢,后又被解救。在西门庆来看望她时,她愤怒地说道:

> 爹,你好人儿!你瞒着我干的好勾当儿!还说什么孩子不孩子,你原来就是个弄人的刽子手。把人活埋惯了,害死人还看出殡的!你成日间只哄着我,今日也说放出来,明日也说放出来,只当端的好出来。你如递解他,也和我说声儿。暗暗不透风,就解发远远的去了。你也要合凭个天理!你就信着人干下这等绝户计。把圈套儿做的成,你还瞒着我。你就打发,两个人都打发了,如何留下我做甚么?

---

① 闫昭典、王汝梅、孙言诚、赵炳南校点:《新刻绣像批评金瓶梅》(会校本),三联书店(香港)有限公司 2009 年修订版,第 1232 页。
② (明)兰陵笑笑生著,(清)张道深评,王汝梅、李昭恂、于凤树校点:《张竹坡批评第一奇书〈金瓶梅〉》,齐鲁书社 1991 年版,第 1375 页。

这位"从公公身上拉下来的媳妇儿",对于西门庆那纸棺材糊人陷害来旺儿的事已经极度不满,之后她多次劝说西门庆将来旺惩治一下放出来,却因与潘金莲的博弈失败而告吹。宋惠莲对于西门庆递解来旺,是怀恨在心;对于他不听自己之言而干下"绝户计",更是痛心疾首。这时宋惠莲看清楚了西门庆的丑恶嘴脸,已经不再对其抱任何希望,所以用绝望的语言来回答他的问话。其中"弄人的刽子手"、"把人活埋惯了"、"害死人还看出殡的"几句俗语更是加强了其语言的力度。

由以上几位女性的语言,我们可以管窥《金瓶梅》中西门庆诸妻妾乃至于牵涉的其他家庭中妻妾的语言。这些是活的语言,是在四百余年后我们看到都没有任何隔阂的语言。虽然其中有些俗谚和歇后语随着时代的变迁而退出了人们的日常用语的舞台,但是即使这些语言,现在看来依然明白如话。《金瓶梅》中的俗语、俗谚和歇后语,已经成为美的既存;在据词话本修改过的崇祯本和第一奇书本《金瓶梅》中,其文人化的气氛较浓,很多俗语、俗谚等已被删削或删改,未能达到像词话本这样保存晚明市井语言的良好效果。这方面语言学的研究成果,有傅憎享先生的《词话本·崇祯本两个版本两种文化:〈金瓶梅〉词语俗与文的异向分化》,在此不赘。

三、北里常谈

在《金瓶梅》的人物世界里,妓女是一道靓丽的风景。且不说西门庆、张二官、王三官等人常到丽春院去嫖娼,大户人家如王招宣府和王皇亲等宅邸在重要节日或举行宴席时,也每每请妓女唱曲伴酒。娼界在《金瓶梅》所反映的晚明社会中是一个相对独立的群体,又与其他群体有着千丝万缕的联系。妓女李桂姐、吴银儿、郑爱月儿等人,以其出众的姿色和娴熟的唱曲技艺,成为众妓女中的佼佼者。

在谈妓女之前,我们分析一下妓院中的领袖——老鸨的语言。老鸨是妓院的头领,是妓女实施各项活动的总指挥,李桂姐、吴银儿拜吴月娘和李瓶儿为干娘,都是唯老鸨之命是从的。《金瓶梅》中描写最多的老鸨是李桂卿、李桂姐的妈妈李三妈。西门庆在应伯爵、谢希大的陪同下,到丽春院梳笼李桂姐,虔婆李二妈 见,如同天上掉下来的一般:"天么

—第四章 雅俗："文心"与"里耳"—

天么！姐夫贵人，那阵风儿刮你到于此处！"此是接到贵客后高兴之极的语言。因西门庆后来与李瓶儿偷期密约，冷淡了李桂姐，被应伯爵、祝日念等人死拖活拽进李家时，虔婆埋怨道："老身又不曾怠慢了姐夫，如何一向不进来看看姐姐儿！想必别处另叙了新表子来。"祝日念插口说是应伯爵、谢希大二人怂恿西门庆近日相与了一个绝色的婊子时，李三妈对应伯爵道："好应二哥！俺家没恼着你，如何不在姐夫面前美言一句儿？虽

图 4.6 痴子弟争锋毁花院

故姐夫里边头绪儿多，常言道：好子弟不嫖一个粉头，粉头不接一个孤老。天下钱眼儿都一样。不是老身夸口说，我家桂姐不丑，姐夫自有眼，今也不消人说。"一句常言是嫖界的俗谚，说嫖客不止一个粉头，粉头也不止接一位嫖客；整段话充满了对桂姐的自信和对应伯爵等人不在西门庆面前为桂姐进美言的埋怨。不久，因桂姐私下留宿丁二官事发，西门庆大闹丽春院，以【满庭芳】曲子骂老鸨李三妈不良，老鸨也以同样的曲子阐述"粉头不接一个孤老"的道理。砸坏门窗户壁，在丽春院是常事，最终还是用嫖客的银子来修复，老辣的李虔婆对此最为熟悉。

李桂姐的善于应对、机智伶俐，在初遇西门庆时即已显现出来，并迅即促使其梳笼自己。在因潘金莲的情书而导致不快，被西门庆和众帮闲劝说后，李桂姐以一个老虎"不晓得请人，只会白嚼人"的笑话，激将众帮闲凑份子请客，再次显示出其高度的语言能力。西门庆生日当天，李桂姐去贺寿，两次欲拜见潘金莲，而金莲不出来，桂姐只好羞讪而归。

西门庆再到李家时，李虔婆和桂姐通同谋划，编造桂姐受冤屈的谎言，在西门庆的问话下，李桂姐说："左右是你家五娘子！你家中既有恁好的，迎欢卖俏，又来稀罕俺们这样淫妇做甚么？俺们虽是门户中出身，跷起脚儿，比外边良人家不成的货儿高好些。我前日又不是供唱，我也送人情去。大娘倒见我甚是亲热，又那两个与我许多花翠衣服。待要不请你见，又说俺院中没礼法。只闻知人说，你家有的个五娘子，当能请你拜见，又不出来。家来同俺姑娘又辞你去，你使丫头把房门关了，端的好不识人敬重！"获得西门庆新宠的李桂姐，用抬高自己、打击敌人的手段，极力贬低对手潘金莲，说其"迎欢卖俏"，是"不成的货儿"；最终以"本司三院有名的好子弟"之名，激使西门庆剪下潘金莲头顶上一缕好头发，并絮在鞋底下，每日踩踏。不久李桂姐移"情"别恋，年轻帅气的王三官成为丽春院的常客。李桂姐对于已生子加官的西门庆自然不敢得罪，以拜吴月娘为干娘的借口，常出入于西门府上，但又不愿在他家留宿。第四十二回，李桂姐在李瓶儿生日当天到西门府为其庆寿，次日乔亲家做皇亲乔五太太至西门家做客，桂姐就要回家，因其轿子未至和月娘留宿，不得已住下。第三日李家保儿叫了轿子来接桂姐，桂姐得知家中有事，要立即告辞回家。月娘让桂姐晚上走百病后再回，桂姐说："娘不知，我家里无人。俺姐姐又不在家，有我五姨妈①那里又请了许多人来做盒子会，俺妈不知怎么盼我，昨日等了我一日。他不急时，不使将保儿来接我。若是闲常日子，随娘留我几日，我也住了。"张竹坡评曰："三官情事如画。"② 实际上确如张竹坡所说，桂姐是在找借口，她回丽春院的真正目的，是与此时已至其家的王三官相会。所谓"俺妈不知怎么盼我"，其实说对了一半，再有就是王三官"不知怎么盼我"。聪明的应伯爵猜知其情，伯爵说："李家桂儿这小淫妇儿，就是个真脱牢的强盗，越发贼的疼人子！恁个大节，他肯只顾在人家住着？鸨子来叫他，又不知家里有什么人儿等着他哩！"谢希大道："你好猜。"并向其附耳低

---

① 五姨妈，词话本作"王姨妈"，崇祯本和第一奇书本均作"五姨妈"。按：应为五姨妈，因全书李三妈和李桂姐常以五姨妈为借口，"王"当为"五"之误笔。
② （明）兰陵笑笑生著，（清）张道深评，王汝梅、李昭恂、于凤树校点：《张竹坡批评第一奇书〈金瓶梅〉》，齐鲁书社1991年版，第663页。

言内情。被蒙在鼓里的西门夫妇还一无所知，吴月娘只抱怨李桂姐"昨日和今早，只相卧不住虎子一般，留不住的"。

与李桂姐的善机变相比，吴银儿性格较为温顺，也不善言辞。在《红楼梦》评论中有"袭为钗副，晴为黛影"的说法，其实《金瓶梅》中吴银儿也可以说是李瓶儿的影子。"李桂姐拜娘认女"一回，吴银儿对应伯爵抱怨：

> 二爹，你老人家还不知道，李桂姐如今于大娘认义干女儿。我告诉二爹，只放在心里。却说人弄心：前日在爹宅里散了，都一答儿家去了，都会下了明日早来。我在家里收拾了，只顾等他。谁知他安心早买了礼，就先来了，倒叫我等到这咱晚。使丫头往你家瞧去，说你来了，好不教妈说。我早时就与他姊妹两个来了。你就拜认与爹娘做干女儿，对我说了便怎的，莫不挽了你什么分儿？瞒着人干事。嗔道他头里坐在大娘炕上，就卖弄显出他是娘的干女儿，剥果仁儿，定果盒，拿东拿西，把俺们往下踢。我还不知道，倒是里边六娘刚才悄悄对我说，他替大娘做了一双鞋，买了一盒果馅饼儿，两只鸭子，一副膀蹄，两瓶酒，老早坐了轿子来。

虽同为妓女，但由于性情和天分的不同，处事的方式也截然不同。李桂姐即使对付西门庆的宠妾，也计谋多多；而吴银儿对于得宠的同行却只有抱怨：抱怨桂姐弄心，抱怨她不通知自己而使得自己在家痴等，抱怨她卖弄却把自己往下踩。最终还是在应伯爵的计谋下，吴银儿拜新生子得宠的李瓶儿为干娘，其在西门家的地位方与桂姐旗鼓相当。

与李桂姐的直露、吴银儿的温顺不同，妓女郑爱月则充满机心。文龙第六十八回评语曰："桂儿之狠，胜似银儿，月儿之毒，更甚于桂儿。银儿温柔，桂儿刁滑，月儿奸险。"[①] 可为知者言。欲擒故纵之法，郑爱月用得可谓是炉火纯青。第五十八回西门庆生日，叫四个妓女弹唱，只有郑爱月儿迟迟不至，说是王皇亲家拦了去。及至后，西门庆问起缘由，

---

① 朱一玄编：《金瓶梅资料汇编》，南开大学出版社2002年版，第632—633页。

爱月儿也笑而不答,却给他留下深刻印象。西门庆第二次到郑爱月家,郑爱月即"卖俏透密意",说道:"王三官娘林太太,今年不上四十岁,生的好不乔样,描眉画眼,打扮的狐狸也似。他儿子镇日在院里,他专在家,只送外卖,假托在个姑姑庵儿打斋,但去就他说媒的文嫂儿家落脚。文嫂儿单管与他做牵儿,只说好风月。我说与爹,到明日遇到他遇儿也不难。又一个巧宗儿:王三官儿娘子儿,今才十九岁,是东京六黄太尉侄女儿,上画般标致,双陆棋子都会。三官常不在家,他如同守寡一般,好不气生气死,为他也上了两三遭吊,

图 4.7　招宣府初调林太太

救下来了。爹难得,先刮剌上了他娘,不愁媳妇儿不是你的。"爱月此时正和李桂姐争嫖客王三官,对西门庆"透密意"实为一箭三雕:一是讨好西门庆;二是对李桂姐釜底抽薪(不久西门庆使提刑院至李家捉人);三是让王三官专情于己。西门庆听后,果然高兴异常,立即答应每月三十两银子包着爱月;而王三官也不久即拜义西门庆为干爹,打嘴现世。郑爱月的语言,和李桂姐不相上下,但其重重机谋,却出桂姐之上。

　　罗素在《婚姻革命》中说:"既然我们把正派妇女的道德看成一件极为重要的事,我们就必须有另一种制度去辅助婚姻制度,而且我们应当

把这种制度视为婚姻制度的一部分,这就是卖淫制度。"① 在《金瓶梅》中,卖淫制度即是婚姻的一种辅助,当时有钱有势之人多流连北里,众妓女也就成为其中独特的群体。她们与西门庆众妻妾一样,"一个不愤一个。那一个有些时道儿,就要踹下去";但她们又有自己的特点,她们身在妓院受老鸨盘剥,只好多接客,相互竞争,打击他妓以达到自己的目的。这从李桂姐、吴银儿和郑爱月三人的言语中即可看出。

四、低俗:恶谑与骂语

《金瓶梅》中既有通俗的市井语言,又有流于低俗的骂语和笑话,这也是《金》书在其他几部古典小说已经雅化之后仍未能脱俗的一大原因。骂语、笑话和书中的性描写相似,都是作者为塑造人物形象所设置,但也由于其直露和俚鄙,而被许多读者和研究者目之为"俗不可耐"。作为晚明社会的百科全书,这也正反映了《金瓶梅》的涵容量之大。其实,被读者广为推崇的《红楼梦》,其中也不乏此类语句,但因其主要是描写青春和爱情,描写"水做的骨肉"的女儿,描写四大家族的兴衰,所以读者往往会原谅其中的相关描写。而对于"独罪财色"的《金瓶梅》,人们往往对其中关于"色"的描写不能释怀。即使如此,并不妨碍骂语、笑话等成为我们研究的对象,因为丑的、俗的也要研究。

帮闲是《金瓶梅》中一群特殊的人物,也是一道靓丽的风景。帮闲中又以应伯爵最为白眉,有研究者称其为千古帮闲第一人,宁宗一先生则称其为"前无古人的帮闲"②。我们在阅读过程中会发现,有两个人物在书中最为活跃,也最具有吸引力,一为潘金莲,另一人即为应伯爵。书中二十个左右的笑话,大部分为应伯爵所讲。除讽刺老鸨爱钞等的笑话外,大部分格调庸俗低下。正如《红楼梦》中薛姨妈所说:"笑话儿不在好歹,只要对景就发笑。"③ 应伯爵的笑话都能应时应景,令闻者大笑。西门庆在"草里蛇逻打蒋竹山"一回,也讲了个关于蒋竹山在病人家担

---

① [英]罗素著,靳建国译:《婚姻革命》,东方出版社1988年版,第98页。
② 宁宗一:《金瓶梅可以这样读》,中国文史出版社2010年版,第204页。
③ (清)曹雪芹、高鹗著,中国艺术研究院红楼梦研究所校注:《红楼梦》,人民文学出版社1996年版,第744页。

心自己的鱼被下面的猫儿吃掉的笑话，书中未交代，或许为应伯爵所讲。"西门庆大闹丽春院"的下一回，应伯爵、谢希大"替花勾使"，西门庆至丽春院李家后，应伯爵适时讲了个螃蟹和田鸡比赛跳远的笑话，借景骂了桂姐、桂卿两妓，"把西门庆笑的要不的"。第三十五回应伯爵讲的一个道士师徒二人关于屁股的笑话，是借此讽刺西门庆和琴童的同性恋关系，引起西门的笑骂。第五十一回有西门庆向潘金莲讲的关于一人转世为驴又还阳的笑话，是听应伯爵讲的，金莲听后也立即明白了其用意。当然不止应伯爵擅长说笑，谢希大也是此中能手，他讲的泥水匠堵住阴沟讽刺老鸨的笑话，即为其中精品。《金瓶梅》中的笑话，为此书增加了通俗性和趣味性。其中涉及色情的笑话，现在被称为"黄段子"的，也使得应伯爵等人千古欲活，使得《金瓶梅》成为雅俗共赏的作品。

　　骂语是《金瓶梅》中较为常见的语言，从主子到奴才，从吴月娘到李瓶儿，在书中无不施骂语。从回目来看，即有"郓哥帮捉骂王婆"、"杨姑娘气骂张四舅"、"春梅正色骂李铭"、"惠祥怒詈来旺妇"、"为失金西门庆骂金莲"、"月娘含怒骂玳安"、"春梅毁骂申二姐"、"刘二醉骂王六儿"。从中我们可以看出，有主子之间相骂，奴仆之间相骂，主子骂奴才，奴婢骂王八、唱的，地痞骂私娼；书中尚有仆妇骂主子，帮闲与妓女相互对骂，等等。骂的形式，有撅骂、卷骂、海骂、啐骂。骂的心理因素，盖出于施骂者对被骂者的极度不满，当然情人间的以秽语（如"淫妇"等）为昵称者不在此列，主子对奴才的昵称（如"小肉儿"等）不在此列。据傅憎享先生研究，《金瓶梅》中的骂语类型有咒骂、贬骂、性骂、兽骂等。① 咒骂即是诅咒对方生恶疾、无后或速死，如"烂折脊梁骨的"、"断子绝孙"、"贼短命"、"贼作死的短寿命"等。贬骂是极力打击对方、抬高自己。如骂人为奴才、花子、男盗女娼，庞春梅自从被西门庆收用后自以为居于主子之列，即最恨别人骂其为"奴才"。而西门庆妻妾和众妓女则多骂应伯爵为花子、应花子。性骂是指以性行为、性器官等相关的词语施骂，如"什么瓶姨鸟姨"、"怕什么鸟"等。兽骂是以动物、动物行为、动物肢体、动物幼仔做骂语。如骂人为"老猪狗"、

---

① 傅憎享：《论〈金瓶梅〉的骂语与骂俗》，《学术交流》1990年第2期。

—— 第四章 雅俗："文心"与"里耳"——

"老狗肉"、"呲牙"、"抖毛"、"狗骨秃"等。

《金瓶梅》中在妓女与帮闲间展开的骂语，由于使用拆字法、谐音、反切、藏头等方式，使得其中有些语言成为难解之谜，也成为语言学家在面对该书时不得不面对的难题。我们在此仅就其文学性，来分析他们之间的语言。"李桂姐拜娘认女　应伯爵打诨趋时"一回，郑爱香说应伯爵："应二花子，李桂姐便做了干女儿，你到明日与大爹做个干儿子罢，吊过来就是个儿干子。"继而在桂姐指使下骂伯爵："不要理这望江南巴山虎儿，汗东山斜纹布！"前者为直骂，后者即为"王八汗邪"的藏头骂语。在应伯爵"拿出急来"后，郑爱香更用歇后语和反切骂其"今日鬼酉儿上车——推丑。东瓜花儿——丑的没时了。他原来是个王姑来子。"作者在走笔至此时曰："这里前厅花攒锦簇，饮酒玩耍不题。"在描写世情的巨著中，正是这些琐屑处，可以见作者的笔墨之妙。笑笑生描写中下层市民、妓女、帮闲，往往活灵活现，其骂语、骂俗也恰当得体。而对于上层官吏如蔡太师、李邦彦等，则描写得有如土财主，缺少灵性。

我们在此节分析了官场和儒士之间，西门庆家中妻妾仆妇之间，嫖界，帮闲等语言的通俗、俚俗的特点，有时有些语言如恶谑和骂语等不免流于低俗、庸俗。但《金瓶梅》是为晚明中下层市井细民画像的巨著，不如此描写不足以显示他们性格的鲜活。这正如《水浒传》的描写侠客，《红楼梦》的描写贾王史薛四大家族，《儒林外史》的描写各类儒生，不如此描写即不足以为其传神。所以《金瓶梅》的语言是它所特有的，笑笑生以方言描写市井小民对话是成功的，他的语言是通俗的、俚俗的，合于各个人物的"声口"的。《金瓶梅》的语言是通俗之美、俚俗之美，是美的既存和美的长存。

第五章　世情悲喜：歌哭的世界

我们在本章所讲的悲剧和喜剧，都不是作为戏剧类型，而是作为美学范畴而言的。悲剧和喜剧是一对相互依存、相辅相生的美学范畴，在审美对象中有其重要的作用。《金瓶梅》中有诸多戏剧性的因素，如东吴弄珠客在《金瓶梅序》中所说"借西门庆以描画世之大净，应伯爵以描画世之小丑，诸淫妇以描画世之丑婆、净婆，令人读之汗下"，即为一重要的方面。从美学角度对《金瓶梅》进行悲剧性和喜剧性两方面的研究，即为《论〈金瓶梅〉的艺术》的题中应有之义。

"对于丑在艺术上占主导地位的两种形态：悲剧和喜剧，它们或作为两种艺术种类（两种戏剧形式），或作为两个美学范畴，很早就被艺术家、哲学家广泛地研究着。人们为什么欣赏可怕的东西，这是悲剧研究的任务，人们为什么欣赏可笑的东西，则是喜剧研究的任务，这是因为在以直接在舞台上表现社会矛盾冲突为自己的特点的戏剧形式中，这两个问题同样表现得更为突出、更为集中，因而研究悲剧和喜剧中所反映出来的这

图 5.1　西门庆痛哭李瓶儿

两方面的问题，就成为美学研究的重要任务之一，也正因为如此，悲剧性和喜剧性就成为两个重要的美学范畴。"① 研究《金瓶梅》中具有悲剧性的东西和喜剧性的东西，为什么书中有些人物和事件令人感到怜悯和同情，而另有些人物和事件却令人感到滑稽、可笑，这是我们在本章中要作出回答的问题。

第一节 喜剧性："笑"的智慧

喜剧是"人生的摹本，风俗的明镜，真理的反映"②。

——西塞罗

喜剧和悲剧作为古老的戏剧类型，无论在中国还是在西方都具有悠久的历史。历史上有许多美学家对喜剧进行过理论方面的论述。亚里斯多德在《诗学》中精辟而深刻地论述悲剧问题的同时，也提到了喜剧的问题。他说："喜剧总是模仿比我们今天的人坏的人"③，"'坏'不是指一切恶而言，而是指丑而言，其中一种是滑稽。滑稽的事物是某种错误或丑陋，不致引起痛苦或伤害"④。康德认为喜剧起源于"一种紧张的期望突然归于消灭"。黑格尔认为喜剧的矛盾根源，在于绝对精神发展中感性形式压倒观念。莱辛则认为可笑的事物不是丑本身，而是美与丑、完美与不完美的对比。车尔尼雪夫斯基对丑是滑稽的根源与本质予以肯定，当丑自炫为美的时候，就变成了滑稽，因此"滑稽的真正领域，是在人、在人类社会、在人类生活"⑤。马克思、恩格斯批判地吸取了黑格尔关于"历史的讽刺"的合理因素，而不同于黑格尔从绝对精神出发而是将喜剧建立在现实的社会秩序之上，喜剧对象的特征是"用另外一个本质的假

---

① 秋文：《戏剧本质与中国古典戏剧的特点》，上海文艺出版社编：《中国古典悲剧戏剧论集》，上海文艺出版社1983年版，第144—145页。
② 转引自陈瘦竹、沈蔚德：《论悲剧与喜剧》，上海文艺出版社1983年版，第176页。
③ [古希腊] 亚里斯多德著，罗念生译：《诗学》，人民文学出版社1962年版，第8页。
④ [古希腊] 亚里斯多德著，罗念生译：《诗学》，人民文学出版社1962年版，第16页。
⑤ [俄] 车尔尼雪夫斯基：《美学论文选》，人民文学出版社1957年版，第112页。

象来把自己的本质掩盖起来",而这正是历史的客观进程"把陈旧的生活形式送进坟墓"①的最后一个阶段上的必然产物。鲁迅先生在《再论雷峰塔的倒掉》一文中也精辟地概括道:"喜剧将那无价值的撕破给人看。讥讽又不过是喜剧的变简的一支流。"②

从以上论述中我们可以看到,先贤对于喜剧的看法也并不一致。但有一点可以肯定,即喜剧是一种笑的艺术。笑是人类感情的自然流露,是对人或事物的一种美学评价。喜剧性情节可以分为闹剧式的喜剧情节、讽刺性的喜剧情节、幽默性的喜剧情节、抒情性的喜剧情节。在《金瓶梅》中,主要的喜剧情节是闹剧式喜剧情节、讽刺性喜剧情节、幽默性喜剧情节,下文将分别加以论述。

一、闹剧式喜剧情节

闹剧式喜剧情节的特点,是把自己或别人的悖理处夸张到骇人听闻的程度,而这种主要侧重于形式的夸张,它引起的笑并没有什么恶意。这在宋元杂剧中有诸多范例,明代优秀的戏曲家如徐渭等人对于这种形式有良好地吸收和借鉴。兰陵笑笑生所创作的《金瓶梅》的喜剧性范式是与宋元杂剧一脉相通的,书中人物出场时的自报家门、自我嘲讽,体现了元杂剧讥时讽世的精神。

闹剧式情节的出现,正

图 5.2　西门庆生子加官

---

① [德] 马克思:《〈黑格尔法哲学批判〉导言》,《马克思恩格斯选集》(第一卷),人民出版社1972年版,第5页。
② 鲁迅:《鲁迅全集》(第一卷),人民文学出版社2005年版,第203页。

因为作为丑的人物将自己的行为自炫为美,以滑稽可笑的形式表现出来。《金瓶梅》中人物出场时自报家门的现象凡数见,较为突出者有蔡老娘、赵裁缝、赵太医和李贵出场时的韵语自白。作者兰陵笑笑生在运用这种手法时,正是借鉴了元明杂剧中人物出场时的自报家门。如元杂剧中贪官出场念"我做官人胜别人,告状来的要金银。若是上司当刷卷,在家推病不出门"①,徐渭《歌代啸》中州官上场念"只我为官不要钱,但将老白入腰间"②;元杂剧昏官上场念"官人清如水,外郎白似面;水面打一合,胡涂成一片"③。《歌代啸》中的李和尚谄谀州官是"清水白面般"的好官,州官则说"世间清不过水,白不过面,你说的是"④。"西门庆生子喜加官"一回,西门庆与众妻妾在聚景堂饮酒过程中,不见了李瓶儿,问丫鬟绣春,说是瓶儿害肚里疼回房躺着;待叫回瓶儿后,不久她复又回房,疼得在炕上打滚。西门庆、吴月娘迅即派小厮来安、玳安去请蔡老娘。此时是人命关天的紧急时刻,西门府上都在盼望蔡老娘到来,为李瓶儿接生,而蔡老娘到后却不紧不忙地做了一番自我介绍:

  我做老娘姓蔡,两只脚儿能快。身穿怪绿乔红,各样鬏髻歪戴。嵌丝环子鲜明,闪黄手帕符攃。入门利市花红,坐下就要管待。不拘贵宅娇娘,那管皇亲国太。教他任意端详,被他褪衣刮劃。横生就用刀割,难产须将拳揣。不管脐带包衣,着忙用手撕坏。活时来洗三朝,死了走的偏快。因此主顾偏多,请的时常不在。

此段韵语,在彼时彼刻李瓶儿母子二人生命系于一旦之际,实在不合于常情常理。西门庆夫妇请蔡老娘,而不是去请自诩会"抱腰、收小的"的茶坊王婆,自然知道她在接生方面的技能。退一步讲,即使在进入西门庆家门需要作自我介绍,也不应将自己形象不整、贪恋财物、接生手段低劣等方面在主顾面前一一摆出。按常情,在向主顾作自我介绍

---

① (元)关汉卿等:《窦娥冤》,人民文学出版社1958年版,第21页。
② 张燕瑾主编:《中国古代戏曲专题》,高等教育出版社2007年版,第321页。
③ 转引自叶长海《曲学与戏剧学》,学林出版社1999年版,第246页。
④ 张燕瑾主编:《中国古代戏曲专题》,高等教育出版社2007年版,第321页。

时自然应该说自己的长处，而非短处，否则会将主顾吓跑。蔡老娘为李瓶儿接生，以及西门庆死后为吴月娘接生，都是按部就班、较为熟练地完成任务，并未出现自叙中"刀割"、"拳揣"等粗暴行为。作者兰陵笑笑生让蔡老娘作的这一段自报家门，正是一种对产婆的解嘲，将接生婆中一些不良行为如贪婪、接生手段低下等，夸张到骇人听闻的程度，从而构成一种闹剧性的喜剧情节。从而可见笑笑生对于各种通俗文学皆较为精通，他认为在通俗文学之间并没有严格的界限，为戏曲所用的，同样也可以为小说所用。

同样突出的闹剧性喜剧情节在书中还出现过三次。一次是第四十回西门庆叫将赵裁缝来，与众妻妾做妆花通袖袍儿、遍地锦衣服和妆花衣服，书中说是"时人有几句夸赞这赵裁好处"，实际上仍为赵裁的自报家门。其中"幅折赶空走赞，截弯病除手到。不论上短下长，那管襟扭领拗……每日肉饭三餐，两顿酒儿是要……不拘谁家衣裳，且交印铺睡觉"云云，实际上是对于当时贪财、贪馋、技术拙劣、不顾主顾和只管"老落"主顾衣裳布料的裁缝群体的嘲讽，其用词夸张，使人一听即知为过甚其词。赵裁缝本人或有贪财的毛病，但是在技术方面尚且过得去，否则西门庆不会一而再再而三地请他来家赶做衣服。真正在自我表白时揭露出自己无知的，是为李瓶儿诊脉看病的赵太医。当时李瓶儿病重，西门府上忙乱着请任医官、胡太医、何老人等为其诊脉开方，西门庆听信韩道国之言，派小厮请来赵太医。赵太医来时，何老人刚看过脉息，西门庆、应伯爵、乔大户相陪何老人坐着。赵太医自我介绍"家居东门外头条巷二郎庙三转桥四眼井住的，有名赵捣鬼便是"，并说系世代医家，自诩看过《黄帝素问》、《海上方》等中医药学名著，并说道：

我做太医姓赵，门前常有人叫。只会卖帐摇铃，那有真材实料。行医不按良方，看脉全凭嘴调。撮药治病无能，下手取积儿妙。头疼须用绳箍，害眼全凭艾醮。心疼定敢刀剜，耳聋宜将针套。得钱一味胡医，图利不图见效。寻我的少吉多凶，到人家有哭无笑。正是：

半积阴功半养身，古来医道通仙道。

这段韵语出自明李开先所著传奇剧本《宝剑记》，兰陵笑笑生将其稍作修改后融入小说，使得此段文字成为赵太医这一庸医的写照。如果说蔡老娘和赵裁的自报家门尚对自己有诸多不合之处，赵太医的数句言语与其医术、医德和贪婪将其刻画得力透纸背。此时情况紧急，瓶儿生命危在旦夕，与蔡老娘到西门家为其接生时大致相类，而书中说："众人听了，都呵呵笑了。"也可知这是笑笑生用戏剧笔法来写小说，在传统的小说描写中，一人行将就木而请来的医生却用一段韵语来自我表白，且与前面所叙述的世代行医、看过诸多医书等相矛盾，这是非常不合乎情理的。笑笑生是借此以缓和沉痛、紧张的气氛，而后写西门庆之哀、之大哭李瓶儿，才更为有力。赵太医为李瓶儿看病的过程，是作者为一位庸医做忠实写照的过程。赵捣鬼由韩捣鬼引出，而在即将驾鹤西去的李瓶儿房内捣鬼一番，也实在为此回小说增添了闹剧式的色彩。田晓菲在《秋水堂论金瓶梅》中走笔至此，论道："《金瓶梅》是我们的文学传统中第一部多维的长篇小说：它的讽世但不排除抒情，而它的抒情也不排除闹剧的低俗。"① 信然！

李贵的出场同样具有闹剧性质。西门庆死后的第一个清明节，吴月娘、孟玉楼并吴大舅夫妇等一行数人为西门上新坟，适逢清河知县的衙内在杏花庄大酒楼下看教师李贵走马卖解。李贵诨号"山东夜叉"，身着武生打扮，在竖肩桩、隔肚带、抢枪舞棒，做各样技艺玩耍，并高声念一篇自白：

> 我做教师世罕有，江湖远近扬名久。双拳打下如锤钻，两脚入来如飞走。南北两京打戏台，东西两广无敌手。分明是个铁嘴行，自家本事何曾有。少林棍，只好打田鸡；董家拳，只好吓小狗。撞对头不敢喊一声，没人处专会夸大口。骗得铜钱放不牢，一心要折章台柳。亏了北京李大郎，养我在家为契友。醮生酱吃了半畦葱，卷春饼噇了两担韭。小人自来生得馋，寅时吃酒直到酉。牙齿疼，把来剉一剉；肚子胀，将来扭一扭。充饥吃了三斗米饭，点心吃了

---

① 田晓菲：《秋水堂论金瓶梅》，天津人民出版社 2005 年版，第 183 页。

七石缸酒。多亏了此人未得酬,来世做只看家狗。若有贼来掘壁洞,把他阴囊咬一口。问君何故咬他囊?动不的手来只动口。

在《水浒传》时代,绿林好汉们是替天行道,是路见不平拔刀相助,是除霸安良。而到了《金瓶梅》的时代,即使武功高强如武松、李贵者,也不得不受制于财广势重的西门庆、李衙内之流。武松杀西门庆不成,反被垫发充军;李贵更为可悲,已成为李衙内的一条看家狗。所谓的双拳如锤、两脚似飞,无非只是"铁嘴行",无丝毫真本事;少林棍、董家拳等武艺,也只是用来打鸡吓狗的下三滥手段;又且贪馋、贪婪、好色、善骗,甘心做看家狗而无大志向。当然,这些并非是号称"山东夜叉"的李贵的真实情况,通过后文中李安对李贵本领的推崇可知。正因其闹剧性的自嘲,才让我们看到了当时众多学武之人已经沦落到何种程度,他们的行径和品性已经远非梁山好汉之匹。

闹剧式的喜剧情节,在《金瓶梅》中尚有通过人物之口的自嘲或他嘲。"王婆定十件挨　光计西门庆茶坊戏金莲"一回,王婆听西门庆说其女西门大姐有人家下定后,婆子问定了谁家,为什么不请她去说媒?西门庆道:"被东京八十万禁军杨提督亲家陈宅合成帖儿。他儿子陈经济,才十七岁,还上学堂。不是也请干娘说媒,他那边有个文嫂儿来讨帖儿,俺这里又使常在家中走的卖翠花的薛嫂儿同做保,即说此亲事。干娘若肯去,到明日下小茶,我使人来请你。"婆子哈哈笑道:"老身哄官人耍子。俺这媒人们都是狗娘养下来的。他们说亲时又没我,做成的熟饭儿怎肯搭上老身一分。常言道:当行厌当行。到明日娶过了门时,老身胡乱三朝五日,拿上些人情去走走,讨的一张半张桌面倒是正景。怎的好和人斗气。"王婆通过对媒婆这一行的极力自嘲——"俺这媒人们都是狗娘养下来的",说明了媒人们相互之间的激烈竞争,以及在触及对方利益时可能引发的矛盾。当行厌当行,一句"常言道",道破了当时社会各行业内部的竞争状况,以至于老辣如王婆,既会说媒、与人家抱腰、收小的、做牵头、做马泊六,又会针灸看病、做贝戎(笔者按:贝戎即"贼")儿,也不敢公然触犯行业内部的潜规则。《金瓶梅》第七十四回,李桂姐和吴月娘等人谈起妓院中的妓女,也是"一个气不愤一个,好不生分",吴月娘接过来说的"你们里边与外边怎的打偏别……那一个有时道儿,就要跐下去",也都带有自嘲的性质,对于自己所处的行业或阶层作了说明。但因其无闹剧性,距离我们的论题有些远,故在此不赘。

　　整体全知全能叙事方式的古典长篇白话小说,穿插着几位人物以第一人称的叙事方式在出场时自我介绍家世、自报本领的说白和韵语,这在《西游记》等长篇小说中已经出现,如孙悟空在和妖精打斗前的自我介绍。但出场人物一如戏曲中的丑角,将自己或者本行业的人士的不良嗜好和缺陷等一一向他人述出,则是《金瓶梅》作者兰陵笑笑生在小说方面的独创,是借鉴宋元杂剧而在说部的一种大胆尝试,是一种"大小说"观念的体现。作为喜剧最简单的形式的闹剧,虽有流于浅显之嫌,但能够让读者们通过他们闹剧式的自报家门而了解晚明社会的世情、世态、世相。这种美学形态的描写给读者以轻松、活泼、愉快的感觉,使得读者能够在笑声中看破人物的本性。

二、讽刺性喜剧情节

　　喜剧,在由闹剧式喜剧情节提高自己的思想性、丰富自己的社会内容同时,就发展成为讽刺性喜剧。讽刺性喜剧是喜剧最为普遍、最为典型的形式。不同于闹剧仅表现为在形式上的夸大其辞和歪曲、在形式上对恶进行调笑,讽刺喜剧是对社会上的丑角们的直接嘲弄和批判。讽刺的笑充满了对对方的鄙视和憎恶。讽刺性的喜剧情节,在《金瓶梅》中也是最为广泛的喜剧形式。《金瓶梅》中讽刺性喜剧情节的表现形式,主要有戏弄、对比、夸张等形式,下面分别加以论述。

　　戏弄,"就是此一人物对彼一人物给以戏耍和嘲弄,嬉笑怒骂,淋漓尽致"[1]。在戏谑嘲弄之中,尽将对方的掩饰和虚伪剥落,而对方又恼怒不得、哭骂不得,可谓是嬉笑之间与对方进行了一场寓庄于谐的斗争。《金瓶梅》最擅长此法的要数帮闲应伯爵,其次为谢希大。在因潘金莲寄笺惹恼李桂姐、西门庆脚踢小厮玳安后,应伯爵等众帮闲窝盘住了李桂

---

[1] 徐扶明:《明清传奇中喜剧情节和表现手法》,上海文艺出版社编:《中国古典悲剧戏剧论集》,上海文艺出版社1983年版,第181—182页。

姐。此时谢希大讲了一个泥水匠打水平的笑话，讽刺妓院老鸨"有钱便流，无钱不流"。李桂姐回敬了一个关于孙真人摆宴席，让他的坐骑——老虎请客人的笑话，讽刺了众位帮闲的"从来不晓得请人，只会白嚼人"的帮嫖贴食的恶习，从而以激将法使得各位帮闲凑份子在丽春院请了一次客。老鸨爱钞是常被戏弄的一个话题，除上面谢希大的笑话外，应伯爵在"狎客帮嫖丽春院"一回讲的笑话："一个子弟在院里嫖小娘儿。那一日作耍，装作贫子进去。老妈见他衣服蓝缕，不理他。坐了半日，茶也不拿出来。子弟说：'妈，我肚饥，有饭寻些来我吃。'老妈道：'米囤也晒，那讨饭来！'子弟又道：'既没饭，有水拿些来我洗洗脸罢。'老妈道：'少挑水钱，连日没送水来。'这子弟向袖中取出十两一锭银子放在桌上，教买米顾水去。慌的老妈没口子道：'姐夫吃了脸洗饭，洗了饭吃脸？'"从而将鸨儿无财不行、对钱财趋之若鹜的嘴脸通过嬉笑的方式加以叙出。"一分家财都嫖没了"的应伯爵想必在妓院吃过闭门羹，所以讽刺起来也更加一针见血。帮闲和妓女都是为达官贵人们服务的，在某种程度上具有类似性，都是出卖自己的肉体或灵魂，以讨好、谄媚主顾如西门庆之流。但有时妓女和帮闲间也有矛盾，这就会一石激起千层浪。李桂姐因王三官事藏在西门家，西门庆应桂姐之请派家人来保去为她说情。应伯爵对桂姐说西门庆之所以去为她说情，全仗自己之力；桂姐骂其蛇蚤儿好大面皮、西门庆才不会信他说话，并没有他的丝毫功劳。伯爵玩笑中有些着恼，在接下来李桂姐唱的【伊州三台令】套曲中对其不断戏弄，将其言行和感情方面的掩饰尽行剥落，从而露出其渺小而卑微的灵魂。如桂姐唱至"空教我黛眉蹙破春山恨"时，伯爵道："你记的说，接客千个，情在一人。无言对镜长吁气，半是思君半恨君。你两个当初好，如今就为他耽些惊怕儿也罢，不抱怨了。"桂姐唱至"他那里睡得安稳"时，伯爵说他又没被拿到东京，又没躲在人家，为什么睡不安稳。桂姐唱到"自恨我当初不合地认真"一句时，伯爵道："傻小淫妇儿，如今年程在这里。三岁小孩儿出来也哄不过，何况风月中子弟。你和他认真？你且住了，等我唱个【南枝儿】你听：风月事，我说与你听：如今年程，论不的假真。个个人古怪精灵，个个人久惯老诚，倒将计活埋把瞎缸暗顶。老虔婆只要图财，小淫妇儿少不得拽着脖子往前挣。苦似投河，愁如觅井。几时得把业罐子填完，就变驴变马也不干这个营生！"正如伯爵所言"接客千个，情在一人"，这一次李桂姐可能是真对王三官儿动了感情，应伯爵一曲【南枝儿】触痛了桂姐受伤的心灵，道出了作为妓女的悲酸和哀痛，从而说得李桂姐哭起来。应伯爵的戏弄手腕可谓炉火纯青，谀之可使其上天，毁之可使其入渊。伯爵如此言明李桂姐心事，而西门犹与其在藏春坞雪洞中云雨，也更可见出西门庆不懂风情，一味滥淫。

　　对比，是一个人物前后言行等的比较，或者是人物与人物间的比较。通过对比，可以揭示出人物的真面貌；对比愈明显，人物本质的揭示也就愈彻底。《金瓶梅》中通过对比手法所表现的讽刺性喜剧情节，可谓在在皆是。如王招宣府"节义堂"牌匾与林太太"四海纳贤"的淫行的对比，林氏教育子女的言论和紧接着即与西门庆苟且的行为的对比等。武大郎一家和韩道国一家的对比是最鲜明的一例。如果单纯听韩道国说西门庆对他如何信任，如何家中摆饭常请他陪侍，如何彼此通家再无忌惮，他自己如何行止端庄取财有道，我们也许会把他看做西门庆的心腹，是人品高洁的清雅之士；但当其妇王六儿和其弟韩二发生奸情被捉，而韩道国不能直接找西门庆反而要转央应伯爵时，当我们看到韩道国得知妻子和西门庆有奸而纵容时，当我们读到韩道国夫妇拐骗西门庆家货银两千两至东京投奔蔡太师管家翟谦处时，韩道国人性虚飘、言过其实、贪婪无耻的本性即暴露无遗。再有就是武大郎和韩道国的对比，武氏兄弟和韩氏兄弟的对比。同为妻子有外遇，武大郎听到后义愤填膺，和郓哥谋划捉奸，虽被踢而最终身亡，但也可见在关键时刻其作为男子汉的行为；韩道国在韩二与王六儿通奸时不去制止，在被捉奸后委曲成全，而未出其妻、杜绝其弟，在王六儿与西门庆通奸时，反而曰"如今好容易赚钱，怎么赶这个道路"，真是无耻之尤！武氏兄弟兄友弟恭，韩道国兄弟二人姘居一妇；武二虽被金莲勾引而坐得正行得直，义正词严，韩二却早就与道国妇有奸，得便即入；武二为兄报仇，虽九死犹未悔，韩二奸通韩道国的女人，终得其为妻。正如田晓菲所言，韩道国一家既是武大一家的映像,也形成了尖锐的对比。[①] 此外,如潘金莲与李瓶儿、孟玉楼等,妓女李桂姐与吴银儿、郑爱月儿,帮闲应伯爵与谢希大、孙寡嘴等,蔡状元与安进士、宋御史等,在某种程度上都是一种对比。

"说话上张皇夸大过于客观的事实处,名叫夸张辞"[②]。夸张是从叙述人或故事中人物的角度,夸大其辞以达到某种讽刺效果的修辞手法。如广为研究者所引用的众嫖客在丽春院凑份子请西门庆的一段:

> 人人动嘴,个个低头。遮天映日,犹如蝗蝻一齐来;挤眼掇肩,好似饿牢才打出。这个抢风膀臂,如经年未见酒和肴;那个连二筷子,成岁不逢宴与席。一个汗流满面,恰似与鸡骨朵有仇;一个油抹唇边,把猪毛皮连唾咽。吃片时,杯盘狼藉;啖良久,筯子纵横。杯盘狼藉,如水洗之光滑;筯子纵横,似打磨之干净。这个称为食王元帅,那个号作净盘将军。酒壶番晒又重斟,盘馔已无还去探。正是:珍馐百味片时休,果然都送入五脏庙。

这一段骈文以夸张的言辞将应伯爵、谢希大、祝日念等帮闲比作"蝗蝻"、"恶痨"、"抢风臂膀"、"连二筷子"、"食王元帅"、"净盘将军",揭示了他们卑微而丑陋的灵魂。崇祯本眉批有"写得尽情痛快,此风虽文人不免,何况伯爵一辈"等批语,其实本段行文用语带有明显的夸张性。也正是通过这言过其实的描写,让我们看到了帮闲帮嫖贴食、一毛不拔的特点。后文叙述在离开丽春院时,应伯爵戏了李桂姐的金啄针儿、祝日念溜了李桂卿一面水银镜子,等等,盖为妓院帮闲常有之事,较上一段描写更为属实。"贵客高楼醉赏灯"一回祝日念对西门庆等人所编造的一段文书语言,概为哗众取宠:

> 立借契人王寀,系招宣府舍人。(休说因为要钱使用,只说)要钱使用。凭中见人孙天化、祝日念作保,借到许不与先生名下(不

[①] 田晓菲:《秋水堂论金瓶梅》,天津人民出版社 2005 年版,第 121 页。
[②] 陈望道:《修辞学发凡》,上海文艺出版社 1962 年版,第 130 页。

要说白银）软斯金三百两。每月（休说利钱，只说）出纳梅尔五百文。（约至次年交还，别要题次年，只说）约至三限交还。（那三限？）头一限，风吹辘轴打孤雁；第二限，水底鱼儿跳上岸；第三限，水里石头泡得烂。这三限交还他。（平白写了垓子点头那一年才还他。我便说，垓子点头，倘忽遇着一年地动了怎了？教我改了两句，说道：）如借债人东西不在，代保人门面南北躲闪。恐后无凭，立此文契不用。（到后又批了两个字：后空。）

此文书纯属祝日念编造，为在西门庆诸人前表示自己的聪明和博得他们一笑的效果。看"许不与"之人名，即知为极其吝啬之人，"许"了别人尚且"不与"，像祝日念、孙天化傍着的王三官借钱，怎么可能让他们空手套白狼。后文应伯爵告诉西门庆，祝日念、孙寡嘴二人因王三官事被锁去东京，西门庆道："我说正月里都摽着他走，这里谁人家银子，那里谁人家银子。那祝麻子还对着我捣生鬼。"西门庆之语，正可知祝日念的扯谎。也正是从祝日念编造文书的极度夸张中，我们看到了讽刺，看到了帮闲们为图口腹之欲和得保人银子而不惜巢风卖雨、架谎凿空，看到了他们的丑恶嘴脸和卑鄙无耻。

《金瓶梅》中的讽刺性喜剧情节自然不止于以上三种表现手法，如其运用的对话艺术，即有大量嘲弄、讽刺、挖苦一些言行不一的家伙的绝佳表现手法。如韩道国与张好问、白汝谎的对话，西门庆与吴月娘关于王三官不肖子弟的对话等，由于前文已述，在此不赘。兰陵笑笑生"寄意于时俗"，其笔下的儒士、官员、妓女、帮闲、伙计、仆妇、僧尼、道士等等，无不成为他讽刺的对象。我们看到《金瓶梅》的世界是一片肮脏龌龊、令人发指的世界，充斥着卑微无聊、卑鄙无耻和悲哀无言。《金瓶梅》是白话讽刺小说的开山之作，吴敬梓的《儒林外史》即是受其影响所产生的，这种美学形态的描写给读者的感觉是辛辣、讽刺。

三、幽默性喜剧情节

关于"幽默"，《辞海》的解释是："通过影射，讽喻，双关等修辞手法，在善意的微笑中，揭露生活中的讹谬和不通情理之处。""幽默"是较为含蓄地将人物的特点、缺点或事件的荒唐可笑加以表现的手法，是较为轻松的滑稽和较为智慧的嘲讽，是有情与无情的结合，喜剧性和悲剧性的结合。《金瓶梅》中幽默性情节也是书中喜剧情节的重要组成部分，作者笑笑生对于世事虽然更多的是采用冷嘲热讽和愤世嫉俗的表现手法，但我们在书中作者浓墨重彩描写的庄严场合，往往能发现其幽默所在。

图5.3　李桂姐趋炎认女

"李桂姐拜娘认女"一回，桂姐早于众妓教保儿挑着盒果豚蹄烧鸭瓶酒等礼品，至西门府上拜吴月娘为干娘。吴银儿、郑爱香儿等三妓到后，众妓之间的一段对话堪称经典，其文如下：

> 桂姐道："娘（月娘）还不知道，这祝麻子在酒席上，两片子嘴不住，只听见他说话。饶人那等骂着，他还不理。他和孙寡嘴两个好不涎脸。"郑爱香儿道："常和应二走的那祝麻子，他前日和张小二官儿到俺那里，拿着十两银子，要请俺家妹子爱月儿。俺妈说：'他才教南人梳弄了，还不上一个月。南人还没起身，我怎么好留你。'说着他再三不肯。缠的妈急了，把门倒插了，不出来见他。那张小官儿好不有钱，骑着大白马，四五个小厮跟随，坐在俺每堂屋里只顾不去。急得祝麻子直撅儿跪在天井内，说道：'好歹请出妈来，收了这银子，只教月姐见一见，待一杯茶儿，俺每就去。'把俺

每笑的要不的。只像告水灾的,好个涎脸的行货子!"吴银儿道:"张小二官儿先包着董猫儿来。"郑爱香道:"因把猫儿的虎口内火烧了两醮,和他丁八着好一向了,这日只散走哩。"因望着桂姐道:"昨日我在门外庄子上收头,会见周肖儿,多上复你,说前日同聂钺儿到你家,你不在。"桂姐使了个眼色,说道:"我来爹宅里来,他请了俺姐姐桂卿了。"郑爱香儿道:"你和他没点儿相交,如何却打热?"桂姐道:"好合的刘九儿,把他当个孤老!什么行货子,可不砢碜杀我罢了。他为了事出来,逢人至人说了来,嗔我不看他。妈说:'你只在俺家,俺倒买些什么看看你不打紧。你和别人家打热,俺傻的不匀了。'真是硝子石望着南儿丁口心。"说着,都一齐笑了。月娘坐在炕上听着他,说:"你每说了这一日,我不懂,不知说的是那家话。"

这一段对话关键处不在于显示张二官的有钱,祝麻子的涎脸无耻,嫖客残忍的性虐待,也不在于显示了说话人的性格,如吴月娘的愚笨,郑爱香的健谈,李桂姐的尖利直快,吴银儿的温顺平和,而在于通过幽默的笔法揭示妓女郑爱月儿的可笑的贞节(因此后不久,她即以欲擒故纵的手法将西门庆纳入石榴裙下),李桂姐的脚踏数只船(西门庆大闹丽春院时留宿丁双桥丁二官人,此时有嫖客周肖儿)。幽默的情节常常是比较含蓄的,需要加以思考的,而且越思考越能得到作者所要表达的真髓,从而越觉其可笑。此刻李桂姐使的眼色,正是让其他妓女不要说出周肖儿和她的关系,说周请了她姐姐桂卿,自然是扯谎。周肖儿让郑爱香捎话给李桂姐,却用下级对上级郑重其事用语的"上复",也令人哑然失笑。"硝子石望着南儿丁口心"一语虽至今无确解,但我们知其为一句对周肖儿的骂语,并不妨碍对全文的理解。郑爱香对自己妹子的炫耀和对张二官去她们家另一种炫耀,李桂姐对于刚成为吴月娘干女儿的见于辞色的炫耀,都使我们在领悟后发出会心的微笑。

"潘道士解禳祭灯法"一回是作者兰陵笑笑生郑重其事描写的道教活动之一。当时李瓶儿病体沉重,百般服药医治都无效,又感觉影影绰绰仿佛有人在她跟前一般,做梦时梦到前夫花子虚抱着官哥和她嚷闹。西门庆使小厮玳安往玉皇庙讨符，无效；应伯爵推荐潘道士来捉鬼："门外五岳观潘道士，他受的是天心五雷法，极遣的奸邪，有名唤做潘捉鬼，常将符水救人。哥，你差人请他来，看看嫂子房里有甚邪祟，他就知道。你就叫他治病，他也治得。"在潘道士一身盛装道服、背横纹古铜剑、执五明降鬼扇，威仪凛凛、相貌堂堂到来时，西门庆对他寄予了厚望。潘道士进入角门，走到李瓶儿房穿廊处，"往后退讫两步，似有呵斥之状。尔语数四，方才左右揭帘，进入房中"，"似"字作者运用极妙，一看即知潘道士的做作。在李瓶儿房内，运双睛，以慧通神目扫视，"仗剑在手，掐指步罡，念念有辞，早知其意"。如此，则潘道士早知道自己能力有限，似乎没有必要再将戏演下去。但潘道士仍焚符，喝叫值日神将，狂风过处，果有一黄巾力士出现，盖为道观中小道士早已串通好者。潘道士令其拘当房土地、本家六神查考，并擒来案下，看来是"潘捉鬼"开始行其捉鬼之术。须臾，潘道士"瞑目变神，端坐于位上，据案击令牌，恰似问事之状，久之乃止"。西门庆问可否解禳，潘道士曰："冤家债主，须得本人可舍则舍之，虽阴官亦不能强。"则潘道士不能捉其"冤家债主"之类的鬼。而他却号"潘捉鬼"，且又"极遣的奸邪"，不知为何？会天心五雷法的潘道士，难道捉的都是些普普通通善其终老之鬼？潘道士在此已说无能为力，而又为何祭本命星坛看李瓶儿命灯？其实，他这么做也不过是骗人而已。当晚三更正子时，用白灰界画建坛，以黄绢围之，震以生辰坛斗，祭以五谷枣汤，用本命灯二十七盏，上浮以华盖之仪，余无他物。可谓庄重之至。潘道士披发仗剑，望天罡、取真炁、布步诀、蹑瑶坛。"但见晴天星明朗灿，忽然一阵地黑天昏；卷棚四下皆垂着帘幙，须臾刮起一阵怪风"，怪风将二十七盏本命灯尽皆刮尽，唯一盏复明。当时有一白衣人领二青衣人自外进来，手里持着一纸文书呈在法案下。潘道士立即扶起俯伏行礼的西门庆，告知本命灯已灭，不可复救，李瓶儿生命只在旦夕间。在此可见潘道士不使他人和动物打搅之妙，大概是他好做安排。西门庆令左右捧出一匹布和三两白银作为谢仪，潘道士也是推让再四，最后只收下了布，大概是想以后会再度进入西门府上作法。紧接下文至嘱西门庆："今晚官人却忌不可往病人房里去，恐祸及汝身，慎之慎之！"西门庆也为此心中哀恸，但终于进入瓶儿房中，却也没有什么妨害。后来屡次出入瓶儿房中,并和奶妈如意儿苟且,也未见祸及其身之处。此段"解禳祭灯",较前文官哥病时先请施灼龟后邀钱痰火那闹剧式的场景庄重得多,但《金瓶梅》中道士的骗术一经揭穿,也可见作者的皮里阳秋之所在。书中其他隆重的道教活动,一为官哥玉皇庙寄法名,一为黄真人炼度荐李瓶儿亡魂,最终都以玩笑和谎言结束。这从总体上可见作者兰陵笑笑生对于道教的态度和对道士们的讽刺和揭露,虽不著一贬语,而其幽默效果在读者领悟之后立现于眼前。由上我们可见,幽默性喜剧情节的特点是机智、含蓄和意味深长。

《金瓶梅》作者兰陵笑笑生除采用以上所论及的喜剧性情节的表现手法外,还采用谐音和双关、笑话、词曲、骈文等众多情节,表现各种不同层次的情景喜剧。笑笑生通过运用自己的"笑"的智慧,创作了一部关于"笑"的书。通过不同层面的喜剧性情节的描写,从而描摹出当时的社会、人生和世俗百态,透过作者的笔调、笔法,读者们也就看到了社会的真理所在。尹恭弘先生有专书《〈金瓶梅〉与晚明文化——〈金瓶梅〉作为"笑"书的文化考察》,从文化视野和观念探寻《金瓶梅》作为"世情书"和"笑书"二者联系之所在[1],并有专章——第十一章《〈金瓶梅〉:作为"笑"书的文化风格》,探讨《金瓶梅》作为"笑"书的文化风格表现。其实尹先生主要是从喜剧性角度对《金瓶梅》作为"笑"书进行分析的。

由于世情小说源自宋代说话四家之一的"小说家",即决定了世情小说的通俗性和娱乐性。世情小说作者在进行小说创作时也就要考虑到作品的娱乐大众和为己盈利。这对于中下层人民出身的《金瓶梅》作者也不能避免,因其作品是拟书场型创作,作者在结构故事、塑造人物和展开情节时会时时想到故事赢得观众(读者)的能力,所以书中会安排众多的娱目醒心的情节。作者的创作,同时寄予作者的感情和深意在内,所以书中充斥着众多讽时骂世,表现世情、世相之笔墨。由作者的慧心灵性和五彩斑斓的妙笔,创作出了"或刻露而尽相,或幽伏而含讥",著

---

[1] 尹恭弘:《〈金瓶梅〉与晚明文化——〈金瓶梅〉作为"笑"书的文化考察》,华文出版社1997年版。

西门庆一家，"即骂尽诸色"的描摹世相见其炎凉的著名世情书。①

第二节　悲剧性：人性的考量

> 悲剧将人生的有价值的东西毁灭给人看。②
> ——鲁迅

关于对悲剧的理解，不同时代的哲学家、思想家具有较大的分歧。亚里斯多德认为："悲剧是对于一个严肃、完整、有一定长度的行动的模仿……借引起怜悯与恐惧，来使这种情感得到陶冶。"③亚氏的悲剧理论奠定了西方美学史上悲剧这一范畴的理论基础。其后，黑格尔的悲剧观产生了较大的影响。黑格尔认为造成悲剧的原因不是个人的偶然因素，而是根源于两种社会义务、两种现实的伦理力量的冲突。悲剧人物代表的力量虽然是合理的，但有片面性，两种善的斗争才是悲剧冲突的基础（《美学》）。黑格尔的悲剧观有一定的主观主义色彩，理论上混淆了两种对立力量与道德上的善恶斗争。车尔尼雪夫斯基对于黑格尔从理念出发规定悲剧本质的观点进行了批判，指出这是迷信的宿命论的观点。他指出："悲剧是人的苦难或死亡，这苦难或死亡即使不显出任何'无限强大与不可战胜的力量'，也已经完全足够使我们充满恐怖和同情。"但是，他认为悲剧只是人生中的恐怖或死亡，从而对悲剧的必然性有所否定，抛弃了黑格尔悲剧观中的辩证法和历史主义的合理成分。

马克思、恩格斯从辩证唯物主义与历史唯物主义的立场出发，深刻揭示了悲剧的社会根源，并对唯心主义悲剧观做了彻底批判。他们认为，悲剧是社会生活中新旧力量冲突的必然产物，是新的社会制度代替旧制度的必然信号，"一切伟大的世界历史事变和人物"，"第一次是作为悲剧

---

① 鲁迅：《中国小说史略》，人民文学出版社1973年版，第151—152页。
② 鲁迅：《再论雷峰塔的倒掉》，《鲁迅全集》（第一卷），人民文学出版社2005年版，第203页。
③ ［古希腊］亚里斯多德著，罗念生译：《诗学》，人民文学出版社1962年版，第19页。

出现"①。在评论拉萨尔的悲剧《济金根》的通信中，恩格斯指出济金根是作为垂死阶级的代表，是坚决反对过解放农民的贵族；另一方面是农民，"这就构成了历史的必然要求和这个要求的实际上不可能实现之间的悲剧性冲突"②。在此，马克思、恩格斯就深刻揭示了悲剧的本质。

同时，作为美学范畴的悲剧，"必须是能使人奋发兴起，提高精神境界，产生审美愉快的"③。我们从美学角度来对《金瓶梅》的故事情节加以审视，其中有诸多的悲剧性的情节和因素，其中虽然不涉及如马克思、恩格斯所说的新旧社会力量的尖锐冲突和必然矛盾，但是我们看到了人生有价值的东西的被破坏和被毁灭，这些也不断引起我们感情的激荡和阵阵的余悸。

一、人生有价值的东西的毁灭

从《金瓶梅》文本来看，作者兰陵笑笑生来自于民间，对中下层人民的生活有着切身的体会。他懂得下层人民的艰辛和苦难，懂得人世间最为悲哀、最为痛苦的悲剧是在下层百姓之中。笑笑生所创作的《金瓶梅》是描写恶霸、官僚、富商三位一体的西门庆的发迹变泰和破落衰败的历史，描写了金、瓶、梅三人曲折的人生历程，这自有作者的深意在；但在这主线之外，作者描写了下层人民的衣食无着和卖儿鬻女，描写了上自皇帝下至县令的盘剥农民和鱼肉百姓，描写了豪绅恶霸的草菅民命和陷害忠良，描写了复杂的人性，在人物本身具有悲剧性命运的同时又成为众多悲剧的制造者或帮凶，等等。在其中，我们看到了最为我们所珍重的生命的陨落，看到了在封建社会司空见惯的对良民的欺压和苛捐杂税，看到了人性的异化和堕落，看到了如鲁迅所说的"人生的有价值的东西毁灭"。

正如鲁迅在《〈绛洞花主〉小引》中谈及贾宝玉时所说的话，我们在

---

① ［德］马克思：《路易·波拿巴的雾月十八日》，《马克思恩格斯选集》（第一卷），人民出版社1972年版，第603页。
② ［德］恩格斯：《致斐·拉萨尔（1859年5月18日）》，《马克思恩格斯选集》（第四卷），人民出版社1972年版，第346页。
③ 王朝闻主编：《美学概论》，人民出版社1981年版，第52页。

— 奢华与堕落 —

《金瓶梅》中也"看见许多死亡"①。当然我们在此指的是众多无辜生命的被动逝去。第一位死去的是武大郎。因为妻子潘金莲和县门前开生药铺的破落户财主西门庆通奸,身高不满三尺、为人懦弱的丈夫武大,和一位年方十五六岁的孩子郓哥儿定计捉奸。武大郎在当时做了平生唯一一次堪称壮举的行为,为维护自己的切身权益而将奸夫淫妇潘金莲和西门庆堵在王婆的茶房之中,以致"妇人先奔来顶住了门。这西门庆便扑入床下去躲"。未曾想丧心病狂的潘金莲不顾夫主性命,唆使西门庆打武大,从而夺路而走。这时就出现一位身高七尺的大汉与一位绰号"三寸丁,谷树皮"的矮小汉子之间的斗争,身材矮小的武大想揪住西门庆,反被西门飞脚踢中心窝,往后倒下,西门庆夺路而走。我们在这个场景中看到的依然是强势人物的横行霸道,而街坊邻舍却惧于西门庆的权势而置之不问。为图性欲之欢的潘金莲,并不管武大郎的死活,武大一病五日,却是要汤不能、要水不得,小女迎儿也被金莲禁住不敢向前伺候。武大的求生意识,使其想起了自己的弟弟——身强体壮、勇猛过人的打虎英雄武松,并对金莲说如果能照顾自己病好,在武松归来时都不提起,否则的话,武松自然会来和他们算账。未曾想,此话正是武大郎自取速死之途。当潘金莲将武大的话告诉西门庆和王婆后,在老奸巨猾、心狠手辣的王婆的铺谋定计下,西门庆从自己的生药铺中取来砒霜,由潘金莲拌在心疼药中给武大灌下。当晚,"一丝没了两气,看看待死"的武大被动服毒,从而使得他成了第一位因为"西门庆和潘金莲为了自己的性自由"而被剥夺生命的人。②

李瓶儿成为西门庆的又一个猎获目标,花子虚也就顺理成章地成为继武大之后他人刀俎之上的又一"鱼肉"。花子虚的叔公花太监有钱有势,为他说了正在东京投亲的李瓶儿为妻。在花太监由殿前班直升任广南镇守时,也带他们到广南。名义上虽是为花子虚娶的妻,实际上却成为变态的花太监的性工具,以致使李瓶儿患上血崩之症。而久旷的花子虚虽然娇妻在室,却不得不"和他另在一间房睡着",而且经常被其骂得

---

① 《鲁迅全集》(第八卷),人民出版社2005年版,第179页。
② 王志武:《金瓶梅人物悲剧论》,陕西人民教育出版社1992年版,第50页。

狗血喷头，甚至瓶儿一句话就可让花太监将子虚打一趟棍儿。罗素说："既然我们把正派妇女的道德看成一件极为重要的事，我们就必须有另一种制度去辅助婚姻制度，而且我们应当把这种制度视为婚姻制度的一部分，这就是卖淫制度。"① 并进一步说明，"人之所以需要娼妓，是因为许多男人或是未婚，或者远离妻子，他们无法克制自己的性欲，而且在一个具有传统道德的社会中，他们得不到称心如意的正派女人。因此，社会就另立了一种女人，以满足男人的需要"②。李瓶儿当然不是什么正派妇女，花子虚也并非未婚或者远离妻子，而是因为积时

图 5.4　饮鸩药武大遭殃

已久的恐惧心理和无处宣泄的欲望才去求助于卖淫制度。但是不安本分又不思己过的李瓶儿，在花太监去世后却在寻找新的目标，当与西门庆一拍即合、隔墙密约之后，李瓶儿也就遇到了其所谓"医奴的药"——西门庆。适逢其时，花子虚陷入其族兄弟因分家产不均而打的官司的漩涡中，从而被捕至东京。李瓶儿以寻人情为借口，将三千两元宝和四口描金箱柜转至西门府上，并思及"防身之计"，去花子虚之意此时已决。西门庆人情说到后，花子虚也就被平安放出。此时房宅田地已被官卖，所得钱财均分给花子由等族兄弟三人，家财则已隔墙传入西门府上，子

---

① ［英］罗素著，靳建国译：《婚姻革命》，东方出版社 1988 年版，第 98 页。
② ［英］罗素著，靳建国译：《婚姻革命》，东方出版社 1988 年版，第 98—99 页。

虚想向西门庆索要说人情剩下的银两，却被李瓶儿痛骂，并串通西门庆置之不理。花子虚得了这口重气，搬到新买的狮子街房子后即得了一场伤寒，睡倒在床上。心疼使钱看病的李瓶儿，在请大街坊胡太医医治一段时间后（按：《红楼梦》中为晴雯看病的庸医也姓胡），即停了药。未及一月，妨碍了西门庆和李瓶儿性自由的花子虚，也就呜呼哀哉断气身亡了。

紧接着是宋惠莲的悲剧。妻妾众多的西门府上，犹如佳丽三千的皇宫内院，由于性磁场的严重失衡，争宠斗气似属常事。而如王志武先生所说，追求性自由的西门庆，并不满足于自己的一妻五妾，而是"坐家的女儿偷皮匠，逢着的就上"。来旺新娶的妻子宋惠莲，成为西门庆继娶李瓶儿之后盯上的又一个目标，也就因之产生了新的悲剧。西门庆把"生的黄白净面，身子儿不肥不瘦，模样儿不短不长，比金莲脚还小些儿"的宋惠莲睃在眼里之后，即设了条计策——支使来旺往杭州购买蔡太师生辰礼物。西门庆通过丫鬟玉箫用一匹蓝缎子勾搭上惠莲之后，即与其长相私通；潘金莲知道后为讨好西门庆，也暗中纵容。来旺从杭州回来得知此事，一日醉酒，在前边骂西门庆，要杀西门庆和潘金莲，并揭金莲阴私。金莲从小厮来兴处听说此事后，与西门庆使计陷害来旺入狱，并与惠莲展开博弈；终因金莲之语打动西门庆，而使银提刑院将来旺夹打之后押解回原籍。押解之事，惠莲被瞒，后听钹安之语得知，遂自缢。因解救及时，惠莲自缢未死。西门庆使玉箫、潘金莲等劝其从之，金莲不欲其为西门庆第七妾，遂架桥拨火于惠莲和孙雪娥处。李娇儿生日当天，雪娥与惠莲吵闹，惠莲含羞再次自缢，最终身亡。惠莲父卖棺材宋仁在惠莲尸体即将被烧化时，称"西门庆因倚强奸要他，我家女儿不从，威逼身死"，阻拦烧化尸体；西门庆随即差两个公人将宋仁一条索子押到李知县处，反问他倚尸讹诈。当厅夹打二十大板，被打得两腿棒疮，归家着了重气，害时疫而死。宋惠莲与西门庆的私通，概出于贴补家用和爱慕虚荣，有争强好胜之心，并想和西门庆妻妾如孟玉楼、潘金莲并肩，但这是与"若教贼奴才淫妇与西门庆做了第七个老婆，我不是喇嘴说，就把潘字掉过来哩"的心狠手辣的潘金莲意愿相违背的。在潘金莲、西门庆和孟玉楼等人的合力下，在来旺儿、宋惠莲肤浅和虚荣的心灵之下，终究造成了悲剧。宋惠莲的悲剧，正如王志武先生所说，是"西门庆性占有造成的悲剧"①。"不过，虽然惠莲、来旺、宋仁只是几个自私、贪婪、虚荣的小人物，惠莲之自杀，来旺之系狱以及宋仁之被打致死，还是令人心中恻然。《金瓶梅》写世相，其复杂之处，立体之处，深邃之处，正在于此。"②

官哥儿是下一个悲剧的主角。"书内必写蕙莲（按，崇祯本和第一奇书本《金瓶梅》惠莲皆作'蕙莲'），所以深潘金莲之恶于无尽也，所以为后文妒瓶儿时，小试行道之端也。"③李瓶儿翡翠轩私语，是金莲听取，"不怕冰了胎"、"肚内没闲事"等语即为讥刺瓶儿；"醉闹葡萄架"险丧金莲性命，而金莲犹与西门庆淫乐无度，既与李瓶儿私语相对，更是为竭力邀西门庆之宠。"兰汤午战"是金莲与春梅俏成一帮儿把拦西门庆的典型体现，也是金莲翡翠轩外听西门庆夸奖李瓶儿身上白净，而暗暗制作增白剂——茉莉花蕊搅酥油定粉——搽抹以夺李瓶儿之宠的一大表现。但无论是金莲如何争宠，怎么诅咒，李瓶儿这位最后进入西门府上的小妾却第一个为西门庆生了一个"生的甚是白净"的满抱的儿子；无论金莲当时所说李瓶儿生产月份不对，和后来所说官哥儿是个"小太乙儿"之语，都无以撼动官哥作为西门庆之子的地位。官哥的降临，客观上为瓶儿争宠添加了重要的砝码，西门庆也为了看望官哥，更为频繁地进入李瓶儿房中。潘金莲相继采用多种手段邀宠于西门庆，打击李瓶儿母子。如在庆官哥儿酒宴时，金莲即因琴童藏壶一事讥刺李瓶儿生孩子不吉利——"头醋不酸到底儿薄"。金莲因瓶儿生子，西门庆常在她房内宿歇，"于是常怀嫉妒之心，每蓄不平之意"。次日庆官客宴席上，金莲即怀嫉妒将官哥高高举起，使其受惊吓。此后"雪夜弄琵琶"、"妆丫鬟市爱"，多次与李瓶儿展开明争暗斗；在西门庆与乔大户家定为儿女亲家后，更是"共瓶儿斗气"。至此，潘金莲明白，如欲夺李瓶儿之宠，必须先置官哥于死地，于是一条毒计暗生心底。金莲在"花园看蘑菇"一回得知官哥怕猫，

---

① 王志武：《金瓶梅人物悲剧论》，陕西人民教育出版社1992年版，第57页。
② 田晓菲：《秋水堂论金瓶梅》，天津人民出版社2005年版，第85页。
③ （明）兰陵笑笑生著，（清）张道深评，王汝梅、李昭恂、于凤树校点：《张竹坡批评第一奇书〈金瓶梅〉》，齐鲁书社1991年版，第30页。

于是将自己房中驯养的一只雪狮子猫"如昔日屠岸贾养神獒害赵盾丞相一般",在房里用红绢裹肉,令猫扑而挝食。一日官哥身穿红缎衫儿,在外间炕上铺着小褥子玩耍,不料金莲房中这雪狮子猫猛然扑下,将官哥身上皆抓破了,官哥手脚俱风搐起来。月娘又轻信刘婆子之语,将官哥灸了几蘸,不料被艾火转为内风,不数日,年仅一岁零两个月的无辜生命即告夭折。

在世情奇书《金瓶梅》的悲剧性情节中,没有崇高,没有壮美,有的只是较为有价值的生命的死去,从而引发读者的怜悯和同情。悲剧是兰陵笑笑生用来暴露的有力武器,通过他的神工鬼斧,使我们看到了作为封建社会悲剧根源的封建家庭制度、妻妾制度、官吏制度等的罪恶,以及沾染在封建统治者及其帮凶手上的斑斑血迹。从而,我们也可以知道,只要封建制度存在,以上悲剧是不可避免的。

二、西门庆和金、瓶、梅是否悲剧人物?

讨论《金瓶梅》的悲剧性问题,即不能不涉及西门庆、潘金莲、李瓶儿、庞春梅等书中主要人物是否悲剧人物的问题。关于金瓶梅主要人物的悲剧性的问题,也是"金学"讨论已久的一个话题。先有卢兴基先生在《中国社会科学》1987年第3期刊载的《论〈金瓶梅〉——16世纪一个新兴商人的悲剧》发其端,继有众多的商榷性文章,或不同意其"新兴商人"说,或不同意西门庆是"悲剧"说。也有众多论者撰文论述潘金莲的悲剧,如沈天佑的《一个发人深思的悲剧人物——潘金莲》[①],最甚者称其为"千古悲剧人物"。也有部分论者著文论述李瓶儿、庞春梅、吴月娘为悲剧人物,或从《金瓶梅》女性群像挖掘其悲剧意义。论述及此,我们也不禁发问,西门庆、潘金莲、李瓶儿等《金瓶梅》中的主角是悲剧人物吗?

考察古今中外优秀的悲剧作品,其主角大都是正面人物或英雄人物,都是受人尊敬或者令人同情的人物。如果一部悲剧作品以负面人物作为

---

① 沈天佑:《一个发人深思的悲剧人物——潘金莲》,中国金瓶梅学会编印:《金瓶梅学刊》(试刊号)1989年。

主角，就不可能产生美学上的悲剧效果。著名戏剧研究家陈瘦竹先生在《论〈麦克白〉、〈理查三世〉及悲剧人物》一文中精辟地论述道："在历史过程中，悲剧主角（悲剧人物）随着社会的发展而有变化，从古代的帝王将相至近代的资产阶级、小资产阶级和无产阶级。就样式而言，有英雄人物的悲剧、平凡人物的悲剧以及错误造成的悲剧，这就是所谓'悲剧人物的多样性'。但反面人物，却从来不能成为悲剧人物。悲剧的美学特征，在于通过悲剧人物的牺牲或苦难引起我们的崇敬或同情、怜悯之感。反面人物的灭亡或失败，真是罪有应得，大快人心，从来不会引起人们的悲壮或悲痛之情。"[①] 西门庆作为恶霸、官僚、富商的三位一体，即使在当时社会也不是什么正面人物；而潘金莲、李瓶儿、庞春梅等人，其出身和遭际等虽有一定的悲剧性，但她们也不是正面人物，不是悲剧所描写的主角。悲剧是战斗的艺术，悲剧人物是能够引起人们美感的正面或英雄人物，我们相信《金瓶梅》中的诸位主要人物都不是悲剧人物。下面加以具体论述。

西门庆是《金瓶梅》中的男主角，也是全书贯穿首尾的人物。西门庆在刚出场时，作者即说其为好浮浪子弟，"近来发迹有钱，专在县里管些公事，与人把揽说事过钱，交通官吏，因此满县人都怕他"。随着西门庆"那一双积年招花惹草、惯细风情的贼眼"所及，武大郎、花子虚、宋惠莲相继殒命，来旺被押解回原籍、蒋竹山被其雇凶逻打，即使甘心为财物色欲献身者，如王六儿、贲四嫂、如意儿、林太太之流，也都被其实施性虐待。在色欲方面，西门庆除家中一妻五妾和外室王六儿等人外，还收用丫鬟春梅、迎春、绣春等人，妓院中包着李桂姐和郑爱月，并有男宠书童、王经之流。且每饭必饮酒，尚财使气，为图谋他人钱财不择手段。由于其夤缘钻营，被蔡太师由一介乡民提升为山东提刑所理刑副千户，从而进入宦途。为官之后的西门庆，更是目无王法，收受贿赂，草菅人命；与状元蔡蕴、御史宋乔年等官吏相互勾结，官官相护。在生意上，是李智、黄四东平府走香蜡的后台，掺假使杂；与税官钱主事通同作弊，偷税漏税。在短期之内，西门庆的财势和权势急剧膨胀，

[①] 陈瘦竹、沈蔚德：《论悲剧与喜剧》，上海文艺出版社1983年版，第136—137页。

成为清河县的"新秀"。由西门大郎，而西门大官人，而西门老爹，实现了三级跳。在朝廷上有蔡太师为后盾，较其入提刑所要早的正提刑官夏延龄，却要转求保护于他。他在蔡太师政治集团之中作恶多端，肆无忌惮。直到因纵欲得病不治身亡为止，西门庆都是过着骄奢淫滥的生活。至其死时，"相火烧身，变出风来，声若牛吼一般，喘息了半夜，挨到早晨巳牌时分，呜呼哀哉断气身亡"。正如张大户的患阴寒病症而死，和陈经济的被张胜所杀一般，作者在叙述过程中都表现了一定的同情。这并非如石钟扬先生所言"西门庆之死是喜剧性"[①]的，因为作者是具有怜悯之心的。东吴弄珠客在《金瓶梅序》中所说"读《金瓶梅》而生怜悯心者，菩萨也"，正是深得笑笑生心意者。张大户、西门庆和陈经济等人的死，给人以悲凉之感，但"悲剧精神的实质是悲壮不是悲惨，是悲愤不是悲凉，是雄伟而不是哀愁，是鼓舞斗志而不是意气消沉。悲剧的美，属于崇高和阳刚；正因为这样，悲剧才是战斗的艺术"[②]。所以我们在此可以说，作为负面人物的西门庆、陈经济等人，他们本身即是悲剧的制造者，是封建统治者的爪牙和帮凶，他们的人生并不是悲剧，他们的死也令人击节称快。

　　与西门庆相比，潘金莲、李瓶儿等人的悲剧性成分要浓得多。潘金莲是清河县城南门外潘裁的女儿，七岁时死了父亲，家里度日不过，其母潘妈妈在其九岁时即将其卖入王招宣府习学弹唱。王招宣死后，潘妈妈又将其争出来，三十两银子转卖与张大户为家乐。与她同时进入张大户家习学弹唱的白玉莲死后，潘金莲成为张大户家唯一的女乐，生得更加美丽可人；一日被张大户看上，并被其收用。此时作者感叹道："美玉无瑕，一朝损坏；珍珠何日，再得完全？"不见容于主家婆的潘金莲，被张大户赐婚于绰号"三寸丁，谷树皮"的武大郎为妻。名义上是武大之妻，实际上是张大户的情妇。张大户死后，武大一家被迫搬家，辗转至县前街典房居住。人性开始萌动的潘金莲开始不满于丈夫武大的卑微懦弱，开始主动寻求自己的幸福。第一次尝试，由于选中的目标是武大郎

---

① 石钟扬：《人性的倒影——金瓶梅人物与晚明中国》，陕西人民出版社2008年版，第143页。
② 陈瘦竹：《论悲剧精神》，陈瘦竹、沈蔚德：《论悲剧与喜剧》，上海文艺出版社1983年版，第136—137页。

的兄弟——打虎英雄武松，是重人伦、讲兄友弟恭的一条汉子，所以以失败受辱而告终。第二次尝试，是遇到了其生死冤家西门庆，两个人一箭上垛，并以武大的生命为代价而结为姻缘。嫁入西门府的潘金莲，开始"用罪恶证明自己的存在"①，先是作为主要助推力，促使来旺被系狱，并被押解回原籍，来旺妇宋惠莲自缢身死；其后训雪狮子猫害死官哥，并以精神折磨的手段害死李瓶儿，其间又有唆使西门庆打铁棍儿等恶行。在西门庆病死后，金莲因与女婿陈经济通奸而被吴月娘扫地出门，令王婆领去发卖，金莲的命运再次沦入他人之手。由于王婆的贪婪和潘金莲的欲令智昏，金莲又落入武松之手。再度回到原来的家庭，未曾想等待她和王婆的，却是明晃晃、亮闪闪的刀子。金莲、王婆做了武松刀下之鬼，也就成了武大郎灵前祭奠的牺牲。潘金莲的悲剧性，在于其一生不能自主，在不同的主子之间被卖来卖去，即使有追求自由、向往一夫一妻恩爱生活的理想，也最终破灭。田晓菲说"潘金莲之死，却是悲剧性的"，其义在此，更是指金莲之死的惨烈远远超出了书中的其他人物。②但是潘金莲是一个负面人物，是许多悲剧的参与者和制造者，她不是悲剧人物，自然更不是所谓的"千古悲剧人物"。

李瓶儿先是与大名府梁中书为妾，因住在外边书房，而没有被性甚嫉妒的梁中书夫人打死。政和三年正月上元之夜，李逵杀了梁中书一家老小，梁中书夫妇各自逃生，李瓶儿带了一百颗西洋大珠和一对鸦青宝石与养娘一起上东京投亲。时被花太监说与侄子花子虚为妻，而实际上却是被花太监长期霸占。花太监死后，受到心理和生理压抑的花子虚长期在妓院过夜，被西门庆乘虚而入，与李瓶儿通奸。花子由、花子光等三人此时状告花子虚，使得李瓶儿与西门庆的交往有了名正言顺的借口——求其说人情。在花子虚被放出后，李瓶儿也早已将感情全部投到西门庆身上。李瓶儿气死花子虚后，即欲嫁入西门府，却不想西门庆遭遇官事，只好暂时招赘太医蒋竹山入室。但是蒋不能满足其欲望，而西门庆在派家人至东京说人情后随即转为无事。西门庆又教唆鲁华、张胜逞打蒋竹

---

① 宁宗一：《〈金瓶梅〉可以这样读》，中国文史出版社2010年版，第162页。
② 田晓菲：《秋水堂论〈金瓶梅〉》，天津人民出版社2005年版，第260页。

山，李瓶儿也趁机将竹山逐出家门，与其断绝关系。几经周折嫁入西门府的李瓶儿，却遭到西门庆新婚之初一连三日的冷落，瓶儿饱哭一场后自缢，幸被救，未亡。在"情感西门庆"之后，李瓶儿过上了一段安稳的日子，又幸运地为西门庆怀上了第一个孩子。未曾想嫉妒成性的潘金莲容不得他人夺己之宠，在小试手段于宋惠莲而逼其自缢身死后，即将矛头转向李瓶儿。李瓶儿的怀孕、生子，官哥成长、寄法名、定亲，都成了金莲嫉妒的缘由所在。最终潘金莲训雪狮子猫吓死官哥，用指桑骂槐等手段对已经身患重症的李瓶儿进行精神折磨，从而使其在病痛中死去。李瓶儿的一生，也同样充满悲剧性，但对花子虚之死和对蒋竹山的残忍等方面，她仍有其不可推卸的责任。

春梅是西门庆从薛嫂儿手里花十六两银子买来服侍月娘的丫鬟。在"计娶潘金莲"后，西门庆令春梅服侍金莲，又为月娘买小玉为丫鬟。春梅和金莲是铁打的一对儿。金莲怂恿西门庆收用春梅后，金莲、春梅一致对外，开始联手把拦汉子。先是春梅做引线，金莲用激将法使得孙雪娥被打，后是骂李铭，而打骂同为金莲丫鬟的秋菊也成了她的家常便饭，至于家中小厮被骂更不在言下。在西门庆死后，春梅因与金莲共同与陈经济偷情而被秋菊告发，月娘让薛嫂儿将其卖出。被卖入守备府做妾的庞春梅因祸得福，生子金哥后因周守备夫人去世而被扶正。可是春梅淫性未除，在守备周秀出征时，与找回守备府的陈经济私通，经济死后又与家人周忠之子周义私通，因淫欲无度而得骨蒸痨病症，最终死在周义身上。和西门庆一样，无节制的欲火将其焚烧殆尽。其他如从丽春院嫁入西门府做小妾的李娇儿，在侄女李桂姐怂恿下纵容丫鬟夏花儿偷盗；自己却在西门庆方死、吴月娘生产的忙乱之际偷了五锭大元宝；并偷情吴二舅，寻衅厮闹而归丽春院，终嫁继任提刑官张二官为妾。第四房妾孙雪娥，本为先头陈氏娘子的丫鬟，后来被西门庆收用而加入妻妾的队伍；她浅薄、自私，与家人来旺偷情，因与宋惠莲吵骂而成为其死亡的导火索。西门庆死后，雪娥献计吴月娘，唆使其打经济，卖春梅、金莲。当她再遇来旺时，即密谋与其私奔，事发，被官卖至守备府做厨娘；因与春梅有仇而终被卖入私窠子迎门卖唱卖笑，后被张胜包占；张胜事发后，自缢而死。被作者所基本肯定的吴月娘、孟玉楼，也并非正面人物。

李瓶儿财物是月娘出主意弄到上房,陈经济家财物也是收入上房,而且最终也未归还陈家;吴月娘贪婪、愚笨,引陈经济穿堂入室而酿成聚麀之乱;不正家声,而有丫鬟小玉、玉箫之丑;在西门庆死后,更是不顾孝哥安危而上泰山祭祀,未震坤纲而发卖金莲、赶出西门大姐;在与春梅重逢后,却前倨后恭,声声称其为"大德周老妇人"。其下场,是唯一的儿子孝哥出家,却将吃酒嫖妓的玳安改名西门安以承受家业。孟玉楼嫁入西门府后,也有激言潘金莲陷害宋惠莲之嫌,有嫉妒李瓶儿生子之处,三嫁李衙内之后更有严州陷陈经济入狱之事。

《金瓶梅》中的主要人物,如西门庆及其一妻五妾,都不是英雄,也不是正面人物,而是世俗社会的附膻逐臭、为非作歹之徒,是东吴弄珠客所说的"大净"和"丑婆、净婆"。他们不是悲剧人物,虽然他们的人生或许有一些悲剧性,他们的病痛死亡或许令人产生怜悯之情,但这都并非美学意义上的悲剧人物。他们的死,有些令我们畅快、恨其死之太迟,如西门庆;有些也令我们恻然、惨然,心中产生凄凉之感,如李瓶儿、潘金莲。但这些都无以改变全书的并非悲剧的整体格调。

三、正直之士和士庶百姓的灾难

悲剧并非一定有正面人物或者英雄人物的死亡,只要是有价值的东西的被破坏、被毁灭,即为悲剧。如相互爱恋的男女双方的爱情被扼杀;正义不得伸张,令含冤负屈者抱憾而死;奸臣当道、权臣当权,令如善鸟香草般的忠臣被贬谪而不得报效于国家;社会黑暗、贪官腐吏横行,令黎民百姓卖儿鬻女流离失所,等等。或许没有人因其死亡,但这些状况本身即构成一种悲剧。简单说来,屈原沉汨罗江是悲剧,屈原在未沉江前被楚怀王、楚顷襄王放逐本身也是一种悲剧,而朝中靳尚、子南、郑袖等奸臣当道,排挤忠臣,出卖国家,也是一种悲剧。《金瓶梅》中类似的悲剧性人物和情节不在少数,兹择其要者论述如下。

如前文所引张竹坡的话,曾御史是个忠臣,所以我们在文中多次论及此人。在扬州苗员外被家仆苗青和艄子陈三、翁八谋害后,缉捕公人按苗员外的安童提供的线索,将陈、翁二人拿获。苗青闻讯后,通过韩道国妻王六儿的路子,送银一千两行贿西门庆从而得脱,只有二位梢子被问成死罪。安童一日走到东京,投到开封府黄通判衙内,具诉案情,黄通判连夜修书与御史曾孝序,让安童在山东察院投下。曾御史是都御使曾布之子,乃书中第一位清正廉洁之官。在接到黄通判书信和安童的状子后,差人赍送东平府府尹胡师文案下。查得苗员外尸体后,尸、伤、病、物、踪一应俱全。曾御史查清案情后,一面差人行牌星夜往扬州提苗青,一面写本参劾提刑院夏延龄和西门庆受赃枉法。曾孝序奏本前已具引,在此不赘。西门庆和夏延龄得知此事后,即商量对策,夏提刑拿出二百两银子,两把银壶,西门庆拿出金镶玉宝石闹妆一条,三百两银子,差夏寿和来保往东京蔡太师处干事。蔡太师管家翟谦看了西门庆书信,说道:"曾御史参本还未到哩,你且住两日……曾御史本到,等我对老爷说,交老爷阁中只批与他'该部知道'。我这里差人再拿我的帖儿,吩咐兵部余尚书,把他的本只不覆上来。叫你老爹只顾放心,管情一些事儿没有。"曾御史的参本还在途中,而这帮国之蠹虫却已将其暗算。西门庆、夏提刑不但丝毫无事,而且西门庆还凭借与御史蔡蕴的关系,将三万盐引先支盐一月,大发其财。曾孝序知道二官打点后,心中忿怒。又因蔡太师所陈七件事都是损下益上,于是赴京复命,上表章言蔡太师所奏之非。"蔡京大怒,奏上徽宗皇帝,说他大肆倡言,阻挠国事",那时将曾孝序黜为陕西庆州知州。陕西巡按御史宋盘是学士蔡攸之妇兄,太史"阴令"宋盘弹劾曾孝序私事,逮捕其家人,锻炼成狱。曾孝序被除名,窜于岭表,从而报了蔡太师之仇。这是势力悬殊的一场较量,一个以蔡太师为首的政治集团对抗一位势单力孤的区区御史;这是一群盈朝蔽野、遮天蔽日的黑暗腐朽的群佞,合其力将天空中闪现的曙光和亮色消灭的典型例子;这是一幕悲剧,一幕政治生活中恶势力消灭正直之士的悲剧。笑笑生具有敏锐的洞察力,他所描写的悲剧性情节在每一个封建王朝中晚期无不出现,他描写了"这一个"曾孝序,也就使我们看到了众多封建社会的"曾孝序",看到了众多的政治悲剧。

笑笑生描写的晚明中下层市民的生活,在以西门庆家庭、家族为主要描写对象的同时,其笔力所及,也使我们看到了众多的封建社会最底层的市井小民的艰苦生活。这里有靠自己手艺吃饭的小商小贩,如卖炊饼的武大、卖枣糕的徐二、卖馉饳的李三、花胳膊刘小二、南门外的潘裁。在当时的社会，丈夫们活着，即使有时生意折本，也可勉强养家；一旦丈夫去世，妻子们生活无靠，就只有卖儿鬻女。如潘姥姥就两次将潘金莲分别卖到王招宣府和张大户家。西门庆家中的丫鬟，大概都是从牙婆手中买进，如春梅是从薛嫂儿手里花十六两银子买的，小玉是五两银子买的，秋菊是六两银子买的。《金瓶梅》第二十四回，冯妈妈处有两个人家要卖的丫头，一个是北边人家房里使女，只要五两银子；一个是王序班家出来的家人媳妇，卖十两银子。孟玉楼出主意让冯妈妈将大的卖给李娇儿，后来冯妈妈领了个十五岁的丫头，七两银子卖给李娇儿，改名夏花儿，在房中使唤。西门庆得子官哥后，有薛嫂儿领了个小人家媳妇儿，年三十岁，新近死了孩儿，丈夫当兵，恐出征无人养赡，遂六两银子卖与西门府做奶妈。春梅在周守备夫人下世后，被扶正做夫人，买了两个养娘抱奶哥儿，并四个丫头服侍。第九十五回薛嫂儿卖与春梅的小丫鬟刚十二岁，因她老子要投军使用，只卖四两银子。笑笑生叙述大家庭买卖丫鬟、奶妈时非常平静，也可看出这在当时是极其自然之事，我们在阅读过程中却可以看出贫苦家庭父母亲的血和泪，可以看到在作者平静叙述背后的隐痛，看到一个个小家庭被迫拆散的悲剧。这也就是为什么我们要感叹《金瓶梅》的伟大，为什么称其为百科全书式的作品，因为我们在字里行间看到的是凄楚和哀痛，是晚明社会真实的世情、世态和世相。

　　笑笑生在描写造成劳动人民苦难生活的现象的同时，也将原因揭示给我们。有些地方，作者通过命名的艺术将其展现给读者，如清河县领导班子的命名："知县李达天、县丞乐和安、主簿华何禄、典史夏宫基、司吏钱劳"，作者告诉我们，作为清河县父母官的小小县令却上可达天，下用钱痨、铁公鸡一般的官吏搜刮民财，鱼肉乡民。在蔡太师收到西门庆生辰礼物，将西门庆补为山东提刑所理刑副千户，吴典恩、来保皆赐官后，作者有段评论，说明当时社会的黑暗腐朽源自统治阶级最上层，"役烦赋重，民穷盗起，天下骚然"。有时，作者借书中人物，甚至是统治阶级的一员来说出百姓们的疾苦声。在"宋御史结豪请六黄"一回，管砖厂工部黄主事对西门庆说：

> 先生还不知，朝廷如今营建艮岳，勑旨令太尉朱勔往江南湖湘采取花石纲，运船陆续打河道中来，头一运将次到淮上。又钦差殿前六黄太尉来迎取卿云万态奇峰，长二丈，阔数尺，都用黄毡盖覆，张打黄旗，费数号船只，由山东河道而来。况河中没水，起八郡民夫牵挽。官吏倒悬，民不聊生……

这也就是《水浒传》中所描写的"花石纲事件"。皇帝腐朽糜烂的生活都是建立在黎民百姓的灾难之上的。据黄主事所言，官吏尚且不堪其扰，生活在最下层的普通百姓更是可想而知。县中官员在黄主事离开后对西门庆说："正是，州县不胜忧苦这件事。钦差若来，凡一应祗迎、廪饩、公宴、器用、人夫，无不出于州县，必取之于民。公私困极，莫此为甚……"上有皇帝穷奢极欲，中有蔡太师、六黄太尉等为所欲为，下有众多西门庆们纵欲肆志、鱼肉乡民，这是当时社会的政治悲剧，是当时百姓的生活悲剧，更是整体的社会性悲剧。

四、《金瓶梅》：世情喜剧还是人间悲剧

关于整部《金瓶梅》是悲剧还是喜剧的问题，也有众多专家、学者著书或撰文加以研究。宁宗一先生认为整部书是一个悲剧，笑笑生"把他的人物置于彻底失败、毁灭的境地，这是这个可诅咒的社会的罪恶象征。因为一连串个人的毁灭的总和就是这个社会的毁灭"[①]。卢兴基先生先后有《论〈金瓶梅〉——十六世纪一个新兴商人的悲剧》、《十六世纪一个新兴商人的悲剧故事——〈金瓶梅〉主题研究》、《中国十六世纪的社会与〈金瓶梅〉的悲剧主题——论〈金瓶梅〉之二》等系列文章，论述西门庆这个新兴商人及其家庭的兴衰，他如何发家致富又如何纵欲身亡的历史，从而认为这是一出人生的悲剧。石钟扬先生则有《西门庆是"新兴商人阶级"的典型吗》[②]、《十六世纪一个新型流氓的喜剧》[③] 等专文专著与卢先生进行商榷。张锦池先生通过对《红楼梦》和《金瓶梅》的

[①] 宁宗一：《金瓶梅可以这样读》，中国文史出版社 2010 年版，第 67 页。
[②] 石钟扬：《西门庆是"新兴商人阶级"的典型吗》，《文艺理论与批评》1998 年第 1 期。
[③] 石钟扬：《十六世纪一个新型流氓的喜剧》，《济宁师专学报》1999 年第 1 期。

—— 第五章 世情悲喜：歌哭的世界 ——

描写对象、作品艺术构思、行文和两位作者的立场、思想性质、思想高度、文化素质等方面的分析，得出"一为时代悲剧，一为人间喜剧"的结论。① 董芳在《古典小说〈金瓶梅〉悲剧内涵初探》一文中，探讨了部分人物和人生现实的悲剧性。② 朱俊亭则指出："《金瓶梅》悲剧的社会意义，是通过貌似平常的市井生活描写，通过西门庆这样一个商人暴发户的兴衰史，反映出小说本身产生的那个时代所蕴含的深刻的社会内在矛盾。"③ 另有王彪认为《金瓶梅》是社会、历史与人性的大悲剧④，孙健、孙开东论述了《金瓶梅》"盛宴散尽"的悲剧内涵。⑤ 程小青则论述了《金瓶梅》悲剧性与喜剧性相交融的审美意蕴。⑥

笑笑生所描绘的主要人物，《金瓶梅》所叙述的主要故事情节，都决定了《金瓶梅》并非一部悲剧。西门庆这一恶霸、官僚、富商三位一体集酒色财气诸毒于一身的人物，并非悲剧人物；潘金莲、李瓶儿、庞春梅这三位女主角虽然其人生遭际有一定的悲剧性，但仍不是悲剧人物；即使为作者所基本肯定的吴月娘、孟玉楼，"楼月善良终有寿"，也不是悲剧人物，更何况她们的人生和结局都要较金、瓶、梅三位的悲剧性要少得多。书中悲剧性非常浓的人物，或者说是悲剧人物，如武大、曾孝序等人，他们在书中是一闪即逝的人物，是一次昙花的闪现或天边一道电光的掠过，并非是故事的主要内容，所以不能改变整部书的喜剧性或悲剧性的格局。从社会意义来说，《金瓶梅》具有深刻的悲剧意义，或者说具有悲剧内涵，但这并非即是说《金瓶梅》是一部悲剧小说。虽然有别林斯基"含泪的喜剧"⑦和沃尔波尔"这个世界，凭理智来领会，是个

---

① 张锦池：《究竟是人间喜剧，还是时代悲剧——〈红楼梦〉与〈金瓶梅〉审美观念的比较研究》，《求是学刊》1998年第5期。
② 董芳：《古典小说〈金瓶梅〉悲剧内涵初探》，《甘肃社会科学》1991年第4期。
③ 朱俊亭：《论〈金瓶梅〉悲剧的社会意义》，《文史哲》1992年第2期。
④ 王彪：《社会、历史与人性的大悲剧——〈金瓶梅〉思想新论》，《徐州师范学院学报》1994年第2期。
⑤ 孙健、孙开东：《论〈金瓶梅词话〉"盛宴散尽"的悲剧内涵》，《青岛大学师范学院学报》2003年第2期。
⑥ 程小青：《悲喜交融的〈金瓶梅〉》，《龙岩师专学报》2004年第5期。
⑦ ［俄］别林斯基：《论俄国中篇小说和果戈里君的中篇小说》，《别林斯基选集》（第一卷），人民文学出版社1958年版，第189页。

喜剧；凭感情来领会，是个悲剧"① 等语，但是悲剧和喜剧无论在戏剧类型上，还是在美学范畴上都有其鲜明的界限。

通过以上分析我们可以看出，《金瓶梅》中既有喜剧性情节，又有悲剧性情节，而且喜剧性情节和悲剧性情节又是相互交错的。武大郎被鸩之夜，有潘金莲的干嚎；烧夫灵之日，有和尚的听淫声；蒋竹山被审之时，有夏提刑"看这厮咬文嚼字模样，就像个赖债的"之语；李瓶儿生产时，有蔡老娘的谑语；李瓶儿病重时，有赵太医的一篇鬼话。西门庆身边有应伯爵、谢希大等帮闲，书中有韩捣鬼、二捣鬼、赵捣鬼、潘捉鬼等混子，西门庆结交有玉皇庙吴道官、永福寺道坚长老和阳物象征的胡僧，西门庆妻妾们结交有王姑子、薛姑子、大姑子等既擅长佛经又擅长荤笑话的"六婆"，遂使整个《金瓶梅》的世界成为一个魑魅魍魉横行的世界，一个蛆虫苍蝇漫天遍地的世界，一个哭中有笑、苦乐相杂无不为利来往的世界。最具讽刺性的，是西门庆死后应伯爵约会了诸位帮闲为其上祭，所读的水秀才祭文一事，从而言明西门庆不过一"鸟人"；作为"受恩小子"的应伯爵诸人，也不过是"常在胯下随帮"，被撇闪的"垂头丧气"、"囊温郎当"的一帮"鸟帮闲"。笑笑生在叙述整个西门庆及其妻妾的故事过程中，又对当时的社会和人生做出了哲人般的思考，对酒、色、财、气等人类欲望的无限膨胀所导致的恶果进行了反思，并通过作者评论和书中人物话语等表达了自己的看法。笑笑生对人生的生与死、苦与乐、悲剧性与喜剧性，都是用辩证的观点去看的，虽然书中更多表现的是死亡、悲苦和悲剧性，但是生存、生命、欢乐和喜剧性从来都是作为以上三个命题的对立面而存在的，并与其相互依存、相互消长。从此种意义上说，《金瓶梅》是一部思考者的书，是一部对当时社会和人类历史进行反思的书，是一部充满穿透力和洞察力的书。

我们认为，笑笑生所著的《金瓶梅》，是一部悲剧性与喜剧性相杂的作品，是一部正剧。这自然不排除其他学者的"见仁见智"，但任何仅将其视为悲剧或喜剧的观点，都是失之简单化的。

---

① 转引自杨绛《杨绛作品集》第3卷，中国社会科学出版社1993年版，第186—187页。

第三节 病与梦：解脱的迷惘

病与梦是古代小说描写的重要题材，病意象与梦意象也是古代小说乃至古代文学作品中所经常描写的意象。从萌芽期的志怪、志人小说，至唐传奇、宋元话本，以及明清重彩纷呈的章回小说和文言短篇小说，都有描写病和梦的小说佳作。唐传奇中陈玄佑《离魂记》中倩女之病，"常如醉状"[①]的描写；白行简《李娃传》荥阳生之病，"音响凄切，所不忍听"，"枯瘠疥疠，殆非人状"[②]的描写；蒋防《霍小玉传》中的霍小玉，"沉痼日久，转侧须人……羸质娇姿，如不胜致"的描写，等等，都是描写书中主人公病情的上品之作。沈既济的《枕中记》、李公佐的《南柯太守传》、白行简的《三梦记》、沈亚之的《秦梦记》等，是描写梦境的佳作。李剑国先生对"黄粱梦"评价甚高，谓其"堪称千古一梦"[③]。《三国演义》中关于诸葛亮"秋风五丈原"的描写，《西游记》中"老龙王拙计犯天条"一回关于魏征梦斩泾河龙的描写，是描写病与梦的佳作。

在广泛继承和借鉴唐宋传奇、宋元话本和《三国演义》、《水浒传》等前代文学作品的创作经验和创作技巧的基础上，笑笑生创作了伟大的现实主义作品《金瓶梅》。其中既有众多关于书中主人公病情的描写，又有大量关于梦境的描写。与传统作品有相似之处，又有诸多的不同：《金瓶梅》中的梦境描写与人物自身或他人的病情有了更多的联系，或因病而生梦，或因他人之病而做梦，从而使得病情和梦境的描写更为密切。从悲剧性和喜剧性的视角来审视《金瓶梅》中的病意象和梦意象，是本节研究的主要内容。病与梦在书中的关系密切，下面分为不同的主题加以论述。

---

① 李剑国主编：《唐宋传奇品读辞典》，新世界出版社2007年版，第161页。
② 李剑国主编：《唐宋传奇品读辞典》，新世界出版社2007年版，第368页。
③ 李剑国主编：《唐宋传奇品读辞典》，新世界出版社2007年版，第183页。

一、病——欲海中的漩涡

许慎《说文解字》谓："病，疾加也。"①《玉篇》释为"疾甚也"。易而言之，病是重疾，是生理上或心理上极度不正常的状态。《金瓶梅》中的主要人物，在整个故事进展过程中都处于壮年：西门庆在故事伊始是二十七岁，潘金莲二十五岁，李瓶儿不上二十四五岁，孙雪娥约二十岁，春梅应为十八岁。②他们大都处于身体状况良好的时期。而西门庆在达到一妻五妾的规模，事业、家庭都蒸蒸日上之时，作为结构性人物的吴神仙在给他们相面时，却或谓西门庆有"呕血流脓之灾，骨瘦形衰之病"，或谓潘金莲"人中短促，终须寿夭"，或谓瓶儿"三九前后定见哭声……鸡犬之年焉可过"。正如吴神仙所预言的那样，不到几年时间，李瓶儿、西门庆、庞春梅等相继因病离世。《金瓶梅》一书是作者笑笑生以酒、色、财、气为劝诫写成的书，是书中人物纵情于欲望的书，是充斥着或为冤死、或为战死、或为纵欲而死的人们的书，是一部充满欲望漩涡的书。书中人物的病，也因其身份、性格而各有不同。

《金瓶梅》中前两个因病而死的人物是张大户和武大郎。张大户是在收用"脸衬桃花，眉弯新月"的家乐潘金莲后，不觉身上添了四五件病症："第一腰便添疼，第二眼便添泪，第三耳便添聋，第四鼻便添涕，第五尿便添滴。"白日只是打盹，到夜晚便喷嚏无数。年约六旬之上的张大户，在纵欲之后，因身体透支而出现问题。其妻子知道后不容，想杜绝金莲，挽救张大户的病体。谁知大户在白白将金莲赠予武大为妻后，仍不知悔改，俟武大不在时即与金莲厮会。纵欲的恶果是，未过几时，张大户即患阴寒病症而死。武大郎是因捉西门庆和潘金莲的奸，被西门庆踢中心窝而得了"心疼病"。潘金莲只指望武大自死，武大一病五日，汤水未沾牙，迎儿也被金莲禁住不敢上前。武大以不告诉武松为条件，要求潘金莲解救他，却未曾想这成了使他速死的一个催化剂。王婆主谋，西门庆、潘金莲具体实施，从而药鸩了武大郎。张大户和武大郎两个人，

---

① （汉）许慎：《说文解字》，中华书局1963年版，第154页。
② 《金瓶梅》第三回，西门庆说陈经济"才十七岁，还上学堂"。第九十七回，庞春梅对陈经济说"我大你一岁"。则故事开始时，庞春梅应为十八岁。

一个是纵欲,因在欲海中狂舞陷入漩涡而死;一个是影响了他人纵欲,被动地陷入他人为狂舞于欲海而设置的漩涡,从而死亡。张大户和武大的病和死,在《金瓶梅》中起到了预示作用,其后死于病情的,或为纵欲,或为妨害了他人的纵欲,或二者兼而有之。

(一) 李瓶儿——不是冤家不聚头

李瓶儿和病结下了不解之缘。在嫁给花子虚后,就因花太监的性虐待而患上血崩症,不过为期不长,很快用三七治愈。① 和西门庆私通后,为了能和西门庆长相厮守,对于从东京牢狱放回来的丈夫花子虚恶语相加,并与西门庆串通,气得花子虚发昏。在搬到新买的狮子街房子后不久,花子虚即得了一场伤寒,"从十一月初旬睡倒在床上,就不曾起来"。李瓶儿因怕使钱,中途将药停了,到月末花子虚即断气身亡。又一位对他人纵欲形成障碍的人被卷入死亡的漩涡之中。为花子虚念经烧灵后,西门庆谋财娶妇本为顺理成章之事,未料到宇给事参劾倒了杨提督,西门庆因受牵连而闭门不出。李瓶儿盼望西门庆不至,"每日茶饭顿减,神思恍惚",患"鬼交"之症。实际上是"思想无穷,所愿不得"② 而产生的性爱的睡梦,是心理作用导致脏腑气血衰弱所引发的疾病。性心理学家霭理士认为:"要补救绝欲的弊病,天下通行的唯一方法——只要环境良好,条件适当,无疑的也是最美满的方法——是一个人地相宜的婚姻。"③ 李瓶儿在久病新愈之后也意识到了这一点,遂有招赘蒋竹山之举。

嫁入西门府做了第六房小妾的李瓶儿,过了一段相对安定的幸福日子,虽然有新嫁前三天西门庆给予的耻辱,但此事很快过去。此时潘金莲把矛头对准来旺儿媳妇宋惠莲,与李瓶儿表面上处于交好的状态。可是好景不长,宋惠莲死后,金莲的戈矛所向即在瓶儿。在"李瓶儿私语翡翠轩"被金莲听到后,金莲即开始施展各种武艺。在李瓶儿临产时又

---

① 《金瓶梅》第六十二回,花子油来看重病的李瓶儿时,对西门庆说道:"俺过世公公老爷,在广南镇守,带的那三七药,曾吃来不曾?不拘妇女甚崩漏之疾,用酒调五分末儿,吃下去即止。大姐他手里有收下此药,何不服之?"
② 郭霭春主编:《黄帝内经素问校注》,人民卫生出版社1992年版,第571页。
③ [英]霭理士原著,潘光旦译注:《性心理学》,生活·读书·新知三联书店1987年版,第339页。

讽刺李瓶儿之胎来路不正，百般诅咒李瓶儿母子。当这一切无济于事时，金莲就意识到如果要夺瓶儿之宠，只有害死官哥，所以才有一系列的举动。《金瓶梅》第三十二回，潘金莲怀嫉妒，将刚出生没多久的官哥高高举起，从而使其受惊吓，半夜发寒潮热起来，吃了刘婆子药才好。在西门庆与乔大户家结亲后，金莲更是与瓶儿斗气，在官哥吃奶时，指桑骂槐，"打的秋菊杀猪也似叫"。"潘金莲花园看蘑菇"一回，金莲将瓶儿托付与她照看的官哥置于不顾，而到山洞中与陈经济调戏，使得官哥被黑猫所唬。第五十三回官哥病重，西门府上又是赛神，又是请刘婆子收惊，又是请钱痰火拜谢城隍土地。胆小的官哥，特别容易受惊，而蓄意谋害的潘金莲更是处心积虑与瓶儿作对，在官哥受惊时打得秋菊杀猪也似叫。潘金莲在之后行其毒计，仿屠岸贾养神獒害赵盾丞相之事，训自己房中养的雪狮子猫扑食红绢所裹的肉。一日在瓶儿房中，雪狮子猫将身穿红衫儿的官哥抓破多处，手脚俱风搐起来。抽疯的官哥，被刘婆子灸了五蘸后，更被艾火把风气反于内，"变为慢风，内里抽搐的肠肚儿皆动，尿屎皆出，大便屙出五花颜色，眼目忽睁忽闭，终朝只是昏沉不醒，奶也不吃了"。后来灌下药去，官哥还吐出来，只把眼合着，口中咬的牙咯吱咯吱响。日西时分，官哥在瓶儿怀中一口口搐气儿，不消半盏茶时，即断气身亡。一个幼小的生命，在妻妾争宠间被谋害致死，从而成为阻碍他人纵欲而死的一个冤魂。李瓶儿是被打击的直接对象，而官哥只是个替死鬼。

　　李瓶儿自从生了官哥，着了金莲的气恼，似乎三天两头离不开看太医和吃药。第五十四回任医官诊其为"胃虚气弱，血少肝经旺，心境不清，火在三焦"；之后，西门庆让玳安拿一两银子随后去讨药，因药金胜，煎药和丸药都拿了来，李瓶儿服药后才好了些。第五十八回李瓶儿身体又有些不好，请任医官来看，讨药。官哥的死，就等于要了李瓶儿的命。在第五十九回李瓶儿有三首痛哭官哥儿的【山坡羊】曲子，一字一悲，一句一血，从而将母子之间的深情表露得淋漓尽致。因官哥之死，李瓶儿伤痛不已，潘金莲又施加在她身上暗气暗恼，她"渐渐心神恍乱，梦魂颠倒，每日茶饭都减少了"，又引起了旧症血山崩。请任医官来看，吃下药去，如水浇石，越吃越旺。不到半月之间，"渐渐谷颜顿减，肌肤消瘦，而精彩丰标无复昔时之态矣"。此时作者评论道："肌骨大都无一把，如何禁架许多愁。"李瓶儿病重，西门庆进房中想和她宿歇，她也把"医奴的药"般的西门庆让到潘金莲房中。待到西门庆走后，李瓶儿却止不住滚下泪来。重阳佳节，家中请了唱的申二姐，西门庆和众妻妾皆欢乐饮酒，独独李瓶儿"恰似风儿吹倒的一般"陪着众人。坐不多久，即下流不止，回房中向前一头摔倒在地。次日晌午任医官到后，诊其"七情感伤，肝肺火太盛，以致木旺土虚，血热妄行，犹如山崩而不能节制"。琴童讨来归脾汤，李瓶儿吃下去，其血更是流之不止。请胡太医来看，说是气冲血管，热入血室①，吃下药去如石沉大海。何老人来诊脉，同样谓其"乃是精冲了血管起，然后着了气恼，气与血相搏，则血如崩"。讨了何老人药来吃下，仍是无分毫动静。西门庆使陈经济到真武庙黄先生处算命，黄算其"今年流年丁酉，比肩用事，岁伤日干，计都星照命，又犯丧门五鬼，灾杀作抄"。在属龙的潘金莲和属虎的西门庆二人的交替折磨下，又有因气血亏所致的鬼梦连连，遂使李瓶儿一病不起，沉疴难愈。在百般医治无效，求神问卜发课皆有凶无吉之后，李瓶儿已知自己距离黄泉日近。但凡没人在房里，李瓶儿就看到恰似影影绰绰有人在跟前一般。在经历了"潘道士解禳祭灯法"这一看似隆重实为讽刺的情节之后，李瓶儿的幻觉依旧没有消失。李瓶儿对冯妈妈、迎春、绣春，以及对西门庆、吴月娘等人做了临终遗言之后，在潘道士的禳解宣告无济于事的次日凌晨四更，"可惜一个美色佳人，都化作一场春梦"。正如薛太监在庆西门庆做官的酒宴上所点的戏【普天乐】"想人生最苦是离别"所言，李瓶儿和西门庆从此成为永别。

花子虚的英年早逝，是由李瓶儿制造的悲剧性事件，原因是子虚的存在成为了她和西门庆的障碍。而官哥的夭折和李瓶儿的早逝，却是由潘金莲等人制造的悲剧性事件，是为了争宠，争得和西门庆纵欲的频率。"螳螂捕蝉，黄雀在后"一语，在此可谓再次应验。李瓶儿也没想到，自己努力要嫁进来的西门府，其实是一个火坑，李瓶儿是从花家的牢狱陷

---

① 《金瓶梅》第五十回，西门庆吃了胡僧药拿王六儿做实验后，又回家与正在经期的李瓶儿行房，从而使得精气冲了血管。

入粉骷髅、玉狐狸组成的争欢夺宠的陷坑。在如乌眼鸡似的环境中，李瓶儿和其弱子官哥是迟早会被他人的欲火所焚毁的。

(二) 西门庆——叹浮生犹如一梦里

按王志武先生的说法，西门庆和潘金莲都是追求性自由的人。在追求绝对性自由过程中，如果有哪位胆敢阻挡的话，自然是"杀无赦"的。所以在西门庆的性追求道路上，躺有众多的形成障碍或被动形成障碍者的尸体，西门庆或为主谋，或为合谋，或者是由他人谋害。在前面我们已经论述过，武大郎、花子虚、宋仁的死都是有西门庆合谋或主谋的成分在内，而宋惠莲、官哥儿、李瓶儿的死，主要的罪责当记在潘金莲头上，但其根源仍在西门庆身上。西门庆因此就成为《金瓶梅》中众多悲剧性事件的源头。西门庆从来没有料到，有朝一日他也会病，也会死亡，成为同样具有悲剧性的人物。当西门庆的一生像刘太监所点的曲子——"叹浮生犹如一梦里"时，当西门庆的一生犹如昙花般霎时绚烂而又瞬时归于沉寂时，当西门庆一生贪恋女色、嗜酒尚气、巧取豪夺、追名逐利而最终死去却感觉功业未就、一无所有时，至少在西门庆心中感觉这是个悲剧，是个人生如梦的悲剧。而我们也不会在他饱受病痛折磨最终如牛吼般的死亡中感到可笑，而是感到可悲和可怜。

孙述宇先生说："西门庆性生活的历程，从头到尾是个胡作妄为以满足一己虚荣心与占有欲的历程。"[1] 论之颇当。西门庆也正是因酒色过度而透支了身体。西门庆谋武大、花子虚之妻为妾，娶寡妇孟玉楼，丽春院包着妓女李桂姐，包占伙计韩道国妻王六儿，并有书童为娈童，不停地在宣泄着自己的欲望。第四十九回得胡僧药是西门庆身体欠安的第一个兆头，其自身的体力已不足以支持如此众多的性对象，不得不借助于胡僧的药力。得药之后，西门庆犹如得到了第二次生命，不停地在王六儿、李瓶儿、潘金莲等处试验。第五十二回篦头的小周儿行导引之法后，西门庆倒在书房内大理石床上就睡着了。这可以看作西门庆身体匮乏的又一信号，而西门庆仍与躲在其家的李桂姐行淫。李瓶儿的死，西门庆是真动了感情，先是"大放声号哭"，继之"挝脸儿那等哭"，又是"在

---

[1] 孙述宇：《金瓶梅的艺术》，台北时报文化出版事业有限公司1985年版，第97页。

— 第五章 世情悲喜：歌哭的世界 —

前厅手拘着胸膛，由不得抚尸大恸，哭了又哭"，最后是"打丫头，踢小厮，守着李瓶儿尸首，由不的放声哭叫"。悲伤过度的西门庆仍不忘纵欲之事，正如《红楼梦》中贾珍父子在贾敬丧期稽颡泣血之际尚调戏二尤一样。在李瓶儿房中伴灵宿歇期间，西门庆又与奶妈如意儿勾搭成奸。小周儿再次为西门庆篦头按摩导引之时，西门庆对应伯爵说："不瞒你说，相我晚夕身上常

图 5.5　春梅姐娇撒西门庆

时发酸起来，腰背疼痛，不着这般按捏，通了不得。"此时的西门庆身体已大不如从前，而且任医官还嘱咐他身体太虚，要用人乳服用百补延龄丹。张竹坡在此批曰："映死期。"① 已距离死期不远的西门庆，仍与奶妈如意儿、妓女郑爱月纵欲不止；并在郑爱月"透密意"之后，立即找媒婆文嫂做牵头，通情招宣府林太太；后来西门庆又通过玳安做牵头勾搭上贲地传的妻子，与玳安两人共嫖之。

第七十八、七十九两回，是描写西门庆由病重到死亡的最后两个回目。重和元年新正月元旦当日，西门庆再次淫贲地传妻叶五儿；次日在潘金莲房中歇了一夜；继之"两战林太太"，回家后在看云离守家帖子

---

① （明）兰陵笑笑生著，（清）张道深评，王汝梅、李昭恂、于凤树校点：《张竹坡批评第一奇书〈金瓶梅〉》，齐鲁书社1991年版，第1005页。

时,对吴月娘说:"这两日春气发也怎的,只害这边腰腿疼。"纵欲过度已将身体透支殆尽的西门庆,尚未意识到死之将至,仍认为是小小的春气。当晚到雪娥房中宿歇,让孙雪娥夜间打腿捏身上,捏了半夜。次日对应伯爵说:"这两日不知酒多了也怎的,只害腰疼,懒待动旦。"至此回,作者极力描写西门庆之将死,可惜西门庆仍不知爱惜身体,保留最后残存的精力,仍在服用任医官延寿丹时与如意儿纵欲。正月十二日宴请各官堂客饮酒,西门庆不住偷偷观看同僚何永寿的妻子蓝氏。西门庆在卷棚内与吴大舅、应伯爵等众人饮酒,还未到起更时分,西门庆就在席上夠夠地睡着了。作者笑笑生在此评论曰:"次第明月圆,容易彩云散。乐极悲生,否极泰来,自然之理。西门庆但知争名夺利,纵意奢淫,殊不知天道恶盈,鬼录来追,死限临头。"张竹坡批曰:"写尽临死人。"① 如彩云之瞬息即散的西门庆,仍是因不能得到蓝氏而拿家人来爵妻解馋。第七十九回作者引用邵尧夫的诗作为回首,说明"天道福善,鬼神恶盈,作善降之百祥,作不善降之百殃"的道理。奸耍了来爵媳妇后回到卷棚内继续饮酒的西门庆,在椅子上不住地打瞌睡。此时作者更是极力描写西门庆的病情。次日起床后,西门庆感觉头沉,未往衙门中去,在书房中让王经替他捶腿。王经捎来他姐姐王六儿的一包物事,其中有王六儿用黑黝黝的头发做的淫器和鸳鸯紫遍地金顺袋儿。西门庆一见淫心顿起,立即以去狮子街陪吴二舅为名吩咐玳安备马,在狮子街小饮后即骑马来到王六儿家。已经到了生命尽头的西门庆,仍在醉酒后服用胡僧药,与王六儿淫荡不止。西门庆心中想着何千户娘子蓝氏,怀中拥着韩道国妻王六儿颠鸾倒凤。三更时分骑马回家后,潘金莲欲与其行房,西门庆却鼾睡如雷,再也摇不醒。半日,潘金莲找到胡僧药,自己服用一丸,剩下三丸全都送到西门庆口内。这"服久宽脾胃,滋肾又壮阳"的仙方,也如被灌入武大喉中的砒霜一般。金莲与西门行房不久,西门庆即得了脱阳之症,"精尽继之以血,血尽出其冷气而已,良久方止"。这是生命的狂欢,是两个追求绝对性自由的人的交战,是人生中最为致命的游戏,

---

① (明)兰陵笑笑生著,(清)张道深评,王汝梅、李昭恂、于凤树校点:《张竹坡批评第一奇书〈金瓶梅〉》,齐鲁书社1991年版,第1267页。

是欲海的漩涡。西门庆一生制造漩涡陷害他人，未曾想自己最终也被深深地陷入狂欢欲望的漩涡之中。

脱阳之后苏醒的西门庆，其第一句话与"潘金莲大闹葡萄架"一回金莲苏醒时说的话极其相似："我如今头目森森然，莫知所以。"不过彼时是因西门庆惩罚潘金莲的嫉妒，此时是因潘金莲的欲火的焚烧。作者也在此发出了"一己精神有限，天下色欲无穷"的评论，西门庆自恃精力过人，未想到以自己有限的精力去对抗身边众多具有无穷欲望的女子，终于深深地陷入泥淖之中。作者在此引古人格言如下：

花面金刚，玉体魔王，绮罗妆做豺狼。法场斗帐，狱牢牙床。柳眉刀，星眼剑，绛唇枪。口美舌香，蛇蝎心肠，共他者无不遭殃。纤尘入水，片雪投汤。秦楚强，吴越壮，为他亡。早知色是伤人剑，杀尽世人人不防。

二八佳人体似酥，腰间仗剑斩愚夫。

虽然不见人头落，暗里教君骨髓枯。

虽然西门庆并非正面人物，也不是作者心目中的英雄，但走笔至此，作者对于女色伤身仍不免走上女人祸水论的老路。对男子来说本是赏心悦目的柳眉、星眼、绛唇，现在都成了杀人的利器；作者在此阐释了"红颜祸水"的古老命题，强壮的秦楚和吴越都是因红颜而亡；女色是金刚、魔王、豺狼妆成，她们"腰间仗剑"杀尽世人人都不知防范。西门庆次日起床梳头，差点摔倒磕伤头脸。秋菊去后边取粥时对月娘说了事情的经过，月娘"听了魂飞天外，魄散九霄"。这是一个全家顶梁柱即将倒塌的预兆，这是家庭悲剧到来的先声！此时的西门庆"只是身体虚飘飘的，懒待动旦"，不想吃东西。月娘问潘金莲昨晚回家是否与他行房，金莲却推得一干二净。待玳安琴童说出昨晚曾在韩道国老婆家吃酒后，金莲就更理屈气壮地将自己脱身事外。西门庆还指望过一两日康复，谁知过了一夜下边虚阳肿胀，肾囊都肿得如茄子大。但溺尿，"尿管中犹如刀子犁的一般。溺一遭，疼一遭"。任医官诊其为"虚火上炎，肾水下竭，不能既济"的脱阳之症。此后又吃胡太医药，结果更溺不下来。生命垂危的西门庆,仍在被动放纵着自己的欲望,"潘金莲晚夕不知好歹,还骑在他上边,倒浇烛掇弄,死而复苏者数次"。次日因吴月娘的提议,西门庆转至上房。何千户来看望后,妓女郑爱月来看,拿了鸽子雏和果饼顶皮酥,西门庆吃了鸽子雏这一发性食物,更是发毒助火助邪,遍身疼痛,叫唤了一夜。次日五更时分,肾囊肿涨破裂,流了一滩鲜血,龟头上又生出疳疮来,流黄水不止。吴神仙诊西门庆脉息,说道:"官人乃是酒色过度,肾水竭虚,是太极邪火聚于欲海,病在膏肓,难以治疗。"此后求神问卜,有凶无吉。西门庆在嘱托后事、留下遗嘱之后,正月二十一日五更时分,"相火烧身,变出风来,声若牛吼一般,喘息了半夜,挨到早晨巳牌时分,呜呼哀哉断气身亡"。自诩为一代枭雄的西门庆生命到此终止。

这是一位纵欲者如飞蛾扑火般陷入了欲望的漩涡。从西门庆之死更可见张大户之死的预示作用。这些以男女之事为人之大欲,并将自己有限的生命投入到无限的纵欲中去的欲海精灵们,终于变成了欲海的亡灵。张大户是如此,西门庆是如此,嫁入守备府被扶正的庞春梅也是如此。患上骨蒸痨病症的庞春梅,"逐日吃药,减了饮食,体瘦如柴,而贪淫不已",正如身体已极度虚弱的西门庆。最终春梅"搂着周义在床上,一泄之后,鼻口皆出凉气,淫津流下一洼口,就呜呼哀哉,死在周义身上"。春梅是因淫而死,也如同西门庆一样,死在自己燃起的欲火之中。

读书至此,笔者心中不知何等滋味。西门庆的一生是悲剧,还是如石钟扬先生所说是"流氓的喜剧"①?笔者细思,西门庆一定不是悲剧,因为他既不是英雄人物也不是正面人物,他的死令人恨其太晚,令人击节称快!但是他的人生是个喜剧吗?喜剧的本质是什么?是笑,是"将那无价值的撕破给人看"②。"笑是人们感情的自然流露,一种美学评价"③。我们在西门庆身上并未看到太多的可笑之处,他一生的故事也并没有处处引人发笑;西门庆身上并非处处是无价值的,他也有商人的精

---

① 石钟扬:《人性的倒影——金瓶梅人物与晚明中国》,陕西人民出版社 2008 年版,第 244 页。
② 鲁迅:《再论雷峰塔的倒掉》,《鲁迅全集》(第一卷),人民文学出版社 2005 年版,第 203 页。
③ 陈瘦竹、沈蔚德:《论悲剧与喜剧》,上海文艺出版社 1983 年版,第 72 页。

明和济人之难的豪迈。由是笔者认为,西门庆的一生有喜剧性情节,但总体来说是属于一个悲剧性的人物。

二、梦——天国的召唤

傅憎享先生《李瓶儿的梦象与心象——〈金瓶梅〉心理描写探胜之一》一文通过分析李瓶儿的梦境,分析了她的多层次的意识活动和潜意识活动,从而得出"《金瓶梅》的作者选取了典型的断片,经聚焦变焦、处理,把弱态的梦的视像强化,绘制出心灵史的画卷"的结论[①]。智清清有《〈金瓶梅〉中的梦境描写》一文,将《金瓶梅》中的十六个梦境按其内容及其特征分为思梦、预兆梦、魂魄梦、冤魂梦四类,并论述了诸梦境在推动故事情节发展、梦境描写使人物性格更鲜明、梦幻深化主旨、梦境预示下文等四个方面的作用。[②] 其论述大都较为确切,其中在论述"梦境描写使人物性格更鲜明"一段时,认为西门庆梦到李瓶儿是李对西门庆痴心不移、情深似海;认为武大被潘金莲害死却没有在梦中向她索命表明武大的软弱、忍气吞声,如此说则为失当。西门庆梦李瓶儿,是对瓶儿真的动了感情,对刻画西门庆有重要作用。至于武大不索命于金莲,是金莲性格使然,她较为自信,信奉"街死街埋、路死路埋"得过且过的道理,不信鬼神,而且身体较为健康,所以没有出现如李瓶儿、西门庆类似的冤魂索命,与武大的性格懦弱等并无关系。智清清如此论述,是认为鬼神实有,鬼是人生命的延伸。果然如此吗?恐怕未必。薛蕾的《现实主义力作中的"幻境"设置——〈金瓶梅〉"幻境"描写艺术刍议》一文论述了书中梦境和幻境"幻不失真"、"借幻生奇"的审美特质,其中梦境部分将其分为思虑梦、预兆梦、鬼魂梦三类分别论述。[③] 论述恰切,较多新见。

其实梦是因人的思虑而产生的,是人的潜意识在睡眠过程中不受大

---

① 傅憎享:《李瓶儿的梦象与心象——〈金瓶梅〉心理描写探胜之一》,《辽宁师范大学学报》(社会科学版)1988年第6期。
② 智清清:《〈金瓶梅〉中的梦境描写》,中国《金瓶梅》研究会(筹)编:《金瓶梅研究》(第八辑),中国文史出版社2005年版,第339—348页。
③ 薛蕾:《现实主义力作中的"幻境"描写——〈金瓶梅〉"幻境"描写艺术刍议》,《明清小说研究》2009年第1期。

脑控制的一种自发显现。《金瓶梅》中潘金莲和西门庆都有"梦是心头想"的说法，道出了梦境产生的重要原因。据此而言，梦境基本都为思虑梦，所以智清清和薛蕾的分类是有问题的。我们在下面，将分别以人物和其梦境出现的先后为顺序，力争做到贴着人物的心灵轨迹进行分析。

（一）李瓶儿——梦由心生

《金瓶梅》中人物的梦境，多数是由病情或他人的病情所产生。有时梦即是病，病即是梦，如前文在论及李瓶儿病情时的鬼交之症，就是夜梦鬼交，就是性爱的睡梦。因前已略述，在此不赘。李瓶儿的第二次梦境，是官哥病重，昏昏不省人事，瓶儿"愁肠万结，离思千端"。在这个家庭中唯一的骨肉，被仇人蓄意陷害以致成为不治之症之时，李瓶儿心中有爱、有痛、有怜、有恨。在李瓶儿守着官哥卧在床上，似睡未睡时，梦见花子虚身穿白衣从门外来。见了李瓶儿，厉声骂道："泼贼淫妇，你如何抵盗我财物与西门庆？我如今告你去也！"李瓶儿扯他衣服，子虚一顿时，撒手惊觉，却是一梦。醒来手里却扯着官哥的衣衫袖子。张竹坡据此以为官哥为花子虚化身①，实误。李瓶儿在书中明言四口描金箱柜所盛蟒衣玉带等物是过世花太监体己交与她收着之物，花子虚一字不知；而三千两元宝又是花子虚所明知李瓶儿给西门庆行人情之物，更谈不上"抵盗"二字。李瓶儿对于暗中转运至西门庆家中之物，以及对于花子虚的死，都心存内疚。在官哥病重，瓶儿愁肠百结之时，正是她潜意识中思考是否因为前时所做的孽而导致，遂不禁形诸梦寐。对花子虚的负罪感便形成了花子虚梦中詈骂的噩梦。而躺在床上守着奄奄一息的官哥的李瓶儿，在醒时扯着他的衣衫更是常事。在此我们看到的是具有深深内疚感、负罪感的李瓶儿，是痛苦无助时寻找慰藉而不得，却由潜意识将自己的忧思倾出的哀痛。

官哥死后，潘金莲见李瓶儿孩子没了，没有可以与她相争宠的砝码了，于是每天抖擞精神，百般称快，借骂丫头之名行骂李瓶儿之实："贼

---

① 张竹坡在此夹批曰："分明说官哥为子虚化身，与后孝哥为西门庆化身作一遥对章法。"（明）兰陵笑笑生著，（清）张道深评，王汝梅、李昭恂、于凤树校点：《张竹坡批评第一奇书〈金瓶梅〉》，齐鲁书社1991年版，第882页。

淫妇,我只说你日头常晌午,却怎的今日也有错了的时节?你斑鸠跌了弹,也嘴答谷了。春凳折了靠背儿,没的倚了!王婆子卖了磨,推不的了!老鸨子死了粉头,没指望了。却怎的也和我一般?"刚死了亲骨肉的李瓶儿,精神上较为脆弱,在潘金莲这夹枪带棍却又未指名道姓的辱骂之下,只能忍气吞声。着了气恼,又忧戚过度的李瓶儿,渐渐梦魂颠倒,心神恍乱,又引发了血崩旧症。九月初旬的一日,时属金秋,李瓶儿夜间独宿房中,纱窗浸月,枕席凄凉,不觉想念官哥,长吁短叹。此时:

> 似睡不睡,恍恍然恰似有人弹的窗棂响。李瓶儿呼唤丫鬟,都睡熟了不答。乃自下床来,倒靸弓鞋,翻披绣袄,开了房门,出户视之。仿佛见花子虚抱着官哥儿叫他,新寻了房儿同去居住。这李瓶儿还舍不得西门庆,不肯去,双手就去抱那孩儿。被花子虚只一推,跌倒在地。撒手惊觉,却是南柯一梦。吓了一身冷汗,呜呜咽咽只哭到天明。

李瓶儿对花子虚的负疚感之深,至死都未能稍减。李瓶儿性格温柔,即使在花子虚活着时对其态度恶劣,恶言相加,但是李瓶儿对瞒着子虚将财产转与西门庆一事,以及对花子虚的死都一直未能释然,都有深深的负罪感。所以每次做梦必梦到子虚,或为子虚讨债,或为子虚索命。李瓶儿对于官哥,一直是抱着最大的希望和深深的爱意,希望官哥能在西门府长大成人,为自己扬眉吐气,希望自己能够母以子贵。未曾想刚刚一周岁零两个

图5.6 西门庆贪欲丧命

月，官哥即告夭折，其哀痛之情在官哥死后的三首哭【山坡羊】曲子中已经表露得淋漓尽致。在此梦到花子虚抱着官哥，一个是自己最为对不起的人，一个是自己最为疼爱的人，而且李瓶儿认为官哥的死与子虚有很大的关系。李瓶儿临死前，血崩之症折磨得她气血虚弱、神志不清，没人在房中时就害怕，感觉眼前影影绰绰仿佛有人一般；夜间即梦见花子虚和她动刀动杖嚷闹，官哥在他怀里抱着，李瓶儿去夺时，反被推一跤；梦见子虚说买了房子，要叫她同去居住。与引文中的梦境雷同的梦常常出现，说明此时的李瓶儿气血亏到极致，频繁在大脑中产生相似的幻觉。无论白天黑夜，瓶儿的大脑都已不太受意识的控制。

"问谁是鬼，谁是怪，须向心头自摸"[①]，清《梁武帝演义》二十六回回首《鹊桥仙》词的这三句，道出了李瓶儿梦境的原因。李瓶儿是因思虑而做梦，因身体虚弱、精神上产生幻觉而形诸于梦寐。冤魂孽鬼之物实无，只要看武大死之惨而并未进入潘金莲的梦境并向其索命即可知。李瓶儿的梦，实源自她的内心，是她内心不能解脱，念念不忘于往事所致。她的病和梦关系至为密切，在她身体健康、精神正常时并未产生噩梦，在身体虚弱、神志昏乱时却频频有子虚入梦。做噩梦最多的日子，也就是距离她生命归西更为接近的日子。直到一命归天，李瓶儿方得解脱。其解脱，也实难矣哉！

（二）西门庆——"宿孽总因情"[②]

西门庆自己或许也未意识到，他竟然会为一个女人——李瓶儿动了真情。西门庆是什么样的人？他自幼即是有名的浮浪子弟，长大后专一飘风戏月，调占良人妇女，娶到家中如稍有不中意，就令媒人卖了。杨宗锡的四舅张龙说西门庆"单管挑贩人口，惯打妇熬妻"，"行止欠端，在外眠花卧柳"。连西门庆自己都对李桂姐说："你还不知我手段。除了俺家房下，家中这几个老婆、丫头，但打起来也不善，着紧二三十马鞭子，还打不下来，好不好还把头发都剪了。"正如恩格斯所言："当事人

[①] 韩锡铎、杨华、卜维义校点：《梁武帝演义》，春风文艺出版社1987年版，第317页。
[②] （清）曹雪芹、高鹗著，中国艺术研究院红楼梦研究所校注：《红楼梦》，人民文学出版社1996年版，第86页。

―第五章 世情悲喜：歌哭的世界―

双方的相互爱慕应当高于其他一切而成为婚姻基础的事情，在统治阶级的实践中是自古以来都没有的。"① 西门庆与潘金莲、李瓶儿通情，放置打得正热的潘金莲而中途娶孟玉楼，或图其财，或图其色，或二者皆有之，并没有产生过真正的爱情。

对于刚嫁入西门府的李瓶儿，西门庆还在对她的中途招赘蒋竹山而愤愤不已，所以一连三日并没有进新妇李瓶儿的房间。在瓶儿羞愧自缢未果的次日，西门庆甚至袖着马鞭子进了瓶儿房内。正如尼采所说的那句名言：当你去见你的女人时，请带上你的鞭子。西门庆在"审问"李瓶儿时，也确实抽了她几鞭子，但在李瓶儿的美言奉承加之真情感动后，西门庆即回心转意，与瓶儿"被伸翡翠，枕设鸳鸯"，共度良宵。此时的西门庆与李瓶儿也谈不上什么爱情。真正使西门庆对李瓶儿情爱有加的，是李瓶儿为他生了个白白净净而又"满抱的孩子"。当然，李瓶儿的温柔贤淑的性格也使得西门庆感觉自己来到瓶儿处就真正有了个心灵憩息的港湾。瓶儿生子后，西门庆不住地来看孩子，并以"有孩子屋里热闹"为由，常常在瓶儿房间宿歇。这时西门庆对李瓶儿有了深深的亲情和爱情。可惜好事不长久，官哥一岁多一点即告夭折，李瓶儿为此痛哭不已，西门庆此时尚未动深悲，还劝李瓶儿不要过度悲伤。他未想到官哥是李瓶儿的第一生命，官哥亡，李瓶儿的生命也就不久于世。西门庆还以为李瓶儿是小病，很快就会康复。没想到李瓶儿病体淹缠，请医问卜都不起作用，最后一命归西。西门庆对李瓶儿动了真情，对李瓶儿的死更是哀恸不已，一而再再而三地抚膺痛哭。李瓶儿死时的西门庆，身体也因酒色淘漉而处于"亚健康"状态。此后西门庆看到韩画师传的李瓶儿真容，也"由不得掩泪而哭"；观看"韦皋、玉箫女两世姻缘"《玉环记》至"今生难会，因此上寄丹青"一语，也"止不住眼中泪落"；爱屋及乌，对应伯爵说"从他没了……好应口菜也没一根我吃"，等等。李瓶儿生时不知珍惜，对其身体进行摧残，死后虽思念，却悔之晚矣。

"潘真人炼度荐亡"之后，西门庆从行动上也如应伯爵所言令僧道念

---

① 恩格斯：《家庭、私有制和国家的起源》，《马克思恩格斯选集》（第四卷），人民出版社1972年版，第75页。

了经，进行了大发送。可是，李瓶儿人虽入土，在西门庆心中却成为难以抹去的记忆。一日在书房午休，王经在在小篆内炷了香，悄悄出去：

> 良久，忽听有人掀的帘儿响，只见李瓶儿蓦地进来，身穿糁紫衫、白绢裙，乱挽乌云，黄恹恹面容，向床前叫道："我的哥哥，你在这里睡哩，奴来见你一面。我被这厮告了我一状，把我监在狱中，血水淋漓，与污秽在一处，整受了这些时苦。昨日蒙你堂上说了人情，减了我三等之罪。那厮再三不肯，发恨还要告了来拿你。我待要不来对你说，诚恐你早晚暗遭他毒手。我今寻安身之处去也，你须防范来！没事少要在外吃夜酒，往那去，早早来家。千万牢记奴言，休要忘了。"说毕，二人抱头放声而哭。西门庆便问："姐姐，你往那去？对我说。"李瓶儿顿脱，撒手却是南柯一梦。

西门庆对于临死时李瓶儿装椁的衣服记忆犹新，所以他梦中的李瓶儿犹穿葬时装束。西门庆对于自己请人为李瓶儿念经和请潘真人的荐亡心存慰藉，所以梦中的李瓶儿也因为他的所作所为而被减了三等罪。李瓶儿临终遗言"你又居着个官，今后也少要往那里去吃酒，早些儿来家，你家事要紧。比不的有奴在，还早晚劝你。奴若死了，谁肯只顾的苦口说你"数语，西门庆深记在心，在"梦诉幽情"的李瓶儿口中又以另一种方式说出。人死要托生他处人家，西门庆也虑及了李瓶儿亡魂的归宿。

西门庆升正提刑，赶冬至令节见朝谢恩。到东京后，西门庆先住在夏提刑令亲崔中书家，后搬至新同僚何永寿处。何太监叔侄晚间盛宴款待西门庆，之后各自回房歇息。西门庆素昔惯拥软玉温香的人，彼时喝了酒，又兼睡着绫锦被褥，不禁翻翻覆覆难以入眠。良久闻得夜漏沉沉，花阴寂寂，忽然听见窗外有女人低语声，西门庆披衣下床，启户视之，即为李瓶儿。西门引其入室，相拥而哭。西门庆问起她为何在此，李瓶儿曰："奴寻访至此。对你说，我已寻了房儿，今特来见你一面，早晚便搬去也。"并说其所寻房儿在造釜巷中间便是。言讫，二人云雨。事毕，李瓶儿仍嘱西门庆："我的哥哥，切记休贪夜饮，早早回家。那厮不时伺害于你。千万勿忘奴言，是必记于心者。"之后，西门庆尚送瓶儿归其所寻之家，瓶儿顿袖而入，西门庆向前拉时，恍然惊觉，乃是一梦。西门庆此梦与李瓶儿"鬼交"之梦相似，同属于性爱的睡梦。俗话说"饱暖思淫欲"，西门庆酒足饭饱又兼绫罗被褥，产生梦中的性爱似属常事。西门庆对于过世的李瓶儿一直深记于心，金莲对西门庆所说："饶他死了，你还这等念他。"虽是醋妒语，却也是实情。因此，模样儿好、性格好的李瓶儿出现于梦寐之中的几率也就较大。西门庆对于李瓶儿的临死遗言，对于李瓶儿死后的归宿，在平日间都存于潜意识中，至不受大脑控制的梦中，即不觉通过梦幻境界两人的对话表现而出。

"日有所思，夜有所梦"，思虑是造成梦境的主要原因。"宿孽总因情"这一句在《红楼梦》第五回，用来形容秦可卿的【好事终】曲子中的一句，拿来形容不断思念因而多次梦到李瓶儿西门庆，也是恰切不过。一个浪子，一个无拘无束的人，一个惯于打妇熬妻视女性为泄欲工具的人，却对最后嫁入西门府却最先离世的李瓶儿动了深情，这就是西门庆频繁做关于李瓶儿的梦的原因。

（三）梦兆——镜破簪折尽堪怜

有些梦境成为现实的一种预兆，对故事的进展有一种预示作用，被称作预兆梦。从心理学角度来讲，预兆梦仍是由于做梦者对某个人或某件事极为关注所致，醒时思虑所以形诸梦寐。《金瓶梅》中的预兆梦，做梦人之广，梦境种类之多，都可谓是全书诸梦境之最。

《金瓶梅》中的预兆梦多出现于小说中人物病危或离世前后。李瓶儿临死之夜，西门庆做了个梦，梦见东京翟谦亲家那里寄送了六根簪儿，内中有一根折了。西门庆想对吴月娘说时，即听说前边李瓶儿断了气。西门庆因李瓶儿的病，请太医看病拿药，请潘道士解禳祭灯，连日辛苦，一门心思扑在李瓶儿身上，希望其速好；睡梦之中，形成此梦兆，是对于李瓶儿身体不能康复而走向恶途的一种心理暗示。这也是西门庆连日忙碌，心中虽不敢想，却又不得不想之事。六根簪儿大概寓言六房妻妾。西门庆对应伯爵说此梦之前，有伯爵对他所说的一梦："我到家已四更多了，房下问我，我说看阴骘，嫂子这病已在七八了。不想刚睡就做了一梦，梦见哥使大官儿来请我，说家里吃庆官酒，教我急来到。见哥穿着一身大红衣服，向袖儿中取出两根玉簪儿与我瞧，说一根折了。叫我瞧了半日，对哥说：可惜了，这折了是玉的，完全的倒是硝子石……"笔者以为应伯爵此梦概为其扯谎，在得知李瓶儿去世后，为讨好西门庆而故意编此梦境。应伯爵是千古第一帮闲，懂得如何让主子高兴，身穿大红衣服，预示白衣（孝衣）罩体；玉簪断折，预示人命已逝；折了的是玉的，好的是硝子石的，预示最为可贵的人已死去，而活着的（西门庆其他妻妾）都是无足轻重的。应伯爵既可以在做官、嫖妓、喝酒、家乐方面谄谀西门庆，又可以在李瓶儿之死这一问题上进行帮闲，实在是将帮闲作为一种投入毕生精力的职业来做的，以之谋生，以之养家糊口，以之欺下媚上。西门庆是全家最为关心李瓶儿的人，也是与她之间感情最深的人，所以会做此梦。李瓶儿之死与应伯爵可以说干系全无，即使做梦也会做如何赚钱、如何媚客、如何嫖妓的梦，而不会见簪折预示李瓶儿去世的梦。在西门庆死时，应伯爵未说自己做梦即是证据，因彼时西门府上实无他可以帮闲之人，只是能榨取一点是一点而已。

西门庆临死前，吴月娘做了个梦，请吴神仙给圆梦：

> 月娘道："我梦见大厦将倾，红衣罩体，撷折碧玉簪，跌破了菱花镜。"神仙道："娘子莫怪我说：大厦将倾，夫君有厄；红衣罩体，孝服临身；撷折了碧玉簪，姊妹一时失散；跌破了菱花镜，夫妻指日分离。此梦犹然不好，不好。"月娘道："问先生有解么？"神仙道："白虎当头拦路，丧门魁在生灾，神仙也无解，太岁也难推。造物已定，神鬼莫移。"

身怀六甲即将临盆的吴月娘，夫主却是病体沉重，求医问卜有凶无吉。当时因脱阳之症引发，而遍身疼痛肾囊肿破的西门庆，已经叫唤了一夜，并不时昏迷过去。吴月娘即使在清醒状态也不禁产生家破人亡之感，因为在封建社会家庭内部，作为顶梁柱和靠山的就是男子汉，是一家之主的丈夫，丈夫一死，家也就不成其为家了。杨宗锡死，孟玉楼改嫁；花子虚死，李瓶儿改嫁。这些先例，吴月娘看在眼里记在心里。看到病重不起的丈夫西门庆，梦寐之中不觉产生了大厦倾、玉簪破、红衣罩体、菱化镜折的一系列意象。古有乐昌公主破镜重圆故事，现实中又有几对夫妻能破镜重圆？"镜"成为夫妻合璧的象征，菱花镜跌破，也就说明吴月娘已在隐隐担心西门庆的死去。大厦将倾，树倒猢狲散，作为顶梁柱的丈夫——西门庆的去世，必然会引起诸妻妾的各奔前程和家庭的分崩离析。大厦倾而穿孝衣，也就在情理之中了。西门庆酒、色、财、气纵欲贪欢，以一己有限之精力，对抗举世无限之欲海，最后因醉饱行房、纵情色欲而脱阳归西，这在前文预示性人物张大户处已经一见。第七十九回西门庆病前，吴月娘梦见穿着李瓶儿箱内寻出的红袍，却被潘金莲扯破，虽是明言为日间见王太太所穿红袍，以及第七十五回吴月娘、潘金莲争吵一事的延续，实际上已在某种程度上预示了衣之不全，家之将破。

迎春关于李瓶儿"你每看家，我去也"的梦，和后文陈经济、庞春梅关于潘金莲的梦，都可以看作是预兆梦。最为贴身的丫鬟、感情最为深厚的情人，因为对李瓶儿和潘金莲的朝夕相处、服侍而形之于梦寐，在梦境中已死之魂灵向之告别，或求其埋葬。这些都是瓶碎簪折后，当事人思虑所产生的梦，是预兆梦的一种预示。簪折、红衣、将倾的大厦、破碎的菱花镜、浑身带血的尸身，都是做梦者真情的流露，包含着对已逝者深深的怜爱之情。《金瓶梅》作者描写深刻之处，正是在于即使描写一个淫荡成性、十恶不赦的人，也都表现出他们的感情，赋予他们的死以浓郁的人情味和悲剧性。

三、结论和余论

正如孙述宇先生所说："《金瓶梅》的布局，是所谓'一场春梦'。"[①]西门庆、潘金莲、李瓶儿、庞春梅等人做的都是至死不悟的梦，吴月娘做的是虽经普静禅师点破却依旧痴迷的梦，孟玉楼做的是清醒的梦。"人做了贪欲的奴，吃了名利的亏，这本是佛教的老话，也是中国文学的老题目：《金瓶梅》的成就，是把这些老话，用人生真实很活泼地表达出来。"[②]《金瓶梅》中对于李瓶儿病情的描写，对于瓶儿、西门庆、吴月

[①] 孙述宇：《金瓶梅的艺术》，台北时报文化出版事业有限公司1985年版，第112页。
[②] 孙述宇：《金瓶梅的艺术》，台北时报文化出版事业有限公司1985年版，第102页。

娘、迎春等人的梦境的描写，也成为《红楼梦》作者的良好借鉴。至清代曹雪芹，遂将梦境描写发展到一个新的高峰，从而使"红楼一梦"成为近两百多年自文人至广大百姓谈论的一个热门话题，并衍生出"红学"这一显学。

　　《金瓶梅》作者兰陵笑笑生是人类灵魂的画师，通过描写小说中人物的因病而梦、纵欲而亡，刻画出李瓶儿、西门庆等人的心灵轨迹。笑笑生是明代社会的一位大小说家，将前此小说中较少刻画的人物心理描写，通过前文所述人物所写、所唱、所听的词曲，以及本节所论及的人物的病情和梦境中人物的显意识和潜意识的所思所想，从而将人物内心世界的刻画发展到一个空前的高度，直到清代小说巨擘曹雪芹、吴敬梓的小说作品问世，才有新的突破。

第六章 《金瓶梅》的审美接受

> 读《金瓶梅》而生怜悯心者，菩萨也；生畏惧心者，君子也；生欢喜心者，小人也；生效法心者，乃禽兽耳。
>
> ——东吴弄珠客《金瓶梅序》

一部《金瓶梅》的传播史，就是接受者主动参与的历史。

不同于实证主义、形式主义文学研究对文学作品外部和内部的研究，接受美学着眼于对文学作品的接受研究、读者研究和影响研究，将文学研究的重点放在读者的接受上。自《金瓶梅》问世以来，对其或以考证的方法研究其作者、版本，或以索引的方法论证书中人物与历史中人物的对应关系，或以文本分析的方法赏析故事中人物形象、小说主旨、艺术成就等。仅有少数研究者从读者接受的角度，运用接受美学和接受理论来对《金瓶梅》的历代读者进行分析。我们现在看到的古代读者对于《金瓶梅》接受情况的记载，只是《金瓶梅》接受史中的一小部分；大部分阅读心得，或由于未形诸文字，或由于文献的湮没而不可见。

本章内容是从接受美学的角度对《金瓶梅》的读者接受情况进行分析。以1924年鲁迅《中国小说史略》为界，我们将《金瓶梅》的接受简单分为两个时期。前一时期中，崇祯本评语、张竹坡评语和文龙评语对《金瓶梅》全书进行了系统的评阅，我们单独辟出一节对之进行论述；对于袁宏道、袁中道等人，下迄曼殊、黄人等人对《金瓶梅》的评论，作为一节论述。1924年以后的《金瓶梅》研究，作为一节论述。

第一节 《金瓶梅》：仁智互见

本章开始我们引用的东吴弄珠客《金瓶梅序》中的话语，即是从读者接受角度来讲的。鲁迅先生在《〈绛洞花主〉小引》也说过类似的话："《红楼梦》……谁是作者和续者姑且勿论，单是命意，就因读者的眼光而有种种：经学家看见《易》，道学家看见淫，才子看见缠绵，革命家看见排满，流言家看见宫闱秘事……"① 《金瓶梅》问世后，最初在一些文人中间抄录传阅，正是他们留下了最早对《金》书的观点。此后关于《金瓶梅》的相关记载，呈现出仁者见仁、智者见智、重彩纷呈的局面。明清时代的统治阶级和一些正统之士，对于《金瓶梅》等小说则持排斥态度。

读者的"接受过程是所有选择的。接受过程具有删节、价值变换的过程，简单化，同时也再次复杂化"②。读者是相对独立的个体，各位不同读者的接受也是相对独立的，且具有不断创新之处，而不仅是对传统的观点进行承袭和模仿。下面我们对鲁迅《中国小说史略》问世前的《金瓶梅》接受进行简要的分析。

一、对作者的推测

《金瓶梅》问世后，首先在一些文人中间传阅。通过对《金瓶梅》文本的阅读，当时的文人们对这位不知名的作者纷纷做出了推测。先是袁中道在《游居柿录》一书中说："旧时京师，有一西门千户，延一绍兴老儒于家。老儒无事，遂日记其家淫荡风月之事，以门庆影其主人，以馀影其诸姬。琐碎中有无限烟波，亦非慧人不能。"③ 这就是"绍兴老儒"说。沈德符《万历野获编》卷二十五《金瓶梅》条曰："闻此为嘉靖间大名士手笔，指斥时事，如蔡京父子则指分宜，林灵素则指陶仲文，朱勔

---

① 《鲁迅全集》（第八卷），人民文学出版社 2005 年版，第 179 页。
② ［德］H. R. 姚斯、［美］R. C. 霍拉勃著，周宁、金元浦译，滕守尧审校：《接受美学与接受理论》，辽宁人民出版社 1987 年版，第 145 页。
③ （明）袁中道著，钱伯城点校：《坷雪斋集》，上海古籍出版社 1989 年版，第 1316 页。

则指陆炳，其他各有所属云。"① 此为"嘉靖间大名士"说。屠本畯《山林经济籍》载："《金瓶梅》流传海内甚少，书帙与《水浒传》相埒。相传嘉靖间，有人为陆都督炳诬奏，朝廷籍其家。其人沉冤，托之《金瓶梅》……予读之，宛似罗贯中手笔。"② 即为"陆都督沉冤"说。谢肇淛《金瓶梅跋》曰："相传永陵中有金吾戚里，凭怙奢汰，淫纵无度，而其门客病之，采摭日逐行事，汇以成编，而托之西门庆也。"③ 此为"金吾戚里门客"说。我们可以看出，以上几种说法多是根据传闻，或曰"闻"，或曰"相传"，皆非确切的记载。因而可知《金瓶梅》一面世，即受到部分文人的关注，并对它的作者做了种种猜测。袁中道谓《金瓶梅》"琐碎中有无限烟波，亦非慧人不能"，并从而相信见多识广、笔底能泛无限波澜的绍兴老儒是其作者。沈德符则相信《金》书为"嘉靖间大名士手笔"。屠本畯也从对《金瓶梅》文本的阅读中得出其作者"宛似罗贯中手笔"的结论。

《万历野获编》补遗卷二又记有"伪画致祸"条云：严嵩因从王世贞父得到《清明上河图》伪画而大怒，世贞父王忬因是罹难。明徐树丕《识小录》有汤裱褙言《清明上河图》之伪于严嵩，吴中一都御使竟陷大辟事。后世将"嘉靖间大名士"说和"伪画致祸"说合二为一，遂有王世贞为父报仇作《金瓶梅》之说。此说先见于清刘廷玑《在园杂志》，其后李慈铭《桃花圣解庵日记》、顾公燮《销夏闲记摘钞》等书也递相转载。正如鲁迅先生在《中国小说史略》中所说，作者对于世情的洞达，以及描写上的高超技艺，"同时说部，无以上之"，所以"世以为非王世贞不能作"④。又有唐顺之仇家重金购《金瓶梅》，以砒霜浸制卷叶，毒死顺之一说。可以说是越出越奇，通过文人间的转载而使得关于作者的说法扑朔迷离。

明清时期的学者们根据"嘉靖间大名士"说、"绍兴老儒"说、万历

---

① （明）沈德符：《万历野获编》，中华书局1959年版，第652页。
② （明）屠本畯：《山林经济籍》，转引自朱一玄编《金瓶梅资料汇编》，南开大学出版社2002年版，第82页。
③ 转引自朱一玄编《金瓶梅资料汇编》，南开大学出版社2002年版，第179页。
④ 鲁迅：《中国小说史略》，人民文学出版社1973年版，第152页。

丁巳年词话本上所署的"兰陵笑笑生"和书中所运用的方言，对作者做出了多种猜测：或云《金瓶梅》是王世贞，或云是王世贞门人，或云为李卓吾作，或云为薛应旂、赵南星，或云为李笠翁，等等。早期读者如袁中道、沈德符、屠本畯等人，通过对《金瓶梅》的接受而做出一定的推断，都有其理由。后来具有考证癖的学者们将具备以上一个或数个条件的文人作为《金瓶梅》作者的候选人，则具有很大的臆断的成分在内。

与古代文言小说（如唐宋传奇等）具有署名的传统不同，古代白话小说多不署名或不署真名，从宋元话本到明清章回小说多是如此。有些小说的作者后来被学者考证出来，如《三国演义》、《西游记》、《红楼梦》等；有些白话小说的作者对我们来说一直是个谜，如《水浒传》的作者施耐庵、《金瓶梅》的作者兰陵笑笑生、《醒世姻缘传》的作者西周生等。如若我们知道作者的身世，从而"知人论世"，对于小说的接受自然不无帮助；但是即使如《金瓶梅》等书我们至今不知道其确切的作者，只知道作为作者的文化符号，这也不影响我们对于书籍的阅读和接受。小说作者在创作时的思想意识、价值观念，和作者自身的思想意识可能完全或部分相合，也可能完全不相合。实际参与小说创作的是作者的"第二自我"，是"隐指作者"。一经被创作完成，从而以手抄或刻板印刷等形式流传于世后，小说作品即成为一个独立的文本，至于其作者是兰陵笑笑生，还是具体的嘉靖年间哪一位名士，其实并不重要。当然，如果能考证出来更好，但是在没有更确切的证据之前，我们不妨先将作者问题放下，从文本分析的角度去研究《金瓶梅》的隐指作者，研究它的语言、思想、艺术等，这要比我们白白浪费众多的人力物力去做这种缺乏说服力的考证要好得多。正如钱钟书对读了他的《围城》要采访他的记者所说："假如你吃了一个鸡蛋觉得不错，又何必要认识那个下蛋的母鸡呢？"

二、肯定与赞誉

接受过程是有所选择性的，这在《金瓶梅》的早期读者中即已表现得十分明显。有的文人在读后大加赞赏，另有一些文人则鸩毒视之。在此我们首先对肯定《金瓶梅》并对其加以赞誉的言论加以论述。

公安三袁之一的袁宏道在读到《金瓶梅》之后赞赏有加："《金瓶梅》

从何得来？伏枕略观，云霞满纸，胜于枚生《七发》多矣。"①《七发》是西汉枚乘的一篇赋，赋中写吴客去探望病重的楚太子，认为他的病在于贪欲无度、享乐无时，非一般的药和针灸所能治愈，遂分别描述了音乐、饮食、乘车、游宴、田猎、观涛六件事的乐趣，以诱导楚太子改变生活方式。最后要向太子引见方术之士，"论天下之精微，理万物之是非"，太子豁然而病愈。刘勰《文心雕龙·杂文》曰："枚乘摛艳，首制七发，腴辞云构，夸丽风骇。盖七窍所发，发乎嗜欲，始邪末正，所以戒膏粱之子也。"②袁中郎评《金瓶梅》"云霞满纸"，较"腴辞云构，夸丽风骇"的《七发》还要好，这一方面是从《金瓶梅》文本的词藻而言，主要的方面则是从它的劝诫作用而言的。袁宏道认为，《金瓶梅》作者在书中所描写的酒、色、财、气，所描写的恶霸、官僚、富商集于一身的西门庆及其一家的纵欲肆志，以及书中所描写的官场人士、儒教众生、僧尼师道、贩夫走卒，等等，都足以为世人戒。《金瓶梅》的价值，不在于对各种欲望生动的描写和赤裸裸的展示，而在于作者借这些描写对读者起到的讽喻和劝诫的作用。提出"独抒性灵，不拘格套"的性灵说的袁宏道，对于以长篇通俗白话小说的形式出现的另一种类型的《七发》（甚至要高于它），认为在当时社会它具有较枚生《七发》更好的功效。袁中道《游居柿录》有记董其昌评《金瓶梅》语："近有一小说，名《金瓶梅》，极佳。"③仅"极佳"二字评语，具体"佳"在何处则未详言；以义揆之，或为文辞，或为事迹。

万历丁巳刻本《金瓶梅词话》问世时，卷首有一篇署名欣欣子的《金瓶梅词话序》，对于《金瓶梅》做出了客观而公正的评价。欣欣子与作者兰陵笑笑生为挚友，对他的创作和作品的熟悉，也就有如脂砚斋之于曹雪芹。开宗名义，欣欣子肯定了作者的立意："窃谓兰陵笑笑生作《金瓶梅传》，寄意于世俗，盖有谓也。"正如李卓吾谓施耐庵、罗贯中二人所作《水浒传》是"发愤之所作"④，欣欣子也说笑笑生之作是"有谓"

---

① （明）袁宏道著，钱伯诚笺校：《袁宏道集笺校》，上海古籍出版社1981年版，第289页。
② （南朝梁）刘勰著，范文澜注：《文心雕龙注》，人民文学出版社1958年版，第254页。
③ （明）袁中道著，钱伯城点校：《珂雪斋集》，上海古籍出版社1989年版，第1316页。
④ 陈曦钟、侯忠义、鲁玉川辑校：《水浒传会评本》，人民文学出版社1981年版，第28页。

之作。这就从根本上肯定了《金瓶梅》这部书的价值,而不是如一些文人和统治者所说是"诲淫之作",是自然主义的作品。欣欣子认为《金瓶梅》的语言是"语句新奇,脍炙人口",虽然"其中未免语涉俚俗,气含脂粉",但正如《关雎》的"乐而不淫、哀而不伤",无关乎大雅。兰陵笑笑生创作《金瓶梅》的宗旨是"明人伦,戒淫奔,分淑慝,化善恶,知盛衰消长之机,取报应轮回之事,如在目前"。这是合于主流文化群体的劝善惩恶,是以作为亚文学的小说向主流文学的自觉靠拢。《金瓶梅》的内容"虽市井之常谈,闺房之碎语,使三尺童子闻之,如沃天浆而拔鲸牙,洞洞然易晓",这就较《剪灯新话》、《莺莺传》、《效颦集》、《怀春雅集》、《钟情丽集》等"读者往往不能畅怀,不至终篇而掩弃之"的作品更为可观。"虽不比古之集,理趣文墨,绰有可观。其他关系世道风化,惩戒善恶,涤虑洗心,无不小补"。并详细论述了小说中高堂大厦之深沉,金屏绣褥之美丽,等等。受当时社会流传的佛教的影响,欣欣子也难脱于因果报应的思想,认为《金瓶梅》中"淫人妻子,妻子淫人,祸因恶积,福缘善庆,种种皆不出循环之机"。欣欣子在序文最后将阅读提升到近于历史—哲学的第三级阅读,进而提出"故天有春夏秋冬,人有悲欢离合,莫怪其然也。合天时者,远则子孙悠久,近则安享终身;逆天时者,身名罹丧,祸不旋踵。人之处世,虽不出乎世运代谢,然不经凶祸,不蒙耻辱者,亦幸矣"。将人与天作为统一体来考虑,达到天人合一的程度,合天时则吉,逆天时则凶。对《金瓶梅》的意义提高到哲学的高度,欣欣子是众多读者中的第一人。

廿公在《金瓶梅词话》卷首的《金瓶梅跋》中说"《金瓶梅传》,为世庙时一钜公寓言,盖有所刺也",世庙是明世宗朱厚熜的庙号,明世宗年号为嘉靖。由此可知这位化名为《金瓶梅》作跋的廿公,也相信"嘉靖间大名士"说,并认为此书是"有所刺"而作。廿公评《金瓶梅》"曲尽人间丑态,其亦先师不删《郑》《卫》之旨乎",将笑笑生写《金瓶梅》,与至圣先师孔子"删诗"相提并论,从而将通俗文学的小说提高到与儒家经典的《诗经》同等的地位,同时把不入于雅文学之流的小说家提升到与儒家创始人孔子同等的地位,这都极大地提高了笑笑生和《金瓶梅》的地位。这是欣欣子在阅读《金瓶梅》之后产生的想法,当然不乏抬高《金》书之嫌，但这也合乎中国人矫枉过正的心态。甘公认为，《金瓶梅》"中间处处埋伏因果，作者亦大慈悲矣。今后流行此书，功德无量矣"，并批评了将此书视为淫书的"不知者"，因为他们不仅不知道作者的本意，而且也冤枉了流行此书者的心意。有的研究者据此推断甘公当为书商化名，也有一定的道理。

与袁宏道、欣欣子等人同样具有慧眼的是谢肇淛，他在《金瓶梅跋》中对该书做了精辟的论述，现摘录如下：

> 书凡数百万言，为卷二十，始末不过数年事耳。其中朝野之政务，官私之晋接，闺闼之媟语，市里之猥谈，与夫势交利合之态，心输背笑之局，桑中濮上之期，尊罍枕席之语，驵侩之机械意智，粉黛之自媚争妍，狎客之从臾逢迎，奴伲之稽唇淬语，穷极境象，駴意快心。譬之范工抟泥，妍媸老少，人鬼万殊，不徒肖其貌，且并其神传之。信稗官之上乘，炉锤之妙手也。其不及《水浒传》者，以其猥琐淫媟，无关名理。而或以为过之者，彼犹机轴相放，而此之面目各别，聚有自来，散有自去，读者意想不到，唯恐易尽。此岂可与褒儒俗士见哉。①

这段话为《金瓶梅》研究者所广泛引用。谢肇淛通过对全书的阅读，精辟地提出了《金瓶梅》的主要内容和艺术成就，对作者兰陵笑笑生也作出了精当的评价，并将《金瓶梅》与《水浒传》做比较，评论了其缺陷，同时也将超越《水浒传》之处做了论述。谢肇淛的不足之处是时时想着"名理"，因《金瓶梅》的"猥琐淫媟"无关乎名理而认为是它的缺点。这自然为其时代和阶级的局限性，我们不必苛求于他。晚明的通俗文学如戏曲、小说，都追求关乎名理，利于风化。高则诚于《琵琶记》是如此，谢肇淛也要求通俗小说如此。如或不然，即加以否定。当然，《金瓶梅》中猥琐淫亵之处是其缺陷，但与它是否关乎名理无关。《金瓶梅》"无关名理"，或正为其冲破名理处，为其可贵之处。

---

① 转引自朱一玄编：《金瓶梅资料汇编》，南开大学出版社2002年版，第179页。

——奢华与堕落——

清代张潮在《幽梦影》一书中曰："《水浒传》是一部怒书,《西游记》是一部悟书,《金瓶梅》是一部哀书。"[1] 张潮沿袭了李卓吾关于《水浒传》的说法,认为施耐庵、罗贯中二人是发愤著书,是痛恨异族入侵而作。对于《西游记》,他认为是醒悟了的作者所著,让读者觉悟的书,是一部用形象化的语言和故事宣扬佛教的书。张潮对于《金瓶梅》的评价是我们所最为关注的,他认为《金瓶梅》是"哀书",是作者历经人世艰辛和酒、色、财、气四大欲望的冲刷后,创作的关于人生和世事的一部哀歌,其中蕴含着作者关于人生的智慧和哲思。我们可以看出,张潮关于《金瓶梅》的评价是极为精辟的。

清代佚名的《满文本金瓶梅序》是另一篇《金瓶梅》经典文论。文章开始,作者首先探讨了"编撰古词者"的宗旨和四大奇书之名。接下来作者对于《金瓶梅》百回大书进行了总括:"凡百回中以为百戒,每回无过结交朋党、钻营勾串、流连会饮、淫黩通奸、贪婪索取、强横欺凌、巧计诳骗、忿怒行凶、作乐无休、讹赖诬害、挑唆离间而已,其于修身齐家、裨益于国之事一无所有。"此文与袁宏道的观点有相合之处,都认为《金瓶梅》为劝诫之书,百回即为百戒。序文作者认为《金瓶梅》反映了强烈的报应思想,"至西门庆以计力药杀武大,犹为武大之妻潘金莲以春药而死,潘金莲以药毒二夫,又被武松白刃碎尸,如西门庆通奸于各人之妻,其妇婢于伊在时即被其婿与家僮玷污。吴月娘背其夫,宠其婿使入内室,奸淫西门庆之婢,不特为乱于内室。吴月娘并无妇人精细之态,竟至殷天锡强欲逼奸,来保有意调戏。至蔡京之徒,有负君王信任,图行自私,二十年间,身遣子诛,朋党皆罹于罪。西门庆虑遂谋中,逞一时之巧,其势及至省垣,而死后尸未及寒,窃者窃,离者离,亡者亡,诈者诈,出者出,无不如灯消火灭之烬也。其趋炎附势之徒,亦皆陆续无不如花残木落之败也。其报应轻重之称,犹戥秤毫无高低之差池焉。且西门庆之为乐,不过五六年耳。其余撺掇诣媚、乞讨钻营、行强凶乱之徒,亦皆示于二十年之内"。序言点出了书中西门庆、潘金莲、吴月娘等人的因果报应,指出了蔡京之徒结党营私的恶报,西门庆倚势逞

---

[1] 转引自木一幺编《金瓶梅资料汇编》,南开大学出版社2002年版,第414页。

强、趋炎附势之徒的报应毫发不爽之处。按：《金瓶梅》中有因果报应思想自然不错，但说该书报应轻重毫无差池则过之，如韩道国、王六儿一家即未见报应所施。序言作者论述了《金瓶梅》是"四奇书之尤奇者"的原因，是"将陋习编为万世之戒，自常人之夫妇，以及僧道尼番、医巫星相、卜术乐人、歌妓杂耍之徒，自买卖以及水陆诸物，自服用器皿以及谑浪笑谈，于僻隅琐屑毫无遗漏，其周详备全，如亲身眼前熟视历经之彰也"。易而言之，《金瓶梅》之所以为四大奇书中的"尤奇者"，是因为它描写了当时的整个社会，它是晚明社会百科全书式的作品。《满文本金瓶梅序》最后一段还针对《金瓶梅》的几种接受者做了评价，"观是书者，将此百回以为百戒，夔然栗，悫然思，知反诸己而恐有如是者，斯可谓不负是书之意也"，这一类读者以此书为戒，是正确的接受方式，如此才不负作者之意。"倘于情浓处销然动意，不堪者略为效法，大则至于身亡家败，小则亦不免构疾而见恶于人也"，这即为错误的接受方式，应该慎重。第三种接受方式是"厌其污秽而不观，乃以观是书为释闷"①，序文作者认为这些都是无识之人，不足为道。该序文作者与袁宏道"胜于枚生《七发》多矣"的观点是前后沿承的。

《金瓶梅》的接受者对其表示赞誉者，多是从该书描写人情世务方面，欣欣子、谢肇淛如此，《满文本金瓶梅序》作者如此，清代刘廷玑也是如此。刘廷玑在《在园杂志》卷二中曰："若深切人情世务，无如《金瓶梅》，真称奇书。欲要止淫，以淫说法；欲要破迷，引迷入悟。其中家常日用，应酬世务，奸诈贪狡，诸恶皆作，果报昭然。而文心细如牛毛茧丝，凡写一人，始终口吻酷肖到底。掩卷读之，但道数语，便能默会为何人。结构铺张，针线缜密，一字不漏，又岂寻常笔墨可到者哉！"②刘氏评《金瓶梅》为深切世务人情的奇书，并用"欲要止淫，以淫说法；欲要破迷，引迷入悟"数语形象化地诠释了袁宏道的观点，对于作者的"文心"，小说的结构也都做出了科学的评价。清吴道新曾论《左传》、

---

① 以上《满文本金瓶梅序》皆转引自丁锡根编著《中国历代小说序跋集》，人民文学出版社1996年版，第1107—1108页。
② （清）刘廷玑著，张守谦点校：《在园杂志》，中华书局2005年版，第84页。

《国语》、《南华》、《水浒传》、《金瓶梅》等书"皆写生之文"①。清脂砚斋在批阅《红楼梦》时曾三次提及《金瓶梅》，一为《红楼梦》"秦可卿死封龙禁卫　王熙凤协理宁国府"一回"贾珍笑问价值几何"一段，脂砚斋在甲戌眉批中曰："写个个皆知，全无安逸之笔，深得《金瓶》壶奥。"②一为第二十八回薛蟠说酒令一段甲戌眉批："此段与《金瓶梅》内西门庆、应伯爵在李桂姐家饮酒一回对看，未知孰家生动活泼。"③一为柳湘莲说"你们东府里除了那两个石头狮子干净，只怕连猫儿狗儿都不干净。我不做这剩忘八"之语时，脂砚斋在己卯本夹批曰："极奇之文，极趣之文。《金瓶梅》中有云：'把忘八的脸打绿了'，已奇之至，此云'剩忘八'，岂不更奇？"④从脂砚斋的评语，我们可以看出《金瓶梅》的艺术成就之高，可以看出《金》对《红楼梦》作者的影响之深，可以看出脂砚斋从小说创作的角度对《金瓶梅》的高度评价。

清末民初，众多有志之士受到了西方文学理论的影响，又受梁启超"小说界革命"的影响，对于小说的评价也空前提高。与之相应，他们对于《金瓶梅》也做出了更为科学、合理的评价。平子在《小说丛话》中谓"《金瓶梅》一书，作者抱无穷冤抑，无限深痛，而又处黑暗之时代，无可与言，无从发泄，不得已藉小说以鸣之"，仍是"伪画致祸"作者著书报仇的旧说。平子对于"其描写当时之社会情状"，"其中短简小曲，往往隽韵绝伦，有非宋词、元曲所能及者，又可征当时小人女子之情状，人心思想之程度"，从而下结论曰：《金瓶梅》是"真正以社会小说，不得以淫书目之"⑤。文中也论述了《金瓶梅》与《水浒传》在描写手法方面的不同。曼殊在《小说丛话》中说："吾见小说中，其回目之最佳者，莫如《金瓶梅》。"他论述了自己作为读者接受的方法，一开始阅读，"尽数卷，尤觉毫无趣味，心窃惑之"；后来改变了阅读方法，"认为一种社会之书以读之，始知盛名之下，必无虚也……然其奥妙，绝非在写淫之

---

① 转引自朱一玄编《金瓶梅资料汇编》，南开大学出版社2002年版，第565页。
② （清）曹雪芹：《脂砚斋甲戌抄阅再评石头记》，上海古籍出版社1985年版，第131页。
③ （清）曹雪芹：《脂砚斋甲戌抄阅再评石头记》，上海古籍出版社1985年版，第237页。
④ （清）曹雪芹：《脂砚斋重评石头记》，上海古籍出版社1981年版，第900页。
⑤ 陈平原、夏晓虹编：《二十世纪中国小说理论资料》（第一卷），北京大学出版社1997年版，第84—85页。

笔。该此书的是描写下等妇人社会之书也……若其回目与题词，真佳绝矣"①。曼殊道出了《金瓶梅》接受的方法和该书的主要内容，并对其艺术成就做出了评判。从他对《金瓶梅》阅读态度的改变，也切实说明了文学作品接受的有选择性。吴沃尧在《说小说》中所云"若《金瓶梅》《肉蒲团》，淫者见之谓之淫"②，也是从文本接受的选择性而言。

对于《金瓶梅》的众多接受者，能够发出由衷赞叹的，都是能抛开其写淫的方面，从描写世情、世态、世相的层面来阅读的。从最初的少数几位读者如袁宏道、董思白，到《金瓶梅》几篇序跋的作者如欣欣子、廿公、谢肇淛、《满文本金瓶梅序》作者等，都对《金》书做出了高度的赞赏，特别是几篇序跋的作者论述得更为详尽。清代刘廷玑和脂砚斋也分别从不同的角度对《金瓶梅》做出了肯定性的评价。清末民初的小说评论家如平子、曼殊诸人，对于《金瓶梅》的思想内容、艺术成就做出了科学的评价。这在谈性色变的封建社会是难能可贵的。

三、批评与棒杀

《金瓶梅》的早期接受者们对于它的评价，也充满了矛盾性。有些文人一方面认为《金瓶梅》是好书；另一方面却说该书当烧之。如董思白（其昌）即曾谓《金瓶梅》"极佳"，但又曰"决当焚之"；袁中道不同于乃兄袁宏道，在承认《金瓶梅》"琐碎中有无限烟波"的同时，认为"不必焚，不必崇，听之而已"③，其态度去董其昌不远。冯梦龙怂恿书坊重价购买《金瓶梅》刻印，马仲良劝沈德符应书商请求刻印，沈德符曰："此等书必遂有人板行，但一刻则家传户到，坏人心术，他日阎罗究诘始祸，何辞置对？吾岂以刀锥博泥犁哉！"④沈德符氏也未能摆脱《金瓶梅》是"淫书"这一窠臼，他认为这种书坏人心术，一旦刻板将贻害不浅；如果自己应书贾之请刻板印刷的话，是以微末小利换取泥犁地狱的报应。

---

① 陈平原、夏晓虹编：《二十世纪中国小说理论资料》（第一卷），北京大学出版社1997年版，第86页。
② 转引自朱一玄编《金瓶梅资料汇编》，南开大学出版社2002年版，第681页。
③ （明）袁中道著，钱伯城点校：《珂雪斋集》，上海古籍出版社1989年版，第1316页。
④ （明）沈德符：《万历野获编》，中华书局1959年版，第652页。

薛冈《天爵堂笔馀》记载："友人关西文吉士以抄本不全《金瓶梅》见示，余略览数回，为吉士曰：'此虽有为之作，天地间岂容有辞一种秽书？当急投秦火。'"认为《金瓶梅》应在被焚之列。二十年后，薛冈看到《金瓶梅》的刻本全书，"初颇鄙嫉，及见荒淫之人皆不得其死，而独吴月娘以善终，颇得劝惩之法"，但即使如此，薛氏仍认为《金瓶梅》和《四书笑》、《浪史》，当"同作坑灰"①。前引鲁迅评《红楼梦》语有"道学家看见淫"之语，以上诸人也自觉不自觉地充当了道学家的角色。

万历丁巳本《金瓶梅词话》卷首欣欣子序、廿公跋之后，是东吴弄珠客的《金瓶梅序》。不同于欣欣子和廿公的观点，弄珠客认为《金瓶梅》是秽书，袁宏道极口称赞并非有取于《金瓶梅》，而是"自寄其牢骚"。弄珠客同时也承认《金瓶梅》"作者亦自有意，盖为世戒，非为世劝也。如诸妇多矣，而独以潘金莲、李瓶儿、春梅命名者，亦楚《梼杌》之意也"。并指出读《金瓶梅》有生怜悯心者、生畏惧心者、生欢喜心者、生效法心者数种人，实际上是弄珠客为《金瓶梅》读者提供的几种阅读方法，应以怜悯心、畏惧心阅读，而不应产生欢喜心和效法心。弄珠客认为《金瓶梅》是"奉劝世人，勿为西门庆之后车"。明李日华在《味水轩日记》中评《金瓶梅》为"大抵市诨之极秽者耳，而锋焰远逊《水浒传》"，他认为袁宏道极口称赞，"亦好奇之过"②。袁宏道称赞的原因前已详述之，李日华之见，自有其偏颇处。《北宋三遂平妖传叙》谓"《玉娇丽》、《金瓶梅》，如慧婢作夫人，只会记日用账簿，全不曾学得处分家政；效《水浒》而穷者也"③。《叙》作者所云是从小说创作角度而言，其实《水浒》、《金瓶》孰优孰劣，也是仁智互见，并无定论。

清申涵光对于《金瓶梅》简直视之如鸩毒，他在《荆园小语》中说："世传作《水浒传》者三世哑，近时淫秽之书如《金瓶梅》等丧心败德，果报当不止此。"④恨屋及乌，简直是对《金》书的作者与其家族痛下诅咒。清林昌彝《砚绪录》转载了申涵光的话。著名小说家蒲松龄、李海

---

① 转引自朱一玄编《金瓶梅资料汇编》，南开大学出版社2002年版，第158页。
② （明）李日华著，屠友祥校注：《味水轩日记》，上海远东出版社1996年版，第496页。
③ （明）罗贯中著，张荣起整理：《三遂平妖传》，北京大学出版社1983年版，第141页。
④ 转引自朱一玄编《金瓶梅资料汇编》，南开大学出版社2002年版，第413页。

观,小说评论家闲斋老人也以淫书视《金瓶梅》,可见稗官作家获知音之难。郝培元对《金瓶梅》能做到辩证看待:"以书论,实极妙笔;然后生小子不解《金瓶》之用意,直诲淫具耳。故余酷嗜买书,独此从不列架上。"① 清昭梿《啸亭续录》曰:"《金瓶梅》,其淫亵不待言,至叙宋代事,除《水浒》所有外,俱不能得其要领。以宋、明二代官名,羼乱其间,最属可笑。"他据此以为王世贞绝不会"谫陋至此"而作《金瓶梅》,并批评了"于古今经史,略不过目,而津津于淫邪庸鄙之书,称赞不已"②的世人。

不同于袁宏道、袁中道等人对于《金瓶梅》的称赞,也不同于申涵光、昭梿等人以"淫书"视之,邱炜萲对于《金瓶梅》则持另一种态度。最初,邱炜萲"以《金瓶梅》一书名满天下,疑虽淫媟荡志,有干例禁,其文章之斐亹,神情之酣畅,当有并驾《秘辛》,超乘《外传》者"。在向朋友辗转借得一部,三日读完后,"究于其中笔墨妙处,毫不见得。尚疑卤莽,再三展阅,仍属不见其妙。且文笔拖沓懈怠,空灵变幻不及《红楼》,刻画淋漓不及《宝鉴》,不知何以负此重名"。初以为《金瓶梅》当与《汉杂事秘辛》并驾齐驱、超越《飞燕外传》的邱氏炜萲,在反复阅读之后,仍然看不到《金》的妙处所在。且认为它文笔拖沓,浪得虚名,推测其原因当为"各处销毁,传本日少,人情浮动,以耳为目"③。袁中道、东吴弄珠客等虽认为《金瓶梅》是淫书,但仍承认"琐碎中有无限烟波";邱炜萲对《金瓶梅》的态度,为个人喜好问题,非为他故。

《金瓶梅》作为俗世奇书横空出世,对于后世的说部也产生了重要影响。除上面所论及的小说家和小说批评家对《金瓶梅》的观点外,一些小说家也将其写到了自己的书中。李海观的《歧路灯》注重谈世家子弟的教育问题,小说中人物侯冠玉(谭绍闻的老师)向谭孝移介绍《金瓶梅》的好处时说:"那书还了得么!开口'热结冷遇',只是世态炎凉二字。后来'逛豪华门前放烟火',热就热到极处;'春梅游旧家池馆',冷也冷到尽头。大开大合,俱是左丘明的《左传》,司马迁的《史记》脱化

---

① (清)郝培元:《梅叟闲评晒书堂藏板》,清光绪十年刻本。
② (清)昭梿,何英芳点校:《啸亭杂录》,中华书局1980年版,第427页。
③ (清)邱炜萲:《五百石洞天挥麈》,清光绪二十五年邱氏粤垣刻本。

下来。"① 在以四书五经为科考内容的明清时代，侯冠玉让谭孝移的大公子读《西厢记》、《金瓶梅》，自然是极度不务正业，虽然他论《金瓶梅》也有其独到之处。视《金瓶梅》为淫书的李海观自然知道这对于刚进学的谭绍闻意味着什么，所以在谭孝移看到端福儿抱着一部《金瓶梅》给绍闻时，不禁犯了胃痛病，不久离世。第九十回作者又借程嵩淑之口曰："……但坊间小说，如《金瓶梅》，宣淫之书也，不过道其事之所曾经，写其意之所欲试，画上些秘戏图，杀却天下少年矣……"苏霖臣道："《金瓶》、《水浒》我并不曾看过，听人夸道，笔力章法，可抵盲左腐迁。"程嵩淑答道："不能识左、史，就不能看这了；果然通左、史，又何必看他呢？一言决耳。"② 李绿园通过小说中人物的对话将自己在《歧路灯自序》中对于《金瓶梅》的观点加以述出。③ 清和邦额《夜谭随录·梁生》述众人嗤笑梁生"号之为梁希谢，盖取《金瓶梅》中谢希大以嘲之也"④。《品花宝鉴》中有"元茂看书套签子上写著《金瓶梅》"⑤ 之语。《永庆升平》中张广太看到葡萄架男女欲行云雨之事的图画，知道"是《金瓶梅》上的潘金莲大闹葡萄架"⑥。《耳邮》中有记载扬州王姓诸生因焚"淫书"《金瓶梅》而得千金事，也是善恶报应之说在民间的体现。吴沃尧《二十年目睹之怪现状》中，九死一生也视《肉蒲团》、《金瓶梅》等为淫书。

走笔至此，我们需要看一下统治阶级对《金瓶梅》的态度。清顺治、康熙、雍正、乾隆、嘉庆、道光等数位皇帝多次下达严禁私刻、禁毁淫词小说的命令，康熙、乾隆、嘉庆三朝尤甚，对于犯禁者都有严厉的惩处。同时有大臣上疏请除淫书。与中央的三令五申严禁淫词小说相呼应，

---

① （清）李绿园著，栾星校注：《歧路灯》，中州书画社1980年版，第121页。
② （清）李绿园著，栾星校注：《歧路灯》，中州书画社1980年版，第851页。
③ 李绿园《歧路灯自序》曰："若夫《金瓶梅》一书，诲淫之书也，亡友张揖东曰：此不过道其事之所曾经，与其意之所欲试者耳。而三家村冬烘学究，动曰此《左》、《国》、史迁之文也！余谓不通《左》、史，何能读此？既通《左》、史，何必读此？"转引自朱一玄编《金瓶梅资料汇编》，南开大学出版社2002年版，第570页。
④ （清）和邦额：《夜谭随录》，民国刻笔记小说二十种本。
⑤ （清）陈森著，尚达翔校点：《品花宝鉴》，上海古籍出版社1990年版，第475页。
⑥ （清）郭广瑞：《永庆升平前传》，百花洲文艺出版社1996年版，第317页。

— 第六章 《金瓶梅》的审美接受 —

地方大员也有发出告谕者,如江苏巡抚汤斌《严禁私刻淫邪小说戏文告谕》①,道光二十四年浙江巡抚禁淫词小说,浙江学政严禁淫书,浙江湖州知府禁淫词小说,禁苏州刊行淫书小说,等等。其中《计毁淫书目单》、同治七年江苏巡抚丁日昌查禁淫词小说书目中皆明确列出《金瓶梅》、《续金瓶梅》、《唱金瓶梅》、《隔帘花影》等书。与国家和地方的法令、法规相呼应的,是大家族的家训。在宗法制社会中,族长即为整个家族的最高领导,家训为其"法律"。清代《蒋氏家训》、《重订福寿金鉴·家教》、汤来贺的《训儿杂说前》等多部家训规定不准收藏淫书。从上层统治者、地方统治者,到封建族长,大都使得《金瓶梅》"被"拒绝接受。所谓"诲淫诲盗"的《金瓶梅》等小说被视为洪水猛兽,正统之士和封建统治者痛心疾首,欲除之而后快。再加上如申涵光等文人的社会舆论,《金瓶梅》在清朝的遭遇实为严峻,可以说是遭到不断地"棒杀"。虽然《金瓶梅》仍得以流传于世,但这实在是伟大的著作禁而不毁的顽强的生命力所致。

自《金瓶梅》以抄本形式流传于世以来,对它的接受就成为"金学"的重要组成部分。最初的读者通过对《金瓶梅》文本的阅读,对其作者产生了种种推测,并在部分文人圈子中传播,见诸笔端,并在一些笔记中相互传抄。对《金瓶梅》的接受,自其诞生之日至今,一直存在赞扬和贬斥两种倾向,赞之者认为该书描写了世态人情,是一部伟大的现实主义作品;毁之者以"淫书"目之,而且四百余年间此种声音一直存在。上层统治者、地方官和大家族族规等也多有禁止淫词小说刊刻流传者。统治阶级制定了严厉的惩罚措施,以对付被利益所驱动的书贾,而正统文人则编造流传《金瓶梅》而遭祸的因果报应故事,以惊愚民。但伟大的世情书《金瓶梅》没有因道学之士和统治者的仇恨而湮没,而是一直流传不衰,并从20世纪开始形成一门显学——"金学"。

---

① 王利器辑录:《元明清三代禁毁小说戏曲史料》,上海古籍出版社1981年版,第99—100页。

第二节　审美接受与《金瓶梅》三家评

《金瓶梅》三家评，是指《金瓶梅》问世后的三家评语，分别为刻在崇祯本《新刻绣像批评金瓶梅》上的评语、彭城张竹坡"第一奇书本"评语和文龙在清在兹堂刊本《金瓶梅》上所作的评语。其中崇祯本评语随《新刻绣像批评金瓶梅》的广泛流布而大行于世，影响也较广，有研究者认为评改者为李渔，我们在没有更为确凿的证据之前暂称其为无名氏。康熙年间的张竹坡是以崇祯本为底本，将崇祯本原有评语删除后所作的批评，与崇祯本评语有着千丝万缕的联系。清代文龙在光绪年间花时三年多对《金瓶梅》进行了批评，但因评点后一直未公开刊刻，直至1985年金学家刘辉在北京图书馆查阅《金瓶梅》版本时，在兹堂刊《第一奇书金瓶梅》上，才发现了文龙手写的回评、眉批、旁批共约六万余言，文龙的评语才得以面世。

中国古代小说的评点者在小说接受过程中扮演着特殊的角色，从而起着较为复杂的作用。一般审美接受中的作者—读者模式，因为评点者的加入而成为作者—评点者—读者的模式，评点者介于作者与读者之间；因为古代版权意识的缺乏，中国古代小说的部分评点者成为了小说合作者，评点者同时扮演着读者的角色和指导读者阅读的角色。下面我们就从几个方面对这三家评语在《金瓶梅》接受美学中的地位加以论述。

一、作为小说第二作者的评点者

中国古代小说的评点者在对文本进行评点过程中，往往对小说文本进行二度创作，这时评点者与小说作者的关系就远非"作者—读者"的模式所能涵括。小说评点者对小说文本进行增删、修改，从某种程度上就成了小说文本的第二作者，这种现象在中国古代小说的评点中较为常见。

在对小说文本进行批阅过程中，为了使小说文本更能表达自己的主观意图，部分古代小说的评点者会对小说文本大动刀斧，使得评点本具有自身独特的文本价值，成为一个独特的版本。而正是因为这些评点者

— 第六章 《金瓶梅》的审美接受 —

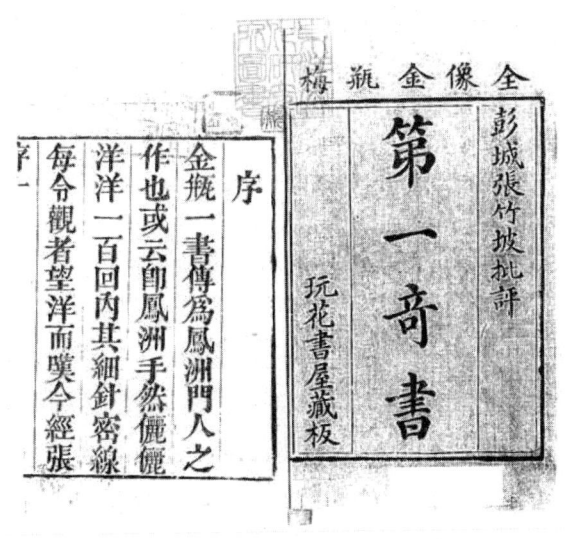

图6.1 玩花书屋藏板《张竹坡批评第一奇书》书影

的修改，小说文本的艺术价值得到了提高，从而使得经删改评阅后的小说文本代替原本大为盛行，这也是明清时期通俗小说评点本的一大特色。其中最为典型的例子是金圣叹对于《水浒传》的批评，当然，其表现也最为极端。金圣叹不能接受梁山英雄被招安的结果，腰斩《水浒传》，从而以卢俊义做噩梦结束全书。为了使读者相信，金圣叹伪称经自己修订批评过的本子为古本，是为贯华堂本，在其后很多年以来也成为最为通行的《水浒传》版本。清朝康熙年间毛纶、毛宗岗父子对于《三国志通俗演义》的删改，乾隆年间蔡元放对《新列国志》的增删，都是评点者作为小说文本第二作者的生动例证。据谭帆对于明清时期小说评点的研究，体现文本价值的评本尚有容与堂刊本和袁无涯刊本《水浒传》，醉眠阁刊本《绣榻野史》，清初黄周星定本《西游证道书》，等等。[1] 评点者对于原书的增饰和删改往往见诸言论，如金圣叹曾说："圣叹批《西厢记》是圣叹文字，不是《西厢记》文字。"[2] 哈斯宝也明确地说："曹雪芹先生是奇人，他为何那样必为曹雪芹，我为何步他后尘费尽心血……那曹雪

---

[1] 谭帆：《中国小说评点研究》，华东师范大学出版社2001年版，第109—111页。
[2] 金圣叹：《贯华堂第六才子书西厢记·读法》。

芹有他的心，我这曹雪芹也有我的心。"所以说"摘译者是我，加批者是我，此书便是我的另一部《红楼梦》"①。金圣叹、毛氏父子、哈斯宝等人在批评小说文本时，都注入了自己的心血，从而将自己列入小说合作者的行列。

《金瓶梅》的评点也是如此。崇祯本评点者对于词话本《金瓶梅》作了较大程度的增改和删削，基本上重写了第一回，将"景阳冈武松打虎"一节改为"西门庆热结十兄弟"，从而使得故事主人公——西门庆一开始就进入了读者的眼帘。评点者将书中受《水浒传》影响的情节做了较大程度的删改。据王汝梅先生研究，崇祯本评点者还改写了词话本的第五十三、五十四回。他还改动词话本中的部分情节，删去词话本中的大量词曲韵语，将词话本中的方言词语做了删减或修改。崇祯本评点者改换了词话本的回首诗词，将词话本的回目加以修改和润色，从而使得回目对仗更为工整，等等。经崇祯本评点者增饰、删改后出版的《新刻绣像批评金瓶梅》，成为前承《新刻金瓶梅词话》，后启"第一奇书本"的重要版本。在有清一代，崇祯本成为流传最为广泛的《金瓶梅》版本，词话本《金瓶梅》直至1932年在山西介休县被发现，才得以再次震撼国人。

据王汝梅先生在《张竹坡批评第一奇书金瓶梅·前言》可知，张竹坡评康熙本《金瓶梅》是以崇祯本为底本，同时也对底本有所改动。一是"改动不恰当、不通顺的字词"；二是"从政治上考虑的改动"②。关于批评《金瓶梅》的意图，张氏在《竹坡闲话》中有曰：

> 迩来为穷愁所迫，炎凉所激，于难消遣时，恨不自撰一部世情书，以排遣闷怀。几欲下笔，而前后结构，甚费经营，乃搁笔曰：我且将他人炎凉之书，其所以前后经营者，细细算出，一者可以消我闷怀，二者算出古人之书，亦可算我今又经营一书。我虽未有所

---

① 哈斯宝：《新译红楼梦回批·总录》，转引自朱一玄编《红楼梦资料汇编》，南开大学出版社2001年版，第825—826页。

② (明)兰陵笑笑生著，(清)张道深评，王汝梅、李昭恂、于凤树校点：《张竹坡批评第一奇书〈金瓶梅〉》，齐鲁书社1991年版，第3页。

作，而我所以持往作书之法，不尽备于是乎！然则我自做我之《金瓶梅》，我何暇与人批《金瓶梅》也哉！①

张竹坡的初衷是因为"穷愁所迫，炎凉所激"，胸中块垒无以消遣时，想自作一部世情小说。未曾想自己创作甚费心力，多次欲下笔而不能，遂取他人之作加以批评，将自己的"闷怀"尽投入到批评的乐趣之中。如此，虽然自己没有独立创作，却将"持往作书之法"尽数点出。卒篇述志："我自做我之《金瓶梅》，我何暇与人批《金瓶梅》也哉！"通过自己艰辛的劳动，张竹坡氏已将《金瓶梅》视如己出。

虽然出发点可能是"著书都为稻粱谋"，可是一旦在批评过程中投入大量心血之后，在精神层面走得就更远了。张竹坡谓"予喜其文之整密，偶为当世同笔墨者闲中解颐"②。"或曰：此稿货之坊间，可获重价。兄曰：吾岂谋利而为之耶？吾将梓以问世，使天下人共赏文字之美，不亦可乎！"（《仲兄竹坡传》）张竹坡是以自己的辛勤劳动，向同好、向世人展示《金瓶梅》的文字之美。乾隆三十五年丙子（1696），"春，《第一奇书》刊成，载之金陵，远近购求，竹坡才名益振"③。张竹坡评本《金瓶梅》引起了轰动，成为《金瓶梅》两大版本三个体系中的一个重要体系，"第一奇书本"也成为读者和研究者在阅读《金瓶梅》文本时的较佳选择。

中国古代小说评点者对于小说文本的增饰和删改，是最难为西方文学理论所阐释的现象之一。评点者们对于小说文本增删的程度不一，但是和原版本相比勘，基本上都发生了较大的变化，如回目的修改润色，故事情节的增删，词曲韵语的删减，行文用语的润色，等等。其中金圣叹的"腰斩《水浒传》"，崇祯本《金瓶梅》对于词话本的大幅度增删，毛纶、毛宗岗父子对于《三国志演义》的修改，都是较为突出的例证。

---

① （明）兰陵笑笑生著，（清）张道深评，王汝梅、李昭恂、于凤树校点：《张竹坡批评第一奇书〈金瓶梅〉》，齐鲁书社1991年版，第11页。
② （明）兰陵笑笑生著，（清）张道深评，王汝梅、李昭恂、于凤树校点：《张竹坡批评第一奇书〈金瓶梅〉》，齐鲁书社1991年版，第2页。
③ 吴敢：《张竹坡年谱简编——张竹坡与〈金瓶梅〉研究之一》，《徐州师范学院学报》1985年第1期。

研究者认为，小说文本在小说自身发展中能获得文本价值的原因有三个方面：一是"小说尤其是通俗小说是一种地位卑下的文体"，其流传具有民间性，创作队伍多居社会下层；小说以"坊刻"为主，其营利性使得小说的刊行较为粗糙。这种流传上的特色使得通俗小说评点就成为对小说文本的重新增饰和删改行为。二是多数通俗小说"世代累积型"的特点，使得小说文本有"一个不断累积、逐步完善的过程"，即使是"文人独创"的《金瓶梅》，这种评点者的再度创作也没有断绝。三是小说评点者为使得小说文本与自己的批评旨趣相契合，"常常将自己的评点视为一种艺术再创造活动"①。我们认为，评点者在对小说文本批评时随心所欲地对其进行增饰、删改，除以上原因外，与当时没有严密的版权制度，和评点者认为小说文本在艺术方面尚有提升的空间有重大的关系。在经金圣叹、毛氏父子、张竹坡等人评点过的通俗小说文本，其后的评点者即没有对小说文本再度进行增删，从此可见他们认为所据小说文本的艺术成就已达到相当的高度，自己无须再对其进行再度创作。程高本《红楼梦》问世后，王希廉、张新之、姚燮等人在进行评点时并未对原著进行改动，就是一例。

"这种经过现代版权制度改造后的认识装置，看来'无法无天'的制度环境，理论上提供了福柯、罗兰·巴特所诉求的实现文本自由解读的可能，但是金圣叹、毛宗岗以及程伟元、高鹗、俞樾等人对小说文本的删改，却是利用这种宽松的环境，通过各种方式，把自己这个高于作者的意志加入到文本中，形成了比小说作者对文本更强的控制。这恰是小说评点形式所孕育的'作者—读者'关系实践的复杂之处"②。从另一种角度我们可以说，金圣叹、崇祯本评点者、张竹坡等小说评点者们在对小说文本的评点过程中，将自己的名字也排到了小说作者的行列，提高了小说的艺术性。彼时彼刻，他们在"作者—读者"模式中处于作者或作者的协作者的一极。

---

① 谭帆：《中国小说评点研究》，华东师范大学出版社2001年版，第107—108页。
② 张舒宁：《中国小说评点形式的现代性思考》，清华大学人文社会科学学院2009年版，第41—42页。

二、作为读者精神向导的评点者

中国古代小说的评点，肇始于南宋刘辰翁对《世说新语》的点评；明代万历年间有了较大的发展，嘉靖本《三国志通俗演义》，钟伯敬批评《全汉志传》，余象斗编集《列国前编十二朝传》，墨憨斋新编《新列国志》等；至崇祯年间金圣叹《贯华堂第五才子书水浒传》刊刻，成为小说评点的一部力作。入清后，毛氏父子、张竹坡、脂砚斋等人继承并发扬了金圣叹的传统。从小说评点的形态来说，最初是仅有眉批、夹批；至容与堂刊李卓吾评本《水浒传》，回前有李卓吾《忠义水浒传叙》，有署名怀林的四篇总论文章《批评水浒传述语》、《水浒传一百回文字优劣》等，正文中有眉批、夹批，回末有总评，正文中部分文字旁有圈点；至崇祯十四年刊刻的金圣叹《贯华堂第五才子书水浒传》，其评点形态趋于完备，起首有金圣叹的三篇《序》，后为《〈宋史纲〉〈宋史目〉批语》，继之为《读第五才子书法》六十九条，其后为金圣叹伪撰的一篇序（题为"贯华堂所藏古本《水浒传》前自有序一篇，今录之"），正文中有回前总评、少量眉批、夹批，文中有圈点，金圣叹对正文进行了大幅度的删改。中国通俗小说评点至金圣叹，诸种评点形态皆备，金氏实开小说评点一派。

"眉批重在感悟，总评则意在总结，前者是随意性的，而后者则是有意识的"①。在小说评点形态只有眉批和夹批的时代，评点者在批阅过程中即有较强的随意性和感悟性，是众多灵感的迸发和智慧火花的闪现，彼时多为对小说文本中行文用语、人物形象、艺术成就等的点评。自回前、回末总评出现，以及正文前的《序》和《读法》等评点形态逐渐完备后，评点者作为精神指导者的角色开始越来越鲜明，利用这些评点形态来影响读者的阅读；在小说文本的阅读过程中，评点者角色的复杂性也得以显现。在"作者—读者"的阅读模式中，因为评点者的介入而将这一模式改写为"作者—评点者—读者"，评点者除采用前文所述的增饰、删改小说文本原文的方式介入读者阅读外，还将自己的主观意志通

---

① 谭帆：《中国小说评点研究》，华东师范大学出版社2001年版，第49页。

过序言、读法和总评的形式灌输给后来的读者,从而充当读者的阅读导师。这在金圣叹已经极为明显,他以假托发现《水浒传》古本为借口,利用自己伪托施耐庵所写的《序》和《读法》,干预并指导读者阅读,并在回前总评中对该回的主要人物和事迹进行主观性的评判,其目的在于让后来的读者接纳并认同其观点。

崇祯本《新刻绣像批评金瓶梅》的评点形态主要是眉批和夹批。清代张竹坡受金圣叹评点的影响,其《金瓶梅》评本的评点形态较为丰富:起首是《第一奇书序》,其后依次为《第一奇书凡例》、《杂录》、《竹坡闲话》、《冷热金针》、《〈金瓶梅〉寓意说》、《苦孝说》、《第一奇书非淫书论》、《第一奇书〈金瓶梅〉趣谈》、《批评第一奇书〈金瓶梅〉读法》一百零八条,正文中每回有回前总评,有夹批和少许旁批。张竹坡的评本代表了清代小说评点的最高成就。在评点形态上,张氏也是继承金圣叹评《水浒传》的衣钵,其正文前序、读法等文字增至十种之多,《读法》一百零八条,在质上不低于金圣叹的《读第五才子书法》,量上则大大超越了金氏;正文评语中,张氏增加了回前总评的篇幅,而减少了文中夹批和旁批的数量。文龙评本《金瓶梅》的主要形态是回末总评,另有部分眉批和夹批。从上面的论述可知,崇祯本的评点形态更多的是随意性、感悟性的智慧火花,而张竹坡评本和文龙评本则更适合对后来的潜在读者做精神上的指导,而张氏和文氏也确实做到了这一点。

首先是对《金瓶梅》作者的创作动机和小说文本题旨的评判。本章第一节我们已经论述了《金瓶梅》问世后文人们或褒或贬的评价,在此不赘。《金瓶梅》的评点者们首先面临的也是这个问题,确定该书的题旨,是不是淫书,这是关系到正确阅读此书的关键问题。《金瓶梅》的评点者们一致认为,《金瓶梅》并非淫书。崇祯本评点者曰:"读此书而以为淫者、秽者,无目者也。"① 较为简单地否定了"淫书"说。张竹坡在批评《金瓶梅》时,作《第一奇书非淫书论》系统反驳"淫书"一说。《诗经》为儒家五经之首,张竹坡即从诗经入手,引用其诗文来驳斥"淫

---

① 闫昭典、王汝梅、孙言诚、赵炳南校点:《新刻绣像批评金瓶梅》(会校本·修订版),三联书店(香港)有限公司2009年版,第1417页。

书"的观点,认为"《金瓶梅》一书作者,亦是将《褰裳》、《风雨》、《摽有梅》、《子衿》诸诗细为模仿耳"。世上的读者之所以将其视为"行乐之符节","目为淫书",是因为"淫者自见其为淫耳"。经过张氏批评的《金瓶梅》,"以'悌'字起,'孝'字结,一片天命民彝,又以玉楼、杏庵照出作者学问经纶,使人一览无复有前此之《金瓶》矣"。继之,张竹坡谓其批《金瓶梅》"非借此沽名",只是因穷愁而"欲觅蝇头以养生耳"。并大声呼出"小子非套翻原版,故云我自作我的《金瓶梅》"。张竹坡氏认为经他批评过的《金瓶梅》,"上洗淫乱而存孝悌,变账簿以作文章"。他说"今我辟邪说而人非之,是非之者必邪说也"①。虽然张氏较有力地反驳了"淫书"说,但也有偏颇之处。此外,张竹坡坐实了"孝子著书"一说,认为作者是一位孝子,"生也不幸,其亲为仇所算"②,故"作秽言以泄其愤","寓复仇之义于百回微言之中"③。"夫以'孝、弟'起结之书,谓之曰淫书,此人真是不孝弟"④。为驳"淫书"论,张竹坡还撰了《〈金瓶梅〉寓意说》,其中的"寓意"虽不乏合理之处,但多为牵强附会。

鉴于崇祯本评点者和张竹坡的论述尚有缺陷和不足之处,文龙对"淫书"说作了进一步的辨析。文龙在《金瓶梅》第一回回末总评中开宗明义地说:"《金瓶梅》淫书也,亦戒淫书也。"说其为"淫书",是因为开手第一回就写出第一个淫人——潘金莲来,并施展勾引小叔武松的许多"淫态";而说其为"戒淫书",是因人们当以西门庆为戒,"人鬼交界,人禽交界,读者若不醒悟,岂不负作者苦心乎?是在会看不会看而已"⑤。客观来看,《金瓶梅》作者的立意确为"戒淫",全书开首即为《四贪词》,以醒读者耳目;第一回开始是以项羽、刘邦两个迷于女色的

---

① 张竹坡:《第一奇书非淫书论》,(明)兰陵笑笑生著,(清)张道深评,王汝梅、李昭恂、于凤树校点:《张竹坡批评第一奇书〈金瓶梅〉》,齐鲁书社1991年版,第20—21页。
② 张竹坡:《苦孝说》,(明)兰陵笑笑生著,(清)张道深评,王汝梅、李昭恂、于凤树校点:《张竹坡批评第一奇书〈金瓶梅〉》,齐鲁书社1991年版,第19页。
③ 张竹坡:《竹坡闲话》,(明)兰陵笑笑生著,(清)张道深评,王汝梅、李昭恂、于凤树校点:《张竹坡批评第一奇书〈金瓶梅〉》,齐鲁书社1991年版,第19页。
④ (明)兰陵笑笑生著,(清)张道深评,王汝梅、李昭恂、于凤树校点:《张竹坡批评第一奇书〈金瓶梅〉》,齐鲁书社1991年版,第1562页。
⑤ 朱一玄编:《金瓶梅资料汇编》,南开大学出版社2002年版,第580页。

故事作为入话；其后有武大郎、宋惠莲、李瓶儿母子、西门庆、潘金莲、庞春梅等人，或因为阻碍了他人的淫荡而毙命，或者由于自己的淫荡而被杀或油尽灯枯；最后有普静禅师点明西门庆报应之事。文龙认为，《金瓶梅》作者是"发愤著书"。第七十二回正文写了西门庆赴东京许多得意之事，《金瓶梅》作者令在《水浒传》中已经被武松杀死的西门庆死而复生，并令其富贵淫乐，"作者岂真有爱于西门庆乎？是殆嫉世病俗之心，意有所激、有所触而为此书也"①。"蔡太师覃恩锡爵　西门庆生子加官"一回，文龙评曰："此回无甚深意，不过慨时事之凌夷，朝内容奸，致使淫人富而恶人昌，正小人道长君子道消时也。"② 针对这种黑暗、丑恶的社会现状，文龙指出："看完此本而不生气者，非丈夫也。一群狠毒人物，一片奸险心肠，一个淫乱人家，致使朗朗乾坤变作昏昏世界，所恃者多有几个铜钱耳。钱之来处不正，钱之用处更不端，是钱之为害甚于色之为灾。"③ 文龙从批判"淫书"的观点而揭示出《金瓶梅》描摹当时黑暗社会现实的生动性，从而进一步揭示了全书批判现实的特性。

　　评点者作为读者精神向导的最大特点，就是自居于为人师的地位，指导读者如何阅读小说文本。金圣叹的《读第五才子书法》开其端，张竹坡的《批评第一奇书〈金瓶梅〉读法》集其大成。在回前、回末总评，和《序言》中自然也有部分指导性的话语。《金瓶梅》三家评点者中，以张竹坡和文龙评语的指导性较为突出。张竹坡评本中的《第一奇书序》、《第一奇书凡例》、《杂录》、《竹坡闲话》、《冷热金针》、《苦孝说》等无不是或明或暗地指导读者如何进行阅读，而以《读法》最为明显。如张氏曰：

　　　　《水浒传》是现成大段毕具的文字……若《金瓶》，乃隐大段精彩于琐碎之中，只分别字句，细心者皆可为，而反失其大段精彩也。

---

① 朱一玄编：《金瓶梅资料汇编》，南开大学出版社2002年版，第634页。
② 朱一玄编：《金瓶梅资料汇编》，南开大学出版社2002年版，第603页。
③ 朱一玄编：《金瓶梅资料汇编》，南开大学出版社2002年版，第599页。

(《第一奇书凡例》)①

　　盖其书之细如牛毛,乃千万根共具一体,血脉贯通,藏针伏线,千里相牵。(《竹坡闲话》)②

　　《金瓶》内,即一笑谈,一小曲,皆因时制宜,或直出本回之意,或足前回,或透下回。(《读法》四九)③

　　《金瓶梅》不可零星看,如零星,便只看其淫处也。故必尽数日之间,一气看完,方知作者起伏层次,贯通气脉,为一线穿下来也。(《读法》五二)④

　　以上引文中,张竹坡或指出了阅读《金瓶梅》的方法,或指出阅读时应注意之处,都以精辟的言语点中了要害。在《读法》中,张氏还分析了书中的主要人物西门庆、潘金莲、李瓶儿、庞春梅、吴月娘和孟玉楼,并加以褒贬;指出全书的"板定大章法","一百回,到底俱是两对章法";看《金瓶梅》,要看其大间架处,入笋处,节节露破绽处;《金瓶梅》作者有"加一倍写法","极忙时偏夹叙他事入内","善于用犯笔而不犯";读者阅读《金瓶梅》,当看其"白描处"、"脱卸处"、"避难处"、"手闲事忙处"、"穿插处"、"结发穴脉、关锁照应处",等等。通过对人物形象、小说结构、作者笔法等的论述,对其后读者的阅读做了全方位的指导。

　　文龙在回末总评中也对如何阅读《金瓶梅》做出了一些指导。首先,

---

① (明)兰陵笑笑生著,(清)张道深评,王汝梅、李昭恂、于凤树校点:《张竹坡批评第一奇书〈金瓶梅〉》,齐鲁书社1991年版,第2页。
② (明)兰陵笑笑生著,(清)张道深评,王汝梅、李昭恂、于凤树校点:《张竹坡批评第一奇书〈金瓶梅〉》,齐鲁书社1991年版,第11页。
③ (明)兰陵笑笑生著,(清)张道深评,王汝梅、李昭恂、于凤树校点:《张竹坡批评第一奇书〈金瓶梅〉》,齐鲁书社1991年版,第41页。
④ (明)兰陵笑笑生著,(清)张道深评,王汝梅、李昭恂、于凤树校点:《张竹坡批评第一奇书〈金瓶梅〉》,齐鲁书社1991年版,第42页。

文龙指出了哪些读者适合读《金瓶梅》。他认为："年少之人，欲火正盛，方有出焉，不可令其见之。闻声而喜，见影而思，当时刻防闲，原不可使看此书也。"即使如才子佳人小说有"云雨"、"交欢"等字样，也不能让他们阅读，只能读四书五经、古文、史书之类的圣贤书，以定其性情。中年娶妻生子之人，和"花柳场中曾经翻过跟头，脂粉队里亦颇得过便宜"的回头浪子，看也可，不看也可。"至于阅历既深，见解不俗，亦是统前后而观之，固不专在此一处也，不看亦好，看亦好"。最佳的读者，是"果能不随俗见，自具心思，局外不啻局中，事前已知事后"的人，他们"不妨一看再看"。"能指出不可看之处，以唤醒迷人，斯乃不负此一看"①。从此可见，文龙所设定的读者是必须能唤醒大众的，是能作为民众之师的人。其次，文龙指出读此书要"高一层着眼，深一层存心，远一层设想"②，"故善读书者，当置身于书中，而是非羞恶之心不可泯，斯好恶得其真矣。又当置身于书外，而彰瘅劝惩之心不可紊，斯见解超于众矣"③。读者读书要能出能入，而不能有效法之心。要从书中吸取教训，"旁人之是非，即可证我身之得失，目前之言动，即可定日后之吉凶……谁谓闲书不可看乎？修身齐家之道，教人处世之方，咸在于此矣"④。文龙认为，阅读《金瓶梅》等通俗小说，是要与修身齐家治国平天下有关的，否则是不宜读的。读书要看其本质："看书要会看，莫但看面子，要看到骨髓里去；莫但看眼前，要看往脊背后去，斯为会看书者矣。"⑤是告诉读者不仅要看小说文本的表面情况和大体故事情节，而且要看到作者的立意用心。看《金瓶梅》要总体把握："看第一回，眼光已射到百回上；看到百回，心思复忆到第一回先。"⑥因为割裂来看，容易只看其"淫"处。这与张竹坡的见解有雷同之处。

对于读者的指导，《金瓶梅》的三家评点者都有或多或少的话语，其中以张竹坡为最多，文龙居其次。张氏和文氏都从小说的题旨、读者应

---

① 朱一玄编：《金瓶梅资料汇编》，南开大学出版社 2002 年版，第 600 页。
② 朱一玄编：《金瓶梅资料汇编》，南开大学出版社 2002 年版，第 588 页。
③ 朱一玄编：《金瓶梅资料汇编》，南开大学出版社 2002 年版，第 656 页。
④ 朱一玄编：《金瓶梅资料汇编》，南开大学出版社 2002 年版，第 587 页。
⑤ 朱一玄编：《金瓶梅资料汇编》，南开大学出版社 2002 年版，第 599 页。
⑥ 朱一玄编：《金瓶梅资料汇编》，南开大学出版社 2002 年版，第 656 页。

注意的地方和阅读方法等诸多方面，做出了论述。张竹坡不免有偏颇处、牵强附会处，文龙也有其迂腐处和不尽如人意处。但在他们的时代，为使《金瓶梅》被人接受而给予其很高的评价，从修身齐家等方面进行评论，也都是不得已之事。即使现代社会的读者和研究者，也很难说已经完全摆脱了笼罩在他们头上的阴影。

三、作为鉴赏者的评点者

作为鉴赏者的评点者，即是他们作为优秀读者的角色。评点者无论是作为小说文本的第二作者，还是作为以后读者的精神向导，都建立在他们对小说文本阅读的基础之上。自《金瓶梅》问世至晚清，其读者自不在少数，部分读者在他们的文集中留下了吉光片羽式的评论，也有许多文字被递相转述，而大部分读者并没有留下他们阅读的心得和体会。我们在此分析的《金瓶梅》的三家评点者，是最为系统地记录下他们阅读心得的三位读者，通过对他们留下的文字的阅读，自然会对我们产生或深或浅的影响；但他们作为小说文本的接受者，也记录下了他们的见解，或深刻，或肤浅，或迂腐，或偏执，我们都能从中看到他们的喜好和憎恶。

图 6.2　西门庆热结十弟兄

评点者们在对小说文本的批评过程中无不充斥着强烈的感情色彩。首先我们来看崇祯本评点。崇祯本评点者在评论过程中，旗帜鲜明地表露出自己的好恶。在"西门庆热结十兄弟"一段,评点者眉批曰:"小人一幅行乐图。"① "捉奸情郓哥定计"一回,王婆问西门庆、潘金莲要长做夫妻、短做夫妻,评点者批曰:"老奸可剐!"② 直斥其行为之狠毒。其后在具体使计谋过程中,崇祯本评点者不断批其"可杀"、"刽子手无此毒肠。老奸百剐不足赎矣"③。评点者用自己的道德天平为书中狠毒的王婆等人做出了判决。西门庆计娶潘金莲入门后,潘金莲"指着丫头赶着月娘,一口一声只叫大娘,快把小意儿贴恋,几次把月娘欢喜得没入脚处,称呼他做六姐",此时评点者曰:"有心人作用,非新媳妇三日勤。试看金莲入门,与月娘先亲而后疏;瓶儿入门,与月娘先忤而后合。即此可见君子小人交道。不可不慎!"④ 评点者对于潘金莲入西门府后的作为,一开始即谓其"有心人",并论其为"小人",从而推衍出现实中要慎重交友这一人生经验之谈。对于小说男主人公西门庆,崇祯本评点者在行文中也不时加以批评。西门庆生子加官后,每日骑着高头大马,戴着乌纱,排军喝道,在清河街上招摇。评点者批曰:"铺叙中隐隐写出小人负且乘光景。"⑤ 评点者对于这种小人得志的丑态深恶痛绝,所以不免形诸文字。其实经由评点者的点拨,我们可以看出《金瓶梅》主要是描写一群得志的小人与女子的书。正如孔子所说的"唯女子与小人难为养也",《金瓶梅》中自朝廷至小县城,得意者、纵欲者无非是小人,女子们则恬不知耻,为得财物、色欲而不惜谋害亲夫、出卖色相,丑态百出。崇祯本评点者对于书中可称赞、感叹之处,也毫不吝惜自己的文字。"李瓶儿私语翡翠轩 潘金莲醉闹葡萄架"一回,金莲让西门庆再送她一朵瑞香花,她去叫孟玉楼,评点者在此批曰:"金莲之丽情娇致,愈出愈奇,真

---

① 闫昭典、王汝梅、孙言诚、赵炳南校点:《新刻绣像批评金瓶梅》(会校本·修订版),三联书店(香港)有限公司2009年版,第13—14页。
② 闫昭典、王汝梅、孙言诚、赵炳南校点:《新刻绣像批评金瓶梅》(会校本·修订版),三联书店(香港)有限公司2009年版,第69页。
③ 闫昭典、王汝梅、孙言诚、赵炳南校点:《新刻绣像批评金瓶梅》(会校本·修订版),三联书店(香港)有限公司2009年版,第70—71页。
④ 闫昭典、王汝梅、孙言诚、赵炳南校点:《新刻绣像批评金瓶梅》(会校本·修订版),三联书店(香港)有限公司2009年版,第109页。
⑤ 闫昭典、王汝梅、孙言诚、赵炳南校点:《新刻绣像批评金瓶梅》(会校本·修订版),三联书店(香港)有限公司2009年版,第398—199页。

可谓一种风流千种态,使人玩之不能释手,掩卷不能去心。"①"西门庆大哭李瓶儿"一回,在李瓶儿临死前对西门庆遗言时,评点者曰:"生者方痛死者不已,而死又殷殷以生者为念。一段弥留眷恋情态,描写殆尽。"②崇祯本评点者在批阅过程中,不禁快乐着书中人物的快乐,也痛苦着他们的痛苦。但崇祯本评点者也有自身的缺陷,他对于书中的色情描写往往表示出欣羡之情。在"潘金莲醉闹葡萄架"一节文字中,评点者连用"好摹写"、"艳冶欲滴"、"异想"、"媚甚"、"妙"③等行间夹批,对于西门庆和潘金莲的行淫场面表现出赞赏之情。"潘金莲兰汤邀午战"一回,针对文本中的男女行乐文字,评点者用"好描画"④一语来作评价,可见其品位的低俗。

张竹坡的评点对崇祯本评语有所继承,这在王汝梅先生的《〈张竹坡批评第一奇书金瓶梅〉前言》⑤和王书才《略论崇祯本〈金瓶梅〉的评点特色及其影响》⑥等文章中都有论述,在此从略。张竹坡对《金瓶梅》的评点,其成功之处并不在于对崇祯本评语的继承处,而在于继承发扬金圣叹的评点方式并走出自己的独特道路。张氏的优长,在前文已部分论述,在此就其作为优秀的读者和鉴赏者的方面加以分析。张竹坡在《批评第一奇书〈金瓶梅〉读法》中言简意赅的分析了书中的人物形象,如:

> 西门庆是混帐恶人,吴月娘是奸险好人,玉楼是乖人,金莲不是人,瓶儿是痴人,春梅是狂人,敬济是浮浪小人,娇儿是死人,雪娥是蠢人,宋蕙莲是不识高低的人,如意儿是顶缺之人。若王六

---

① 闫昭典、王汝梅、孙言诚、赵炳南校点:《新刻绣像批评金瓶梅》(会校本·修订版),三联书店(香港)有限公司2009年版,第349—350页。
② 闫昭典、王汝梅、孙言诚、赵炳南校点:《新刻绣像批评金瓶梅》(会校本·修订版),三联书店(香港)有限公司2009年版,第840—841页。
③ 闫昭典、王汝梅、孙言诚、赵炳南校点:《新刻绣像批评金瓶梅》(会校本·修订版),三联书店(香港)有限公司2009年版,第355—356页。
④ 闫昭典、王汝梅、孙言诚、赵炳南校点:《新刻绣像批评金瓶梅》(会校本·修订版),三联书店(香港)有限公司2009年版,第380页。
⑤ (明)兰陵笑笑生著,(清)张道深评,王汝梅、李昭恂、于凤树校点:《张竹坡批评第一奇书〈金瓶梅〉》,齐鲁书社1991年版,第4页。
⑥ 王书才:《略论崇祯本〈金瓶梅〉的评点特色及其影响》,《宝鸡文理学院学报》(社会科学版)2005年第4期。

儿与林太太等，直与李桂姐辈一流，总是不得叫做人。而伯爵、希大辈，皆是没良心的人。兼之蔡太师、蔡状元、宋御史，皆是枉为人也。(《读法·三十三》)①

论及潘金莲的口才，张竹坡曰："一路开口一串铃，是金莲的话，做瓶儿不得，做玉楼、月娘、春梅亦不得。故妙。"但张竹坡也有其偏执处，如谓吴月娘是"奸险恶人"，其实月娘只是一个愚笨不知礼的人，"奸险"是谈不上的。张竹坡师从金圣叹，圣叹深恨宋江，在批评过程中不断谓其"奸险"，张氏对月娘也是如此。第一奇书本"见娇娘敬济销魂"一回，张竹坡批曰："写敬济见金莲，却大书月娘叫人请来。先又补西门不许无事入后堂一步，后又见西门回家，慌忙打发他从后出去，写月娘坏事，真罪不容诛矣。"②对吴月娘深恶痛绝的同时，张竹坡表示出对孟玉楼的偏爱，认为玉楼是作者寄托之人，从而将其作为审美的理想人物。张氏在第七回回前评语中曰："观其命名，则作者待玉楼，自是特特用异样笔墨，写一绝世美人，高众妾一等。见得如此美人，亦遭荼毒。"③实际上孟玉楼论长相不如潘金莲，论德行也与金莲不相上下，只不过其性格深隐，不如金莲直露而已。张竹坡却将孟玉楼视作完人，至美至善。张竹坡的难得之处，是他将自己对于国家和社会的责任感和良知贯穿到批评过程中。如张竹坡谓："《金瓶梅》到底有一种愤懑的气象。"(《读法》七七)"读《金瓶》，必须列宝剑于右，或可划空泄愤。"(《读法》九五)"读《金瓶》，必置大白于左，庶可痛饮。"(《读法》九七)

清代文龙的评语是在在兹堂刊张竹坡评本《金瓶梅》的底本上所作，其受张氏的影响自不待言。在评点过程中，文龙常与张竹坡的观点针锋相对，对张氏的偏颇之处也毫不客气地提出批评。在第二十九回回末总评中，文龙提出了批书的标准："作书难，看书亦难，批书尤难。未得其

---

① （明）兰陵笑笑生著，（清）张道深评，王汝梅、李昭恂、于凤树校点：《张竹坡批评第一奇书〈金瓶梅〉》，齐鲁书社1991年版，第35页。
② （明）兰陵笑笑生著，（清）张道深评，王汝梅、李昭恂、于凤树校点：《张竹坡批评第一奇书〈金瓶梅〉》，齐鲁书社1991年版，第267—268页。
③ （明）兰陵笑笑生著，（清）张道深评，王汝梅、李昭恂、于凤树校点：《张竹坡批评第一奇书〈金瓶梅〉》，齐鲁书社1991年版，第109页。

真,不求其细,一味乱批,是酒醉雷公。"由此可知,文龙的评点标准是"得其真","求其细",而他在对《金瓶梅》批点的过程中也确实做到了这一点。文龙对于《金瓶梅》作者的描写不无疑惑:"作者甚有憾于世事乎?何书中无一中上人物也。"对于书中男主人公西门庆,文龙认为正因作者让其晚死数年,才有许多精彩文字可看。但西门庆实应该死,"西门庆不死,天地尚有日月乎?"进而,文龙从典型和美学角度对西门庆这一人物进行了论述:

  《水浒传》出,西门庆始在人口中,《金瓶梅》作,西门庆乃在人心中。《金瓶梅》盛行时,遂无人不有一西门庆在目中意中焉。其为人不足道也,其事迹不足传也,而其名虽与日月同不朽,是何故乎?作《金瓶梅》者,人或不知其为谁,而但知为西门庆作也。批《金瓶梅》者,人或不知其为谁,而但知为西门庆批也。西门庆何幸,而得作者之形容,而得批者之唾骂。世界恒河沙数之人,皆不知其谁,反不如西门庆在人口中、目中、心意中,是西门庆未死之时便该死,既死之后转不死,西门庆亦幸矣哉!夫人在世上,终有死日,乃生不愿与西门庆同生,而死竟与西门庆同死,是可哀也。

文龙已经看到,作为《金瓶梅》主角的西门庆之所以能在人"未死之时便该死,既死之后转不死",正是因为他被作者塑造成了一位典型。并将西门庆之丑恶加以论述,又对仿效西门庆之人表示哀愤。对于张竹坡深深痛恨的吴月娘和其赞许的孟玉楼、庞春梅,文龙的观点与其针锋相对。如"见娇娘敬济销魂"一回,文龙提出了批评时应具备的正确态度:"批此书者,每深许玉楼而痛恶月娘,不解是何缘故?夫批书当置身事外而设想局中,又当心入书中而神游象外……不可过刻,亦不可过宽,不可违情,亦不可悖理;总才学识不可偏废,而心要平,气要和,神要静,虑要远,人情要透,天理要真,庶乎始可以落笔也。"在前代诸家小说评点的基础上,在前人的经验和自己的体会下,文龙认识到批书要宽严适度,不能违情悖理,要心气平和,以小说文本为基础进行批阅。对于孟玉楼,文龙批曰:"其(张竹坡)深惜玉楼者,岂以玉楼非先奸后娶，实系诳诱入门者也？玉楼实有自取之道……夫始终与潘氏相比者，尚得为贤良妇人乎？"对张氏的观点加以矫正。对于吴月娘，文龙曰："若吴月娘，一千户家女耳，非有保姆之训导，又无诗书之濡染，不同阀阅之家，又非科第之室，一小武官之女，而嫁与市井谋利之破落户，既属继配，又遇人不淑……观人亦需论其大处，妇人之所最重要者，节。西门死后，月娘独能守，较之一群再醮货何如乎……妇人之所最忌者，妒。西门生前，月娘独能容……批书者何期望月娘之大，而责备月娘之深也。"对于庞春梅，文龙也有其不同观点："看书者往往袒护玉楼而推尊春梅也，不知其是何见解……春梅不过性气刚，运气顺，其气焰可以摄月娘等一群愚妇女；曾是自命不凡者，而亦为生气所振，竟下气于春梅之裙带间哉！此书以《金瓶梅》命名，平列三人者，可以思作者之用意矣"（第八十八回回末评）。文龙从文本出发，有理有据地驳斥了张竹坡的观点，即使张氏复出，对此亦无以置言。然而正如尹恭弘先生所说："文龙的评点是自我玩赏地写在书上，并未刊刻，所以其文化影响几乎等于零。"① 但自金学家刘辉发现了文龙评语并将其刊刻出来后，在"金学"界即产生了很大的影响，这自不待言。

　　《金瓶梅》的三家评点者，各作出了自己的贡献。崇祯本评点者其突出的成就是对《金瓶梅》做出了增饰和删改，从而使得崇祯本畅行世上三百余年；他对于《金瓶梅》的艺术和人物都有所论述，并取得了一定的成就，开《金瓶梅》评论之先声。张竹坡是有清一代继金圣叹之后小说评点的集大成者，其批评的第一奇书《金瓶梅》，同样在一定程度上具有文本价值，而且他使得小说评点的形态更为完备。在小说思想主旨、艺术成就、人物形象等诸多方面都做出了自己独特的批评，虽有偏执处，亦可谓深刻的片面。文龙从《金瓶梅》文本出发，对小说的题旨做了正确地归纳，对于张竹坡的偏执处有所纠正，在典型人物和善恶美丑等方面提出了自己独到的见解。这三家评点者为《金瓶梅》的传播作出了各自的贡献。他们在《金瓶梅》的接受方面也都扮演了多重的角色，并取

---

① 尹恭弘：《〈金瓶梅〉与晚明文化——〈金瓶梅〉作为"笑"书的文化考察》，华文出版社2001年版，第34—35页。

得了应有的成就。他们各自在《金瓶梅》的传播史和"金学"史上都写下了浓墨重彩的一笔。

第三节　纷呈众彩的《金瓶梅》文本接受

> 一千个读者心中就有一千个哈姆雷特。
> ——英国谚语

吴敢先生在《20世纪〈金瓶梅〉研究史长编》一书中将1924年鲁迅《中国小说史略》的出版作为"开创了《金瓶梅》的现代研究阶段"的标志[①]，可谓慧眼独具。在1924年之前的《金瓶梅》评论和研究，除三家评点者之外，多是只言片语，或褒或贬，对《金瓶梅》做感性的或理性的评价；即使在梁启超倡导"小说界革命"后，小说被提升到一个空前的高度，对小说的创作和评论都掀起了一个高潮，曼殊、狄平子、黄人等许多学人在报纸或杂志上开辟了小说评论的专栏，但是对于《金瓶梅》的研究仍没有摆脱只言片语式评论的窠臼。1924年之后，《金瓶梅》研究进入了一个崭新的阶段，论文、专著、编著开始出现，特别是在20世纪80年代至今的三十年间，《金瓶梅》研究突飞猛进，形成了中国大陆、港台、欧美、日本几个研究中心，出版专著二三百部，发表论文三千篇左右，"金学"研究空前繁荣。

《金瓶梅》的研究涉及"瓶外学"（成书年代、成书方式、作者、版本、评点者及其评语、源流等），"瓶内学"（思想主旨、性描写、艺术价值、人物形象、语言研究等），"瓶上学"（文化研究、美学研究等）。[②] 本节内容以《金瓶梅》的文本接受为研究对象，主要针对"瓶内学"和"瓶上学"。20世纪80年代至今，"金学"的研究专著和专题论文为数巨多，非笔者所能尽览，另有诸多《金瓶梅》读者的心得体会并没有公诸

[①] 吴敢：《20世纪〈金瓶梅〉研究史长编》，文汇出版社2003年版，第3页。
[②] "瓶外学"、"瓶内学"、"瓶上学"是采用吴敢先生在《20世纪〈金瓶梅〉研究史长编》中的说法。

学界同仁，这也是在所难免之事。在此笔者仅用目力所及的一些研究成果，对于《金瓶梅》的文本接受做一大致的耙梳，不尽之处，尚请各位专家和同仁批评和谅解。

一、思想主旨

鲁迅先生在《〈绛洞花主〉小引》中评论《红楼梦》的主旨时曾经说过："《红楼梦》是中国许多人所知道，至少，是知道这名目的书。谁是作者和续者姑且勿论，单是命意，就因读者的眼光而有种种：经学家看见《易》，道学家看见淫，才子看见缠绵，革命家看见排满，流言家看见宫闱秘事……"① 这是说因读者的立场和视角不同，对《红楼梦》的主旨就有不同的看法。这同样适用于《金瓶梅》，而且《金》书的主旨说法之多不下于《红楼梦》。20 世纪初狄平子论及《金瓶梅》时说其为"真正一社会小说，不得以淫书目之"，曼殊谓"此书的是描写下等妇人社会之书也"，邱炜萲谓"《金瓶梅》以刺怆父著"，前二人能从小说描摹当时社会的角度来着眼分析，而邱氏仍是拘泥于"孝子著书"说。鲁迅先生在《中国小说史略》第十九章《明之人情小说》（上）中认为，《金瓶梅》为最有名的"世情书"，"其取材犹宋人小说之'银字儿'，大率为离合悲欢及发迹变泰之事，间杂因果报应，而不甚言灵怪，又缘描摹世态，见其炎凉，故或亦谓之'世情书'也"②。鲁迅认为《金瓶梅》是一部著名的世情书，其原因是："故就文辞与意象以观《金瓶梅》，则不外描写世情，尽其情伪，又缘衰世，万事不纲，爱发苦言，每极峻急，然亦时涉隐曲，猥黩者多。后或略其他文，专注此点，因予恶谥，谓之'淫书'；而在当时，实亦时尚。"③ 郑振铎在《谈〈金瓶梅词话〉》一文中认为，《金瓶梅》是一部伟大的写实小说，其论述如下：

> 其实《金瓶梅》岂仅仅为一部"秽书"！如果除净了一切的淫亵的章节，她仍不失为一部第一流的小说，其伟大似更过于《水浒》，

---

① 鲁迅：《鲁迅全集》（第八卷），人民文学出版社 2005 年版，第 179 页。
② 鲁迅：《中国小说史略》，人民文学出版社 1973 年版，第 151 页。
③ 鲁迅：《中国小说史略》，人民文学出版社 1973 年版，第 155 页。

《西游》、《三国》更不足和她相提并论。在《金瓶梅》里所反映的是一个真实的中国的社会。这社会到了现在，似还不曾成为过去。要在文学里看出中国社会的潜伏的黑暗面来，《金瓶梅》是一部最可靠的研究资料。

表现真实的中国社会的形形色色者，舍《金瓶梅》恐怕找不到更重要的一部小说了。

不要怕她是一部"秽书"。《金瓶梅》的重要，并不建筑在那些秽亵的描写上。

她是一部很伟大的写实小说，赤裸裸的毫无忌惮的表现着中国社会的病态，表现着"世纪末"的最荒唐的一个堕落的社会的景象。而这个充满了罪恶的畸形的社会，虽经过了好几次的血潮的洗荡，至今还是像陈年的肺病患者似的，在恹恹一息的挣扎着生存在哪里呢。[①]

郑振铎对于《金瓶梅》的评价之高，与鲁迅先生的评价——"同时说部，无以上之"相呼应，真所谓英雄所见略同！

在谈到《金瓶梅》的思想主旨研究时，吴敢先生有一段较为全面和概括论述：

> 如思想主旨问题，20世纪对传统的说法（寓意说、讽劝说、复仇说、苦孝说等）均有所检讨，并提出一些新见，如世情说（鲁迅等），写实说（郑振铎、李辰冬等），劝善说（冯汉镛等），宣扬儒教说（阿丁等），封建说（包遵信、宋谋瑒、周忠明等），暴露说（阿丁、黄霖等），映射说（魏子云、黄霖等），性恶说（芮效卫等），贪、嗔、痴说（孙述宇等），变形说（侯健等），新兴商人悲剧说（吴晗、卢兴基、跃进等），商人社会写照说（于承武等），人生欲望说（张兵、王启忠、李永昶、刘连庚等），精神危机说（田秉锷等），新思想信息与旧意识体系杂陈说（吴红、胡邦炜等），黑色小说说

[①] 郑振铎：《郑振铎全集》（第四卷），花山文艺出版社1998年版，第224—225页。

(宁宗一等)，愤世嫉俗说（刘辉等），人性复归说（朱邦国等），人格自由说（池本义难等），性自由悲剧说（王志武等），探讨人生说（许建平等），文化悲凉说（王彪等），而以张锦池《论〈金瓶梅〉的结构方式与思想层面》为最新代表："《金瓶梅》写故事的由来和结局，是以'悌'起，以'孝'结，反映了作者以'讽世'的主要思想武器是'仁'和'天理'，属小说的哲理层面；其写西门氏的兴衰过程，是以'金'兴，以'瓶'盛，以'梅'衰，从而'著此一家，即骂尽诸色'，属小说的社会层面；其用以结构情节的主要线索，是以西门氏的盛衰为明线、以权奸们的荣辱为暗线，旨在说明'富贵必因奸巧得，功名全仗邓通成'的结果，是于国则破，于家则亡，于个人则难以逃脱自我毁灭的命运，属小说的政治层面。因此，《金瓶梅》是以写财色交易之罪恶为表、钱权交易之罪恶为理的社会文学，乃举世鲜匹的社会喜剧"。①

我们从以上引文也可见《金瓶梅》的主旨之多，真是所谓的"仁者见仁，智者见智"。当然，张锦池所说《金瓶梅》是"举世鲜匹的社会喜剧"一语有值得商榷之处，在关于《金瓶梅》的喜剧性和悲剧性一章我们已经有所论述。吴先生所说张锦池的《论〈金瓶梅〉的结构方式与思想层面》为最新代表，当然是指在2001年其大作《20世纪〈金瓶梅〉研究史长编》写定之时。不过现在来说，也仍是以上诸说最为典型。

正如上引鲁迅在《〈绛洞花主〉小引》中的话，不同立场、不同视角、不同观点的人对于同一部作品会产生不同的看法，这对于中国古代的几部名著无一不是如此。对于封建社会百科全书式的作品，如《金瓶梅》和《红楼梦》，我们更是难以用一个主题去概括它的全部内容。我们认为，《金瓶梅》真实地反映了当时的社会现状，是描写社会现实的小说，是明代社会最为伟大的世情小说。它描写了丰富的社会内容，其中有暴露，有讽刺，有批判，有作者对儒、释、道三教观点的反映，有描写的性自由和为性纵欲而付出的惨痛代价，等等。因为一部名著的主旨

---

① 吴敢：《20世纪〈金瓶梅〉研究史长编》，文汇出版社2003年版，第66页。

并非单一的,而是多元的,是众声喧哗的多声部。

当代以及今后的红学爱好者和红学家也会从中看到《金瓶梅》其他的主题,但这仍是以《金》书的小说文本为依据所生发出来的主题,仍是属于《金瓶梅》的。

二、性描写问题

性描写是《金瓶梅》一书中最有争议的一个话题。从《金瓶梅》问世之日起直至今日,它一直和"性"、"淫"、"不洁"有着千丝万缕的联系。在《金瓶梅》抄本传阅的时代,就有袁小修、沈德符等人对其中的性描写颇有微词;有清一代,《金瓶梅》的"诲淫"和《水浒传》的"诲盗"被相提并论,中央和地方政府多次下令禁毁这两本书,这在前面的章节已有论述。五四运动以后,人们的思想观念受到极大冲击,视野逐渐开放,但是对于《金瓶梅》的观点改变似乎不大,其排印本仍多为删节本,多者删节近两万字,少者也有三四千字。今日的广大读者,仍有多数人相信"《金瓶梅》是淫书",即使在研究者中也不例外。

性描写是在《金瓶梅》文本接受过程中难以避开的一个问题,虽然不一定撰述成文,但对于其中的性描写都应该有自己的看法。普通读者在阅读时可能是对相关描写感觉到好奇,而研究者在多次阅读后,就要为此进行深度的思考并作出合乎理性的解释。对之持认同观点的研究者,有池本义难、章培恒、刘辉、黄霖、雷威安、柯丽德、张兵、张国星、及巨涛、卢兴基、卜键、高越峰、许建平、赵庆元、孟昭连、周琳、霍现俊等。① 其中章培恒先生的观点如下:

  首先必须指出,这样的描写(按:指性描写)在今天的创作中并不值得提倡,但同时也要看到:此类描写在当时出现,有其复杂的历史背景。

  还应该看到,《金瓶梅词话》之写这些,虽然是一种历史局限,但其中却也包含暴露的成分。有些描写显然是为了揭示西门庆等人

---

① 吴敢:《20世纪〈金瓶梅〉研究史长编》,文汇出版社2003年版,第67页。

的自私、丑恶。如上文提到的使李瓶儿"精冲血管"的那一幕,实际上揭露了西门庆在李瓶儿死亡一事中的罪责。

那么,这是否妨碍《金瓶梅词话》中的现实主义成分呢?第一,这类描写在作品中仅占很小的一部分。即使它们是自然主义的,也不妨碍书中的现实主义成分。第二,在现实主义和自然主义之间,本来并不存在一条不可逾越的鸿沟。朱光潜先生的《西方美学史》就曾指出:"法国的现实主义不但朝过去看没有和浪漫主义划清界限,朝未来看,也没有和自然主义划清界线。"在现实主义作品中有些自然主义的描写实在没有什么可以奇怪的。①

黄霖先生认为,《金瓶梅》是我国暴露文学的杰构,"作者对于传统道德所不允许的性的播与,也并非是不分场合的肆意发泄,而是有所选择和考虑的。在这里,虽然不能说作者与庸俗情趣决然无关,但主要倾向确是以此来暴露西门庆,并通过暴露西门庆来指斥时事,忧虑人生。"② 从以上两人的论述我们可以看到,肯定《金瓶梅》中的性描写的研究者们,也都看到了这些描写所产生的历史原因,看到了《金》书的自然主义

图6.3　李瓶儿梦诉幽情

---

① 章培恒、刘心武等:《雪夜煮酒话金瓶:金瓶梅方家谭》,团结出版社2007年版,第406—407页。
② 章培恒、刘心武等:《雪夜煮酒话金瓶:金瓶梅方家谭》,团结出版社2007年版,第153页。

成分。

认为《金瓶梅》中的性描写有其产生的客观原因，但其仍然是这部伟大的现实主义小说中的瑕疵之处的，也大有人在，如鲁迅、茅盾、郑振铎、宁宗一等。鲁迅先生在《中国小说史略》中谈及《金瓶梅》中的性描写时说："然《金瓶梅》作者能文，故虽间杂猥词，而其他佳处自在。"① 郑振铎先生对于《金瓶梅》中的性描写，有如下论述：

> 在这淫荡的"世纪末"的社会里，《金瓶梅》的作者，如何会自拔呢？随心而出，随笔而写；他又怎会有什么道德利害的观念在着呢？大抵他自己也当是一位变态的性欲的患者罢，所以是那么着力的在写那些"秽事"。
>
> ……
>
> 说起"淫书"来，比《金瓶梅》更荒唐，更不近理性的，在这时代更还产生的不少。以《金瓶梅》去比什么《绣榻野史》、《弁而钗》、《宜春香质》之流，《金瓶梅》可算是"高雅"的。
>
> 对于这个作者，我们似乎不能不有恕辞，正如我们之不能不宽恕了曹雪芹《红楼梦》里的贾宝玉初试云雨情，李百川《绿野仙踪》里温如玉嫖妓、周连偷情的几段文字一样。这和专门描写性的动作的色情狂者，像吕天成、李渔等，自是罪有等差的。
>
> 好在我们如果除去了那些秽亵的描写，《金瓶梅》仍是不失为一部最伟大的名著的，也许"瑕"去"瑜"更显。②

前贤评论如上，时彦对此也有精辟的阐述。宁宗一先生在《说不尽的金瓶梅》、《宁宗一讲〈金瓶梅〉》、《金瓶梅可以这样读》、《"性"与"丑"：阅读行为与〈金瓶梅〉的意义》等专著和论文中多次论述《金瓶梅》中的性描写，他认为这是回避不开的一个话题：

---

① 鲁迅：《中国小说史略》，人民文学出版社1973年版，第155页。
② 郑振铎：《郑振铎全集》（第四卷），花山文艺出版社1998年版，第234—235页。

从这部小说的整体艺术结构来看,笑笑生对性交场面的安排,比如详略、显隐、疏密、冷热,似乎都有所考虑。但值得注意的是,作为西门庆生活中的最大的享乐方式和最大乐趣,性活动始终是和他的其他贪欲的追求紧密地联系在一起,并同样被纳入到由盛到衰的总体趋势中。①

文学作品中描写性爱,就不可避免接触到自然的、社会的和审美的三个层次,纯生理性的描写,往往容易堕入庸俗污秽的色情,而社会性的描写则是有一定意义的,《金瓶梅》的性描写,我认为属于第二个层次,它唯一的缺陷,就是没作审美的处理,或者说它还没有把这三个层次结合得完美。②

从以上引文中我们可以看到,虽然所处的时代不同,三位学人对于《金瓶梅》中性描写的看法却有相似之处,他们都看到了其瑕疵处,也都认识到了《金瓶梅》的伟大。当然郑振铎氏认为其中的秽亵描写应该删除,而没有看到其作用,也有其自身的限制。

除以上两种观点不同,也有研究者对《金瓶梅》中的性描写问题持保留意见。据吴敢先生统计,有胡适、陈辽、徐朔方、田耒、徐伯荣、吴小如、傅憎享、马征、于承武等。③

笔者是同意上述第二种观点的。《金瓶梅》中性描写是作者为了塑造人物形象、表现人物的性格而开展的,是"把没有灵魂的事写到没有灵魂的人身上"④。

三、艺术价值和人物形象

关于《金瓶梅》的艺术价值问题,研究者中间也产生了很大的分歧。有的研究者对其价值持否定意见,如美国学者夏志清,他认为"它包括许许多多的词曲和笑话、世俗故事和佛教故事,它们经常损害了作品的

---

① 宁宗一:《金瓶梅可以这样读》,中国文史出版社 2010 年版,第 100 页。
② 宁宗一:《金瓶梅可以这样读》,中国文史出版社 2010 年版,第 102—103 页。
③ 吴敢:《20 世纪〈金瓶梅〉研究史长编》,文汇出版社 2003 年版,第 67 页。
④ 聂绀弩:《谈〈金瓶梅〉》,《读书》1984 年第 4 期。

自然主义叙述的结构组织。因此从文本和结构的角度来看,它当被看作是至今为止我们所讨论的小说中最令人失望的一部",是"一部修养如此低劣,思想如此平庸的书","作者这种明显的粗心大意,这种抓住机会不放,喜欢使用嘲讽、夸张的冲动,这种大抄特抄词曲的嗜好——所有这一切,都损害了这部小说的现实主义外观","一部文学作品在结构上显得如此凌乱,我们也就不可能指望它会具有思想上或哲学上的联贯性了"①。包遵信也认为:"《金瓶梅》摆脱以往历史小说、神魔小说的题材模式,第一次写市井人情,从文学发展史说自有它的地位。但要讲艺术成就,恕我大胆直言,恐怕只能归入三流。"②

夏志清和包遵信的观点,引起了部分学者的商榷。宁宗一先生在《说不尽的〈金瓶梅〉——"金学"思辨录之一》、《说不尽的金瓶梅》等论文和专著中就针对以上观点进行了探讨,并从"《金瓶梅》:小说史的一半"、"小说家的小说"、"化丑为美"、"人是杂色的"等论题高度评价了《金瓶梅》的艺术成就;在《宁宗一讲〈金瓶梅〉》一书中,宁先生又从"堕落时代的一面镜子"、"市民社会的风俗画"、"新颖的圆形网络结构"、"文学语言的魅力"等几个方面更加深入地分析了《金瓶梅》的艺术成就。黄霖先生在其《黄霖说金瓶梅》一书中,也从"晚明社会的一面镜子"、"寄意世俗"、"写丑见美"、"长于讽刺"、"白描传神"等方面肯定了《金》书的艺术成就。另有学人专门从《金瓶梅》的艺术特色进行分析,如孙述宇的《金瓶梅的艺术》、周中明的《金瓶梅艺术论》等。我们是赞同宁宗一、黄霖等先生的观点的,其实作为产生于晚明社会的一部巨著,不可能不受当时社会的影响,其艺术成就也是承继宋元说话和明代的几部长篇小说的艺术成果的,夏志清先生所言的几方面缺陷,其实是他不熟悉中国古代小说的情形使然。《金瓶梅》在小说结构、艺术价值等诸方面都达到了较高的成就,这在前文所引用的鲁迅、郑振铎等人的言论中已经非常明确。

关于《金瓶梅》中的人物形象问题,在研究者中间可以说是论述较

---

① [美]夏志清著,胡益民等译:《中国古典小说》,江苏文艺出版社2008年版,第158—173页。
② 包遵信:《色情的温床和爱情的土壤》,《读书》1985年第10期。

为充分，论文、专著也较多的一个领域。当然关于人物形象，不同的研究者之间也有分歧。关于西门庆，就有他是一个集官僚、恶霸、富商三位一体的封建势力的代表人物，还是16世纪中国的新兴商人，抑或是晚明社会新型的流氓等观点。关于潘金莲，则有她是妓女，是淫妇，是"以性为命，为爱而亡"[①]的最为灵动的人物形象等说法。关于李瓶儿，则有其性格前后判若两人，和其性格变化有其社会的、心理的、审美的原因等。对于《金瓶梅》中的人物形象，诸位读者和研究者真正做到了"一千个读者心中就有一千个哈姆雷特"，每一个读者所理解的西门庆、潘金莲、李瓶儿、庞春梅、吴月娘等，都是不相同的。人物论方面的专著，有孟超的《金瓶梅人物论》，石昌渝、尹恭弘的《金瓶梅人物谱》，罗德荣的《金瓶梅三女性透视》，陈桂声的《金瓶梅人物世界探论》，孟昭连的《闲话金瓶梅》，以及孙述宇的《金瓶梅的艺术》、宁宗一的《金瓶梅可以这样读》等著作中的相关章节，等等。

四、文化和美学层面

针对一部名著，从文献学、历史学、小说文本层面的研究，势必要向纵深的方向深入，这纵深的方向即是指文化层面、美学层面和哲学层面。可以说《金瓶梅》的研究在不断呼唤研究者对它进行文化层面、美学、哲学层面的研究。有些时期、有些研究者会比较注重于基础的文献层面和小说文本的研究，而当研究达到一定程度后，文化和美学层面的研究势必提到日程上来。《红楼梦》的研究是为例证，《金瓶梅》也是如此。

陈东有的《金瓶梅——中国文化发展的一个断面》是从文化角度研究《金瓶梅》的第一部专著。正如王利器先生为其书写的序言中所说："陈东有同志写的《金瓶梅——中国文化发展的一个断面》这部著作，以运河经济、明代理学和封建政治制度为讨论的文化背景，从历史、政治、经济、哲学、宗教、文学、艺术、风俗、民情等诸方面对《金瓶梅》作了多层面、多方位、多角度的文化研究，时有新意，是近年来'金学'

[①] 石钟扬：《人性的倒影：金瓶梅人物与晚明中国》，陕西人民出版社2008年版，第11页。

研究的新发展，深刻地揭示了《金瓶梅》这部明代大百科全书式的文学杰作所再现的正是中国文化发展到16世纪时的种种现实。"①陈东有自己也说："我要努力实现的就是把文化的研究具体化、综合化，以动静结合的观点去剖析它，从文学、哲学、历史、宗教、经济、政治、科技和民俗等方面综合交叉地去进行文化反思。"②他也确实成功做到了这一点。其后，从文化角度进行研究的著作有王启忠的《金瓶梅价值论》，王景琳、徐匋的《金瓶梅中的佛踪道影》，邵万宽、章国超的《金瓶梅饮食大观》，田秉锷的《金瓶梅与中国文化》，刘跃进的《金瓶梅中商人形象透视》，陶慕宁的《金瓶梅中的青楼与妓女》，何香久的《金瓶梅与中国文化》等近二十部著作，在《金瓶梅》研究方面形成了一道独特的文化风景线。

《金瓶梅》美学层面的研究，其创始之功当归之于宁宗一先生。宁先生在1983年参加春风文艺出版社在大连组织的明清小说研讨会时所提交的《〈金瓶梅〉萌发的小说新观念及其以后之衍化》，即是论述《金瓶梅》在小说史上的地位及其对小说美学的贡献的文章。其后，宁先生先后发表了《〈金瓶梅〉对小说美学的贡献》、《〈金瓶梅〉思辨录》、《〈金瓶梅〉：小说家的小说》、《说不尽的〈金瓶梅〉》、《"金学"建构》、《谈〈读书〉对〈金瓶梅〉的评论》等文章。1990年，宁先生出版了他的第一部《金瓶梅》研究专著——《说不尽的金瓶梅》，详细分析了笑笑生对中国小说美学的贡献。③1992年，宁宗一、罗德荣两位先生主编的《〈金瓶梅〉对小说美学的贡献》一书问世，参与撰稿人有卜键、宁宗一、刘绍智、田秉锷、吕红、李时人、孟昭连、张国星、罗小东、罗德荣，皆为金学界的大将。论述领域涉及《金瓶梅》在中国小说史上的地位、美学意蕴、情感意象与作者心态、艺术世界等几个方面，其内容提要如下：

  本书是我国第一部对《金瓶梅》进行美学研究的专著。它突破已有的研究格套，开拓新的思路，从艺术哲学、审美心理学和艺术

---

① 陈东有：《金瓶梅——中国文化发展的一个断面》，花城出版社1990年版，第1页。
② 陈东有：《金瓶梅——中国文化发展的一个断面》，花城出版社1990年版，第283页。
③ 宁宗一：《说不尽的金瓶梅》，天津社会科学院出版社1990年版，第67—101页。

社会学等方面对《金瓶梅》文本多视角、多侧面、全方位地深入研究、探讨《金瓶梅》所萌发的小说美学的新观念,剖析其情感意象和作者心态,同时也对其艺术世界的人物、情节及思想艺术做了新颖别致的分析展示,从而深刻揭示了其在小说美学史上的重要地位和独特价值。该书立意新颖,观点鲜明,对小说美学的研究不乏启迪作用。兼有学术性和知识性,可读性强。[1]

这段话较为概括地说出了该书的特点。宁先生后来又有《宁宗一讲〈金瓶梅〉》、《金瓶梅可以这样读》两部专著问世,进一步从美学和小说美学的角度对《金瓶梅》做了分析,取得了很高的成就。

针对宁宗一先生从美学角度的《金瓶梅》研究,有些学者提出了不同意见,如宋谋瑒《略论〈金瓶梅〉评论中的溢美倾向》和《再论〈金瓶梅〉评论中的溢美倾向》等文章中的观点。还是用宁先生自己的话来回答这一问题:"对《金瓶梅》的艺术成就有没有'溢美'倾向,要不要纠偏,是否给一付清醒剂以冷却一下发热的头脑,窃以为还为时过早。时贤已经指出,对《金瓶梅》的文学分析难度是很大的。因此,现在的问题是如何发现《金瓶梅》的艺术成就,细致分析它们的艺术成就及其不足,以及通过比较研究,正确评估它的审美价值。而其中发现和认识《金瓶梅》提供了哪些新的东西,则是根本的。要而言之,对《金瓶梅》的艺术成就,在今天,还不是什么评价过高过低的问题,而是需要深入研究其艺术成就以及对其艺术成就做出有说服力的分析的问题。"[2]

此外,《金瓶梅》的语言问题也是"金学"研究中的一个重要领域。相关的研究论文已达一百余篇,一些专著和专业性辞典也对《金瓶梅》中的语言进行解释。如姚灵犀的《瓶外卮言·金瓶小札》、魏子云的《金瓶梅词话注释》、李布清的《金瓶梅俗语俗谚》、王利器主编的《金瓶梅词典》、黄霖主编的《金瓶梅大词典》、白维国编的《金瓶梅词典》、孟昭连的《金瓶梅诗词解析》、傅憎享的《金瓶梅隐语揭秘》、曹炜的《金瓶

---

[1] 宁宗一、罗德荣主编:《〈金瓶梅〉对小说美学的贡献》,天津社会科学院出版社1992年版。
[2] 宁宗一:《说不尽的金瓶梅》,天津社会科学院出版社1990年版,第133—134页。

梅文学语言研究》、陈诏的《金瓶梅小考》等。

  《金瓶梅》的研究和《红楼梦》的研究有相似之处，都有索引派和考证派，也有众多金学家努力从中发掘出符合自己意向的人物形象。当然，《金瓶梅》和《红楼梦》的研究毕竟不同：首先是作者问题，对于《金》书作者"笑笑生"的籍贯和身份一直不明确，而且至今争论不休；而《红楼梦》的作者经考证得知作者为曹雪芹，并由此而衍生出一门学问——"曹学"（"笑学"——研究《金瓶梅》作者笑笑生的学问，是个别学者对金学的蔑称，在此不论）。另一个不同之处是，金学界研究的问题是新老问题杂陈，有最为前沿的理论，也有最为原始的问题，"淫书"一说也迄今未被彻底涤荡干净；当然《红楼梦》的研究也有索引派变革面目再度出现的问题，但总体来看是向前进展，而且研究得较为透彻。第三个不同就是大家认为研究《金瓶梅》是不雅的、是俗的，所以参与的只限于部分学人；而《红楼梦》由于其谈情，因此被认为是雅的，其爱好者也就更为广泛。

  《金瓶梅》的文本接受，现在已呈现百花齐放、百家争鸣的热烈场面。在未来相当长的时期内，对于《金瓶梅》的文本研究仍将沿承思想主旨、艺术价值、性描写、人物形象分析、语言研究等方面的路子，部分研究者会投入更大的精力进行美学层面的研究。至于哲学层面的研究，则亟待引起研究者们的关注！《金瓶梅》的普通受众，也应在诸位金学研究者的引导下抛却成见，更为深入、更为细致地开展对文本的阅读。我们相信，21世纪的《金瓶梅》接受史在接受者观念更新的前提下必将出现一个质的飞跃！

结　语

　　本书是从文本角度对《金瓶梅》中的美学和小说美学的因素进行阐释，更多的是发现其中的美和文学性，理论性并不是太强。作者兰陵笑笑生发现了家庭、家族这一主题，通过描写当时社会的世情百态，从而创作出惊世骇俗的世情小说《金瓶梅》。在其中，又体现了笑笑生作为思考者的一面。在晚明社会，受王学左派的影响，程朱理学的观点得到纠正。但笑笑生通过《金瓶梅》一书，既从雄辩的事实上否定了程朱理学，又在很大程度上冲击了王学左派的观点，从而证实了人欲和物欲应该受到一定程度的控制，而不能一味的放纵，体现了作者对淡泊宁静生活的肯定和向往。

　　对小说中的人物塑造，作者笑笑生成就突出，为中国古代小说的人物画廊增添了众多鲜活的人物形象。其中有我们专门论述的帮闲人物应伯爵、谢希大、温必古等，有西门庆、金莲、瓶儿、春梅、吴月娘、孟玉楼等，有妓女李桂姐、吴银儿、郑爱月等，有官僚夏提刑、蔡蕴、安忱、宋乔年等。书中的情节，作者也是精心运筹，做到了有统有分、统分结合；而且广泛吸取前代戏曲、小说等通俗文学作品的情节和段落，使其成为《金瓶梅》的有机组成部分；通过对《水浒传》中西门庆和潘金莲故事进行改造，并添枝加叶，遂成就了这百回大书。当然，书中还有作者的疏漏处，但瑕不掩瑜，也正因其"瑕"，才可见其为真玉，可见其伟大之处。

　　《金瓶梅》叙述者采取了模拟书场的拟话本叙事。《金瓶梅》整部书的结构以及每一回的结构，都是模拟话本进行创作；而且在故事进展过程中，叙述者并非如《三国》、《水浒》等传统小说的宏大叙事，而是按照现实生活的真实流动性进行叙事；在叙事过程中，叙述者灵活运用说话艺术，将全知视角与限知视角相结合，并时常发生"跳角"现象。在《金瓶梅》中，有唱曲传情、以曲代言、以唱代哭等以词曲进行叙事的现象，这在古代小说中较为少见，反映了当时的社会风俗。叙述者在回目中即进行叙事干预；在故事进展过程中，还以"看官听说"等书场惯用语对书中的人物和事件进行评论；同时还借书中人物之口进行叙事干预。从而看出作者兰陵笑笑生虽然创作的是一部黑色的小说，但他的心中是光明的、有理想的。

笑笑生在《金瓶梅》中部分展现了美，有自然之美、人工之美和人物灵魂之美；但更为重要的，是他创作了以丑为主色调的黑色的小说，从而使得中国古代小说的审美空间得到了大大地拓展。书中描写了西门庆为代表的官僚、地主、商人的丑恶的历史，赤裸裸地展现了性之丑，从而使得晚明社会的魑魅魍魉在书中一一现形。同时，作者笑笑生并不是把人物创造成简单的美和丑，而是创造了美丑混杂、性格多元的人物形象。

雅与俗是相对的，是相互促进、相互依存的。传统观点认为，诗歌和散文是雅的，小说和戏曲等通俗文学作品是俗的。其实从文体角度和各类问题内部来分析，诗歌并非都是雅的，小说和戏曲也并非都是俗的，雅俗与作者的文学旨趣和作品的文学精神有关，而较少从文体的角度来划分。从文本角度审视，《金瓶梅》是一部通俗文学作品，而不是低俗、庸俗、媚俗的作品；从语言角度审视，《金瓶梅》充斥着俚俗美，是美的既存和长存。

关于《金瓶梅》的喜剧性，我们认为是体现了作者"笑"的智慧，通过闹剧式、讽刺性、幽默性的等加以体现。从悲剧性角度来看，《金瓶梅》中虽然有众多有价值的东西的毁灭，但作为主要人物的西门庆、潘金莲、李瓶儿和庞春梅等皆非正面人物，更不是英雄，所以他们都不是悲剧人物。自然，整部书也不是一部悲剧。从喜剧性和悲剧性的视角审视书中的病意象和梦意象，从而可看出李瓶儿、西门庆等人的心灵轨迹。

《金瓶梅》自问世以来的传播史，即为该书接受者主动参与的历史。从《金瓶梅》的抄本传世至今，对其的评价向来是褒贬不一，而赞之者少，恶之者多。清代的多位最高统治者和部分地方官都有明确的禁毁令，一些家族的家规家训也将之视如水火。但《金瓶梅》的生命力并不因被禁毁而被扼杀，而是传播得更为广阔、久远。其间有崇祯本评点者、彭城张竹坡和文龙对于《金瓶梅》的评点，在该书传播史上的具有重要的推动作用，其中崇祯本评点者对于版本的贡献较大，张竹坡的评语流传最为久远，而文龙的评语在有清一代并未刻板，直至20世纪80年代中期被金学家刘辉先生发现，才流传于世。自鲁迅《中国小说史略》问世以来，《金瓶梅》的研究已形成一门学问——"金学"，而且"百花齐放、百家争鸣"，在21世纪将达到一个新的飞跃。

参考文献

一、专著

[1]（汉）刘向著,缪文远、罗永莲、缪伟译注．战国策[M]．北京：中华书局,2006

[2]（汉）班固．汉书[M]．北京：中华书局,1962

[3]（汉）许慎．说文解字[M]．北京：中华书局,1963

[4]（晋）干宝、（宋）陶潜著,李剑国辑校．新辑搜神记新辑搜神后记[M]．北京：中华书局,2007

[5]（南朝宋）刘义庆撰,（南朝梁）刘孝标注,刘强会评辑校．世说新语会评[M]．南京：凤凰出版社,2007

[6]（南朝梁）刘勰著,范文澜注．文心雕龙注[M]．北京：人民文学出版社,1958

[7]（南朝梁）萧统编,（唐）李善注．文选[M]．北京：中华书局影印,1977

[8]（唐）魏征等．隋书[M]．北京：中华书局,1973

[9]（唐）刘知几撰,（清）浦起龙通释,吕思勉评,李永圻、张耕华导读整理．史通[M]．上海：上海古籍出版社,2008

[10]（唐）刘餗撰,程毅中点校．隋唐嘉话[M]．北京：中华书局,1979

[11]（唐）元稹撰,冀勤点校．元稹集[M]．北京：中华书局,1982

[12]（唐）段成式著,李聪校点．酉阳杂俎[M]．济南：齐鲁书社,2007

[13]（后晋）刘昫等．旧唐书[M]．北京：中华书局,1975

［14］（宋）欧阳修、宋祁等．新唐书［M］．北京：中华书局，1975

［15］（宋）沈括．梦溪笔谈［M］．上海：上海书店出版社，2009

［16］（宋）罗烨．醉翁谈录［M］．上海：古典文学出版社，1957

［17］（宋）孟元老撰，伊永文笺注．东京梦华录［M］．北京：中华书局，2007

［18］（宋）吴自牧．梦粱录［M］．杭州：浙江人民出版社，1980

［19］（宋）赵彦卫撰，傅根清点校．云麓漫钞［M］．北京：中华书局，1996

［20］（宋）鲍彪撰．战国策［M］．宋绍兴二年刻本．

［21］（宋）王明清．挥麈录［M］．上海：上海书店出版社，2009

［22］（宋）朱熹撰．四书章句集注［M］．北京：中华书局，1983

［23］（宋）周密著，李小龙、赵锐评注．武林旧事［M］．北京：中华书局，2007

［24］（元）关汉卿等．窦娥冤［M］．北京：人民文学出版社，1958

［25］（元）赵孟頫．松雪斋集［M］．北京：中国书店1991年影印

［26］（元）虞集．道园学古录［M］．四部丛刊景明景泰翻元小字本

［27］（元）钟嗣成．录鬼簿外四种［M］．上海：上海古籍出版社，1978

［28］（元）陶宗仪．南村辍耕录［M］．北京：中华书局，2001年

［29］（明）施耐庵、罗贯中．水浒传［M］．北京：人民文学出版社，1990

［30］（明）高明编著，钱南扬校注．元本琵琶记校注南柯梦校注［M］．中华书局，2009

［31］（明）罗贯中．三国志通俗演义［M］．上海：上海古籍出版社，1980

［32］（明）罗贯中．三国演义［M］．北京：人民文学出版社，1973年第3版

［33］（明）王艮．心斋约言［M］．（清）曹溶辑，陶樾增订．学海类编第三十册．1920年上海涵芬楼据道光十一年安晁氏木活字排印本影印

［34］（明）郎瑛．七修类稿［M］．上海：上海书店出版社，2009

[35]（明）杨慎.升庵全集［M］.上海：商务印书馆，1937

[36]（明）吴承恩著，（明）李贽评，古众校点.李卓吾批评西游记［M］.济南：齐鲁书社，1991

[37]（明）李开先著，路工辑校.李开先集［M］.北京：中华书局，1959

[38]（明）田汝成.西湖游览志［M］.影印文渊阁四库全书本

[39]（明）张瀚著，盛冬玲点校.松窗梦语［M］.北京：中华书局，1985

[40]（明）徐渭.徐公文集序.徐文长文集［M］.明刻本

[41]（明）李贽.焚书续焚书［M］.北京：中华书局，1975

[42]（明）李贽.李温陵集［M］.明刻本

[43]（明）兰陵笑笑生.金瓶梅词话［M］.香港：香港太平书局，1982影印本

[44]（明）兰陵笑笑生原著，梅节校注.梦梅馆校本金瓶梅词话［M］.台北：里仁书局，2007

[45]（明）兰陵笑笑生著，陶慕宁校注，宁宗一审定.金瓶梅词话［M］.北京：人民文学出版社，2000

[46]（明）兰陵笑笑生著，清·张道深评，王汝梅、李昭恂、于凤树校点.张竹坡批评第一奇书《金瓶梅》［M］.济南：齐鲁书社，1991

[47]（明）兰陵笑笑生著，闫昭典、王汝梅、孙言诚、赵炳南校点.新刻绣像批评金瓶梅（会校本）.香港：三联书店（香港）有限公司.2009年修订版

[48]（明）胡应麟撰.少室山房笔丛［M］.上海：上海书店出版社，2009

[49]（明）谢肇淛.五杂俎［M］.上海：上海书店出版社，2009

[50]（明）袁宏道著，钱伯诚笺校.袁宏道集笺校［M］.上海：上海古籍出版社：1981

[51]（明）冯梦龙著.冯梦龙全集新列国志［M］.上海：上海古籍出版社，1993年影印

[52]（明）冯梦龙编，许政扬校注.古今小说［M］.北京：人民文

学出版社, 1958

[53] (明) 冯梦龙编, 严敦易校注. 警世通言 [M]. 北京: 人民文学出版社, 1956

[54] (明) 袁中道著, 钱伯城点校. 珂雪斋集 [M]. 上海: 上海古籍出版社, 1989

[55] (明) 沈德符. 万历野获编 [M]. 北京: 中华书局, 1959

[56] (明) 凌濛初著, 陈迩冬、郭隽杰校注. 拍案惊奇 [M]. 北京: 人民文学出版社, 1991

[57] (明) 凌濛初著, 陈迩冬、郭隽杰校注. 二刻拍案惊奇 [M]. 北京: 人民文学出版社, 1996

[58] (明) 李日华. 味水轩日记 [M]. 上海: 上海远东出版社, 1996

[59] (明) 抱瓮老人辑, 廖东校点. 插图本今古奇观 [M]. 济南: 齐鲁书社, 2002

[60] (明) 张岱. 陶庵梦忆 [M]. 上海: 上海古籍出版社, 1982

[61] (明) 张岱撰, 刘耀林校注. 夜航船 [M]. 杭州: 浙江古籍出版社, 1987

[62] (明) 孟称舜辑. 酹江集. 明崇祯刻古今名剧合选本

[63] (清) 丁耀亢著, 陆合、星月校点. 金瓶梅续书三种 [M]. 济南: 齐鲁书社, 1988

[64] (清) 李渔. 闲情偶寄 [M]. 李渔全集: (第三卷). 杭州: 浙江古籍出版社, 1991

[65] 琼琚佩语 荆园小语 荆园进语 省心短语 日录里言 [M]. 王云五主编. 丛书集成. 上海: 商务印书馆, 1939

[66] (清) 王夫之著, 戴鸿森笺注. 薑斋诗话笺注 [M]. 北京: 人民文学出版社, 1981

[67] (清) 蒲松龄著, 张友鹤辑校. 聊斋志异会校会注会评本 [M]. 上海: 上海古籍出版社, 1986

[68] (清) 刘廷玑, 张守谦点校. 在园杂志 [M]. 北京: 中华书局, 2005

[69] (清) 张照撰. 唐宋文醇 [M]. 清义渊阁四库全书本

[70]（清）吴敬梓著，李汉秋辑校．儒林外史会校会评本［M］．上海：上海古籍出版社，1984

[71]（清）李绿园著，栾星校注．歧路灯［M］．郑州：中州书画社，1980

[72]（清）曹雪芹、高鹗著．中国艺术研究院红楼梦研究所校注．红楼梦［M］．北京：人民文学出版社，1996

[73]（清）曹雪芹．脂砚斋甲戌抄阅再评石头记［M］．上海：上海古籍出版社，1985年影印

[74]（清）曹雪芹．脂砚斋重评石头记［M］．上海：上海古籍出版社影印，1981

[75]（清）曹雪芹．脂砚斋重评石头记［M］．上海：上海古籍出版社，1975年影印

[76]（清）曹雪芹．戚蓼生序本石头记［M］．北京：人民文学出版社影印，1975

[77]（清）何文焕辑．历代诗话．北京：中华书局，1981

[78]（清）和邦额．夜谭随录［M］．民国刻笔记小说二十种本

[79]（清）章学诚．丙辰札记［M］．聚学轩丛书第3集．江苏广陵古籍刻印社，1982年影印

[80]（清）昭梿，何英芳点校．啸亭杂录［M］．北京：中华书局，1980

[81]（清）梁绍壬．两般秋雨盦随笔［M］．清道光振绮堂刻本

[82]（清）陈森著，尚达翔校点．品花宝鉴［M］．上海：上海古籍出版社，1990

[83]（清）刘熙载．艺概［M］．上海：上海古籍出版社，1978

[84]（清）郭庆藩撰，王孝鱼点校．庄子集释［M］．北京：中华书局，1961

[85]（清）郝培元．梅叟闲评［M］．清光绪十年刻本

[86]（清）邱炜菱．五百石洞天挥麈［M］．清光绪二十五年邱氏粤垣刻本

[87]（清）郭广瑞．永庆升平前传［M］．南昌：百花洲文艺出版

社，1996

[88]（清）梁启超．梁启超文集［M］．北京：北京燕山出版社，1997

[89]京本通俗小说［M］．上海：上海古籍出版社，1988

[90]王国维．宋元戏曲史［M］．上海：上海古籍出版社，2008

[91]鲁迅．鲁迅全集［M］．北京：人民文学出版社，2005

[92]鲁迅．中国小说史略［M］．北京：人民文学出版社，1973

[93]陈望道．修辞学发凡［M］．上海：上海文艺出版社，1962

[94]胡适．胡适学术文集·中国文学史［M］．北京：中华书局，1998

[95]胡适著，姜义华主编．胡适学术文集［M］．北京：中华书局，1998

[96]郭绍虞主编、王文生副主编．中国历代文论选（一卷本）．上海：上海古籍出版社，2001

[97]俞剑华编著．中国古代画论类编（修订本）［G］．北京：人民美术出版社，2007

[98]容肇祖整理．何心隐集［M］．北京：中华书局，1960

[99]朱光潜．谈美书简［M］．北京：北京出版社，2004

[100]朱光潜．朱光潜美学文集［M］．上海：上海文艺出版社，1982

[101]宗白华．美学与意境［M］．北京：人民出版社，1987

[102]宗白华．宗白华全集（第一卷）［M］．合肥：安徽教育出版社，1994

[103]宗白华．宗白华全集（第四卷）［M］．合肥：安徽教育出版社，1994

[104]郑振铎．郑振铎全集［M］．花山文艺出版社，1998

[105]郑振铎．中国俗文学史［M］．上海：上海人民出版社，2006

[106]孙楷第．日本东京所见小说书目［M］．北京：人民文学出版社，1958

[107]老舍．老舍全集（第十六卷）［M］．北京：人民文学出版社，1999

[108] 姚灵犀. 瓶外卮言 [M]. 天津：天津市古籍书店1989年影印

[109] 朱谦之撰，老子校释 [M]. 北京：中华书局，1984

[110] 陈汝衡. 陈汝衡曲艺文选 [M]. 北京：中国曲艺出版社，1987

[111] 冯沅君. 古剧说汇 [M]. 北京：作家出版社，1956

[112] 伍蠡甫. 伍蠡甫艺术美学文集 [M]. 上海：复旦大学出版社，1986

[113] 胡士莹. 话本小说概论 [M]. 北京：中华书局，1980

[114] 王重民、王庆菽、向达、周一良、启功、曾毅公编. 敦煌变文集 [M]. 北京：人民文学出版社，1957

[115] 王朝闻主编. 美学概论 [M]. 北京：人民出版社，1981

[116] 王朝闻. 审美谈 [M]. 北京：人民出版社，1984

[117] 陈瘦竹、沈蔚德. 论悲剧与喜剧 [M]，上海：上海文艺出版社，1983

[118] 吴晗. 吴晗史学论著选集 [M]. 北京：人民文学出版社，1984

[119] 杨明照撰. 抱朴子外篇校笺 [M]. 北京：中华书局，1997

[120] 钱钟书. 谈艺录 [M]. 上海：开明书店印行，1948

[121] 王利器辑录. 元明清三代禁毁小说戏曲史料 [G]. 上海：上海古籍出版社，1981

[122] 杨绛. 杨绛作品集 [M]. 北京：中国社会科学出版社，1993

[123] 郭霭春主编. 黄帝内经素问校注 [M]. 北京：人民卫生出版社．1992

[124] 朱一玄编. 金瓶梅资料汇编 [G]. 天津：南开大学出版社，2002

[125] 朱一玄、刘毓忱编. 三国演义资料汇编 [G]. 天津：南开大学出版社，2003

[126] 中国社会科学院科研局组织编选. 何其芳集 [M]. 北京：中国社会科学出版社，2004

[127] 魏子云. 金瓶梅词话注释 [M]. 郑州：中州古籍出版

社，1987

［128］魏子云主编．金瓶梅资料汇编［G］．台北：天一出版社，1987

［129］张友鹤选注．唐宋传奇选［M］．北京：人民文学出版社，1997

［130］徐朔方编选校阅，沈亨寿等翻译．金瓶梅西方论文集［C］．上海：上海古籍出版社，1987

［131］张文勋．儒道佛美学思想探索［M］．北京：中国社会科学出版社，1988

［132］敏泽．中国美学思想史［M］．济南：齐鲁书社，1984

［133］李泽厚．美学三书［M］．合肥：安徽文艺出版社，1999

［134］李泽厚．李泽厚哲学文存［M］．合肥：安徽文艺出版社，1999

［135］于民．气化谐和：中国古典审美意识的独特发展［M］．东北师范大学出版社，1990

［136］于民主编．中国美学史资料选编［G］．上海：复旦大学出版社，2008

［137］程毅中．唐代小说史［M］．北京：人民文学出版社，2003

［138］宁宗一．说不尽的金瓶梅［M］．天津：天津社会科学院出版社，1990

［139］宁宗一、罗德荣主编．《金瓶梅》对小说美学的贡献［M］．天津：天津社会科学院出版社，1992

［140］宁宗一．宁宗一小说戏剧研究自选集［M］．天津：天津古籍出版社，1994

［141］宁宗一主编．中国小说学通论［M］．合肥：安徽教育出版社，1995

［142］宁宗一．倾听民间心灵回声［M］．太原：山西古籍出版社，2003

［143］宁宗一．宁宗一讲金瓶梅［M］．天津：天津古籍出版社，2008

[144] 宁宗一．心灵文本［M］．郑州：大象出版社，2008

[145] 宁宗一．金瓶梅可以这样读［M］．北京：中国文史出版社，2010

[146] 傅憎享．金瓶梅妙语［M］．沈阳：辽海出版社，2000

[147] 鲁德才．古代白话小说形态发展史论［M］．天津：南开大学出版社，2002

[148] 卢兴基．失落的"文艺复兴"——中国近代文明的曙光［M］．北京：社会科学文献出版社，2010

[149] 章培恒、刘心武等．雪夜煮酒话金瓶：金瓶梅方家谭［M］．北京：团结出版社，2007

[150] 孙述宇．金瓶梅的艺术［M］．台北：时报文化出版事业有限公司，1985

[151] 陈曦钟、侯忠义、鲁玉川辑校．水浒传会评本［M］．北京：人民文学出版社，1981

[152] 侯忠义、王汝梅编．金瓶梅资料汇编［G］．北京：北京大学出版社，1985

[153] 丁锡根编著．中国历代小说序跋集．北京：人民文学出版社，1996

[154] 李致中校点．平山冷燕［M］．沈阳：春风文艺出版社，1982

[155] 韩进廉．中国小说美学史［M］．保定：河北大学出版社，2004

[156] 王丽娜．中国古典小说戏曲名著在国外［M］．上海：学林出版社，1988

[157] 叶朗．中国小说美学［M］．北京：北京大学出版社，1982

[158] 叶朗．中国美学史大纲［M］．上海：上海人民出版社，1985

[159] 张燕瑾主编．中国古代戏曲专题［M］．北京：高等教育出版社，2007

[160] 韩林德．境生象外：华夏审美与艺术特征考察［M］．北京：生活·读书·新知三联出版社，1995

[161] 韩锡铎校点．玉娇梨［M］．沈阳：春风文艺出版社，1981

［162］韩锡铎、杨华、卜维义校点．梁武帝演义［M］．沈阳：春风文艺出版社，1987

［163］周钧韬编．金瓶梅资料续编［G］．北京：北京大学出版社，1991

［164］黄霖编．金瓶梅资料汇编［G］．北京：中华书局，1987

［165］李剑国主编．唐宋传奇品读辞典［M］．北京：新世界出版社，2007

［166］吴功正．小说美学［M］．南京：江苏人民出版社，1985

［167］王志武．金瓶梅人物悲剧论［M］．西安：陕西人民教育出版社，1992

［168］何永康．红楼美学［M］．扬州：广陵书社，2008

［169］叶长海．曲学与戏剧学［M］．上海：学林出版社，1999

［170］罗德荣．金瓶梅三女性透视［M］．天津：天津大学出版社，1992

［171］孙逊、孙菊园编．中国古典小说美学资料汇萃［G］．上海：上海古籍出版社，1991

［172］朱立元主编．天人合一：中华审美文化之魂［M］．上海：上海文艺出版社，1998

［173］吴敢．20世纪《金瓶梅》研究史长编［M］．上海：文汇出版社．2003

［174］杨义．中国古典小说史论［M］．北京：中国社会科学出版社，2004

［175］杨义．中国叙事学［M］．北京：人民出版社，1997

［176］陈洪．中国小说理论史［M］．天津：天津教育出版社，2005

［177］陈洪．浅俗之下的厚重：小说·宗教·文化［M］．天津：南开大学出版社，2001

［178］赵毅衡．苦恼的叙述者——中国小说的叙述形式与中国文化［M］．北京：北京十月文艺出版社，1994

［179］赵毅衡．当说者被说的时候：比较叙述学导论［M］．北京：中国人民大学山版社，1998

[180] 王恒展．中国小说发展史概论［M］．济南：山东教育出版社，1996

[181] 王平、李志刚、张廷兴编．金瓶梅文化研究．北京：华艺出版社，2000

[182] 石钟扬．人性的倒影——金瓶梅人物与晚明中国［M］．西安：陕西人民出版社，2008

[183] 李时人．金瓶梅新论［M］．上海：学林出版社，1991

[184] 孟昭连、宁宗一．中国小说艺术史［M］．杭州：浙江古籍出版社，2003

[185] 孟昭连．金瓶梅诗词解析［M］．长春：吉林文史出版社，1991

[186] 孟昭连．漫话金瓶梅［M］．石家庄：河北人民出版社，2000

[187] 陈桂声．金瓶梅闲谭［M］．北京：中国文史出版社，2009

[188] 陈东有．金瓶梅——中国文化发展的一个断面［M］．广州：花城出版社，1990

[189] 陈平原、夏晓红编．二十世纪中国小说理论资料（第一卷）．北京：北京大学出版社，1997

[190] 陈平原．中国小说叙事模式的转变［M］．北京：北京大学出版社，2003

[191] 卜键．绛树两歌——中国小说文体与文学精神［M］．北京：中国广播电视出版社，2000

[192] 李劼．论红楼梦：历史文化的全息图像［M］．北京：新星出版社，2006

[193] 尹恭弘．《金瓶梅》与晚明文化：《金瓶梅》作为"笑"书的文化考察［M］．北京：华文出版社，1997

[194] 申丹．叙述学与小说文体学研究（第三版）［M］．北京：北京大学出版社，2004

[195] 梅新林．红楼梦哲学精神［M］．上海：华东师范大学出版社，2007

[196] 谭帆．中国小说评点研究［M］．华东师范大学出版社，2001

[197] 谭帆、陆炜. 中国古典戏曲理论史［M］. 上海：华东师范大学出版社，2005

[198] 方正耀. 中国古典小说理论史［M］. 上海：华东师范大学出版社，2005

[199] 詹丹、孙逊. 漫说金瓶梅［M］. 北京：人民文学出版社，2007

[200] 高洪兴. 缠足史［M］. 上海：上海文艺出版社，2007

[201] 李落、苗壮校点. 定情人［M］. 沈阳：春风文艺出版社，1983

[202] 江蓉编. 艺术欣赏指要［G］. 北京：文化艺术出版社，1986

[203] 田晓菲. 秋水堂论金瓶梅［M］. 天津：天津人民出版社，2005

[204] 北京大学哲学系编. 西方美学家论美和美感［M］. 北京：商务印书馆，1980

[205] 上海文艺出版社编. 中国古典悲剧戏剧论集［C］. 上海：上海文艺出版社，1983

[206] 吉林大学中国文化研究所编. 金瓶梅艺术世界［C］. 长春：吉林大学出版社，1991

[207] 王平、程冠军主编，李志刚、张廷兴副主编. 金瓶梅文化研究（第五辑）［C］. 北京：群言出版社，2007

[208] 黄霖、吴敢、赵杰主编. 《金瓶梅》与清河［C］. 长春：吉林大学出版社，2010

[209] 中国金瓶梅学会编印. 金瓶梅学刊（试刊号）. 1986

[210] 中国金瓶梅学会编. 金瓶梅研究（第一辑）. 南京：江苏古籍出版社，1990

[211] 中国金瓶梅学会编. 金瓶梅研究（第二辑）. 南京：江苏古籍出版社，1991

[212] 中国金瓶梅学会编. 金瓶梅研究（第三辑）. 南京：江苏古籍出版社，1992

[213] 中国金瓶梅学会编. 金瓶梅研究（第四辑）. 南京：江苏古籍

出版社，1993

[214] 中国金瓶梅学会编．金瓶梅研究（第五辑）．沈阳：辽沈书社，1994

[215] 中国金瓶梅学会编．金瓶梅研究（第六辑）．北京：知识出版社，1996

[216] 中国金瓶梅学会编．金瓶梅研究（第七辑）．北京：知识出版社，2002

[217] 中国《金瓶梅》研究会（筹）编．金瓶梅研究（第八辑）．北京：中国文史出版社，2005

[218] 中国《金瓶梅》研究会（筹）编．金瓶梅研究（第九辑）．济南：齐鲁书社，2009

[219][古希腊] 亚里斯多德著，罗念生译．诗学［M］．北京：人民文学出版社，1962

[220][德] 莱辛著，朱光潜译．拉奥孔［M］．北京：人民文学出版社，1979

[221][德] 歌德著，范大灿、安书祉、黄燎宇等译．论文学艺术［M］．上海：上海人民出版社，2005

[222][德] 爱克曼辑录，朱光潜译．歌德谈话录［M］．北京：人民文学出版社，1978

[223][德] 黑格尔著，朱光潜译．美学［M］．北京：商务印书馆，1979

[224][德] 马克思、恩格斯．马克思恩格斯选集［M］．北京：人民出版社，1972

[225][德] H.R. 姚斯、[美] R.C. 霍拉勃著，周宁、金元浦译，滕守尧审校．接受美学与接受理论［M］．沈阳：辽宁人民出版社，1987

[226][法] 狄德罗著，张冠尧、桂秋芳等译．狄德罗美学论文选［M］．北京：人民文学出版社，2008

[227][法] 雨果著，柳鸣九译．雨果论文学［M］．北京：人民文学出版社，1980

[228][法] 丹纳著，傅雷译．艺术哲学［M］．北京：人民文学出版

社，1963

[229][法]罗丹口述，葛赛尔著，沈琪译．罗丹艺术论［M］．北京：人民美术出版社，1978

[230][法]奥古斯特·罗丹述，葛赛尔著，傅雷译．罗丹论艺术［M］．北京：团结出版社，2006

[231][法]伯格森著，张闻天译．笑之研究［M］．上海：商务印书馆发行，1923

[232][法]让·诺安著，果永毅、许崇山译．笑的历史［M］．北京：生活·读书·新知三联书店，1986

[233][英]霭理士著，潘光旦译注．性心理学［M］．北京：生活·读书·新知三联书店．1987

[234][英]罗素著，靳建国译．婚姻革命［M］．东方出版社，1988

[235][英]珀·卢伯克、爱·福斯特、爱·缪尔著，方土人、罗婉华译．小说美学经典三种［M］．上海：上海文艺出版社，1990

[236][意]克罗齐著，朱光潜等译．美学原理 美学纲要［M］．北京：人民文学出版社，1983

[237][俄]别林斯基．别林斯基选集．北京：人民文学出版社，1958

[238][俄]车尔尼雪夫斯基．美学论文选［M］．北京：人民文学出版社，1957

[239][俄]车尔尼雪夫斯基著，周扬译．艺术与现实的审美关系［M］．北京：人民文学出版社，1979

[240][俄]契诃夫著，汝龙译．契诃夫论文学［M］．北京：人民文学出版社，1958

[241][苏]高尔基著，孟昌、曹葆华、戈宝权译．论文学［M］．北京：人民文学出版社，1978

[242][俄]康·巴乌斯托夫斯基著，李时译．金蔷薇［M］．武汉：长江文艺出版社，2008

[243][美]勒内·韦勒克、奥斯汀·沃伦著，刘象愚、邢培明、陈圣生、李哲明译．文学理论［M］．南京：江苏教育出版社，2005

[244][美]夏志清著,胡益民等译.中国古典小说[M].南京:江苏文艺出版社,2008

[245][美]韩南著,王秋桂等译.韩南中国小说论集[M].北京:北京大学出版社,2008

[246][美]万·梅特尔·阿米斯著,傅志强译.小说美学[M].北京:北京燕山出版社,1987

[247][美]利昂·塞米利安著,宋协立译.现代小说美学[M].西安:陕西人民出版社,1987

[248][美]诺曼·N.霍兰德.笑——幽默心理学[M].上海:上海文艺出版社,1991

[249][美]理安·艾斯勒著,黄觉、黄棣光译,闵家胤审校.神圣的欢爱:性、神话与女性肉体的政治学[M].北京:社会科学文献出版社,2004

[250][丹麦]勃兰兑斯.十九世纪文学主流[M].北京:人民文学出版社,1997

[251][保]基·瓦西列夫著,赵永穆、范国恩、陈行慧译.情爱论[M].北京:生活·读书·新知三联书店,1984

[252][荷]高罗佩著,李零、郭晓慧等译.中国古代房内考[M].上海:上海人民出版社,1990

[253][捷克]米兰·昆德拉著,许均译.不能承受的生命之轻[M].上海:上海译文出版社,2003

[254][捷克]米兰·昆德拉著,董强译.小说的艺术[M].上海:上海译文出版社,2004

二、期刊论文

[1]徐朔方.金瓶梅的写定者是李开先[J].杭州大学学报,1980(1)

[2]聂绀弩.谈《金瓶梅》[J].读书.1984(4)

[3]吴敢.张竹坡年谱简编——张竹坡与《金瓶梅》研究之一[J].徐州师范学院学报.1985(1)

[4]包遵信.色情的温床和爱情的土壤[J].读书,1985(10)

[5] 邓星雨. 论《金瓶梅》作者的美学追求——《金瓶梅艺术论》之一（节录）[J]. 徐州师范学院学报（哲学社会科学版），1987（3）

[6] 贺信民. 恶之奇花 丑之硕果——也谈《金瓶梅》的价值[J]. 新疆石油学院学报，1988（2）

[7] 傅憎享.《金瓶梅》用字流俗：是俚人耳录而非文人创作[J]. 学习与探索，1988（6）

[8] 傅憎享. 李瓶儿的梦象与心象——《金瓶梅》心理描写探胜之一[J]. 辽宁师范大学学报（社科版），1988（6）

[9] 沈天佑. 一个发人深思的悲剧人物——潘金莲[J]. 中国金瓶梅学会编印. 金瓶梅学刊（试刊号）.1989

[10] 傅憎享. 论《金瓶梅》的骂语与骂俗[J]. 学术交流，1990（2）

[11] 董芳. 古典小说《金瓶梅》悲剧内涵初探[J]. 甘肃社会科学，1991（4）

[12] 周钧韬.《金瓶梅》：我国第一部拟话本长篇小说[J]. 社会科学辑刊.1991（6）

[13] 傅憎享. 词话本·崇祯本两个版本两种文化：《金瓶梅》词语俗与文的异向分化[J]. 社会科学辑刊，1992（3）

[14] 朱俊亭. 论《金瓶梅》悲剧的社会意义[J]. 文史哲，1992（2）

[15] 李时人. 中国古代小说的美学风貌——谈《金瓶梅》的艺术创造[J]. 河北师范大学学报，1992（3）

[16] 傅憎享、杨爱群.《金瓶梅》俗谚求因[J]. 社会科学辑刊，1993（4）

[17] 孟昭连. 论《金瓶梅》的"大小说"观念[J]. 中国金瓶梅学会编. 金瓶梅研究. 南京：江苏古籍出版社，1993

[18] 伍立杨. 雕琢也是大美[J]. 文学自由谈.1994（1）

[19] 王彪. 社会、历史与人性的大悲剧——《金瓶梅》思想新论[J]. 徐州师范学院学报，1994（2）

[20] 潘承玉. 梅香缕缕出金瓶——《金瓶梅》审丑—审美特色管窥[J]. 徐州师范学院学报（哲学社会科学版），1996（3）

[21] 林骅. 雅俗义学的碰撞与交融——明代诗文小说漫评[J]. 明

清小说研究.1996（3）

[22] 罗家坤.《金瓶梅》审"丑"谈[J].信阳师范学院学报（哲学社会科学版），1997（2）

[23] 石钟扬.西门庆是"新兴商人阶级"的典型吗[M].文艺理论与批评，1998（1）

[24] 张锦池.究竟是人间喜剧，还是时代悲剧——《红楼梦》与《金瓶梅》审美观念的比较研究[J].求是学刊，1998（5）

[25] 石钟扬.十六世纪一个新型流氓的喜剧[J].济宁师专学报.1999（1）

[26] 许建平.文坛模拟风气与《金瓶梅》撰写方法考察[M].河北师范大学学报（哲学社会科学版），2000（2）

[27] 王广新.论玉面狐狸孟玉楼的形象[J].西安教育学院学报.2000（2）

[28] 王坤.古典美学的拓展与突破——《金瓶梅》美学风貌论要[J].学术研究，2000（5）

[29] 程小青.悲喜交融的《金瓶梅》[J].龙岩师专学报，2004（5）

[30] 谢刚.美丑尽在情与欲之间——《金瓶梅》的文学地位与美学价值[J].学术论坛，2002（6）

[31] 孙健、孙开东.论《金瓶梅词话》"盛宴散尽"的悲剧内涵[J].青岛大学师范学院学报，2003（2）

[32] 刘洪强.试议《金瓶梅》中的以俗为美[J].毕节师范高等专科学校学报，2005（1）

[33] 王振彦."丑之花"废墟上的几星亮色——《金瓶梅》中的正面描写和正面人物[J].河南师范大学学报（哲学社会科学版），2005（6）

[34] 智清清.《金瓶梅》中的梦境描写[J].中国《金瓶梅》研究会（筹）编.金瓶梅研究（第八辑）.中国文史出版社.2005

[35] 王书才.略论崇祯本《金瓶梅》的评点特色及其影响[J].宝鸡文理学院学报（社会科学版），2005（4）

[36] 黄吉昌.孟玉楼论[J].昭通师范高等专科学校学报.2007（2）

[37] 姚鲜梅.《金瓶梅》对小说美学的新贡献[J].雁北师范学院

学报，2007（3）

［38］周远斌. 从俗不可耐到超尘脱俗——论《红楼梦》在人物形象上对《金瓶梅》的超越［J］. 中国石油大学学报（社会科学版）. 2007（5）

［39］付善明.《金瓶梅》与"隐性累积"——兼论其讲唱性［J］. 东方论坛，2009（6）

［40］付善明.《金瓶梅》作者笑笑生的创作智慧［J］. 南京师范大学文学院学报，2011（2）

［41］付善明. 曲表心声：《金瓶梅》的词曲叙事［J］. 明清小说研究，2011（4）

［42］付善明. 闺阁风云：浅论《金瓶梅》《红楼梦》中的继室［J］. 红楼梦学刊，2013（1）

［43］付善明.《红楼梦》：大师的心灵史［J］. 明清小说研究，2014（2）

［44］付善明. 古代小说韵文成因探析［J］. 明清小说研究，2015（4）

［45］付善明.《红楼梦》：一曲悲凉的小说诗［J］. 红楼梦学刊，2016（2）

［46］李宝龙.《金瓶梅》中的理欲观［J］. 辽东学院学报（社会科学版），2009（1）

［47］薛蕾. 现实主义力作中的"幻境"描写——《金瓶梅》"幻境"描写艺术刍议［J］. 明清小说研究. 2009（1）

［48］张舒宁. 中国小说评点形式的现代性思考［D］. 北京：清华大学人文社会科学学院，2009

后　记

　　2008 年 5 月，我来天津参加博士生考试的复试，期间去南开大学西南村拜访了宁宗一先生。当时说起博士论文的选题，宁先生提议可以选择宋元话本或《金瓶梅》作为研究的对象。回苏州大学后，经过一段时间的考虑，暂定将《金瓶梅》作为博士论文的研究对象。9 月份入学后，和导师孟昭连先生多次沟通，最终选定从美学角度研究《金瓶梅》作为博士论文的选题。

　　这部书稿即是从我的博士论文《〈金瓶梅〉美学研究》修改而成。我博士论文的成文，书稿得以出版，首先应该感谢宁宗一先生。宁先生精研中国古典小说、戏曲，是较早高举小说美学大旗的研究大家，在《金瓶梅》的研究方面成果卓著。我在读博期间经常到宁府，向宁先生请教学术、工作、家庭诸问题，宁先生皆不厌其烦，不吝赐教，我从中获益匪浅。书稿中有诸多引用宁先生著作之处，又有诸多得自宁先生口传心授之处，均让我无比感激。我生也晚，无缘听宁先生在课堂上讲授古代文学史和古典小说戏曲，但能在宁先生家得以聆听其高论，也不枉在南开读书三年。迨博士毕业三年多，我当班主任的 2011 级汉语系学生也将毕业之际，宁先生劝我将毕业论文出版，否则时效性一过即价值无几。之后宁先生又为我四处游说，并推荐出版社。这部拙稿得以问世，是与宁先生分不开的。

　　导师孟昭连先生思路开阔，观点新颖，在古典小说研究方面成就卓然，《金瓶梅》研究方面观点独到，从不做人云亦云之语。在读博及之后的工作过程中，我均大大受益于孟先生。先生在选题上不设门限，却又异常严谨，所以我们同门的选题各不相同，而皆能在毕业论文的写作上受到严格的锻炼。先生课上课下谈及的话题多涉及科研，又不囿于成见，并启发我们勇于开拓创新。我之所以能在学术的道路上有一点点成绩，和先生的言传身教是分不开的。在拙稿出版之际，又承蒙先生惠赐书序，并在序中对区区不无赞词，实是不敢当。在此多谢孟先生！

我大学本科学的是经济学，读研时才改为中国古代文学。我能走上文学研究的道路，首先应该感谢我的硕士导师陈桂声先生。2005年至2008年在苏州大学读研期间，陈先生为我们开列书目，讲授研究方法，指导毕业论文等。硕士期间的学习为我之后的研究打下了坚实的基础。先生在《金瓶梅》研究方面起步较早，成就也较大，20世纪80年代即有专著《金瓶梅人物世界探论》问世，2009年又有新著《金瓶梅闲谭》出版。在读研期间，先生谈及《金瓶梅》，称赞其为关注人性的杰作，并以《水浒传》和《金瓶梅》中武松杀嫂的情节对比作为例证。先生讲课不看讲稿，讲得生动形象，挥洒自如，一杯水，一支粉笔，激情四射，令学生神往。我研究《金瓶梅》，和陈先生的启发是密切相关的。

读博期间，导师组的李剑国先生、陶慕宁先生为我们开设了"古代文学研究方法"、"唐传奇鉴赏"等课程，他们渊博的知识，深入浅出的讲述，给我留下了深刻的印象。在毕业论文的写作、修改和答辩过程中，两位先生均提出了重要的修改意见，在此一并感谢。惜学生才疏学浅，论文总体水平不高，学术上愧对先生们。

感谢鲁德才先生在我读博期间对我的教诲，在我毕业之际为我工作的事费心。我之所以能留在天津教书，是得益于鲁先生的。鲁先生的治学和热忱，令我感佩。感谢王丽文老师在工作期间对我的关心和帮助，在科研上对我的提携。同时感谢天津理工大学的领导和各位同事们对我的帮助和包容。

我的妻子绪立亚女士，无论是在博士论文写作期间，还是在我工作期间，都承担了大部分家务，为我创造条件专心科研。她承受工作、家庭和孩子等多重压力，支持我的工作和我做出的决定，这是我所感激的。

— 后　记 —

感谢我的家人！这几年家庭变故较多，而我又因为工作、小家庭等原因，未能为家里尽心一二，实在问心有愧；而父母和姐姐们能够理解我、支持我，实在让我感动！

感谢文化艺术出版社的李世跃先生。李先生为拙稿之事付出良多，从去年年底书稿的修改，到后来书稿题目的敲定，李先生为拙著可谓尽心尽力。感谢出版社编辑蔡宛若老师的无私付出，以及其他为拙著辛勤付出的各位出版社同仁。

2015 年 9 月 30 日